雪域驮铃

XUE YU TUO LING

敏奇才 著

作家出版社

　　敏奇才，回族，1973年生，甘肃甘南临潭人，中国作家协会会员，甘南州作家协会副主席，鲁迅文学院学员。现任临潭县文联专职副主席。小说、散文、剧本散见《光明日报》《文艺报》《民族文学》《中国作家》《天涯》《美文》《散文选刊》等报刊。出版散文集《从农村的冬天走到冬天》《高原时间》，小说集《墓畔的嘎拉鸡》。著有长篇小说《红雀河》，"洮商三部曲"第一部《雪域驮铃》等。主编各类文学作品集三十多部。

目　录

序　曲

　　临秋季节。中午。

　　一辆黑色桑塔纳轿车缓慢行驶在敏家咀西南岈岘的S形山道上，转过山咀，在平缓的临时泊车处停下。车还没停稳，年迈的雪风就急切地探出头来，让徐徐的山风轻拂他银白的须发。

　　满山野，空气里升腾着扑面爽肤的热浪。

　　在岈岘山拐弯处，他环视着周围山场，望着漫山遍野让人心醉的绿，心境哗的一下就宽泛了。

　　羊儿似白云一样撒在大弯山绿油油的山坡上，马上勾勒出一幅童年牧羊的画面，几个顽童挥着羊鞭追一只嘴馋的母羊，几只蝴蝶随着花哨的鞭梢飞舞。他勾头望着红土坡山下红雀河的粼粼水波，几个光身的孩子在河水中戏水、捉鱼，好不快活。脚下不远处的穿村公路，像条黑黝黝的长腰带，蜿蜒曲折，伸向远方，望不见来路，也看不见去路。村外那棵高大的白杨树，依然枝繁叶茂，招引着喜鹊、嘎乌子、铃铛雀和红雀来搭窝。

　　盈满眼帘的碧绿青翠，让人心旷神怡，思忆恋恋。

　　他只要双脚踏上敏家咀的土地，记忆瞬间回到许多年前，像敏家咀那条流淌了无数个世纪的红雀河，清澈地在脑海里泛起不曾泯灭的诸多记忆。在古稀之年能时不时回到朝思暮想的故乡，是一种记忆的复活和再现，也是人生最渴求的一种奢望。随着年岁的增长，注定回来的次数是越来越少了。终归，他是要回来的，回来后就再也不走了，将永远陪伴在墓园里的亲人们身旁。他望着熟悉的山川沟壑、蓝天白云，还有那一层一层摞起来绿得人心扇子发抖的青稞田，流下了难过和依恋的泪水。

人生像长流不息的红雀河水，翻滚着粼粼的波浪，缓缓地拉开了记忆的序幕。

第一章

1. 大房子

春到一天，秋去一夜。

几日，春就完全覆盖了敏家咀的山山水水。隔了一座缓山的上川和瓦寨城周围铺天盖地地绿了。

春的节奏来得真快，一场春雨一场绿。春夜落了一场蒙田透雨，翌日清晨，地里的青稞苗就齐茬茬顶破了酥软的地皮，像刚出蛋的鹅娃儿，在清风里摇曳着柔嫩的身姿，探视着这个暖洋洋的陌生世界。

天气，一天一个变化；田野，一天一个模样；庄稼，一天一个成色。

这时候，家里再也圈不住那些贪耍的顽童。

那天晌午时分，日头懒洋洋的死热，雪风在家里待得急燎，悄悄溜出去挨门子喊着搭了马大盛、红牛犊、伍德等几个伴儿，钻河凫水、爬树掏鸟地疯玩了一天，玩了个天昏地暗，玩散了身架，到了夜晚就睡了个死沉。

雪风这一伙真是调皮到家了，用弹弓射了两只鸽子，在崖缝里掏了两窝麻雀蛋，装进家中大人洗小净的铁汤瓶里，到河滩酸刺林里生火煮得半生不熟地吃了。回家后草草刨了几口夜饭就睡了。

雪风睡前，娘给他郑重其事地说了一件事。出冬前他阿达（父亲）敏雅南替阿爷敏镇寰帮庄子里请的教书先生杨先生这几日就到，他们这些淘气娃娃都要上学校，该读书识字了，再天天这么耍下去不是个事情，就浪成野人了。

学校由阿爷出面在柯乩大泉脑后的白土崖跟前整修了一嵌套的五间平房，房子修好后空放了三年多。东面挨崖，最东面那一间是柴房，堆放烧柴和填炕的黄草。西面临河，西墙上开了一扇窗，临窗盘了一座土炕，在北墙根盘了锅灶，给教书先生歇课、休息和吃饭。白天吃饭在雪风家，先生吃饭的房间也腾了出来。中间三间教室，摆了桌凳，桌凳都由雪风的阿爷敏镇寰请阳升庄里最有名的杨木匠做的；学校建成了，敏镇寰和庄里老人决议，全庄七岁至十二岁之间的孩子全部进校读书识字，谁家的娃娃不送去读书，将来他家里有了红白事，作为惩治，庄里人不得参与。娃娃们读书识字的事一经决议，准备将杨先生接来时，雪风的阿爷敏镇寰却毫无征兆地失踪了，没有了任何音讯。

杨先生接来时，雪风的阿爷敏镇寰还没有回来。

杨先生推开紧闭的大门，轻咳着喊了一声："雪风！雪风，你阿爷在吗？"径直走到了里院门口。他瞅见里院只有雪风娘尔菲叶和孕姨娘，就停住了脚步，不肯进里院门。雪风娘和孕姨娘手脚忙乱地迎了出来，招呼杨先生进屋。杨先生站在里院门口，微笑着对雪风娘说："我还是去学堂吧。"

雪风娘和孕姨娘搓着手，恭敬地站在里院大门两边。雪风娘真诚地说："掌柜的走时都安排好了，您就放心住下，没啥为难的。"

杨先生只好跟了尔菲叶和孕姨娘进了里院门，往堂屋里走去。

雪风和杨先生见过一面。杨先生和雪风的阿爷敏镇寰是你不吃我不喝的生死至交，入冬前曾来过他家。

杨先生在洮州地界上名气很大，人也很傲气，从来没有给人低过头。他原来在南方一个县上给人当红笔师爷，还在某处军队上给人当过幕僚，很有学问。敏镇寰说杨先生的学问满满五牛车也装不完。但杨先生只带了几本卷页的书过来，是装在一只布包里带来的，连牛车的一个车厢角角都铺不满。雪风想阿爷净说瞎话呢，把杨先生吹上了天。

娘给雪风二姐杏月也说了，要她搬去和尕姨娘住一起。阿达和娘要搬下来住二姐的那间房，上房要挪腾给杨先生住。杏月刚一听娘的话，就拉下了脸，一声不吭地拾掇着碗筷去了灶房。她有十二分的不情愿，以前娘给她说过要给尕姨娘做伴的事，她弹嫌尕姨娘睡觉拉呼打鼾，身上还有一股炕烟的味道，硬是没去，但现在不得不去了。

傍亮，两只大红公鸡此起彼伏的打鸣声没有叫醒雪风。

天亮后，娘也没有叫雪风，或许是她根本没有叫醒雪风。

雪风一觉醒来，还是被外院大门外那棵招风的老白杨树上的老鸦、老嘎、喜鹊、白嗓子嘎乌和麻雀合着伙吵醒的。这些破嗓子飞禽常常这样，谁也拿它们没办法。天麻麻亮时，它们就亮开嗓子"叽叽喳喳""嘎嘎哇哇"地乱叫，唱对台戏似的，好像雪风一家人就喜欢听它们高一阵低一阵、紧一声慢一声的吵闹声。尤其是黑老鸦，雪风最讨厌听它们"叽里哇啦"的叫声，然而它们的声音偏偏又最大，往往在傍亮的时候叫人安静不得，泼烦（方言，麻烦）得很。雪风娘有时从地上操起几块石子甩到树上吓唬它们，它们却无动于衷，依然我行我素，把它们那并不好听的歌喉展现得淋漓尽致。雪风阿达当着牛帮的大郭哇（首领），常年带着牛帮风餐露宿跑外面，根本没时间也顾不上管这样的小事，其实，他就是有时间也不管，他说有人就有树，有树就有鸟雀，有鸟雀就会有吵闹，你暂时赶跑了鸟雀但你挪不动也移不走树，你还不是白费劲，只要树在，鸟雀就会来。唯一的办法是砍掉门前的大白杨树，让那些歇脚的鸟雀们干瞪眼。可由谁来砍呢？雪风砍不动，阿达不愿砍，再说这生长了上百年的大白杨树已经成了他敏家的招牌，外庄的人们找寻他家或他阿达时，都是这么称呼他阿达的——大白杨树跟前的瓦寨牛帮大郭哇。提起他阿达的大名敏雅南反倒知道的人不多，而一说瓦寨牛帮大郭哇就没有人不知道的。早前，雪风爷爷敏镇寰也当过牛帮大郭哇。来找他阿达的人只要从庄头的大道上顺着这棵大白杨树走进来，就不用问人探路，像个老熟客似的能找到门上。

雪风恨老鸦是有原因的。有年冬天的一个大清早，雪风捂在被窝里耍懒。大冬天的，起早了也是白受冻，捂在被窝里享受热炕的恩典，是孩子们的福气，但大人们就没有那个福气了。

雪风懒着就又昏昏地进入了梦乡，可好梦不长，雪风就被黑老鸦的兄弟姐妹们合着伙吵醒了。他气冲冲地蹦跶着跳下炕，在院子里的烧柴堆上顺手操起一截干柳棍向树上甩去，谁知他这一棍子没甩到树上却甩到了对门子林生家的花格子窗户上，把窗纸戳了个大窟窿，还击碎了窗子上镶着的一块瞭人影的玻璃。这可是一件了不得的大事，林生娘像只噪母鸡连蹦带跳地飞进了雪风家大门，堵在雪风家外院里两手叉腰连毛带草大骂了一通。敏雅南哑口无言，一时脸臊得没地方放，遂扬手把一个耳光重重地放在了雪风的脸上。这一个耳光对雪风后来的人生多少有点影响，因为这个耳光把雪风的左耳朵打背了。后来，雪风的左耳朵有点不好使，有时候听得清有时候听不清。听得清晰的时候连蚊子的说话声都能听到；听不清的时候，就是擂鼓他也听不到。林生娘要了回泼妇，骂了个痛快淋漓。她走后，雪风的阿达又关起大门拿了一截麻绳蘸了水狠狠地往雪风屁股上抽打了十几下，直抽得雪风哭哑了嗓子背过气时才住手。雪风可是他的亲生儿子啊，他怎么下那么重的手呢，他后来自己也说不清楚。也许当时是被林生娘气蒙了，也许他是想给雪风一个警告，那么一个耳光就把雪风的耳朵给打背了，还打得雪风背过了气，让雪风留下了背气的毛病。这让敏雅南后悔了好几年。那天敏雅南打雪风的时候，娘好像在，但她没有阻拦对雪风的毒打。其实，谁都知道，雪风的娘是不敢阻拦的，雪风阿达发火时，就像一头发疯的公牛翻脸不认人，谁拦挡就骂谁打谁。那天要是雪风的阿爷和阿婆在就好了，可阿婆去世了，阿爷也不知去了哪儿，好像不管世上的事了，也不管雪风的事了。

雪风挨了打以后，就对这次阿达的惩罚和教训有了刻骨铭心的记忆，同时也对那只黑老鸦和林生娘恨得咬牙切齿，而且他也一辈子见不得麻绳的影子，见了麻绳就犹如见了长虫一样浑身堆起鸡皮疙瘩，麻酥酥痒乎乎不自在起来。这就是黑老鸦惹的祸，一辈子也没有让雪风从对麻绳的恐惧和阴影中解脱出来。

雪风的耳朵背了以后，人们背地里叫他尕聋子，这样叫了一辈子，叫着叫着，叫得时日久了，他还真聋了，这是后话。

日头悄悄溜进窗户，爬上了雪风的屁股，痒酥酥的像毛毛虫在屁股上蠕动，雪风浑身舒坦得连心尖都酥软了，他更不想下炕了。"阿妈——"雪风扯直嗓子吼了一声，无人答应；"尕姨娘——"还是无人答应；又声嘶力竭地吼了一声："二姐——"二姐也不答应，他就来气了："杏月——"

雪风不知道，地里的青稞一拃高了，草也长上来了，正是青稞开始蹿秆的时节，家里的人手（下人）都回家拔自家地里的蒿草去了。娘前几日央了庄子上的几个女人去地里拔了几回草，还没有拔完。二姐杏月是快要嫁人的人了，得歇下手来学些针线活。敏家咀的丫头心灵手巧是出了名的，既然是在敏家咀出了名，那就得为那个名而弹挣，按那个名的要求弹挣。茶饭不说，是必不可少的，只要有人来吃上那么一顿粗茶淡饭，就把你的食水验个八九不离十。而针线活是个细活，穿在身上挂在墙上的东西那都是人天天瞅得着的东西，针脚的稠稀、衣裳的合体、鞋的展板乖圆一眼就能瞅出一个女人的斤量。因此上，敏家咀的男女不敢放松对自家丫头们的调教，从会拿针就引导教育丫头们做针线学茶饭。为敏家咀的这个"名"，一代又一代的女人们起早贪黑地维护着，唯恐玷污了这个"名"。雪风的二姐杏月从九岁开始学针线学茶饭学到了十四岁，还学，至今已是飞针走线，可她还得学，为敏家咀的这个"名"穿针引线，一丝不苟。

雪风生气地又吼了一声，仍不见二姐杏月答应。他心里就埋怨二姐杏月，一学针线活就把他这个弟弟给忘了，她怎么就忘了呢？那可是娘交代过的，娘说过这一春二姐杏月就不用到别人家里去学针线活了，丫头大了，快给婆婆家的人了，再到别人家里跑会遭人笑话的。可二姐杏月整日和那些丫头贴惯了，闷在家里反倒坐不住屁股。

空荡荡的大房子里突然变得空旷岑寂。令人心慌无着。雪风一急，就想到了哭，但长胡子赛里木阿爷说了，哭鼻子抹眼泪的娃娃不是攒劲的儿子娃娃。

几只懵头懵脑的苍蝇"嗡嗡"地在大房子里飞来飞去，不时地撞在窗纸上，空灵灵的，像河滩里专叮人的蚊子，飞来飞去撞得晕头转向的。真是奇怪了，房檐下的鸽子也好像被日头晒麻乎了，在往常你追我逐的，把房梁上都蹭得没有了一丝灰尘，像用毛掸子拂了似的，可今儿个突然从这个院子里失踪或是飞走了，没有了一丝声息。噢，也许是鸽子不敢叫吧，它们叫得狠了，赛里木阿爷要来哩，赛里木阿爷吃鸽子肉呢。那一回傍晚，赛里木阿爷从雪风家外院里房檐下捉了几只刚上窝睡觉的鸽子宰了煮着吃了。赛里木阿爷的眼仁红丝丝的，听人说那是吃鸽子肉落下的残病，可赛里木阿爷却不那么说，他自己说那是他小时候耍热浑身冒汗凫了冷水激的冷病，差点把眼睛激瞎，结果吃了瓦寨天生堂马先生的几背篓草药才治好的。

雪风的心里空悠悠的，日头裹着寂寞困住了他。

雪风的肚子终于耐不住饥渴叽里咕噜地叫了起来，该吃早饭了。雪风下了炕，却不见自己的鞋，精脚片子跑到二姐杏月的房间，套上杏月当踏鞋的绣花鞋挪到灶房里。灶房里也空荡荡的，不像动过烟火的迹象。雪风又往前挪了几步，见盛饭的瓦罐煨在锅台门的炭火上"扑哧——扑哧"地叫着。案板上的木碗里放着一大块酥油，一只木升子（一种民间称量或盛装粮食的器具）里盛着炒面，另一只木升子里装了曲拉，头顶的吊篮里装着早夕里新贴的锅贴粑馍馍。娘想得真周到，她知道这个馋猫儿子的，只要有酥油和炒面曲拉，他就饿不着肚子。可二姐杏月就没有娘想得周到，好像她已经是打发出了门的人，从来对雪风的衣食起居不关心，她只关心她的针线，她把做针线活看得比什么都重要，但针线活还是做得马马虎虎，上不了大台面。她将来出嫁时的精致嫁妆都是娘和大姐雪月调空做的，都在箱子底压着。但大姐雪月就跟二姐杏月不一样，一有空闲就逗着他玩。可惜她打发出门给人当媳妇当得早，要不然她会给雪风做早饭的。但大姐雪月的命比二姐杏月苦，她刚结婚不久，姐夫就跟上路过的一支军队走了，最后他到底去了哪儿，谁也说不亮晶（方言，清楚），反正他是不见了踪影，留下新婚不久的大姐雪月侍候他的一双父母。按理说，大姐雪月的针线不好吗？好，方圆几十里的沟沟岔岔没有人不知道瓦寨牛帮大郭哇敏雅南的大丫头雪月的茶饭食水和针线的，也没有人不知道瓦寨牛帮大郭哇给大丫头雪月找了个新婚不久就不照面的女婿。有什么办法呢，一个大活人，又不是长腿的畜生，要是长腿的畜生，拿来蹄绊绊了，缰绳拴了，看你往哪儿走！但人心你是拴不住的，人家说走就走二话不说，给大姐雪月没留下片言只语。要是留个片言只语，是死是活那人还有一个指望呢。但这给了人一闷棍，过着让人没有丝毫指望的日子实在很羞愧。大姐雪月只要一回娘家给娘和尕姨娘抹着泪哭泣,哭得嚎嚎呔呔的,不想再回婆家去。

　　雪风一想到大姐雪月心里就悲戚戚的。他想去沙河看看大姐雪月,他有些时候没有见大姐雪月了。他小时候是趴在大姐雪月的背上长大的,这个家里除了阿婆和尕姨娘心疼他外,再就是大姐雪月了。二姐杏月心大,才不管你呢,小时候他净挨杏月打了。从小到大大姐雪月从来就没有动过他一手指头,更不要说打他了。二姐杏月就不一样,天天瞅着空儿治他。她从来不在人前治你,而是背地里暗暗地治。明不打暗治,他的胳膊和腿上,尤其是屁股蛋子从来都是青一块紫一块的,那全是二姐暗治的。在家里没人时她不是掐就是拧,拧比掐还疼,掐只疼一会,而拧就不一样了,好像把肉拧烂了,疼在心里呢。所以只要家里没有人的时候,他从来不和二姐招仗(招惹),就怕跌在二姐手里,不是掐就是拧的,操治着让他吃野亏呢。

　　无人陪着吃饭真是没一点意思,没兴吃。雪风胡乱鼓捣了几口,就搬来方凳坐到院子里晒阳婆。阳婆暖烘烘地跳进井院里,井院里蒸腾着一股浓郁的土腥味,轻悠悠地充斥着雪风的肺腑。雪风晒阳婆晒得久了,浑身就软酥酥的,又想睡觉,却忽地思谋起了昨夜的那个梦。

　　做梦是个好事情,白天玩过了头,晚上做梦都在玩。可雪风却害怕做梦,尤其害怕做噩梦。房子大了啥响声都有,这儿突然"噼啪",又接着那儿鸽子"扑棱——扑棱"地扇动翅膀,"呜嘟——呜嘟"地转悠,还有老鼠的"吱吱"声、猫的蹦跳声、房子隔板的干裂声、苍蝇的"嗡嗡"声,都使雪风一次又一次地陷入无限的恐惧中。这样就容易做噩梦。然而,雪风昨晚夕就做了一个不好也不坏的梦。他梦见阿达敏雅南和大哥雪林二哥雪云赶着驮牛,引着黑毛、白蹄、大耳朵这些护帮藏獒浩浩荡荡地回到了敏家咀。雪风梦见他站在一段塄坎(方言,田间地边防水、分界的土埂)

上傻笑着，数着牛群和盐驮子，数了好几遍也未数清头。他还梦见阿达骑着一匹黑骏马雄赳赳地指挥着牛帮郭哇们卸驮，大哥则骑着一匹枣红走马，对他爱理不理的，雪风很生气。他还梦见了邻居马立克大哥，隔壁的孬瘸子敏林云，他们都回来了。马立克大哥看着他竟龇牙咧嘴地扬了扬手，皮笑肉不笑的。雪风想起来了，马立克大哥是恨雪风用自己做的弓箭射瞎了他家那条咬人疯狗的狗眼。他是要报复雪风。对了，他要报复，他在喊他家的"顺风耳"，"顺风耳"不知从哪儿钻了出来。"顺风耳"比他家那条疯狗还张狂，只要见着雪风就追着咬。雪风一直不敢面对面见它，只要老远见着它，他撒腿跑得比风还快。"顺风耳"忽地朝雪风张开血红的大嘴鼓着一双凶狠的狗眼窜了过来。雪风从塄坎上跳下来，没命地朝家里跑，可就是怎么跑也跑不快。眼看着"顺风耳"叼上了他的屁股，他情急之下大哭大喊了起来。这一哭一喊雪风从梦中惊醒了过来。现在，他想起梦，但想不清梦中的具体情景，只是心"咚咚"跳个不停，好像梦中那一阵被狗追得掉了魂，身子骨软不拉叽的。

雪风想阿达和大哥雪林二哥雪云了。

狗叫了。雪风记起家里还有两条狗，一老一小。他循着狗叫声出了前院，到外院才看清老狗就拴在外院大门的门洞里，一根长长的粗铁绳咣啷咣啷地在门洞里挣展屈伸。雪风寻衅般地骂狗："坏尿东西，前一阵好像失踪死断了气，一声不吭，连大气也没有，可这会儿却来了精神。"但狗却不理会人的责骂。这就是一条狗的精能之处，狗太精能了不行，不听主人的使唤不看主人的脸色更不行，要是那样，狗命也就活不长了。狗叫得越欢了，狗还没有吃早饭呢，它是在叫食叫早饭呢。雪风把剩饭盛在它面前的木槽里，它感激地给雪风摇了摇尾巴，就不再理识雪风了，埋头疯了似的吃起来。这条狗是条好狗，是阿达几年前从拉卜楞"主人家"抱来的，已经喂养了几年。

几个月前，阿达又从拉卜楞要来了一只小藏獒，一家大小好生喂养它，不让它挨饿受冻，还说年底就可以理直气壮跟着牛帮闯荡草原了。牛帮不能没有它们，它们是牛帮有力的护卫。狗的名字叫"四眼"，雪风记起来了，在它挣着铁绳扑着咬人的时候，娘和孕姨娘时常叫它"四眼"。"四眼"是很有眼色的一只狗，只要娘和孕姨娘喊声"四眼"，它马上就噤声不吼了，好像听到命令似的。

　　太寂寞了，偌大的空荡荡的前院外院就雪风一个人。

　　雪风家是坐北朝南的一进两院，进了狭长的外院一直进去，走上半人高的台阶就进了前院。前院北房是大七间的瓦房，中间三间堂屋，用来会客待客。东西各两间是阿爷和父母的坐房，盘有两铺大炕。东面那两间房里，藏有阿爷敏镇寰当年从各地收集来的贵重东西。阿爷敏镇寰不在的时候，门窗紧闭，花格子窗户从里面闩住，房门用麻花扣扣了而且还挂了一把大黑锁。西面那两间房，是父母的坐房，里面陈设简单，看着也没有啥贵重值钱的东西，只有娘陪嫁过来的两只大红木箱，也一直挂着一把铜锁，好像从来就没有打开过。雪风很好奇，娘的那只箱子里究竟藏着啥好东西呢，他想看一眼。一次娘翻看箱子的时候，雪风给娘说了。娘笑着说："大人箱子里的东西，娃娃们看不成，看了害眼丹呢。看把你眼馋的，去！"娘抚了一下雪风的头，把雪风搡出了屋门。雪风只好作罢，不想再看它。不过，那里面肯定藏着娘的秘密，雪风想。娘的那些首饰他见过几回：一对金耳环、几对银耳坠、一对玉石手镯、两副银手镯，一串绿松石项链，一套银护胸，一件"西湖水"过臀大襟上衣，两双绣花布鞋，这些都是娘当年的嫁妆，是她留下的念想。箱子里面可能还有很多雪风从来没有见过的东西，有些东西也不可能叫他见到。

　　四间西厢房从北向南依次是大哥雪林、二哥雪云和雪风、二姐杏月的坐房，挨着杏月的是孕姨娘的坐房。孕姨娘原来是一个孤女，和雪风娘年龄相仿，当年从外地逃难来到雪风家后就一直没有回去过。据尕姨娘说，她家里人都殁完了，她身后没有一个亲人。她说这个家就是她的家，她哪儿也不去，老了殁了就由雪林、雪云、雪风、雪月和杏月给她养老送终，在他们家墓地的边角上送了就行。可阿达和娘提早给雪林、雪云和雪风发话了，如果尕姨娘殁得迟，就由雪林他们送在娘的身旁；如果尕姨娘殁得早，就由阿达和娘送，不用他们操心。当年，尕姨娘是一路要饭走到雪风家门上的，是雪风阿婆收留了她，给了她一个吃住和度命的地方。尕姨娘在这个家里，一家人没有把她当旁人，而是当成了亲人待承。尕姨娘也没有把自己当旁人，当成了这个家里的一员。

四间东厢房分别是两间灶房，一间杂物间，一间柴房。

前院的院中间栽了一棵大杏树，当年阿爷敏镇寰盖北房的时候，这棵杏树有点挡道，但阿爷舍不得砍掉，就留在了院中间，由它疯长。自这棵杏树留下来后，就没有亏待过这院里的所有人，每年能结几背篼又香又甜的大黄杏。杏子熟了的时候，往往惹得院外经过的人都要摸进来笑呵呵地摘一捧。

外院没盖北房，而是东西两面盖了十几间偏房，靠北的由放牛羊和做庄稼的人手住，其余房子用作草房和牲口房。东南角和西南角盖了两间男女茅房，大门开在正南方，两面两间土房，用来堆放填圈的干土。大门正对面三四丈处是一面照壁，挡住了大门里面的形色。转过照壁是晒土碾庄稼的大场。场的南面和四角种了萝卜、胡萝卜、大葱、大蒜、韭菜、白菜、芫根、芫荽、青菜、苦豆、豆角、菠菜等菜蔬，在尕姨娘等人的务弄下长得嫩嫩胖胖的，够一家人冬春四季吃了。照壁上画着一湖春水，湖边春柳荡漾，湖水里是一群欢游的鸭子和几只不名的水鸟，可能是鸳鸯。一年四季看着这照壁，有种走进了江南水乡的味道。照壁前面是那棵百年老白杨树，树上搭满了鸟雀的窝。铃铛雀、白嗓子嘎乌、喜鹊在树上搭了三层窝，挨着树尖的树梢上白嗉子嘎乌搭了两只窝，中间树杈上喜鹊搭了两只窝，这都看得见，每只窝都像背篓塞在树枝中间。铃铛雀的窝在最下层，它们把拳头大的窝搭在细密的嫩枝中间，进进出出的，人是看不出来的。开春草木萌芽的时候，两只红雀藏在嫩黄的枝叶间一唱一和地唱着"西湖水镜"。阿爷敏镇寰在的时候，时常坐在门外的一只三条腿的木凳上，听红雀清脆的鸣唱，脸上洋溢着恬静的神情。

　　雪风坐在院子里像是坐在了天井里似的。幸好这宽大的四合院中央有一个花园，里面种了红刺玫、黄刺玫、红芍药、奶白芍药、紫斑牡丹、白色花瓣上缀着黑红斑点的山丹花和其他花草。紧挨大门的两边还有两棵李子树，开春时，粉白的李子花搭在墙头上，艳艳的。李子树是阿爷敏镇寰小时候栽的，已经结了几十年果子，直到现在一到收麦季节，那黄澄澄的李子吸引着村里的小孩们偷偷摸摸地爬到树上吃得酸倒了牙。有时候是小孩子们自己爬到树上去摘，有时是雪风领着小孩子们去摘，整个树身都光溜溜的，那是若干年来一茬又一茬的孩子们爬树爬光的。现在雪风坐在空荡荡的前院里，望着挂满青涩杏子的杏树，前来啄涩果的鸟儿不时叽喳上几声，显然是被涩果涩得失了调，听着鸟儿那样叽喳，雪风就嘿嘿地笑出了声，笑声有点稚嫩和无寥，带着一丝幸灾乐祸，可鸟儿依然那样涩叫，不管雪风的嘲笑和幸灾乐祸。偌大的院落有了这惹人眼目的绿色、花卉和鸟鸣，一个焦急无着的心就会有那么一丝片刻的消停，要不，那还不把人急傻急疯。雪风想出去撒会野，可外院大门却叫娘和孕姨娘或是二姐杏月从门外上了锁，出不去。

　　雪风看着方方正正严严密密的四合院，心想这房子实在是太大了。庄子里其他人家都是几间北房，他又想要是让他们那些玩伴们住进来该有多好，但他们是住不进来的。他们长大了只能住那矮小的房子，他们家里那么穷，七八岁了还精沟子光屁股的，要住那么好的房子是不可能的。

时至中午，娘从地里回来了。娘脸上红扑扑的，好像是给日头晒热了，可又与往常不一样，是一脸的光鲜，大概是遇上了什么好事情。她用汤瓶倒水洗了脸，然后高兴地告诉雪风："你阿达和大哥雪林二哥雪云要回来了。"雪风一听说阿达和大哥二哥要回来了，高兴得差点一蹦子蹦到屋顶上。

等待大哥雪林和二哥雪云的归来成了雪风每天的头等大事。雪风的阿达和大哥雪林二哥雪云带着牛帮去遥远的藏地了。雪风的阿达敏雅南是洮州瓦寨的牛帮大郭哇，在家的日子少，出门的日子多，所以这就不能不叫雪风朝思暮想了。

2. 等空

几天来，雪风的家里就像落了月亮一样，满屋生辉，充溢着欢欣、喜庆的气氛，一派热闹、欢悦的景象。欢声笑语整日整夜在前院后院里荡漾，好几天平静不下来。

这样的时候，当然很好，姑舅兄弟姐妹都来了，雪风就有了新的玩伴，就可以不知白天黑夜地玩个天昏地暗，而且也可以有理由不去学校里读书挨杨先生的勾板了。杨先生来吃早饭和夜饭的时候，他就藏到谁也找不到的那个夹墙缝里。那个地方，阴暗得很，进去之后就像进入到了坟墓里面，四面上下不见一丝亮缝。这是一个静默的世界，进去之后就只有自己的呼气声。这个地方谁也找不到他。他家里要过事情，他就可以光明正大地不去学校了。姑舅兄弟姐妹来了，在雪风的指挥下拆天掘地，把家里闹成了马蜂窝，院子里扔满了树枝，曾绊倒了好几个人，但雪风他们却不管这些，谁让他们眼不亮不看脚下呢。雪风他们玩累了就从娘那里要了好东西吃，平常不易吃到的点心、柿饼、核桃、红枣、葡萄干……他们都尝了个遍，这些东西，只有在每年的几个节日上才能吃上那么一点。其实，在敏家咀大多数人家是没有这些吃食的。尤其是这几年一路一路的官兵和土匪你追我撵地经过，盗贼们也活动猖獗，很多人都忙于逃命了，哪里还顾得上吃什么好东西呢。雪风的阿达敏雅南从十四岁给人当脚户，到十七岁跟着当瓦寨牛帮大郭哇的阿爷敏镇寰自立门户赶着驮牛进藏区做生意，到现在一步步做大，把一个原本并不富裕的家支撑得殷殷实实。雪风家里好吃的东西一年四季都有，但被娘锁在堂屋的大木柜子里，平时是不容易吃到的，只有家中来了稀客或是请人给那些见过面的和未见过面的亡人们念经时，或是牛帮出远门要上路时，他才能从盛吃食的木盘里乘娘和二姐杏月不注意时偷着拿上少许，悄悄地吃个新鲜，吃个香。但摸拿偷吃需十分小心才是，一旦被家里人发现，通常是要尝阿达挂在牛圈柱子上的皮绳或娘手中湿抹布的"甜头"的，因为摸拿偷吃给客人备下的吃食会遭人笑话的，也会被人认为这家的娃娃没教养，没大小，这样往往也就伤了父母的脸面，倒了门面，给家里长辈脸上抹了黑。所以偷摸时绝对要眼疾手快，而且要面不改色心不跳。雪风有时候也不需要偷偷地摸拿，娘会给他吃上一些的，这时候就是他最高兴最幸福的时候，他会把捏在手心里或是揣在衣襟里的吃食一粒一粒或是一点一点地放进嘴里细嚼，可有时吃得快完时才想起最要好的玩伴来，勒了嘴却又馋得垂涎不已，直到捏着送到玩伴的手里时，已捏成了一摊稀泥。

雪风的二达（二叔）敏雅生带着商队赶着驮牛和马匹驮了贵重药材到西安交货后，从西安拉回了一批绸缎、瓷器、碗盏到瓦寨城后刚回来。

二达敏雅生比阿达敏雅南脑子活泛，他从来不跟牛帮去草原，也不做单马客，而是组织了一支商队走中原汉地。他说走藏地草原那个苦太大，他吃不了那个苦。走汉地相对而言苦较少，他组织牛帮或是马队，驮着雪风阿达当大郭哇的牛帮从藏地阿哇、松藩等处驮来的名贵药材麝香、鹿茸、牛黄、冬虫夏草、藏红花、贝母和皮毛等，从瓦寨城或敏家咀出发，向北越过札嘎梁，经美仁草原一路向北直达河州，再过黄河到达兰州，或经河州至临洮，到陇右接川陕。回来的时候，货出手了，一部分驮牛和马也卖了高价，将当地的茶叶、干果、衣物、布匹、绸缎、铜器、陶瓷器驮回瓦寨城或敏家咀，再由牛帮驮到藏地草原。

这几日，雪风二达敏雅生时常像吃了酸杏子，龇着牙莫名其妙地笑，有时候眉毛都笑开了花，整日跑来颠去的，可把他忙活死了。

雪风家的亲戚们像从地下墓地一下子冒出来似的，挤满了所有的屋子。他们来了就不急着走开，就像是期待着什么，又像是渴盼着什么，眼神全是那种沾光沾喜之后神采飞溢的舒活劲。他们把大门外的大道看得仔细无比，眯了眼，望向门外大道的方向，他们是有所等待。远道上扬起一股细细的尘烟，他们就急不可待地张口欲喊，像是那尘埃中会卷来些期盼的什么。直至尘埃落定，才知是旋风飞旋着旋起一股细细的尘柱，把土路上的细尘卷起来向着村口奔跑，到了村口，像是突然倒塌的庞然大物轰地瘫了一地。他们轻轻地叹口气，彼此有些失望地瞧上那么几眼。尤其是那些邻居们，吃饭时分总会出现在雪风家的院子里，在屋子里转前转后、转上转下，吃上一顿饭，再说上几句与他们不相干的话，而后告辞。或是顺便问一问雪风的娘暂时有没有啥帮忙的，雪风的娘总是笑着回答他们，暂时不缺人手。

这样热闹的时候是不常有的，那这么热闹究竟是为了什么呢？雪风不知道，他只知道这样的时候很愉快。以往就不是这样了，娘决不允许雪风把任何人引进前院里打闹、玩耍。而是让雪风坐在家里认读杨先生教写在识字板上的字。过了这个春天，到上冬雪风就要到县城里的新式学校里去念书了。这是雪风阿达的主意，不过还没有给雪风说。杨先生也说了，雪风天资聪慧，人小鬼大，是块读书的料。先在敏家咀学校里读着把眼睛睁开，再到瓦寨城新办的新式学校里去读书。杨先生说："雪风到瓦寨城里去读书读成功了，我也就辞学回家种田去。"

在家里，雪风就像一只囚禁在鸟笼里的小鸟，没有太多的自由，很是寂寞。

雪风就当孩子王，带着亲戚家的半拉子孩子们到红雀河滩里去耍。红雀河滩的白杨和河柳林里有喜鹊、乌鸦、红嘴鸦儿、燕子、白翎子、嘎拉鸡、啄木鸟、鸽子、布谷鸟、翠鸟、云雀、麻雀、红雀、铃铛雀、小豆雀、水雀、白头翁，河里还有凫水的灰鸭、麻鸭、黄鸭……这些大大小小的鸟雀叼了毛和草，在小树杈上或是林边茂盛的草丛里或是河边干燥的崖缝里盘了窝儿，母鸟静悄悄地深藏着卧在窝里，孵着下一代，而无所事事的公鸟则在天气晴朗的时候此起彼伏地卖弄着它们嘹亮的喉咙，唱诵各自好听动人的鸟歌给顽童们尽情地助兴，热闹非凡。畅游在红雀河浅水处草丛里的鱼儿，在小河汊的静水里摆籽儿，像针尖一样的鱼苗在镜子般的水里像箭一样窜来窜去，惹得那些馋嘴的水鸟叽叽喳喳地旋来飞去，欲捉而食之；在浅水里挤来挤去的小蝌蚪和小青蛙则躲不过灰鸭、麻鸭和黄鸭长嘴巴的吮吸，滑叽叽呼溜溜地吸进鸭类的肚子里，成了它们回味无穷的美食。

林外的草滩里，狗头蜂、麻子蜂、细腰子蜂、野蜂和各色的花蝴蝶，还有各种蚊虫也都争先恐后不知从什么地方钻了出来，飞旋着，惹笑了盛艳的花草，嫩颤颤紫汪汪红艳艳地铺了一地。

这几日，在雪风看来有点不寻常，大家像是在等待什么人，哦，对了，在等阿达。可以往阿达要来突然就来了，也没有这么多的亲戚上门等，只是一家大小的牵挂等待。雪风悄悄地问敏雅生："二达，等谁呢？"敏雅生给雪风半截子话，说等来就知道了。雪风真不明白，等人还有这么多礼数，让他自己来就是了，何必这么兴师动众呢。雪风想不清头，想不明白，那只有等来了才见分晓。

欢天喜地耍了几天，没有人愿意给雪风说这是怎么一回事，只是远地方的亲戚们一批接一批地来，拖儿带女，提提搭搭的；附近的亲戚们一批又一批地接待着。雪风的家里就像集市似的。几天过去了，雪风的娘乏累得很，雪风也玩得乏味。

敏雅生给雪风娘和二婶说消息不准。雪风娘和二婶白了敏雅生一眼，说："你一辈子没有说对过一件事，也没有做对过一件事。"敏雅生摊了摊手，说："谁知道事情成这样子了。"

亲戚们等了几天又都陆陆续续回了家。二姐杏月从锅台上歇下来脱了身，又到别人家学针线去了。娘还有很多活要去做，突然静下来的空荡荡的家里就又剩下了雪风，他又成了这座天井里的青蛙，孤声哀鸣。几只麻雀和铃铛雀在杏树上跳来跃去的，雪风看着心里干急燎。

雪风期盼整日整夜地做梦，在梦中他就可以见到阿达和大哥二哥了。这样他就不会感到孤寂了。

家里人来人往的，雪风终究没有想明白。

3. 匪患

午夜，雪风被几声清脆的枪声从酣梦中惊醒，吓得心"怦怦"直跳。娘哆哆嗦嗦地催尕姨娘、雪风和杏月："土匪来了，我的娃们，快起来躲一躲。"这时候娘的神志好像不是那么太清醒，多半是吓的缘故。这两年都传言说土匪活动非常猖獗，一个庄子一个庄子地清洗，牛羊、骡马、布匹和钱粮等都是他们必抢的东西。前一阶段，雪风大姐雪月那个庄子沙河就遭了抢，听说还殁了人呢。这会土匪来抢敏家咀，这还是头一遭。那些吃干饭的保安队的人哪儿去了呢？平日里耀武扬威地背上支破枪帮保长征丁、纳粮、摊捐、抽税，这会全变成了缩头乌龟，下了软蛋，不见踪影。雪风娘跑到门边贴耳听了一会，回来点着了清油灯盏，急急燎燎地和尕姨娘拉着雪风和杏月往屋外走。此时的杏月已吓得双腿打颤，牙磕牙了，好半天说不出一句完整的话来，只差往裤裆里尿尿了。雪风听到娘的心在"咚咚"地跳着，擂鼓似的擂着胸部的衣衫。娘不知将雪风和杏月藏往何处，她知道现在她一个妇道人家没有能力保护自己的子女。"藏到洋芋窖里去，快、快！"她吩咐两个快要哭出声来的子女。可一想又不对劲，土匪抢东西能不搜洋芋窖吗？对了，干脆藏到后园子里去。她家的后园子是一个菜园子，开了西厢房的澡房子门，就可以直接进到后园子里，她急急慌慌和尕姨娘拉着雪风和杏月进了后园子，后园子里面菜蔬已经盖住了地皮，墙角里揽麦草的一只破旧大背篼反扣在地上，背篼虽然破旧，但藏上两个人还是能行的。两个人把雪风和杏月藏进了背篼底下，周围又用碎草伪装了一下，就急急地出了后园子。雪风和杏月互相抱着抖成了一团，彼此都能听得见心的剧烈跳动声、牙齿不听使唤的磕击声。杏月哭了，雪风也跟着哭了。又几声枪响，大门外响起了"咚咚"的跑步声。娘和尕姨娘到哪儿去了呢？雪风和杏月正想着，突然背篼被猛地掀开了，雪风和杏月同时吓得惊叫了一声。娘把一只装有东西的又沉又重的皮袋塞进了他俩的怀里又用背篼罩住，再三叮嘱两人不管发生啥事情都不要现身出声，然后迅疾地出了后园子。这时候的娘和尕姨娘在模模糊糊的夜色里变得黑不溜秋的，难看极了，像两个刚从锅灶里钻出来的丑八怪。杏月吓得好像气色都没有了，这次，家里说不定要遭多大的殃呢。那年，国民党新编十四师鲁师长的军队过境，也是这个样子，先是放枪，后是拿东西，她的记忆深处还留有那伤痛和可怕的影子，那次，阿婆为争夺家里的牛，被鲁师长的军队枪杀于门外的大白杨树底下了。那年，村里死了好几个人，多是一些性子刚烈的男人，女人和娃娃都躲到山里去了。可阿婆那次偏偏没有躲，因为阿爷、阿达和二叔都赶牛贩马去了，她得操持好这个家，管护好这个家。她让雪风的娘抱着襁褓中的雪风拉着九岁的雪月早早地躲到了山里，给她留下了六岁多的杏月。那次受了那么大的惊吓，杏月能不吓着吗？一朝被蛇咬，十年怕井绳，就是这个道理。雪风和二姐杏月抱着沉沉的皮袋听着院里的动静。他俩等待着事情的发生和过去，整个背篼底下只有雪风和杏月粗粗的呼吸声，"咚咚"的心跳声，偶尔紧张的吸鼻声。

隐隐约约听到巷子里有人在哭，是一个女人，两个女人，好像是几个女人在哭。大概是遭了抢或是遭了羞辱的女人在哭。"咣当"一声，雪风家的大门被踢开了，拴在门内的狗疯狂地咬叫了起来。他俩听到了门板的破裂声。"叭！叭！"有人在院子里放了几枪，阿达那条通人性的藏獒突然像是吃了热洋芋被噎住似的没有了一丝动静。"土匪把狗打死了！"杏月捂住了雪风的嘴。里院里脚步很乱，人声嘈杂，好多人进了院。"土匪人多，你听。"杏月又捂住了雪风的嘴。雪风很生气，二姐杏月捂得他喘不上气来，真是胆小鬼，这么小声说土匪能听见吗？也许雪风还不知道，国民党新编第十四师过境那年，村里人都藏到了山里，王四麻子家媳妇就因没有看守住嘴，在山里和王四麻子吵嘴，泄露了家里藏钱财的地方，被仇家听到了，过了几日，仇家寻上门抄了王四麻子家，劫走了全部家当和钱财。嘴多了有时候是会坏事的。里院里脚步声杂乱无章地跑来颠去，碗盏一只又一只地"啪啪"摔破着，碗盏的破碎声清脆而又密集。"土匪在家里翻箱倒柜呢。"这回杏月没有捂雪风的嘴，只是把雪风的头往自己怀里揽了揽。娘哭了，哭得声嘶力竭，土匪肯定是找着了娘的细软或是什么值钱的东西。土匪在吼着骂人，好像是在骂娘，土匪一骂，娘就又不哭了。娘肯定是被吓着了。雪风和杏月低声恨恨地咒着土匪："这帮贼杀的东西！"可咒有什么用呢，他们是听不到的，他们照抢不误。

不知过了多久，里院好像没有了任何声响。赛里木阿爷掀开了罩着雪风和杏月的背篼。他俩跟赛里木阿爷出了外院，看到大门洞里黑洞洞的，大门的门板已被土匪踢得卸在了院当中，院子里黑乎乎的东西撒了一地，那是被褥之类的东西。脚底下磕磕碰碰的，碗盏碎了很多。雪风和杏月不知娘和尕姨娘怎样了，循声往屋子里寻去，见娘头上顶着一件雪风的衣裳坐在门槛上一声不吭。娘的头发散了，盖头不知掉哪儿去了。赛里木阿爷过去拉了一把，她像失语似的甩了甩头，仍没有吭声。雪风没见到尕姨娘，尕姨娘翻过后园子墙，一溜风跑到山里去了，这会还没有回来。看来尕姨娘没有吃亏。二达敏雅生一家也没有吃亏。二达敏雅生贼精，听着动静早领着一家子带着细软跑到大弯山上去了。

人手麻成恰好躲过了这一劫。那天，麻成儿子麻文生病发了麻疹，麻成媳妇领着麻文到瓦寨城里找天生堂马先生看病去了，麻成不用去，麻成媳妇跟马先生很熟了。因为出冬前阿哇老爷阿拉加布家大女儿拉姆跟着敏雅南来瓦寨城里的天生堂马先生跟前号脉看病，住在端对的永盛昌客栈，服侍了几天。头几天，马先生一天来两趟，早晚来给拉姆号脉。后来拉姆病稍轻了就转到了雪风外爷丁仰迁家，麻成媳妇也跟着过去服侍了近两个月。这次麻成媳妇带着麻文也去了雪风外爷家住着，轻车熟路。

媳妇和儿子麻文一走，麻成就到北山红雀阳坡和马叶儿河草场看驮牛和马匹去了。这片草场原来是敏镇寰祖上敏千户的辖地，是千户家放牧牛羊和马匹的地方，千户家势衰败后由洮州瓦寨牛帮和马帮共同经营放牧。北山红雀阳坡和马叶儿河草场放养着几个郭哇从觉乃车巴沟购买的小犏牛二百头、乔科乘马七十匹。这些牛和马匹由几个大郭哇庄里上了年纪跟不动牛帮的人照看。敏雅南走时给麻成说了，十天半月要他去趟那里，给那些人送些吃食，看看那些骟牛和马匹的膘情。麻成通常去时骑他那匹骑惯了的枣红马，赶上两头驮牛，驮上给牧人的吃食。这次，麻成还带上了"四眼"，让它跑跑路，练练胆子。麻成去得勤，十天左右就去一趟。只要到了红雀阳坡地界，他打一声呼哨，那些人听到了麻成的声音，就在山那边用洮州花儿来应和他。

> 红马驮下碗着呢，
> 麻成来看我着呢，
> 高声大嗓喊着呢，
> 看我瞭是喘着呢。

> 镰刀要割胡麻呢，
> 下苦流汗怕啥呢，
> 驮来皮袋要大呢，
> 不是我们吃啥呢？

山这边，麻成悠悠地骑在马背上，赶着驮牛，右手搭在右耳边唱道：

> 北山林里雾拉雾，
> 南山林里下着呢，
> 饭包牛背上挂着呢，
> 心里还怕啥着呢。

> 大白纸上画像呢，
> 挡牛花儿要唱呢，
> 你们做事像样呢，

我来时稀不荤障呢。

　　麻成和挡牛放马的人你来我往地对唱着花儿，终于见到了他们的帐篷。麻成打马快跑了过去，"四眼"一会在草丛里追着蝴蝶，一会追着驮牛吼几声，见麻成走得远了，就圆滚滚地跑了来，吐着猩红的舌头。麻成老远站着看"四眼"的笑话。他自言自语道："看你再偷懒，不把你跑断气才怪呢。""四眼"见麻成站着不动，也就站着歇缓。

　　不知麻文的病看得怎样了，这几天也没见回来。没回来倒还好，生生躲过了这场劫难。这叫有福人不忙，无福人跑断肠。

　　不知是谁点着了清油灯盏。清油灯盏一亮，才照清了屋里屋外的一切。家中的被褥柜子里的衣裳扔得满地都是，但没有一件是新的，新的衣物都被土匪抢走了；柜子里的白面像老牛舔了似的，未剩一撮一粒；一切有用的细软都卷走了，真可谓是洗劫一空。阿爷房间的大黑锁砸烂在地上，里面值钱的东西都卷得没剩一件。这间让人很少踏进去的房间，此刻乱得不成一点样子了。

　　仔细看这个家简直就不像一个家。遭此劫难的家犹如一头愣牛闯进了瓷器店踩翻了货架，满地都是瓷器的碎片。这就是土匪的本性，拿得动和有用的东西统统搬运走，搬不走和挪不动的东西统统砸碎敲烂，让你可惜得心疼，恨得牙都快咬成了骨头，但你必须接受眼前的事实，吃不穷喝不穷，计划不到一世穷，土匪耗踏几世穷；天不怕地不怕，就怕土匪来抢砸。土匪的抢劫都是有目标的，太穷的不抢不拿，穷人你就是敲碎骨拐也榨不出二两油，大户人家不敢抢，你抢人家有枪，来一个是一个来两个算一对，叫你有来无回。而且人家也能叫来保安队，叫你吃亏不浅。最容易得手的是那些家道殷实但屋内空虚的人家。雪风家就是这样的人家，其实，他们这个庄子上是没有产生过什么大户人家的，都是些略有盈余的人家。土匪这次选择了雪风家和杨而沙家，还有河对岸的王尔利家。土匪在抢之前是放了眼线的，摸透了庄子上的情况后才动手的，要不然，庄子里会组织人员防范的。贼没良心鳖没血，人一旦干上了这羞愧先人的勾当，也就什么都不顾了，眼前看到的只有白花花的银元和白生生的白面馍馍，哪里还有什么内心的愧疚和忏悔呢。没有，一丝一毫也不存在，良心早就被狗吃了，忏悔也丢爪哇国里去了。罪恶对他们而言只是开始时一闪而逝的念头而已。赛里木阿爷找了几片破碎的门板，凑不到一块，大门是堵不上了。雪风娘看着闪闪跳动的清油灯盏，眼神在那火焰上停留了片刻，突然像泄洪的江水冲出了闸门，"哇"的一声哭出了声，她这一哭，人们紧悬的心才算放了下来，看来她的神志是恢复了正常。

雪风家被土匪耗踏得不像家了，倒像牲畜的圈，要多乱有多乱，要多烂有多烂。

敏雅生摸黑回来后在院子里拾掇那些还未摔碎的家什，这个家还需要那些东西。圈里拴着的两匹马被牵走了，放在堂屋的一些好东西被卷得没剩一片瓦碴子。还好盗贼没有寻着他家藏东西的地窖，要是寻着地窖，那麻烦就更大了。要是有条枪就好了，有了枪——人要胆量有胆量，也就活得不这样窝囊了。他的短枪和快枪前几天刚被瓦寨城里的马家借去了，说是要出趟远门。要是他的枪还在，他追上去不拼出个所以然来也要拼个你死我活。这口气咽不下去。

土匪走了很长一会，人们才缩头缩脑地走进雪风家，才互相问抢东西的土匪是哪里的土匪，可谁也说不上，究竟是哪儿的一股子土匪，谁也没有见过，也更没有遭过抢。在这样的年月，人们苟且活着也就算命大了。自那年白朗过境进犯之后，洮州这块土地上再也没有安定过，不是你杀过来就是我抢过去，人们把这都不当一回事了，反正光脚的不怕穿鞋的，穿鞋的怕要命的。

可今晚夕过来的却是听也没有听说过的土匪。前几天县里下来的保安队还人模狗样地在各庄子巡查显威了一遍，那是给圆帽子老百姓看的，谁心里都知道，哪个亮晶人去保安队呢？有时候保安队的人连自己的命都保不住，哪里还顾得上管护老百姓呢，因此圆帽子老百姓对保安队是不抱任何幻想和希望的。要是土匪早来两个月，那些有快枪的牛帮郭哇都还在，那些个牛帮郭哇个个可都是神枪手，在月夜里百米之外取马脖子下的铃铛易如伸手摘桃。那土匪可就要吃点亏了。可惜那些人都不在。

一种不祥的预兆和悲气悬罩在敏家咀的上空，真正的大难好像要到来了。

这种大难究竟是什么呢，人们心里都有种预感，但说不出个所以然来。

4. 求雨

劫后的庄子上显得无限空寂、萧条无比，人们的脸上再也没有了往日的笑容，恐怖和惊惧袭击着每个人的神经，尤其是夜晚的庄子多了一分不安和悲凉。雪风娘的脸瘦了几圈，眼圈子像是涂了炭似的，黑乎乎的。二姐杏月也不去学针线活了，她像变成了一个哑巴一样整日不说一句话，目光沉呆呆的，失去了光泽和亮度，死鱼样盯着地上一动不动。那天晚夕里她受的惊吓也许太大了，刺激了她的神经。雪风不去学校里读书也不去玩耍，整日地把自己关在屋里，"叭叭"的枪声一直在他的耳畔回响，他也是被吓着了。惊跑的兔子吓傻的人，雪风娘看着雪风和杏月被吓成了那个样子，心里就涌上一阵疼痛。敏雅生每天过来都要把侄儿侄女看上一回，说些安慰的话，可不管敏雅生怎么安慰都无济于事，姐弟俩像突然变了个人似的，对二达的话没有丝毫的反应，木愣愣的似两截不会说话的木头。

庄稼快要拔节了，可天却旱着，庄稼像施了定身法不见长高。天一直旱着，旱了好些日子，雨水奇缺金贵得像清油硬是不落一滴。天是一天比一天蓝，瓦蓝瓦蓝的不见一丝流动的云彩。风也不见吹过，即使有风不是西风就是北风，等不来一丝东风。天上不落雨，山坡上草的颜色变成了土黄色，黄蔫蔫的；地里的庄稼焦渴得快要贴到地皮上了。这样下去，庄稼就没有多大的希望了。眼巴巴地等着也不是办法。人们跑去跟阿訇（清真寺主持教务的人）说，人家上庄这几天泼水敲锣打鼓地求雨呢，我们也能求雨吧？阿訇说了："能！"于是人们开始要求阿訇组织力量求雨，因为再不求雨庄稼就要干枯了，庄稼一干枯，人们一年的希望就落空了，来年吃啥？这几年的庄稼收成本来就不好，再加上各种莫名其妙的征粮及土匪的抢劫和"借用"，人们柜子里就没有余粮，只有来年的种子。苦苦菜、马叶菜、苦根菜、车轮菜、苦子弯、地丸子……都是糊口救命的吃食。这几年粮食金贵得很，今年要是再旱到底，庄稼没收成的话，你就是驮上金子也换不到粮食。雪风家的地窖里有粮食，那个地窖是他阿爷敏镇寰手里修的，修了好几年，里面放了两个十石的木仓，每年都是把旧粮倒出来把新粮装进去。地窖就掏在雪云和雪风的坐房底下，扒开炕洞，掀开石板，走下二十二层石台阶，就到了地窖里。地窖很大，用柏木板铆套了两个大粮仓。仓底下地上铺了半尺生石灰，石灰上面再铺了一层五寸厚的白松板，再上面才是粮仓，它上面是炕洞，一年四季煨着干羊粪，仓里面即使有潮气也会被炕洞里的热气拔了上去。阿爷敏镇寰曾把粮食存了四年，用麻袋和长条口袋扛出时，仍干得崩牙。后来阿爷和阿达、二达就七到十年换一次仓粮。阿爷做这一切都是被十几年前的那次大旱给旱怕了。那几年他常说天不怕地不怕就怕天旱把肚子饿了。他是被饿怕了，在饥馑挨饿的那个年月，人的思维当中时刻想着的就是粮食，但未等到阿爷真正享受上他修的地窖的福，人就突然说走就走了，失踪了。家里人开始听说是去了口外，从此没有了音讯。那次，地方动乱，雪风阿达领着一家大小在河州城里举目无亲立不住足，加上饥饿，只好去了拉卜楞"主人家"。在拉卜楞"主人家"住了差不多半年，后来听说地方上平安了，才携家带口返回到了敏家咀。到了敏家咀，房子虽然被人拆去了一部分，但地窖仍然存在，里面的粮食也还在。由于有了这点粮食，雪风阿达就开始了艰苦的创业，暂时抛却了心灵上的创伤，继续恢复先人的基业。可是，阿爷敏镇寰却没有回来，这就成了一家人心头上的一块病症。

　　阿爷敏镇寰早年曾说过大旱必有大难。可大旱究竟会带来什么样的大难呢？谁也说不清，谁也不敢说。人们这样一想，就恐惧地想到了以前的事，那不是三十年的远话，也不是三十年的远事，有记忆的人都知道的。阿爷说，他小时候一连旱了四十九天，阳婆把山上的草晒黄了，把地里的庄稼晒成了干草，红雀河里的水都断了流，那些畅游的鱼儿遭了殃，小河汊里原来活跳乱跳或像箭样游走的鱼儿全晒成了鱼干。河边上不时有青蛙白肚仰天躺着，干成了树皮样的东西。先前在红雀河里凫着水捞鱼捉青蛙的那些黄鸭、麻头鸭不见了踪影，它们顺着河道寻找凫水的洮河去了。要不是大泉里还有那么一点水，把人都渴死呢。人们都在想禳大旱的办法，禳大旱的办法只有一个，那就是虔诚求雨。

　　负责组织求雨的是敏家咀阿訇，外乡人叫他大学阿訇。那天，晨礼刚一结束，他又领着众人礼了两拜祈雨拜，然后他让礼晨礼的众人回家后通知全体男人，尤其是年长的和年幼的一个也不能差，穿上破旧但洁净无染的衣裳，在晌礼前全部洗了大小净，集中在敏家咀庄外的大草滩上。敏家咀的人从来没有祈过雨，也没有见过如何祈雨。晌礼的时候未到，但人们却空前整齐地来到了敏家咀庄外的大草滩上。人们都一脸的严肃，默默地注视着款款而来的敏家咀阿訇。日头毒毒地烘烤着大地，像浇了油似的烘烤得叫人受不了。人们都穿得既单薄又破旧，本来人们就没有多少穿的，在这样的毒日头下穿得那样单薄和破旧，就受不了。敏家咀阿訇又命所有的人都脱去上衣暴晒在毒日头下，命满拉（清真寺学生）们诵读《古兰经》，祈祷真主赐恩降下甘露。第一天没降落一滴雨，到第二天时，人们的身上都晒出了水泡，疼得身上挨不得衣裳。在大草滩上的人们整日晒在烈日下，晒得嗓子都冒烟了，满拉们光着膀子顶着毒日诵读着《古兰经》，到第三天晌午时分阿訇又领着众人礼了晌礼，随后又礼了两拜祈雨拜，继续让人暴晒在烈日下。时至下午时，东方上空出现了大片大片的浓云，然后是闪电、响雷。雨终于来了。大雨浇头盖脑地下了一会，突然刮起了一阵大风，把那浓云吹得瞬间烟消云散了，大雨只是覆盖了飞扬的尘埃和灰烟，离解旱还很远。

花白胡子的老阿訇看着眼前这一幕，脸色凄凉凄凉的。他叹了口气说："洮州要遭大难呢，这是真主的意欲。大家各自想办法去奔各自的生计吧。有银钱没银钱的人多攒些青稞存起来吧，往后一粒青稞肯定要比一块银钱还值钱呢。银钱不值钱的时候，半背篼换不来一升度命的青稞面。"

这个时代有人经过，有人亲身试过。

敏家咀历史上仅有的一次求雨就这样以覆尘的一点雨量而没眉没眼地结束了。

饥馑的年月，在这一年的冬季就开始了。

敏家咀的人们也许再也没有好日子过了。阿爷还说了，他小时候的那个旱年，有钱人把银钱整车拉上换粮食呢，一车银钱换不了一车粮食。谁都知道，粮食能救命，银钱救不了人的命。你就是有再多的银钱也不当粮食吃，救不了你的命。

阿爷还说了，挣的银钱够花就成，银钱多了不是好事情，有时候你有命挣没命花。这个道理谁都知道，可是，你手里不攥着银钱，心里就慌得站不稳；手里有了银钱，可你又烧得站不住。

饥馑来临，你的银钱能用多少呢？还能不能用上呢？这也就谁都不知道了，只有上苍知道了。

雪风也许知道。

第二章

1. 阿拉加布

阿拉加布老爷头戴一顶白得像雪雕成的礼帽，高领的黄丝绸衫掩不住他挂在脖子上像鸡蛋大的红玛瑙、红珊瑚、玉石、蜜蜡和一个九眼天珠串成的项链，脚上穿着一双高筒马靴，腰里别了一把精致的银把子藏刀，带着少有的富贵气骑在一匹枣红走马上，身后跟着的一众随从手里牵着马儿，站在官寨前的一处平地上，目光炯炯地遥望着奔腾的阿曲河。阿拉加布四十多岁不到五十岁，让阿曲河岸边南来北往的风雕刻得棱角分明的四方脸都成了紫红色，和胸前的红玛瑙成了一个颜色。他凝望得时日久了，对身后的管家洛桑说："洮州瓦寨牛帮大郭哇敏雅南前几天差人来说今儿个就到阿哇了，让我腾出个地盘让他们的牛帮歇几天脚，这个我能不答应吗？洮州瓦寨牛帮大郭哇敏雅南的牛帮，没有不腾着给个地盘的理由。他们这个时辰应该是到了，要是不出啥意外的话。"管家洛桑躬了躬身，说："老爷！我也派出马队到若尔盖滩去迎了，没迎上。根本就没有他们的影子和音讯。是不是哪里耽误了行程或是遭到了啥麻烦？是鸟能听到鸟叫呢，咋就没有他们的音讯呢？"

阿拉加布眯起鹰隼一样明净锐亮的眼睛，瞅向远方。清晨的雾一股一股地从草地上笼起。早雾正在草原上的巨大水眼或是水湖滩里升腾着，钻进远方深蓝色的天空里，像一顶顶冲天升起的蘑菇状顶柱，游走着越升越高越升越大，最后游走的蘑菇样的伞顶连接在一起，哗地遮住了无垠的草原，挡住了阿拉加布瞅向远方的视线。他垂下眼帘，看着牵着马站立不动的管家洛桑说："半道上强盗多，但打上我的旗号应该没啥问题。我的东西谁敢抢？除非是吃了豹子胆的人。哪里的土匪抢我的东西，就是和我阿拉加布过不去，是向我开战，向阿哇草原开战，那我只有剿灭他们。不过小股土匪他们自己有办法解决，我相信他的能力和智慧。他们如果连盗抢的小股土匪都解决不了，他那个洮州瓦寨牛帮大郭哇就不要当了，把他们洮州的镖旗'青龙旗'和'绿鹰旗'撕了，羞死先人了。要真是那样，就坏了我阿拉加布在阿哇草原的名声，把我的旗号撤回来。"

管家洛桑腰挎长刀，内穿高领白丝绸衫，外搭青布料单袍，靴鞡比老爷阿拉加布要低很多。他仰望着阿拉加布的脸，仍躬了躬身，轻轻地说："老爷要不先回官寨歇着喝早茶去？我再派人去打探寻找。"

"我等他们的货等了快一个月了，货再不来，我的益西梅朵难道就不嫁人了？黑水那面已经派人催了好几回了，你不是不知道。"

洛桑站直了身，看了一眼阿拉加布阴沉的脸，转身看着远处笼起游弋的浓雾，说："今年开春草原上雨水广，路上起行困难大，有些路成了水湖滩，是要避开绕着走的。我听报信的人说今年洮州大旱，他们的驮牛没来得及换觉乃车巴沟的犏牛，本应是退驮几十头牛的，可咱们催货催得急，他们比我们还急，还怕耽误行程和路上货物的安全，所以驮牛没来得及换。换上新犏牛还得到茶卡盐场去驮一次货，新驮牛挼不乖不成，我们要的货都是精细值钱货，是磕碰不得的。"

阿拉加布好像没听到洛桑说的话，脸色有点复杂，但目光睿智，仍然远眺着从远方浓雾里钻出奔腾而来的阿曲河，好像要从那奔流不息的河水中悟出些什么。这时，洛桑就不知道阿拉加布心里思谋啥了，只有陪着他站着，沐着雾霭，听河水呜咽风哀怨，静候时光流泻。

阿拉加布心想他的名气和旗号在广袤的若尔盖草原是不是不太灵了。或是敏雅南的牛帮真遭到了什么不测，这条道这几年也不太平安，时常有盗贼出没，但大郭哇的名声像雷声一样响彻在这片广袤的草原上，没有人不知道的。要是货再送不到，他就不能再给若嘎老爷食言了，无论如何也得把益西梅朵嫁过去，再不能让她疯疯癫癫乱跑了。再跑就收不住圈了，过去还不把若嘎老爷家的官寨拆了。他的益西梅朵从小就是这个性格。阿拉加布想着便哈哈大笑起来，笑声朗朗地穿透浓雾穿行着跌落在了远方的草丛里，砸晕了一只喝露水的蚂蚱。

河水声声马嘶鸣。

和着河水的拍岸声，益西梅朵嘹亮悦耳的歌声穿透浓雾，清洗着阿拉加布、管家洛桑和那些护兵们的耳朵，连静静站立的马儿都转头向传来歌声的地方望去。益西梅朵骑着一匹浑身似黑色绸缎的骏马奔向阿拉加布，甜甜地叫了一声"阿爸！"

阿拉加布才醒悟似的转过了头，微笑着迎向益西梅朵。

"给您！"益西梅朵大老远将一布包东西从飞驰的马背上甩给了她阿爸。阿拉加布手一扬稳稳地接在了怀里。他打开布包笑着吃起来，顺手给了管家洛桑一块。洛桑笑着说："益西梅朵拌的糌粑好吃，以后来的时候多带点，这么一点不够我们大家吃。"众人一听哗地笑了。益西梅朵红着脸过来一把抢过管家洛桑手里的马鞭，狠狠抽在洛桑身边的马背上。这一鞭子抽下去，抽得马打了一个激灵，猛地挣脱了洛桑手里的缰绳，跑向远方。众人又笑得前仰后合，朝益西梅朵竖起了大拇指。益西梅朵是草原上奔跳的一只鹿羔子，谁见谁爱。阿拉加布更是笑得合不拢嘴。

"阿爸，他们怎么还没有到？怎么还不到啊？"

阿拉加布笑着问益西梅朵："你说谁到了没有？我们没有等谁啊。"

益西梅朵把脸歪在一边说："我知道你心里没有阿姐拉姆。阿姐拉姆这次不是说跟着洮州瓦寨牛帮大郭哇要来吗？她的病应该好了。上次大郭哇带阿姐拉姆走的时候说了，阿姐拉姆的病不是啥大病，到洮州去找马先生吃上几十服药就会好的。好了他就把阿姐拉姆一起带来。不过大郭哇是看了你的面分了，不然阿姐拉姆是去不了洮州的。人家大郭哇的牛帮是不带女眷的。"还有一点益西梅朵没有说，大郭哇每次来，都要给她、央金和阿姐拉姆从洮州带来好看的衣物，还有好吃的红枣、核桃、柿饼、葡萄、干果仁、油炸果等，这些都是很吸引人的东西。所以每次大郭哇来的时候，她就十分焦急地等待着。还有那次大郭哇说的话是不是真的，她思谋了好长时间也没有思谋清头。那次大郭哇笑着对阿拉加布说："调皮的益西梅朵长大了，娶给我家雪云当媳妇吧？跑遍了草原，我只看上了这个调皮蛋丫头，就是阿拉加布老爷家的益西梅朵。你看，这次我给益西梅朵带了这么多穿的衣物和吃食。"大郭哇说完，哈哈大笑着。阿拉加布也跟着哈哈大笑。两人都好像不是开玩笑。益西梅朵脸一红跑开了，从那天大郭哇说过那个话后，她就专程跑去看了一回大郭哇的二儿子雪云。他南红色一样的四方脸上，一双大眼睛清得能照出天上苍鹰的影子。他看到益西梅朵就痴痴地笑了，露出了一排白得像嚼了松胶似的牙齿。益西梅朵的心里擂鼓般跳动不已。益西梅朵打马过去扬起手中的鞭子，笑着轻轻地在痴笑着的雪云后背上抽了一下。把雪云吓得赶紧低下了头，跑回了帐篷里面。

益西梅朵在大郭哇的营地上丢下了一串朗朗的笑声。

益西梅朵这一句话勾起了阿拉加布心里的忧伤，原来若嘎老爷家要娶的是拉姆，可是拉姆病了，他只好答应把益西梅朵嫁过去。他已经给若嘎老爷回了话。这拉姆一回来，益西梅朵要是闹犟起来不嫁给若嘎老爷家，他的脸就丢大了。

阿拉加布思谋着脸色沉了下来。

益西梅朵见阿拉加布没有动静，更没有回她的话，又过去狠狠地抽了阿拉加布身下的坐骑一鞭子。抽得枣红马"嘟嘟"地叫了两声，驮着阿拉加布颠跑起来。

阿拉加布在马背上笑着说："这小蹄子，敢抽你阿爸的马屁股。看我不抽烂你的袍子。"

洛桑笑着说："益西梅朵！再去抽一马鞭！叫你阿爸抽烂你的袍子。"

益西梅朵笑着说："我偏不抽，要抽还是抽您的马。"说着又骑马过去追着洛桑的马抽了一马鞭。

洛桑的马"嗒嗒"地跑向了远方，钻进了雾眼里。

洛桑提了提袍襟，跑着去追自己的坐骑。

阿拉加布和那些随从护兵远远地站着看洛桑的笑话。

远处一只鹰的影子飞旋在草地上，追着疾驰的马匹。

洛桑的马一会就跑得不见了影子，好像藏在了浓雾里似的。

洛桑跑着的动作真像一只吃得滚圆的旱獭。

洛桑有时候还真跑不快，跑不快的时候就像只懒洋洋的旱獭；有时候跑得比狍鹿还快，像阵风一闪就不见人影了。

益西梅朵扯起马缰，贴在马鞍上，打马跑向一处山岗。

2. 大郭哇

洮州瓦寨牛帮大郭哇和他的牛帮艰难地行进在若尔盖广袤无垠的草地上，昨夜他们刚在一伙盗抢贼的手里夺回了赶走的八十几头驮牛和二十几匹马。这伙盗抢贼是若嘎老爷辖地内的一伙人，两年前若嘎老爷曾派人剿了一回，没有剿干净，生性柔弱的若嘎老爷手下留情，放跑了一些喽啰。但春草风一吹就会生根发芽，他们被一些外地窜逃在此地的土匪所收留，于是死灰复燃，重新在草原上兴风作浪。

这次，洮州瓦寨牛帮大郭哇敏雅南的牛帮和马队经车巴沟，翻越华尔干山过了若尔盖草原到了一百零八弯时，遭到了这股盗抢贼的暗算。本来双岔老爷还派人送了牛帮一程，再看没有啥危险了护兵就撤了回去。就在护兵撤回去的那个晚夕里出事了。

他们刚进车巴沟，翻越华尔干山时，驮牛高兴地哞叫了几声，原来是来到了生养它们的故土。它们曾在这片草地上生长过，嬉耍过，喝过车巴河的水，吃过车巴草场的青草。驮队的驮牛一头跟着一头。最前头由大郭哇敏雅南骑着他的快乘"黑缎子"马带队，四只忠诚凶猛警惕的藏獒跟在"黑缎子"后面，领着牛帮驮队前行。每隔几十步就有一名尕郭哇骑着快乘，身后跟着藏獒，护送着牛帮驮队。驮队的最后还是一名尕郭哇，也骑着一匹快乘，身后跟了四只藏獒。藏獒不仅防盗防抢也防雪山花豹、熊、狼群袭击驮牛。从车巴沟到华尔干山，人迹罕至，偶尔有放牧的牛羊蹚过车巴河，吃着车巴草场上的各种花花草草。

眼前熟悉的环境竟然让驮牛很兴奋，从它们流露的目光中可以看出它们身上的那股子激情。这时候，它们也许忆起了曾经吃过草的一片绿草地，或是舔过雪岩的一处洼地，或是喝过水的一眼泉水，或是蹚过的一条小溪。它们一头跟着一头往华尔干山峡谷的豁口里走去。往华尔干山的峡谷口走去时，青翠松林覆盖着山麓，像牧民们穿着的皮袄。峡谷里的山涧清溪叮咚，腾腾升起的气流滋润着峡谷里的各种花草。峡谷上空天蓝得像宝石一样，有时飘过一两朵棉花样的绵云，犹如进入了仙境。可是赶着驮牛骑着快乘的人哪里顾得上看这人间的美景呢。

拉姆骑在一匹枣红马上，歌声穿透峡谷飘向山外。牛帮的年轻郭哇们一路有了拉姆的歌声，精神好得不得了。

然而，天有不测风云，人有旦夕祸福。

盗抢驮牛和乘马的盗贼来了。

盗抢贼来也悄悄，去也悄悄。

大郭哇敏雅南带的十几条忠实凶猛的藏獒全噤声了，不知被这伙盗抢贼使了什么法，使所有藏獒失聪和失明了，没有发觉盗抢贼的痕迹和动作。就连听觉灵得能听到几里路上虫子说话声的拉姆也没有听到任何一丝响动。拉姆的耳朵比这十几条忠实凶猛藏獒的耳朵都灵，没有她听不到的声响，也没有她听不到的兽鸣鸟叫。

牛帮丢失驮牛和乘马，这是一件很奇怪很神奇的事情，也是一件蒙羞丢脸的事情。这是一件给藏獒蒙羞，也是让瓦寨牛帮蒙羞的事。就是精灵来也过不了藏獒这一关的，可偏偏事情就这样发生了。

大郭哇敏雅南率领的牛帮常年借几位老爷的辖地行走。遇到事情的时候，洮州牛帮从来都是大事化小，小事化了。能用银钱摆平的事情绝对不会拿年轻人的生命去做赌注。

这次他将这件事情通报给若嘎老爷后，若嘎老爷很生气，由他的护兵和牛帮的十几个快枪手组成了讨伐队，由牛帮尕郭哇雪林指挥着讨伐队加昼连夜向那伙土匪追了过去。土匪毕竟赶着牛马，跑不快，一天两夜的时间他们追上了那伙人。与那伙人对峙在一处洼地里，马静静地站着，两边的人全都趴在地上，枪口黑洞洞地瞄准着对方。若嘎老爷的护兵首先喊话要他们退赃盗抢的牛马。如果他们退赃就不伤他们，放他们安全回去。那边的人没有任何动静，根本不尿追来的这些人。双方一场枪战看来是不可避免了。雪林笑着对所有枪手说："若嘎老爷的护兵先不要开枪，由我的人开枪，只打盗抢贼远处十几头驮牛颈下的铃铛，不伤人和牛马。大家一起瞄准，放！"十几把快枪一起响了，弹无虚发，那十几头驮牛颈下铃铛全部击落，盗抢贼看到远处驮牛颈下铃铛被击落到了地上，而驮牛毫发无伤。还在对峙的盗抢贼吓得顿时举了白旗，骑上自己的马，丢下盗抢的驮牛和马，落荒而逃。

大郭哇算着到阿哇的日子，可人算不如天算。他给阿拉加布老爷通报的日子是不能到达了。重新计算日子，重新给阿拉加布老爷通报牛帮驮队到达的日期，通报到达日子的同时，还通报了拉姆和牛帮一起要到达的消息。

拉姆的病好了，彻底好了。拉姆从阿哇来洮州时，骑在马背上摇摇晃晃的，打不起一点精神。这次病好了，她像换了个人似的，一路唱着歌儿，好不快乐。唱歌的时候她像只调皮红雀，歌声一直没有停歇，一直传到很遥远的地方。

洮州瓦寨牛帮大郭哇的大儿子雪林笑着惹拉姆："你一直唱，像红雀一样把我们的乏气都赶跑了，要是晚夕里歇不好，第二天起程不了，我们就把你一个人丢在一百零八弯的水湖滩里喂滋泥呢。"

拉姆的歌声更清更亮了，像是从空气中洒下了天音，覆盖了大片大片的草地。歌声丰富了雪林他们无限寂寥的草地生活，撞击着他们激荡的肺腑。

上次带拉姆去洮州的时候，拉姆咳嗽得气都上不来，时常把脸憋得通红。大郭哇上次起程回洮州时就给阿拉加布说了，如果瓦寨的马先生治不好，他就带拉姆去拉卜楞寺院。反正拉姆的病治不好，他没脸走阿拉加布老爷的辖地。拉姆到了洮州后，大郭哇把拉姆安顿在了德胜马马大爷在瓦寨城里的永盛昌客栈，让人手麻成的媳妇服侍着。永盛昌客栈跟"一把抓"马先生的天生堂药房端对着仅隔了一条街，便于马先生给拉姆号脉看病吃药。

　　马先生给人号脉看病，从来不让病人说话，病人一说话马先生就生气。病人来了，不管是走来的扶来的还是抬来的，你只要往马先生桌前的木凳上一坐，把右手伸过去，闭了眼睛，耐心等待。马先生号脉号的时候长，他一边号脉，一边目不转睛地瞧着病人的脸色和神情。有时候有多嘴的病人说他自己可能得的是啥病，马先生就立马取下号脉的手，盯着病人不号脉也不说话。病人等的时候长了，只好问马先生脉号完了吗，马先生一脸愠色，说你自己知道啥病，还来看啥。这时候病人才知道刚才多嘴失言了，马上致歉。马先生重新给病人搭上手号脉。脉号完了，用支小楷笔在麻纸上开方子。开完了方子，再问你病况，等你说完了，马先生才点点头，看着刚才开的药方给自己得意地笑一笑。马先生开完药方露出笑容的时候，你的病最多吃五服药，吃完就不用管了，药到病除一把抓。人们叫马先生"一把抓"，看来不是浪得虚名。

　　马先生也有治不好病的时候。那年，北山有伙土匪，杀人越货，常常扰得附近庄子不得安宁。一次，土匪头子出外盗抢时热人受了风寒，一直打摆子牙磕牙，去了很多地方请了很多大夫都没有治好，最后不得已亲自来到马先生的天生堂，请马先生诊治。马先生眯了眼，号了脉，开了药方，抓了五服药。后来听说那人吃了马先生的药病果然好了。马先生号脉开药方的时候说了，如果五服药吃了还不见好，就不用来了；如果五服药吃了病情好转了，也不用来了，那是病好了。可是土匪头子病好一个月后，在晒阳婆时突然站立不稳，口吐鲜血倒地气绝而亡。这是马先生唯一一次没能治好的病人。但这次并没有坏他"一把抓"的名声。

马先生给拉姆号脉号了足足一刻钟。号脉的时候闭了眼睛皱着眉头想了好一会，才给大郭哇敏雅南笑着说："丫头的病有点重，但能治，能治好，就是丫头吃药要有耐心，不怕苦，老老实实吃一个月药。吃完药病就好了。"马先生望了一眼拉姆，又笑着对拉姆说道："保准你活蹦乱跳。"马先生笑容很罕见，他是从来不苟言笑的。

给拉姆开的药方里面，有几味难觅的名贵药材，马先生一一点了出来。马先生给人开药方从来不开那些名贵药材，名贵药材一般人看病吃不起。他知道大郭哇敏雅南手里有的是银钱和名贵药材，为了拉姆的病好得快，他就开了几样，这几样名贵药材样样出自草原上。拉姆看着马先生开的一堆堆干草截子，心想：这些草能治病？草能治病的话，阿哇草原上的草那是多得不得了，随便扯一把煮着吃了不就把病治好了吗？

喝了马先生的药，药效拉姆自己都能试到。浑身像水样流淌的虚汗止住了，沉笃的瞌睡没有了，早夕里起来一身轻松。原来乏得抬不起步的脚似乎轻巧了许多，饭吃着也有了味道。但拉姆自从喝了马先生开的那一堆堆草根草截子煮的黄水汤后，就浑身发痒，像蚂蚁虫在身上来来回回爬行。拉姆吓得不行，哭了。麻成媳妇赶紧跑过去问马先生。马先生听了麻成媳妇的说辞，竟哈哈大笑起来，说："我还怕不痒呢，痒得越厉害，病抽得越快，好得越快。你去问她，像蚂蚁虫从肉里面往外钻就对了。"麻成媳妇给马先生道了谢，又跑去问拉姆。麻成媳妇见到拉姆时，拉姆把自己吓得钻进被筒里瑟瑟发抖，说不出一句完整的话来。麻成媳妇问她："是不是身上像蚂蚁虫从肉里往外痒酥酥地钻呢？"拉姆含着眼泪点了点头。麻成媳妇过去抱住拉姆笑着说："像蚂蚁虫咬是治你的病呢，马先生说了，覅害怕。咬过一阵就不咬了，病就好了。痒那是把病从骨头肉里往外赶呢。"拉姆听了半信半疑，似懂非懂，仍然害怕地抖着。

拉姆的身体刚有了轻松的感觉，她就坐不住了。她是一个闲不住的人，更不是一个随便坐着让人服侍的人。

拉姆在麻成媳妇的服侍下病一天比一天轻，一天好似一天。两个月不到，药到病除，拉姆的病彻底好了。

这次大郭哇的牛帮驮队要去阿哇草原给阿拉加布老爷送货。大郭哇提早派人拜会阿拉加布老爷，要借他的辖地人歇脚，牛歇身，让牛马上上膘。

阿拉加布老爷对管家洛桑说："我阿拉加布的辖地上还没有小气到容不下他瓦寨牛帮大郭哇的牛马。"又转身笑着给来人说："洮州瓦寨牛帮大郭哇是给我送货来了，在我的辖地上他想歇哪儿就把驮子卸在哪儿，在我的辖地他说了算。"派去的人也特意说了拉姆的病由瓦寨的马先生治好了，这次也跟着大郭哇和牛帮驮队一起来了。

阿拉加布听说拉姆的病好了，低垂的眼帘猛地提了上去，睁大了他鹰隼一样锐利的眼睛，盯着来人说："好了！真好了?"

来人躬了躬身，笑着说："老爷！好了，千真万确。大郭哇亲自操心，叫瓦寨天生堂的'一把抓'马先生给拉姆看的病，大郭哇还叫人专门服侍了两个月，病好了，顺道就给您把拉姆也领来了。"

阿拉加布有点激动地说："好，多谢大郭哇了!"

阿拉加布老爷的三个女儿，拉姆很多时候嘴上不多说话，心里清亮得很，往往用眼睛说话；二女儿益西梅朵心里藏不住话，心里有事就带在了脸上，嘴上不饶人，整天像只活蹦乱跳的鹿羔子，做事胆大我行我素，谁也管不着；三女儿央金生性腼腆，脸上一直挂着微笑，不管见了谁都要给你露出她洁白的皓齿笑一下，满官寨的人没有人不爱她的，见到她你满腹的愁肠即可烟消云散。

前年夏天，大女儿拉姆淋了雨，突然得了一种怪病，身上长满了白生生像青稞样的小疙瘩，这种疙瘩不疼但就是痒得厉害，拉姆常常把自己挠得浑身血淋淋的，惨不忍睹。阿拉加布把拉姆引到格尔登寺院的曼巴札仓（医学院），让精通医术的僧人看了好多回，吃掉的药也有几皮袋，病时好时坏。

上次大郭哇来，看到拉姆正在楼上挠胳膊，抓得血糊糊的。大郭哇仔细地看了一会，给阿拉加布说，这病能看好。阿拉加布正为拉姆的病而苦恼不已，听大郭哇说能治好，就拉住大郭哇的手，流着泪说："我的让沙（藏语，朋友）啊！拉姆的病把我愁成了干羊的肋巴，两年了，药都吃了几皮袋，就是不见好。哪儿能看？谁能看好？我带上我的拉姆去看。"

大郭哇自信地笑着说："阿拉加布老爷，我的主人家，你不用急，我返回瓦寨城时带上拉姆去看就是了。不过，路途有点远，可能拉姆得吃得苦。先让瓦寨城的'一把抓'马先生看，要是看不好，我再送拉姆到拉卜楞寺院的曼巴札仓，让医术精湛的高僧看，一定能看好的。我们牛帮的人一年四季风餐露宿，风里来雨里去，得的古怪病多，都是瓦寨城'一把抓'马先生治好的，万一有治不好的，再到拉卜楞寺院的曼巴札仓让医术精湛的高僧看上几回，吃上藏药，全看好了，还没有看不好的病。"

阿拉加布哽咽着拉住大郭哇的手，用力握住郑重地说："我的让沙，我把拉姆交给您了！"

大郭哇一脸真诚地说："阿拉加布老爷，我的主人家，您放心好了，我把拉姆当成我自己的女儿一样待承。下次回来时，我一定给您带回一个活蹦乱跳的漂亮得连您都认不出来的拉姆。"

大郭哇起身告辞时，阿拉加布给管家洛桑打了一个手势，洛桑会意明白了阿拉加布的意思，马上跑出了官寨。

洛桑给大郭哇的驻地送来了十只肥羊，说是阿拉加布给大郭哇的酬谢。大郭哇笑纳并告诉洛桑,感谢阿拉加布给了他们肥美的草场,让他们休养生息,他们的驮牛乘马缓过乏气、养好膘就马上出发回瓦寨。要洛桑告诉拉姆养好身体,随时准备起程。

天晴的时候,拉姆骑马过来在大郭哇的驻地玩上一时半会,看看雪林雪云和他的年轻伙伴们在草场上赛马、赛堆码东西、赛唱花儿,辨认草药。看着这些年轻活泼、没有忧愁的年轻人,拉姆暂时忘了身上的病症,忘了痒,忘了抓挠。

3. 官家

管家洛桑汗流浃背地跑进官寨,上气不接下气地对正在吃早饭的阿拉加布说:"若嘎老爷的辖地来了一位省城里的汉人官家,带了一队人马,穿着灰军装,背着大枪,要征牛羊。说是还要咱们组织藏兵阻击什么北上的红汉人。若嘎老爷不愿让汉人官家征牛羊,也不愿组织藏兵阻击红汉人。若嘎老爷说了,他没有见过红汉人,也没见红汉人来草原上抢他们的草地和牛羊,祸害他们的女人。现在和汉人官家杠上了。若嘎老爷不肯,汉人官家也不肯。和汉人官家杠上,怕是若嘎老爷要吃亏。我看是咱们草原上来狼了。"

阿拉加布黑着脸,喝了一口茶水,说:"该来的得来,你是挡不住的,朋友来了有好酒,豺狼来了有猎枪。咱们也得准备一下。这次洮州瓦寨牛帮大郭哇敏雅南来了以后,把他们的快枪全部收了。我们不能没有几十支快枪防御吧?官寨里的那些双叉子土枪可能老旧得都打不响了。再说草原上多年没有战事,人心懒了,枪也懒得擦了。现在我们不但要把眼睛擦亮,还要把我们的土枪也擦亮。"

管家洛桑大睁着眼睛,盯着阿拉加布说:"大郭哇的枪可不能收，收不得。收他们的枪没有道理啊。"

阿拉加布盯着管家洛桑生气地说："我的意思是拿咱们草原上肥美的牛羊换他们的快枪，也不要全换，他们回去的路上还要防身防盗呢。大郭哇几百号人上百支快枪，收他一半几十支快枪能行。我想他能答应的。这若干年，我们阿哇草原和我阿拉加布没有亏待过他们。"

洛桑嘿嘿笑着尴尬退出了阿拉加布的房间。双腿刚迈出门槛，就听阿拉加布问道："洮州瓦寨牛帮大郭哇敏雅南的牛帮驮队来了没有？拉姆有消息吗？"

退出门外的洛桑又回转身答道："还没有消息，放出去探寻的人还没有回来，一有消息，我马上禀报您。"

"我知道了，你下去吧！"

管家洛桑也不知道这次大郭哇敏雅南为啥拖了几天时候还不来呢。

阿拉加布早饭还没有吃完，管家洛桑又气喘吁吁地跑了进来。

"你叫恶狼撵了还是叫豹子追了？"阿拉加布笑着问洛桑，"把自己跑得像跑乏了的儿马，只张嘴不说话。再忙的事情其实也不用那样跑，你跑得再快也跑不过枪子儿。"阿拉加布仰头哈哈大笑起来。

洛桑坐着喘了会，才急匆匆地说道："探子来报，说汉人官家派出的人马来到了咱们的辖地，从官道上走来直奔咱们官寨来了。"

"啥？汉人官家要来咱们官寨？"阿拉加布静静地坐着思谋了一会说，"这回狼真的来了！但在狼还没有露出獠牙之前先不要动手，看它瞄上咱们的啥了。先抛给几块牛肉试探一下汉人官家的胃口。"阿拉加布站起身，在地上转来转去，狠狠地说，"今早的曲拉有点牙碜，准备人马迎狼！"

洛桑退出阿拉加布的房间后又像一阵旋风刮出了官寨，去安排人事了。

洛桑还没有跑出官寨大门，益西梅朵也像一阵风似的旋了来，追上了洛桑，笑着说："把我带上，我也去看一看，那些来的汉人官家和大郭哇的汉人像不像。"益西梅朵说着就牵了马跟着洛桑出了官寨大门。

洛桑忙着招呼人马，没有理识益西梅朵。

益西梅朵骑在马上跟在出迎的队伍后面。草原上汉人不常来，就是来也是带着好东西前来拜会阿哇草原的主人——她阿爸阿拉加布老爷。如果没有她阿爸阿拉加布的允许，任何人在这片草原上寸步难行。她阿爸阿拉加布的世交洮州瓦寨牛帮大郭哇敏雅南每次来都要拜会，给他们带来许多产于汉地的好东西。

她好奇现在来的汉人官家竟然带了人马背了长枪来她阿爸的官寨。她阿爸的官寨不是谁想来就想来的地方。就是同为草原主人的若嘎老爷来，也得提前通报一下，也是不能空着双手来的。草原有草原的礼仪和规矩。官寨里除了她没有规矩外，人人都得有规矩，哪怕你是省城来的汉人官家。

汉人官家骑着马，穿着一身蓝制服，并在口袋里装着一只怀表。他戴了一顶黑色礼帽，蓄着几根山羊胡，鼻梁上架着一副黑乎乎的眼镜，镜片挡住了他贼眉鼠眼的小眼睛。他年龄不是太大，但手里却挽了一根长长的棍子，好像是防草原上藏獒用的。他腰里挎着一柄短枪，东张西望地走在队伍的前头。身后跟着骑马的长长的队伍，好像有四十多人。

洛桑带了二十骑藏兵，左手牵着马缰一字儿排开站在官道上，背上背着的叉子枪擦得锃亮，有着几分草原汉子的威风和雄壮。

汉人官家一行看到了洛桑带的迎宾藏兵，老远站住，打量，然后让通司（翻译）前去接洽。通司打马跑过去，跟洛桑说明了来意。洛桑一脸严肃地说："阿拉加布老爷在官寨等候，让你们的人马在官寨外驻扎休息，官家和随员通司等进官寨。"

而汉人官家要求所有人马都进官寨，说他的队伍驻扎在官寨外不方便。

洛桑面无表情地说："阿拉加布老爷的官寨里历来接官不接兵，官寨是阿拉加布老爷的驻地和办理各种事务的地方。官家要是为难，那就请回，从哪儿来回哪儿去。"

汉人官家的脸色有点不太好看，看来是心里憋了一股子怒火。他走遍了草原上所有的官寨，还没有哪个土司、头人或老爷像阿哇草原上的阿拉加布老爷有这么大的派头，不但不接迎，而且还不让他的人马进驻官寨。汉人官家是川军第九混成旅的少校参谋副官，是来打前哨的。他这一路走来，还没有哪个土司、头人或老爷不尿他的。川军第九混成旅最后的落脚点就是你阿哇老爷阿拉加布的地盘。现在你不尿我，川军第九混成旅大部队到了让你磕长头恭候我都迟了。

汉人官家思谋了一会哈哈大笑起来，自动报上了他的名号："鄙人是川军第九混成旅少校参谋副官赵树人，此次来打前哨，专门拜会阿拉加布老爷。"

洛桑躬身作揖："阿拉加布老爷管家洛桑前来恭迎官家大人。请大人体谅给予方便，随我进寨。"

少校参谋副官赵树人朝身后摆了摆手，让跟随的人马下马就地驻扎，招呼通司随他跟着洛桑进阿拉加布老爷的官寨。

益西梅朵看着这些穿着古怪的人们，背着长枪，脸上都露着一股子煞气，看人都恶狠狠的，像要吃人似的。草原上吃牛羊的狼虫虎豹看上去也没有这样恶。她觉得这些汉人根本就与洮州瓦寨牛帮大郭哇敏雅南带来的汉人不是一回事。她心中有很多的疑虑解不开，于是心里有了一种稍稍的不安。她骑上马飞一样跑回官寨，向阿爸报信去了。益西梅朵骑上马飞跑起来的时候，她头上梳着的小辫子迎着风也飞了起来，一根一根的。

益西梅朵跑回官寨时，阿爸就站在官寨二楼的窗口朝着官道瞭望那个和洛桑并肩而来的汉人官家。汉人官家的人马驻扎在官寨外面官道旁的一处高地上。阿拉加布转身朝一个护兵说道："给那些官寨外面的汉人送两只活羊过去。"护兵飞快地跑下楼梯，安排去了。

少校参谋副官赵树人进了官寨门，见两边站着的阿拉加布老爷的护兵个个高大威猛，光着半个膀子，不苟言笑地站着，眼里是目空一切的神色。不过，他们的眼神跟草原上的天空一样，纯净得没有一丝杂质。赵树人扫了一眼，微微点头笑了一下。

阿拉加布见赵树人进了官寨门，才慢腾腾地下楼梯迎接。

见了阿拉加布，赵树人没有了刚才那种见了洛桑的傲慢神态。忙躬身作揖："川军第九混成旅少校参谋副官赵树人拜会阿拉加布老爷。"阿拉加布微微弓了下腰，把右手一扬，做了个请的动作。赵树人才快步跟在阿拉加布的后面，踏上楼梯。快要踏上二楼时，阿拉加布突然在楼梯上停住脚步，转身朝下问赵树人："参谋官家这次来阿哇是借地，还是路过？"赵树人愣在楼梯上，仰望着阿拉加布，不知如何作答，朝身后的通司看了一眼。通司也不知怎么说了。阿拉加布哈哈大笑着转身迈开大步上了楼梯。赵树人跟着"咚咚咚"地小跑了起来。

进了官寨会客厅，几位穿着艳丽梳着许多小辫子的姑娘进进出出地忙碌着。刚一落座，赵树人就从怀里掏出了一份公函，双手递给了阿拉加布。阿拉加布并没有接，而是让洛桑接了过去，顺手给了通司，让通司宣读公函内容。公函是川军第九混成旅旅长发给阿拉加布的，他要求阿拉加布组织藏兵在马尔康一线布置防线，把北窜的红汉人军队堵在草地上困住。

阿拉加布沉思了一会阴沉着脸说："红汉人的军队北窜也好，东逃也罢，让他们走好了。只要他们不占我们的草原，不抢我们的牛羊，不祸害我们的女人，如果他们只是借路，就让他们走。我们阿哇草原上从来没有堵截过任何借地路过的汉人。草原上可惹不起任何的汉人队伍。"

赵树人站起身说："堵截红汉人是中央和省里的命令，谁敢不遵？过不了多久，混成旅的全部人马会全部开进阿哇草原，但给养还得阿拉加布老爷负担。"

阿拉加布缓缓站起身："我的草原恐怕担负不起一个混成旅人马的给养。"阿拉加布已经很是生气了。

赵树人笑了笑，看着阿拉加布和管家洛桑说："老爷领悟错了，混成旅人马给养的一半由若嘎老爷担负，一半由老爷您负担。"

阿拉加布看着洛桑，洛桑摇了摇头，意思是草原上真担负不起任何队伍的给养。

洛桑躬着身说："阿拉加布老爷连官寨里这些护兵的给养都快撑不下去了。再无法给来草原上的任何队伍提供给养。"

赵树人眯起他的小眼睛笑着说："阿拉加布老爷，你思量，几万红汉人要是进了你的草原，那就是草原上的蝗虫，恐怕连草原上的草都吃光呢，再不要说是你草原上的牛羊了。那个时候恐怕就不是一点给养的问题了。现在红汉人已经过了泸定，快速向北挺进，你的草原危险了。罢，罢，罢，我只是打前哨给您来通报情况来的。后面混成旅就要驻进来了。给养的问题到时由旅长跟老爷你商决吧。告辞！"赵树人说罢躬身作揖退了出来。

赵树人生气地出了官寨大门，直奔他带的队伍驻地而去。洛桑满面忧愁地给阿拉加布说："汉人官家要给养，红汉人过来肯定也要给养，到底给还是不给？给，咱们负担不起，就是把草原上全部的牛羊赶来送去也不济事。不给，汉人官家难惹得罪不得，可还没有见过面的红汉人更得罪不得。听汉人官家说红汉人有好几万人呢，那还不真把咱草原上的草吃光？"

阿拉加布脸上堆满了愁云。阿哇草原正是莺飞草长的时节，也正是牛羊长膘的时节。散布各地的牧民们看着自己的牛羊一天比一天健硕，挑最肥最壮的羊给阿拉加布的官寨送了来。看着一群一群送进官寨的肥羊，阿拉加布脸上的愁云更重了。

赵树人和带来的人马驻扎在官寨外，没有任何开拔的迹象。阿哇草原上啥时候人情都在，现在还不到撕破脸皮的时候，阿拉加布派洛桑又送了二十只羊过去，作为这些人的给养。洛桑把羊送过去，赵树人也没有一声多谢的话。

洛桑回来给阿拉加布说："汉人官家赵树人生气了，脸色不展，对咱们的人爱理不理没有一个好脸色。"

阿拉加布说："这个草原上，没有天天放晴的红太阳，还有月亮照的时候呢。他没好脸色，脸色不展就不展吧。我们草原上从来就不看谁的脸色。"

益西梅朵拉着阿拉加布的袖口问道："阿爸，我们要看谁的脸色呢？"

阿拉加布长出了一口气，望着天空轻轻地说："我们不看谁的脸色，我们就看自己的脸色。"

"是那个汉人官家的脸色吗？"益西梅朵看了一眼洛桑，拉着阿拉加布的衣袖追着问道。

阿拉加布叹了口气说："也许是那个汉人官家吧！"

益西梅朵恨恨地说："那个汉人官家那天进了官寨大门，一双小眼睛上下左右乱翻呢，一看就不是好人。阿爸派一些护兵把那些人从草原赶走不就得了。"益西梅朵说罢朝洛桑的脸上看去。看得洛桑赶紧低下了头。要是益西梅朵闹着要他去赶赵树人可就不好办了。他把头低得越低，益西梅朵的目光越是追他追得越紧。不过这次益西梅朵没有闹着要阿拉加布去赶赵树人带来的人马。益西梅朵咬牙切齿地下楼去了。

赵树人的营地上燃起了牛粪烟，一股羊肉的腥香飘向了官寨的上空。

益西梅朵望着傍晚的太阳，闻着了羊肉的腥味，生气地捂了鼻子。

4. 益西梅朵

傍亮时分，盈盈的晨露落在翠嫩的草芽上，汇聚成滚动着的露珠，像极了益西梅朵脖子上戴着的那块晶莹剔透、赏心悦目的宝石。

清晨时，太阳把大把的光辉铺洒在草地上的时候，就像丢了块烧红的牛粪饼，热乎乎的，拂醒了晨露洗涤的草原。

清风微拂，晨阳里草芽上滚动的露珠闪烁着荧荧的光。

益西梅朵骑着马迎着朝阳出了官寨大门，直奔官道而去。

汉人官家的营地上牛粪烟袅袅升起，羊肉的血腥味弥漫在营地周围的空气里。几只羊拴在营地外面的草地上，满眼的绝望和听天由命的神色。见到益西梅朵骑马过来，就争先恐后地站了起来，朝益西梅朵"咩咩"地叫着，有种求救的感觉。

听到马蹄声，通司忙跑出了营地，见是益西梅朵，就笑着说："噢！是阿拉加布老爷家的二小姐来了？进帐喝会茶去！"

益西梅朵骑在马上，目不转睛地盯着通司的眼睛说道："把你们汉人官家喊出来，我有话要问。"通司笑着说："二小姐，您先下马，有啥话进了营地再说嘛，要不说给我也行，我禀报长官。"

益西梅朵不依不饶："那不行，你一个通司就是传话的，你做不了他的主，我要他出来见我。"益西梅朵的马在地上转着圈儿，还不时打几个响鼻。

通司整了整军帽，说："那好吧，你等着，我进去给长官通报。"通司慢腾腾地进了营地。营地门口一个站岗的士兵看着益西梅朵竟然嘿嘿地傻笑着，把自己笑成了一朵花儿。这个士兵看样子年龄不大，比益西梅朵大不了几岁。

益西梅朵看着傻笑的士兵，冲着他做了一个龇牙咧嘴的鬼脸，把那个士兵吓得赶紧板起了面孔，像变了一个人似的，目光飘移闪烁着不敢瞟向益西梅朵。

不一会，那个汉人官家赵树人剔着牙走了出来，身后跟着通司。赵树人站在营地门口，说是门口，其实就是两个帐篷之间的一个豁口。赵树人挂着上次进官寨时挽在手上的那根棍子，仍然戴着照不见人脸的黑眼镜，拱了拱手，微笑着说道："二小姐有何贵干？请讲！"

益西梅朵毫不客气地说道："官家大人在我们草原上一来就不走了，这是什么意思？你们什么时候走，请给个准话。"

赵树人从益西梅朵的脸上看出她很生气，但不知生气的原因，听了通司翻的话，才明白阿哇草原上这个小主人真正生气的原因。赵树人哈哈大笑起来，笑得差点岔了气。一个十几岁的小姑娘竟然也敢质问他、驱赶他。赵树人忍住笑，没有回答益西梅朵的问话，反问道："二小姐是代表你阿爸阿拉加布来问我的，还是你自己心血来潮问我的？二小姐，我们来了就走不成了，也不能走啊。"

益西梅朵听到赵树人说来了就不走了，就气得在马屁股上狠狠地抽了一鞭子，把马惊得跳了起来。益西梅朵扯着马缰绳在原地打转。

赵树人看着生气的阿拉加布的二小姐，一脸嘲弄的神色。

益西梅朵狠狠地剜了一眼赵树人和通司，打马返回了官寨。她很是生气，这些汉人官家咋就和瓦寨大郭哇那些汉人不一样呢。得想个招狠狠地治他一下，看他驻在那儿不动弹，天天杀牛宰羊地亵渎咱们草原，虎视咱们的官寨。治人的胆子谁有呢？管家洛桑的儿子扎西有那个本事，得和他商量着想个法子去。

益西梅朵进到洛桑家时，洛桑的儿子扎西正蹲在地上吃一碗糌粑，看见益西梅朵进来，很是紧张，端着碗的手不知要放在哪儿。扎西身上皮袄的前襟被吃了糌粑的油手摸得黑乎乎的，脸和手也有点黑，只有笑起来时牙齿白得发亮，像益西梅朵脖子上挂着的几颗象牙珠子，细腻瓷白。益西梅朵夸过他几次了，每次都说他的牙白得像阿拉加布官寨里的那种油白色的瓷器。从此，扎西只要见了益西梅朵都要龇牙咧嘴地笑着，有一种憨敦敦的傻样。见到他那个样子，益西梅朵就掩着嘴把自己笑得不行。

益西梅朵悄悄告诉扎西："汉人官家带着他的人马把营盘扎在了官寨的外面，没有走的意思。还天天在草地上杀牛宰羊，亵渎着草原，祸害着草原。我阿爸阿拉加布和你阿爸洛桑又不去赶他们走，这样祸害咱们的草原不行，得想个法子把他们赶走。你有啥法子？"

扎西放下吃剩的半碗糌粑，使劲地搓手思谋着，额头上渗出了细密的汗珠。半晌才说："要不你喊上官寨里的护兵去赶他们？"

益西梅朵剜了一眼扎西，说："那不行，我阿爸都赶不动他们，我们自己得想个办法把他们赶走。"

扎西歪着头想了一会说："放火烧了他们的帐篷？"

益西梅朵摇着头否定了扎西放火烧的想法。

两个人好像想不出再好的办法来。

汉人官家赵树人又到官寨里拜会阿拉加布老爷。官寨里的五条凶猛高大的藏獒瞪着来人"汪汪"地叫着，赵树人的腿有点颤，他握紧手里的棍子，有随时击打出去的准备。洛桑看着像几只巨狮堵在门里的藏獒，紧走了几步。赵树人跟得紧紧的。那个通司更是左顾右盼的，害怕哪只藏獒会突然扑上来把他撕成碎片。

益西梅朵双耳灌满了藏獒的"汪汪"声。她突然悄声对扎西说："人不出面，让官寨里的五只'朵器'去咬他们。半夜里放

'朵器'过去咬他们的人和马，就是咬不死他们也得吓死他们。一天吓一次，把他们惊傻就不祸害草原了。"

扎西听了睁大眼睛看着益西梅朵，好像有点不认识眼前的她了。他有点担心地说："要是让老爷和我阿爸知道会敲断我的腿骨，抽筋扒皮呢。"

益西梅朵对扎西大声说："胆小鬼，你就是一只钻不出草棵的曲娃（旱獭）。骏马行千里，雄鹰冲蓝天，曲娃窝边坐。你胆子太小，我找别人去！"益西梅朵说完生气地丢下扎西走开了。

扎西见惹益西梅朵生气了，一阵小跑跟了出去，在身后跟着连声道歉，下了决心跟益西梅朵放藏獒去咬汉人官家，哪怕是老爷和他阿爸敲骨抽筋扒皮也罢。

益西梅朵的天晴了，脸上露出了喜悦的笑容，相着扎西的眼睛说："这才像个草原上真正的男子汉。"听到益西梅朵夸自己，扎西腼腆地笑了。两个人商量好，到晚夕夜深人静的时候打开官寨大门，放出那五只像雄狮一样的藏獒，偷袭汉人官家的营地，咬跑驱散他们的马匹，把他们赶出阿哇草原。益西梅朵和扎西为自己的计划而兴奋着，等待着暗夜的降临。

吃过夜饭，益西梅朵和扎西挨着去把那些藏獒看了一回，藏獒守护着各自的领地，从遮住眼睛的毛缝里瞅着它们的小主人，站起身摇了摇尾巴，算是给小主人打过招呼了。益西梅朵依次摸着它们的头，下达了她的命令："我的'朵器'，等夜深人静了，那些汉人官家睡着觉了，我们去把他们的营地拆了，把那些要占据我们草原的汉人官家赶出我们的阿哇草原。"扎西像个护卫一样跟在益西梅朵身后，脸上露着几分骄傲。此时的他不知道，这个晚夕里，他和益西梅朵闯下的祸事，让阿拉加布老爷和他阿爸洛桑给那个汉人官家用整整两百只羊来赔礼道歉。

阿拉加布老爷房间的最后一盏油灯吹灭了，官寨沉睡在了浓浓的春夜里。

星光点点，广袤无垠的阿哇草原倚夜沉眠在了无限的静寂中。

益西梅朵和扎西像两个幽灵解开了所有藏獒脖子上的皮扣，领着它们悄悄地出了官寨大门，直奔汉人官家的营地……

五只藏獒像半拉子牛犊，牙齿咯咯作响，吼声如狮般嗷嗷扑向了汉人官家的营地。

藏獒的狮吼声，帐篷的撕扯声，马儿的嘶鸣声，男人的惊叫声，还有"嘎嘎"的放枪声，刺破了阿哇草原静寂的暗夜。

阿拉加布老爷的官寨一盏一盏地点亮了昏暗的油灯，人们慌乱地套上衣服，背枪鞴马。阿拉加布背了手站在官寨二楼的瞭望口，望着汉人官家的营地上人喊马嘶狗叫枪响，转身对乱得没有了主意的管家洛桑说："那个少校参谋副官赵树人的营地出事了。要不你带些人马过去看看。"

洛桑一脸的懵懂，结结巴巴地说："老爷，咱们官寨里的'朵器'全部不见了。是不是咱们的'朵器'袭击了汉人官家赵树人的营地？"

阿拉加布猛地转过身吃惊地说道："坏事了，赶紧鞴马去赵树人的营地，去迟了恐怕要出大事。快！"洛桑像只滚圆的曲娃滚下了楼梯，大呼小叫地让守护官寨的人马跟随老爷出发去汉人官家的营地。

阿拉加布带着洛桑和所有的护卫打着火把飞一样奔出了官寨大门，沿着官道朝着汉人官家赵树人的营地奔去。

阿拉加布赶到赵树人那些人的营地上时，五只藏獒横七竖八地躺在帐篷外面，有一只还没有断气，正在喘气，肚子上咕咕地冒着血泡。赵树人和通司颤抖着说不出一句完整的话。在火把的照明中，一个士兵的半张头皮耷拉在脸上，露出了白得骇人的头骨，浑身斑驳的血迹像在血污里打了个滚，趴在草地上痛苦地呻吟着。洛桑赶紧派人去请懂医术的曼巴（医师）过来给这些让藏獒咬伤的汉人士兵疗伤。

赵树人和通司发抖的手里各握着一把手枪，显然刚才和藏獒激烈地战斗过。现在还提在手里，不愿放进枪套里。

阿拉加布看到远处有两个人影飞一样跑向了官道，奔向了官寨的方向。阿拉加布明白了，今晚的事情是有人放"朵器"故意咬的。那两个人中的一个一定是益西梅朵。别人你就是给他一个豹子胆也不敢放藏獒去咬汉人官家。汉人官家那是政府官派的人员，是不能得罪的，也得罪不起。现在就是躲都来不及躲，哪敢故意放藏獒去咬呢。阿拉加布看着在火把的微光中脸膛黑红的洛桑，说："洛桑官家，你先去处理下家里的事情吧，这里由我和长官大人处理。"

管家洛桑在黑暗里看不清阿拉加布的脸，根本不明白阿拉加布在说什么，更不知道他在暗示什么。他只好悻悻地骑马跑回了官寨。

管家洛桑回到官寨，在四周转了一圈，官寨的里外都站满了人，洛桑就挥手让大家去休息。他去看拴了藏獒的那些空荡荡的铁链和铁链上的皮扣，研究到底是谁放跑了藏獒，到底是谁有那么大胆子。

益西梅朵和他那个胆小的儿子扎西竟然站在屋檐下，盯着官寨的大门，看着进进出出乱哄哄的人们。以往这样乱哄哄的时候，这几只藏獒就"汪汪"地吼起来，可这个晚上，官寨里只有人声，没有藏獒的声音。洛桑过去喊了一声："扎西，不去睡觉，站在这儿看啥呢？"

在昏暗的光影里，扎西勾了头躲闪着他的目光，没有回答他的问话。他看到扎西腿肚子在不停地抖，抖得不由他自己。

洛桑又把头转向益西梅朵："你们知道这是怎么一回事吗？"

扎西的头低得越发低了。益西梅朵清了清嗓子说："是我让官寨里的'朵器'咬他们，那些汉人官家的人太坏了，他们根本就和瓦寨大郭哇敏雅南那些汉人不一样。谁叫他们霸着我们的阿哇草原不走，还天天杀牛宰羊地亵渎祸害草原呢。我就是让'朵器'们咬伤他们，把他们从我们的阿哇草原上赶出去。"

洛桑听益西梅朵这样一说，吓得尿水差点顺着裤腿淌下来，嘴里喃喃自语着："益西梅朵，你！这下闯大祸了，你把咱们的阿哇草原要带向火坑，带向灾难。这可怎么办呢？老爷还不知道呢，这怎么向老爷开口呢。"洛桑急得在地上乱转圈子。这可是一件了不得的事情。

益西梅朵看着洛桑害怕的那个劲，大声说："这样一惊一吓，那些汉人官家就吓破了胆，再不滚出阿哇草原就没有理由了。要是再不走，我还叫官寨里的'朵器'们去咬他们，让'朵器'们把他们撕成碎片呢。"

洛桑叹了一口气，轻轻地说道："官寨里再哪有'朵器'呢，全让汉人官家用枪打死了。"

益西梅朵听说是汉人官家用枪打死了官寨里的藏獒，气哼哼地要去汉人官家的营地上看，让他们赔官寨的藏獒。扎西也跟着益西梅朵要往外跑，洛桑过去抓住扎西的胳膊，甩起他那宽大的巴掌，狠狠地放在了扎西的脸上。"我让你乱跑，你还嫌事情少吗？"扎西挨了洛桑重重的一耳光，捂了发烫疼痛的脸，"呜呜"地哭着跑回了家。洛桑的这巴掌其实是给益西梅朵看的。益西梅朵他说不得更打不得。益西梅朵只有老爷才有权利管教、打骂，可老爷时常把她当成掌上明珠捧在手心里，不让她受半点委屈。可益西梅朵放藏獒咬了汉人官家这件事如何了却呢，是个棘手难拿的问题。

见洛桑甩了扎西一巴掌，益西梅朵生气地瞪了一眼洛桑，转身走了。

洛桑赶紧骑马返回赵树人的营地，向老爷禀报益西梅朵的事情。赵树人带来的士兵有一个受了重伤，半张头皮让藏獒从头顶一口扒了下来，一个老年曼巴在帐篷里用根骨针缝着伤口疗伤。

士兵嘴里咬了一根木棍，豆大的汗珠从额头混合着血水从上往下滑着。有几个士兵缩成了一团，蹲在暗处看着帐篷外面。几顶被藏獒扯倒的帐篷重新立了起来。

在另外一顶帐篷里，阿拉加布老爷正和赵树人商决赔偿事宜。洛桑站在帐篷外面，咳嗽了几声，阿拉加布笑着对赵树人说："我先出去和我的管家说几句话。"阿拉加布拉开布帘躬身走了出来。

洛桑附在阿拉加布的耳边低声说："老爷，今晚是益西梅朵小姐放开官寨里的五只'朵器'专门来咬汉人官家人马的。你看……"

阿拉加布哈哈大笑了起来，说："你先回官寨？要不你在外面等我一会，等曼巴给那个受伤的士兵缝好伤口我们再回官寨。"

洛桑大声说："老爷，我等你！"

阿拉加布转身进了赵树人的帐篷，继续和赵树人谈论今晚的事情。

曼巴给那个受伤的士兵仔细缝合伤口，像在做一件细致的针线活似的。全部缝合后，从一只黑牛角葫芦里倒出几勺黑色的药末，抹在缝好的伤口上，起身让人舀了一马勺水清洗了手，出了营地骑着马走了。

曼巴走后，洛桑让一个士兵给赵树人和阿拉加布老爷通报了一声。阿拉加布笑着走出帐篷，和赵树人挥手告别。他跨上马背朝身后看了一眼，对洛桑大声说："明早你给参谋长官的营地赶两百只羊来，算是给参谋长官的赔礼吧。咱们没有管好自己的'朵器'，咬了长官的士兵，它们的死是由它们自找的，让人拖回去埋了，免得脏了草原上的空气。咱们官寨里的'朵器'也得好好管教一下了。"

洛桑看了一眼帐篷外面躺着的已经死去的藏獒，心里绞疼绞疼的，那可是阿哇草原上最纯种的"朵器"，说死就死了，死得不明不白。此时他担心的是阿拉加布回去后要剥益西梅朵一层皮了。老爷一贯的做法是说到做到。刚才他显然是在说要管一管益西梅朵了。洛桑的心抖个不停。他颤颤抖抖地对阿拉加布老爷说："我回去就安排人办理送羊的事。一定不会误事的。"

阿拉加布老爷没有回来，官寨里也就没有消停。官寨里老爷最喜欢的那五只的"朵器"被人放走了，死在了汉人官家的营地上，这是令人忐忑不安的大事情。阿拉加布老爷回来后肯定要惩罚从官寨里放跑"朵器"的人。现在已经有人知道是益西梅朵放走的"朵器"，都在等待事情的发展。阿拉加布和管家洛桑带着人进了官寨大门，人们的心都提到了嗓子眼上。阿拉加布站在官寨院子里，扫视了一眼惊惶的下人，还有空荡荡的铁链和皮扣，突然哈哈大笑了起来。笑罢转身对洛桑说道："益西梅朵的胆子真大，敢闯汉人官家的营地，像我的女儿。不过，和益西梅朵同去的还有一个人，那个人是谁？"

透着暗光的角落里一个人影慢慢地走了出来。是扎西，是洛桑的儿子扎西。阿拉加布看到扎西，转身盯着洛桑的脸看了一会，吓得洛桑趴在地上叩头，嘴里不断地说："请老爷饶了扎西。"看到阿拉加布没有任何表示，洛桑过去一把扯过扎西跪在了阿拉加布的面前。阿拉加布大笑不止，说："洛桑，你儿子扎西不简单，和益西梅朵两个人办成了我想办又不敢办的事。赏羊十只，明天开始编入官寨护卫队。"阿拉加布说罢径直上了楼梯，回房睡觉去了。剩下洛桑、扎西和一大帮惊得目瞪口呆的下人。

5. 拉姆

赶早，阿拉加布官寨的管家洛桑和几个护卫赶着二百只膘肥体壮的羊到了汉人官家的营地，办结了阿拉加布交代的赔礼事宜。

洛桑派出去探寻大郭哇敏雅南的人马回来了。说大郭哇的牛帮在若尔盖大草原上遭到了盗抢，耽误了行程。大小姐拉姆跟着大郭哇也来了，没有遭罪，本来他们想把大小姐一同带来，可大小姐说了，她要跟大郭哇一起来。这时候，若嘎老爷送来了一份密信，信上说，一支庞大的红汉人队伍进了草原，正在朝阿哇草原走来。问阿拉加布老爷是否组织藏兵堵截。如果要是堵截的话，他们两家最好联手，不然单打独斗谁都势单力薄，无法抗击红汉人的进攻。阿拉加布老爷没有听过也没有见过红汉人，不知道红汉人的队伍来他们阿哇草原做什么。若嘎老爷还说了，这支红汉人的队伍是借道草原，最终是要北去。

　　阿拉加布老爷陷入了沉思，那么多人进了草原吃啥、喝啥？在草原上他们肯定要筹粮筹款的。这可怎么办呢？噢，对了，汉人官家赵树人不是说了要他组织藏兵阻击这支红汉人的军队吗？赵树人阻击的红汉人肯定和他们不一样。也许和大郭哇敏雅南的那些人差不多吧。该准备的还得准备，万一他们和汉人官家赵树人带来的人马一个嘴脸，进了草原不愿走，还要征集我们草原上的牛羊来供养他们，那就得和他们开战，保护我们的草原。

　　阿拉加布让管家洛桑组织人马加紧操练。汉人官家，即将到来的红汉人，洮州牛帮，还没有到来的汉人官家的队伍，这些人前后脚都要踏进阿哇草原，在草原上燃起牛粪烟火，这让阿拉加布很是为难。几支汉人的队伍和人马要是在阿哇草原上支起锅，那还不把阿哇草原的草根都给挖尽吃光，他们若再打起仗，那受苦遭殃的一定是自己的草原上的牧人。如何阻止这些汉人在阿哇草原上打架，是考验他阿拉加布纵横捭阖、运筹帷幄的能力了。

　　红汉人的队伍翻过了人迹罕至的大雪山，正向马尔康行进，听说黑水老爷组织人马阻挡了一阵，没有挡住，被红汉人打了个落花流水。在一场遭遇战中黑水老爷险些做了红汉人的俘虏，黑水老爷见证了红汉人的勇猛善战，只好带着他的人马逃往草原深处，躲避红汉人的锋芒。

听说吃人喝血的红汉人要到阿哇草原上来，吓得一些官寨和官道附近的牧人全都赶着自己的牲畜向草原深处走去，远离官寨，远离官道。

红汉人没到，大郭哇敏雅南的牛帮到了。

拉姆骑在一匹枣红马上，走在牛帮的前卫队伍里，身后跟随着三只高大威猛的藏獒。戴着一顶黑礼帽，身穿红绸缎的上衣，外面裹了一件御寒的羊皮大衣，脚上穿着时兴的都市女郎才穿的那种长筒黑皮靴，腰里别着一把大郭哇给她防身的袖珍手枪，看上去威风凛凛，咄咄逼人。四百多头驮牛、四十匹乘马在草原上成长长的三行，沿着官道往阿拉加布的官寨里进发。赶着驮牛的年轻人一律头戴黑色礼帽或狐皮帽，身穿短羊皮大衣、皮裤，脚上穿着熟牛皮缝成的简易鞋子，牛帮的人都叫作熟鞋。人人腰里别着一把短柄利刃的刀子，肩上背着一把锃亮的快枪，这哪是进藏地做生意的牛帮，而是一支训练有素的队伍。人、藏獒、驮牛、乘马一个个走着前哨开辟的同一条道，像训练有素的一支军队。

这样庞大队伍的到来，把川军第九混成旅少校副官赵树人吓得够呛。赵树人和他的人正在官道旁边的空地上宰羊，突然被这阵仗吓住了。本来赵树人的队伍就被益西梅朵和扎西放出藏獒惊吓得到如今还没有回过神来，现在又来了这么庞大的牛帮队伍，带了比阿拉加布官寨里还凶猛的十几只藏獒。官道旁赵树人的人马站得远远的，有两个士兵在放管家洛桑赔礼的羊群。这些士兵吃着糌粑和羊肉，有点水土不服，上吐下泻的，官寨里的老曼巴来来回回地跑了几趟，给那些士兵治病。

阿拉加布领着人马站在官寨外的官道上，迎接大郭哇的牛帮。

拉姆骑着枣红马像支离弦的箭射向了官道旁等候的阿拉加布。

两个妹妹益西梅朵和央金骑着两匹黑骏马驰向拉姆。拉姆激动得喊了起来。三匹马相向而跑，央金的马跑在了益西梅朵的前面。跟着拉姆的三只藏獒"汪汪"叫了起来。近了，近了，三姐妹终于重逢团聚了。三姐妹下马抱在一起，流下了激动相思的泪水。

阿拉加布远远地望着三姐妹，轻易不淌一滴眼泪的他也激动得流下泪水。三姐妹像三匹无忧无虑的马驹子，在官道上扭成了一团。

拉姆看了一眼前方等待的阿拉加布，对益西梅朵和央金说："先去见阿爸吧！"拉姆翻身上马，身子向前一倾，猛地用双腿夹了一下枣红马的肚子，枣红马像得到了命令，朝官道那边等候的阿拉加布跑去。

阿拉加布从上到下打量，抚摸着拉姆的头，微笑着问她病好了没有。拉姆笑着说："大郭哇安排人跟前跟后地服侍着，有瓦寨天生堂的'一把抓'马先生天天号脉，煮着吃了几皮袋草药，身上的病就好了。您看！"拉姆挽起胳膊上的袖子，让阿拉加布看。原来布满青稞样疙瘩的胳膊上光滑细腻，连病底都没有留下。

管家洛桑过来笑着对拉姆说："你的病好了就好！病好了你就可以放飞草原了。"

拉姆笑着说："多谢阿古（藏语，伯父、叔叔），我的病彻底好了，还得多多感谢大郭哇阿古。"

洛桑笑着说："致谢大郭哇的时候还多呢，现在我们得迎接一下他们。"阿拉加布说："吹响牛角号，全体出迎，准备搬卸东西。"一阵悠长的牛角号吹响了，几位姑娘捧着洁白的哈达，准备敬献大郭哇和所有的尕郭哇，这是阿拉加布官寨出迎贵宾的最高礼节。

川军第九混成旅少校副官赵树人一行站在他们营地的一处

高地上，看着这个阵仗，气得咬牙切齿，他们来到时，阿拉加布连官寨的大门都没有出来，不要说是出迎了。他们可是官派的官员，可现在来的只是一批跑生意的牛帮而已，阿拉加布竟然用这样隆重的阵仗来欢迎。

大郭哇的牛帮队伍远远望见了阿拉加布出迎的人马，纷纷下马，由大郭哇带着步行迎向阿拉加布。

赵树人看着牛帮大郭哇带着尕郭哇下马步行，走向出迎的阿拉加布。对通司和身旁的士兵说："有意思，一帮跑生意的牛帮也有如此多的礼仪。"

通司低声说："牛帮的人手里尽是快枪，说不定他们送的货里面就有枪械呢。"

赵树人紧张地对通司和士兵们说："注意观察牛帮的动静，现在正是特殊时期，说不定牛帮中有'赤匪'的探子。不能让阿拉加布被'赤匪'争取过去。如果那样的话，等'赤匪'大部队来了，我们在阿哇草原上就被动了。"

通司说："这几天我已在阿拉加布的官寨安插了两个人，让他们时刻注意阿拉加布和牛帮的动向。"

赵树人笑着对通司说："看来你的工作做在前头了，这样我们就不怕'赤匪'的探子了。不过，让大家万分提高警惕，说不定用不了几天，'赤匪'大部队就到了。现在我们的第九混成旅还在路上，速度慢得像蜗牛，我估计，等他们到了黄花菜都要凉了。"通司满面忧虑地说："要是我们的大部队不到，'赤匪'到了的话，我们往哪儿退呢？要是不退，我们只有做'赤匪'的俘虏。探好风，要是情况不妙咱们就脚底抹油，开溜！"

通司又说："我已给赵排长安排了，要他时刻防备阿拉加布和牛帮的人，弄不好，阿拉加布和牛帮的人一联手，会把我们一锅烩了呢。"

赵树人说："要严密监视，时刻防范。"

官道上，阿拉加布和管家洛桑带着一行人，捧着哈达给大郭哇和尕郭哇们敬献。

益西梅朵拉着拉姆和央金在人群里寻找雪林和雪云。牛帮每次来，雪林雪云都要给她们三姐妹带些小礼物。这次也肯定带了礼物，因为这次一路有拉姆在。益西梅朵找见他们的时候，雪云正和尕郭哇们一起从驮牛背上卸驮子。雪云看到益西梅朵三人在牛群里找他，就停下手里的活，给她们三人笑了笑，过来用又黑又脏的手摸了摸央金的头，然后闻了下说："有股热牛粪的味道。"央金用手摸了摸头发，把手放到鼻子上闻了闻，说："没有味道，我黑夜里才洗的头发，那是你手上的臭味道。"益西梅朵笑着说："尕郭哇雪云的身上有股子热牛粪的味道呢，不信你们来闻。"央金把头偏过去，闻了闻雪云的身上，一本正经地说："一股烂肉的味道，臭死了。"央金说罢捂住了自己的嘴巴。拉姆笑着说："还真有股烂肉的腐臭味，雪云多少天没有洗身上了，连皮袄都馊了，他身上还养活了几把虱子呢，能不臭吗?"拉姆姐妹几个人这样你一言我一语地一说，把雪云给说羞了，红着脸说："卸完驮子，给阿拉加布交完货，我就烧锅水烫死汗褐儿里的虱子，再好好洗下身子。噢，对了，这批货里我阿爸给你们夹带了一些小东西。这要卸完驮子才能给你们。你们要急。"拉姆笑着说："我不急，就是益西梅朵和央金急呢。"雪云露出一对虎牙笑着说："那急也是干急，现在连装那点夹带货的驮子都分不清了。你俩等着去吧。"益西梅朵盯着雪云的眼睛说："你可不能偏心眼，给拉姆和央金给多，给我给少。"雪云勾了头低声说："都有份，不可能谁多谁少。我阿爸办事从来不偏心。他要是偏心还能当上牛帮大郭哇?"益西梅朵不依不饶地说道："我就怕你偏心眼，把给我的给了拉姆和央金。"益西梅朵这样一说，雪云有点急了："我要是偏心眼的话，那就变成一只宰肉的羊或是一只看家护院的'朵器'!"听到雪云眼急脖子粗的赌咒，益西梅朵嘿嘿地笑着说："我跟你开玩笑呢。"拉姆也笑着说："你不要见究益西梅朵的胡说。我相信你——洮州瓦寨牛帮的尕郭哇。"拉姆三姐妹笑笑闹闹地离开了。雪云看着她们离去的身影，甜甜地笑了。

那边阿拉加布安排洛桑将大郭哇的牛马卸驮后全部放养在官寨放养马匹的草场上。洛桑面露为难的神色。阿拉加布笑着说："汉人官家、红汉人都来了，两家要是碰到一起了肯定要打仗，大郭哇还能安心？你原来给他们安排的那片草场上的草长势不好，短时间内他们的驮牛养不上膘。官寨放养马匹的草场正肥美，让他们去放吧！"

洛桑一听脸上才露出了安稳的笑容，说："我去通知大郭哇。"

阿拉加布脸上的皱纹似乎又多了几道，这汉人官家和红汉人的事到底如何应对，他还没有想出一个两全其美的法子来。他叫来拉姆，叹了一口气，沉默了一会，问拉姆："你在瓦寨看病住几个月，还和你大郭哇阿古他们一路走了来，你听到啥没有？红汉人到底是怎么一回事。"

拉姆沉思了一会说："我也是听瓦寨那边马帮的人说红汉人是穷人的队伍，来了要分富人的银钱、田产和牛羊呢，我问过大郭哇阿古，他说他也不知道红汉人要来草原干啥。大郭哇说，反正来的都是兵，来了就吃过水面，给点钱、粮食或牛羊买平安就得了。自古以来兵匪一家，哪个都惹不得，也惹不起。我们平头百姓还有啥法子呢。"

阿拉加布说："大郭哇说得也是，水来土掩，兵来将挡。各路汉人队伍来了见机行事吧。人家是过路的，雁过拔毛，咱们只能是以送为主。"

拉姆脸上布满了忧愁，说："要不，阿爸你去和大郭哇阿古商决一下，他走南闯北见过的世面大，也许他有办法呢。"

阿拉加布皱着眉头沉静了一会，突然说："把你大郭哇阿古叫来，我还有其他事和他商量呢。"拉姆说："我让洛桑阿古去叫。"拉姆说完去找洛桑了。

给大郭哇通知完放养牛马的事情后，洛桑就站着看大郭哇指挥尕郭哇们卸驮。拉姆过来说："洛桑阿古，阿爸让你去叫下大郭哇阿古呢，有事相商。"洛桑指着不远处说："他在那儿，我去叫他。"

大郭哇和洛桑、拉姆进到官寨里阿拉加布的房间坐下。阿拉加布就对洛桑说："你安排人去弄几只羊来，让大郭哇的人自己宰，今晚夕给他们接风。"洛桑看了一眼阿拉加布，退出安排去了。

三个人就那样坐着，谁也不说话。大郭哇知道，阿拉加布神色凝重的时候，一定是有重要的事情，所以大郭哇就等阿拉加布开口。

坐得时日久了，阿拉加布端对着大郭哇的目光，说："大郭哇！你是我的让沙，你说个实话，那个红汉人到底是怎么一回事？听人说他们已经翻过了雪山，正朝咱们的草原上走来，听拉姆说，他们来了要钱、要粮还要牛羊？"

大郭哇停了一会说："不管是红汉人的军队还是白汉人的军队，他们来了就得筹粮筹款，要不然他们吃啥喝啥？我只听说红汉人是穷人的队伍，在江西一带徒步走到了咱们这里。他们是路过，你们是坐地户，他们来了不要阻截，表示一下给点牛羊，他们爱到哪儿去就让他们到哪儿去。"

阿拉加布一脸愁云，说："我知道了。不过，我还有件事要与你相商，你得帮我。"

大郭哇一脸吃惊地问道："老爷有啥事情尽管说，这多少年你给咱们牛帮帮的忙也多，也没有开过啥口。你说，要我帮啥忙呢？我帮得上的一定帮呢。"

阿拉加布说："那我说了，这件事情我想了很久，很为难，不好向你开口。我也知道，这件事情你也许很为难。"

大郭哇真诚地说："老爷你说，你我之间还有啥为难的呢，如果能办到，我一定给您办。"

阿拉加布盯着大郭哇的眼睛说："你返回瓦寨时，我要你给我留二十支快枪，我不白拿，我拿牛换你的枪。我官寨里的那些叉子枪都老得快要掉牙了，遇上事不顶事。"

大郭哇哈哈大笑着说："我当是啥为难事情，原来是您要几支快枪，没问题，给您留二十支。不过，再多就不行，现在牛帮走的道都不太平安了，土匪也多，我还得留些快枪防身用。"阿拉加布激动地站起身抱住了大郭哇。

拉姆笑着说："阿爸，你和大郭哇阿古坐，我去看今晚接风的事去。"拉姆放下心才离开了阿拉加布的房间。原来她想大郭哇阿古要是不答应的话，她就求大郭哇阿古一回。她求大郭哇阿古，他一定会答应的。她知道，大郭哇阿古对她们三姐妹，最疼心的就是她拉姆了。大郭哇阿古一直说他把拉姆当自己的女儿待承呢，这话不假，她到瓦寨城里看病时，路上来去几个月，大郭哇把她照看得比自己还心细。本来牛帮上路是不允许带女眷的，但大郭哇心疼她，操心她的病，把她破规带上。路上，拉姆就听大郭哇说了，他这次驮送的东西全部是她和益西梅朵的嫁妆。她阿爸原来是要把她嫁到若嘎老爷家的，但她一直病着，身上长着青稞一样的疙瘩，若嘎老爷家悔婚，说她阿爸的不是。她阿爸为了他在阿哇草原上的脸面，就又把益西梅朵许给了若嘎老爷家。她听说若嘎老爷家的那个儿子是个傻子，傻得脱光了衣服追着姑娘们疯跑呢。拉姆就想她阿爸难道不知道若嘎老爷家的儿子是个傻子吗，她都知道，她阿爸没有不知道的道理。既然他知道若嘎老爷的儿子是个傻子，那他为什么还要把益西梅朵嫁过去呢？拉姆要是不生病，那嫁过去的肯定就是她了。现在她的病好了，不知阿爸又会不会反悔让她嫁过去呢？反正谁嫁过去都不是好事情。不管谁嫁给一个傻子，这在阿哇草原上将是一个天大的笑柄，也是阿拉加布官寨里一个天大的笑话。

拉姆想起她或是益西梅朵要嫁给一个光着身子，嘴里淌着涎水，傻笑着追赶姑娘们疯跑的傻子，心里就一阵绞疼。她得求大郭哇阿古劝一劝阿爸，退了这桩荒唐至极的婚事。大郭哇阿古肯定能帮这个忙。

这桩婚事的确荒唐至极。其实，大郭哇阿古以前就婉转地劝过阿拉加布老爷；管家洛桑也委婉地讲过阿哇草原上以前一个老爷家小姐被傻女婿逼疯的故事。但阿拉加布认为，在阿哇草原上他说过的话就是天上落下的雨，回不到天上了。

大郭哇一本正经地告诉拉姆，他再给阿拉加布老爷说一说，不能把拉姆和益西梅朵往火坑里推。阿拉加布心硬的话，他敏雅南还心疼呢。

第三章

1．阿爷

日头刚一照，就把那求来的一点雨晒成雾气飘走了，日头焦烘烘的，路上白花花的，大地上干巴巴的，田野上黄蔫蔫的。整个敏家咀完全没有了往日欣欣向荣的一派生机和活气，到处充溢着沉沉的死气。

人人都有一点失望和灰气。人人的心里充斥着恐惧和对自然的一种无形怯场。这是人自身无可奈何的事情。在这种人心焦得无以抑制的时刻，雪风的家里却始终洋溢着一种节日的气氛，那就是雪风的阿爷敏镇寰快要回来了，而且是从遥远的地方回来了，这就不能不让雪风一家大烟小罡了。地里的庄稼完了，但雪风的阿爷敏镇寰回来了，这是个好事情，似乎事情有个好的兆头。

亲戚们又来了一大帮。那些远远近近的亲戚都是灰头土脸的神色。人们虽然进进出出地走着，但神色还是那么地焦躁和不安，不时地抬首望着炎炎的高空，仿佛不是等待和来看望雪风阿爷归来的，而是期盼雨色和湿意而来的，人人的脸上都带着一种焦虑和不安。其实，民以食为天，眼看着庄稼晒成了一把干草，一年的收成将成泡影，人们能不焦躁吗？一年受灾，两年受穷；两年受灾，五年踏不上步。这是雪风阿爷时常说的一句话，这句话以前说没有什么，也没有人在意，然而这时候就在大家等待他的时候，忽地记起了他说过的话。看来人老是不虚度的，而是经过生活磨炼的，尤其是雪风阿爷经历了那么多的磨难，现在要回来了，首先他回来后看到的不是一派欣欣向荣的景象，而是一派荒凉和焦枯的景象，这多多少少也许让他有点难过，他走的时候是那样地凄惶和可怜，回来的时候是这样的荒凉和焦枯。他见到这样的景象后会是怎样的心情呢？会是怎样的难过呢？人生无常啊，离开时遭难回来时受灾，这是怎样的一个世界啊，这也许就是一个人的劫数和命运啊。

天继续旱着，天上地下都土尘尘的。

雪风阿爷是在一个晒得土冒烟的午后回来的。那天午后，有人站在大白杨树底下谝着闲传，互相诉说着庄稼人的难场。

雪风的二达敏雅生拉着他从乔科新买的几匹马压走。突然看到土路的尽头一位骑着一匹黑走马的老人正朝路的这头走来。老人穿了一身黑衣服，骑在黑马上走得急匆匆的，还不时用鞭子抽一下黑走马的屁股。看来，这是一位急着赶路的人，一看就是急性子的人，不是急性子不这样赶路。

田里的庄稼全完了，敏雅生准备把这几匹走马压熟后就组织马帮带货去川陕。他已经从跑藏地的牛帮那里收了一定量的名贵药材：冬虫夏草、贝母、藏红花、鹿茸、麝香、牛黄，再加上本地特产洮砚，还有各种皮毛。这些货物贩运轻便、利重。敏雅生从来不贩运其他货，其他货不好带，货重利轻出手慢。而这些货只要带出了瓦寨，带出了洮州，那走一天路就有一天的利。路走得越远，利就越重。敏雅生跟敏雅南不一样，他喜欢走这一条道，不过这一路冒的险也大。世道不太平，各地盗贼横生，抢劫过路客商的事情时有发生。但敏雅生的马帮都是一人一马两枪，就是每个人骑一匹不驮货的好走马，身上带两杆枪，一杆短枪一杆长枪，这样一般盗贼是不敢抢劫，因为盗贼在拦路抢劫前是要探路的，武装经商的人都是狠人，他们个个体魄强壮、马术娴熟、枪法精良，都是下死手的人，盗贼往往不敢抢劫。所以敏雅生若干年就没有遇到过拦路抢劫的盗贼。他的胆子也是越来越大。贵重东西往川陕地方卖出，他就再买些洮州地面上紧缺的茶叶、布匹、绸缎、铜器、瓷器贩运回来，一年跑上两趟，他的生意是最好的。有时候遇到不好的年景，他就一个人当单马客，带上最贵重的冬虫夏草、贝母、藏红花、鹿茸、麝香、牛黄，一个人出发经河州，过黄河，然后去兰州售货。

敏雅生望着远路上来人骑着的黑走马，走姿稳健，运步自如，活泼规整，动作优雅，真是一匹好走马。人常说的人中龙凤马中良驹，说的就是老人骑来的这种走马。骑着这样的走马走啥路都不颠簸，如履平地，人在马背上打盹睡一觉也无任何问题。这就让敏雅生很是羡慕，竟然忘了自己手里牵着的几匹马了。不过，这几匹马不是一般的马，是产洮马良驹的乔科马，只要被驯马能手驯出来，也是不得了的好走马。可是敏雅生对驯马没有那么大的耐心，他驯出来的走马只要驮货不颠簸，不惊不乍，到了川陕一带，货一出手，要是马的价格好，他还会把一部分走马也卖掉，再买几匹当地的骡子和驴运送货物到瓦寨。他对驯马不是太上心，只要有几匹好走马来去换乘，其他的马匹有时候是连窝带蛋一起出手的，所以没必要花太多的精力和人力。

骑黑走马的老人走得近了，敏雅南才看清老人身后的马鞍上还驮了一只褡裢，里面装得鼓鼓的，那肯定是老人的衣物和吃饮的东西。老人稳稳地骑在马背上，一把花白的长须被微风吹得分开，飘向两边的肩头上。敏雅生就想，当年老阿达带着牛帮走阿哇等藏地的时候，就这样骑在马背上，直挺挺地纹丝不动，像坐在炕头上似的。那时候阿达还年轻，处事公正，办事稳妥，所以当了洮州瓦寨牛帮大郭哇。因常年出行，带着牛帮的众多尕郭哇走阿哇、若尔盖、马尔康、色达、甘孜、德格、白玉等地，风里来雨里去，风餐露宿的，脸黑得像抹了锅灰。他不苟言笑的黑脸上蓄了浓浓的短胡，加上时常瞅人的目光如鹰隼觅食般锐利，所以人人对他从心理上有种畏惧感。敏雅生和敏雅南小时候，不敢到阿达跟前去玩耍，更不要说像其他孩子撒娇向阿达要这要那了。看着这个骑在马背上的老人像阿达时，敏雅生的心里就有了一些对阿达记忆里已有的恐慌感。这种感觉在他的记忆里存储了多少年也没有消逝掉。

敏雅生知道，当年阿达当洮州瓦寨牛帮大郭哇时曾积攒了一些银钱，只是后来那些银钱他再也没有见过，阿达也没有对谁说过当年挣来的那些银钱去了哪儿。只是阿达好像一夜之间就身无分文了。那年，阿达蹲在家里辞掉了牛帮大郭哇，整整两年没有出门，在读一本厚厚的谁都不让看甚至是抚摸都不行的书。两年书读罢，他没有告诉谁要去哪儿，突然失踪了。他的失踪好像是一阵风吹过了巷道或是一场急雨落在了田里，没有留下任何痕迹，让人无处寻觅。有人说他去了西安，也有人说他去了天津，还有人说他去了成都。还有人说他在阿哇草原上见过一个蒙面的牧人，像敏雅生的阿达敏镇寰；也有人说在松潘草原上见过一个单马客，像敏雅生的阿达敏镇寰。总之，人们众说纷纭，不知道他们的阿达敏镇寰确切去了哪儿。不过，阿达走前曾对雪林说过，说他有一天可能要从这个世界上消失，如果他不在了就不要刻意去寻他，如果有命的话他还会回来的，他回来后还要干一番大事情呢。当时，雪林把爷爷的这句话当成是玩笑话。可是爷爷说过后不久，他就失踪了，从这个纷乱的世界上突然消失了……

跑马帮的人如果看见有人骑来一匹少见的好走马时，他就羡慕、眼馋，喜爱之意溢于脸上。现在黑衣老人骑着这匹走马，稳稳当当地朝敏雅生走来时，敏雅生惊得下巴都要掉下来了。他不由自主地发出了一声惊呼："真主啊！"敏雅生看清了，黑衣老人的面目越来越清楚，那苍老清瘦的面容牢牢地刻在他的脑海里，记忆中那可亲可敬的音容笑貌哗地浮现在了眼前。快走到跟前时，黑衣老人扯住了马缰绳，微笑着向敏雅生打招呼："老二，我回来了，你认不出我了？"敏雅生的泪水瞬间像泼了似的涌出了眼眶，哽咽着向黑衣老人问了安。敏雅生说："阿达，前段时候，听人说您要回来，亲戚朋友的都来等您，可等了几天，没等到；这几天又听说您要到了，亲戚朋友们的又都来了，专门等您。又不见您来，我这不是心急，拉了几匹新买进手的走马压走，这不是看到您骑的走马是一匹好走马，我就一直看着，心里羡慕您，还真没想到是您。刻意等的时候等不到，不等的时候偏偏遇上了。"

敏镇寰已经六十多岁了，还硬朗得像个年轻人。他笑着对敏雅生说："这一切都是定然，你相信定然好了。"

敏雅生定了定神，说道："您给家里不打一声招呼说走就走了，这也是定然吗？这几年我和大哥把草原上您当年走过的地方都跑遍了，把人们说的地方都跑了个遍，就是找不到您的任何痕迹。还给阿拉加布老爷、黑水老爷、若嘎老爷放了话，让他们也打听您的行踪。可后来才听说您跟了云南蓝阿訇去朝觐了。来来去去三年，人们把我和大哥骂惨了，说我们把您逼出了家门。几年来我和大哥怨得无处诉说我俩的苦恼和郁闷。今天您来了，算是给我俩洗刷了天大的冤情，您要是再不来，我和大哥就被人们的唾沫给淹死了。"

阿达笑着说："没有那么玄乎。半道上说啥话呢，我的腿骑马骑成了两条鞭杆。到家歇了再说。"

敏雅生笑着说："心里一激动就忘了。"敏雅生走在前面，手里牵着他的几匹走马。阿达骑在马上，跟在那几匹马的后面，朝着那棵大白杨的方向走去。

庄子上土尘尘的，路上也土尘尘的，没有个清亮的样子。天旱了这么多天，把庄里的土路都晒得翘起了一层土皮。一群鸽子飞旋在庄子上空，没有落下来的意思。鸽哨尖利地响着，忽近忽远忽上忽下的。雪风在大门外的大白杨树下拿着一根小木棍写着杨先生教他的字，很认真地划着，划得有模有样的。这个时候还不是牛羊进圈的时候，路上空荡荡的，只有一只饿狗在疯狂地跑过。敏镇寰端端正正地骑着马跟在敏雅生后面，他们一路走到家门时也没有见到一个人，只见到趴在地上专心划字的雪风。雪风的兴趣来了，已经一连几天就这样趴在大路上划字了。把晒得罡灰的土路划得尘灰乱飞。敏雅生老远看见雪风就大喊了起来："雪风！你阿爷来了！"雪风专心划他的字，好像没有听到二达敏雅生的喊话。雪风也该专心了，这几天每天屁股上都要挨杨先生几板子，打得屁股都麻乎乎的。这才长了记性，趴在门外的大路上划字。敏雅生往大门前走了几步，又吼了一声："雪风，你阿爷来了！"这次，雪风听到了，也听清了。他从地上爬起来，朝敏雅生和阿爷飞跑着迎了过来。雪风看着阿爷，一脸的陌生感，阿爷走时，他才四岁多一点。这三年不见，他和阿爷就生分了。敏镇寰已经走到了大门口，下了马，过来牵着雪风的手，问雪风还记得记不得他。雪风眼睛急速地转着，在脑海里搜寻着阿爷的记忆。那只是一个模糊的印象，阿爷给他各种吃食的记忆。他记起了他曾经天天偷着吃的那种甜到脑子里的柿饼来，立刻露出了一个憨憨的笑，说："阿爷，我记起了，您给我的柿饼甜得很！"阿爷立刻哈哈大笑起来："还记得甜柿饼，知道柿饼的甜，那就证明我没有白疼你。你也没有忘记我。"

　　所有的人从前院的堂屋、灶房和厢房里出来迎到了外院。问安声一声盖过一声。大家都很激动。敏镇寰也激动得流下了泪水。他这三年的日子，风餐露宿，睡过门洞，也睡过崖窝，还睡过草窝树林。别人没睡过的地方他都睡了。现在他回来了，能不激动吗，他从那时候打定主意要朝西一路走去的时候，就已经把生死置之度外了。只要他踏出敏家咀庄子，在哪儿一睡不醒，就在哪儿埋了，这是他的命。只是当初领他去的云南蓝阿訇再也回不来了，他在去往那个世界的路上水土不服跑脱肚殁了。所以敏镇寰就一直边走边等待死亡的来临，可死亡像是忘记了他，硬是让他活着回来了，见到了所有的亲人。他挨个向到场的亲人问好致安。

雪风飞一样跑到灶房里，舀了一铜马勺水，给阿爷浇水洗尘。阿爷洗着手和脸，笑着说："我的雪风长大了，会心疼人了。"雪风望了一眼忙碌的人，咧开嘴笑了，笑容像八月里煮熟的洋芋，要多灿烂有多灿烂。雪风边浇水边给阿爷控诉道："阿爷，我家遭贼抢了，贼开枪打死了家里的藏獒，还把你屋里的好东西都卷走了。"阿爷绽放笑容的脸蹙了一下，又马上恢复了原本的笑容，说："没伤人就好，贼来了不走空，该拿的东西还得拿点，要不然贼才不来呢。舍财保命，把我的雪风和全家人没伤着就是万幸。"

敏镇寰洗罢手和脸也没有进他的房间，而是进了堂屋。这时候，杨先生听到信儿来了。他笑着说："老连手（朋友）哎！你这是当了孙悟空上天了还是当了土行孙入地了，一走三年，一点音讯都没有。我见不着你，还得践行对你的承诺，来你庄子里教娃娃们念书识字。你来了，我就有说话的人了。"

敏镇寰拱手笑着说："我既没上天也没有入地，出了一趟远门而已。出个远门没必要四处扬散，免得人们说三道四。"

杨先生仍然笑呵呵地说："你认为你没有四处扬散，可你听说人们对你的各种传言了吗？有人说你在草原上招婿遁世了，也有人说你在西安城里安家了，反正说啥话的人都有。你要是再不回来，那人们可就把你两个儿子指着后背用唾沫淹没了。你走的时候总得给家里人、连手们通传一声吧？说走就走，说来就来。

今后我看是你两个儿子要给你打副铁链把你拴住呢。再说不要是你，你两个儿子也是瓦寨街道里有头有脸的人。来了就好，该收心了。"杨先生的一通说让敏镇寰很不好意思，挠了挠头，笑着招呼大家坐下喝茶吃饭。没有一会时间，雪风娘、尕姨娘、雪月和杏月先是端来了各种干果，一人倒了一龙碗松藩大茶煮的滚烫的奶茶解乏气，几个人在灶房里叮叮当当地一阵子就端来了新熔的甜油饼，刚出笼还冒着热气的卷了苦豆的白面花卷，刚出油锅的尕油香，一人一海碗炝了野葱花的浆水长面。阿爷喝着奶茶，咂着嘴，直说香，香到了脑子里，这才是家的味道。

吃完了饭，雪风附在阿爷的耳门上说："阿爷，您屋里的好东西都让贼卷了，您不看吗？"

敏镇寰笑着悄声对雪风说："卷了就卷了，不值钱的东西。"

雪风又附在阿爷的耳门上说："阿爷您不心疼吗？"

敏镇寰哈哈大笑起来："我的孙子心疼呢，哪有不心疼的道理。"

敏镇寰说着抚着雪风的头，刮了下雪风的鼻梁，说："外面耍去！把阿爷的心要撵。"

杨先生看着爷孙俩，笑着说："你们爷孙俩说啥悄悄话呢？"

敏镇寰笑着对杨先生说："尕孙子操心我屋里的物件呢，说是叫贼卷走了。"

杨先生一脸正经地说："你屋里的那些东西也值点钱呢，但折财有时候也是一件好事情，给你消罪呢。"

敏镇寰附和着杨先生赶紧说："就是，给我消罪呢，那些财帛里也许有不该有的和不干净的东西呢。"

杨先生说："这才是你的豁达，你这样认为就对了。"

敏镇寰沉思了一会说："过几天我要在瓦寨街面上看着买个地皮，成立两个商号，商号的名称我都想好了，就叫仁盛通和义行昌，到时还请杨先生题写个牌匾。"

敏镇寰的这个计划把杨先生和敏雅生都吓了一大跳，开个商号没有几架子车银钱是开不了的。杨先生这会正襟危坐，一脸真诚地问道："你说的可是实话，那可是要银钱的命呢。"

敏镇寰摸了一把胡须，斩钉截铁地说："男子汉大丈夫，一言既出，驷马难追，我说的话板上钉钉，永不悔改。"

杨先生站起身拱了拱手，说："像当年的洮州瓦寨牛帮大郭哇有气势，该给后人立个标样。你重新出山，大旗在洮州一树，那就是另番成色。"

敏镇寰仍然平静地笑着说："再就托靠吧，走到哪儿算哪儿。"

杨先生扬了扬手，说："告辞，你们家下好好聚聚，叙叙旧。"杨先生说罢迈开腿走了。

没插上话的敏雅生终于有机会和阿达有了拉话的时候。他满脸疑惑地问："阿达，真的要在瓦寨买房产成立商号？可那得有银钱啊。"

阿爷怀里抱着雪风，拿起一块干柿饼塞进雪风的手里，头也没抬地说："银钱的事你不用想，你该想以后如何当商号老板的事。"

敏雅生环视了一眼众人，神色有点尴尬。阿爷抚着雪风的头，盯着雪风的眼睛说："我的雪风将来一定在洮州地面上有作为呢。我一直梦见雪风骑着天马披着一身红在洮州的天空里飞翔呢。这也许是雪风命里带来的运气和福气。"阿爷这样说的时候，敏雅生的脸上就凉凉的，心里想他儿子雪亮也是阿爷的孙子，也不见得阿爷这样心疼他。敏雅生故意笑着说："阿爷就只梦见雪风骑天马，就没梦见雪亮骑天马？"阿爷笑着说："这也怪，我就梦见了雪风，没梦见雪林雪云，也没梦见雪亮，雪月、杏月都没有梦见，把你和你大哥也没有梦见。你不要见怪，他们都是我的孙子，手心手背都是肉，我哪一个也不会怠慢。"

雪风拉着阿爷的手说："阿爷看下你房子里的物件，走。"雪风拉着阿爷去了阿爷的房子。

三年了，房子里有了淡淡的土腥味，原先他摆放的一些老物件不见了。唉！不见就不见了，眼不见心不烦。看见那些老物件就会忆起已经过世的老伴，那些物件在，老伴恍惚的身影就在。在他的记忆里，老伴一直站在那些物件前面擦拭着，擦得锃亮锃亮的，能照出人影来。花格子窗户上的窗纸已经很旧了，有几处起了黄斑，这些窗纸该换了。他时常剪胡须的那把张小泉剪刀竟然还在，谁也没有动，在橱柜里放着，落了一层纤尘，刀口仍泛着锃亮的光。炕墙墙窝里的那盏清油灯盏的灯油黏糊糊地粘在灯盏窝里，他走的时候灯芯饱满油漉漉的，现在干瘪得像老人胳膊上的血脉，添点油还能不能点着呢？

　　他一幕幕地思谋着过往，思谋着往后……

2. 起窖

　　第二天吃过早饭，亲戚朋友们都陆陆续续地走了。敏镇寰和雪月、雪凤、杏月、雪亮一大帮孙子孙女说了会话，很严肃地对敏雅生说："你进城去，到十字街那儿打听下，要不你去天生堂'一把抓'马先生那儿，给他放下话，看十字街上谁家要出卖地皮或房子。地皮越大越好。"敏雅生仍然满脸疑惑。阿爷笑着说："你愁银钱呢？这个你不用愁，只管办你的事情去。"敏雅生没有说什么，退出去到瓦寨城里找马先生去了。

　　那天晚夕里，敏雅生回来给阿达敏镇寰说瓦寨城西门十字正北面有上下两层二十四间铺面卖呢，是瓦寨城德胜马商行掌柜马爷的铺面，马爷生意败了，要卖这些街面上的铺面。天生堂"一把抓"马先生去和马爷谈了，一口价，要价五万银元，一厘不少。阿爷说："马爷曾是洮州地面上呼风唤雨的人物，如今生意败了，我们也不能落井下石。而且马爷当年曾对我们有恩，生意上也多有照顾。人活在这个世上一个是不能忘本，再一个就是不能忘恩。马爷要价高是高，但不要压价了，就给他那个价。明天起窖后送给马爷。这些银元在马爷手里，说不定就是他翻盘的资本。"敏雅生吃惊地看着敏镇寰说："窖里的粮食要起上来？那卖不了多少钱吧？"阿爷笑着说："粮食先存着，今年天这样旱，早晚要挨饿的。到时再起粮食窖吧。"敏雅生一脸的懵懂，不知他葫芦里卖的啥药。

第二天清晨起来准备起窖时，天上却下起了大雨，雨帘密得像道槽里淌的水。这场大雨整整下了一天也没有停歇的意思，庄子里路上的水比往常河滩里的水还大。雪风的娘望着雨帘说："庄稼算是有救了。"可圈里的牲口出不了圈门，又急又饿地用蹄子使劲拚着地面抗议。阿爷出来看了看天色，说："等天晴了再起窖吧！"大家只好等待天晴。第二天又阴了一天，下了一天的小雨，到第三天清晨时，天放晴太阳出来了，暖暖的。阿爷让麻成带着麻文回家，自己招呼家里人起窖。

阿爷声音粗粗地说道："该起窖了！"

敏雅生从里面锁了外院大门，扣住了前院门。大家以为阿爷要在北屋或是西厢房的哪间地下起窖，谁知阿爷来到东面的柴房里，给雪风娘、尕姨娘和敏雅生指着柴房的地中心说："从这儿往下挖，挖八尺深左右再小心挖。"说完阿爷到上房里喝茶去了。敏雅生记得，盖这院房的时候，家里存油的一口大油缸突然不见了，当时他和大哥问了阿达，阿达说不知道，嫑多嘴，嫑问。他和大哥也就没有过多地问，也没有过多地想这个问题。他们以为是被谁碰破后让阿达扔了，但破了有个破骨殖呢，他们眼里竟然连骨殖碴子也没见。看来，当初家里那口大油缸的失踪是有原因的。在敏家咀当年还流传着一个故事。有人说他们盖房的这里曾是三国时期董卓屯兵的兵营，也有人说这里是吐谷浑的银库所在地。但这都是传说而已，谁也不知道。

他们在柴房里怀着好奇掏土，掏到一人深的时候，有了虚土，白土里掺着黑红土，尕姨娘说："再挖深一点，阿爷的秘密就出来了。"

大家你轮我换汗流浃背地挖着虚土，想挖出一个令人吃惊的东西来。再往深挖的时候，镢头碰到了一个硬东西，声音脆脆的。敏雅生赶紧用手慢慢刨开土层，发现了一口大缸，上面用厚木板盖得严严实实的，好像连风也溜不进去。敏雅生用手刨着土，阿爷站在柴房的坑边，目光盯着那口大缸说："启开缸盖！"敏雅生用镢头刀子一撬，缸盖就启开了。缸里装着白花花的元宝，晃得人眼睛都麻乎乎的。阿爷看着一家大小惊呆的神色，轻声说："取皮袋数着装，装上后给德胜马的马爷按数送去。然后再央马先生把房契写了。房契一写，手印一按，我们就可以在瓦寨安脚了。"大缸里的元宝装完后，阿爷指着缸右边："再往下掏！"结果又在大缸跟前掏出了一口小缸，小缸里装着十二根金灿灿的金条和银元。这一次，大家的目光再次亮了起来。装完后，阿爷让他们把大缸也起了上来，说："再也用不着用缸装金条、元宝和银元了，这一弄，就再也没有装缸的金条、元宝和银元了。"这个家里有谁知道阿爷的秘密呢，谁也不知道。谁也不知道阿爷竟然偷偷存了这么多金条、元宝和银元。而且还是在人的眼皮底下偷埋的，一家大小包括两个儿子都没有知道。现在敏雅生也不知道阿达起出来的这些金条、元宝和银元到底是他当牛帮大郭哇时挣的还是在盖这院房的时候挖出来的。

后来当雪风问起阿爷元宝的事情时，阿爷给雪风说了实情。他说当年当牛帮大郭哇能挣多少钱呢，能挣个脚钱让一家大小过个好日子就不错了，想在洮州地面上活得有头有面，也是很难场的。他说那些元宝全是他在盖这院房时意外挖到的，得的横财。阿爷说元宝就埋在东厢房的柴房底下。那年盖房平地基，有天晚夕里他起夜，看见柴房的那块地突然塌了一个碗大的坑，他以为有老鼠洞，过去踩了一脚，结果就把他的腿陷下去了，脚骨拐上被啥东西刮了一下，他往地下一摸，是块又硬又重的东西，拿上一看，差点把他的心脏惊停，原来他拿在手里的竟然是元宝。他掏了一晚夕，也没有掏完，他只好把坑填平，到了第二天晚夕里盖房的匠人们走了再掏。掏出来的元宝放哪里呢，他就把装清油的那口大缸埋在了柴房地下那儿，满满地装了一大缸。一部分装不下的他就埋在了杂物间的地下，后来他一点一点地挖出来换成了金条和银元。得了横财后他就辞了牛帮大郭哇，守着这些元宝念了两年经。自从得了横财后，他每晚都要做一个奇怪的梦，扰得他睡不好觉。梦里有人指导他要跟随一个云南来的叫蓝阿訇的人去出趟远门，且不要声张。恰好那年，庄里搬聘的开学阿訇是云南人，姓蓝。他就给蓝阿訇说明了他的梦境和想法。谁知蓝阿訇一听，果断地说那是你的造化，也是我的造化，你得了财帛，我得了该你出散的部分，共同完美你我心里的举意。所以阿爷和蓝阿訇就在没有通知任何人的情况下一夜之间失踪了。

瓦寨城里西门十字最繁华的地段站了一群人，看马爷的热闹。

马爷亲自摘下高悬在楼面二层正中上方的牌匾，让两个伙计扛回了家。

在清晨的阳光里，镀金的“德胜马”三个字熠熠生亮，闪烁着昔日的辉煌。

在天生堂马先生、教书先生杨先生等一干人的见证下，德胜马马爷的这上下二十四间铺面现在成了原来的牛帮大郭哇敏镇寰的铺面。

马爷紧紧握住敏镇寰的手，微笑着说：“多谢敏爷出手相帮！”

敏镇寰面带愧色，望着马爷的眼睛说：“马爷胸怀坦荡，如此让利于我，日后有用得着老身的地方，一定要言传啊！”

马爷仍然笑着说:"此一时彼一时,现如今生意倒了,儿子又身陷官司,你能如此出手阔绰,没有乘机压价,算是帮了我一家的大忙。大恩不言谢。"

敏镇寰望着马爷远去的背影,给马先生和杨先生说道:"到底是德胜马的大爷,当年生意做大时,马爷是瓦寨城里的一杆旗,他人品至上,买卖公平,老幼不欺。如今生意倒了,倒是泰然自若,相信定然。不过还好,他还有永盛昌客栈在,能支撑他的家务。"

马先生说:"马爷在瓦寨城里从来都是一杆旗,没有人能比得了,他家势倒了人不倒。"

杨先生望着敏镇寰叹了气说:"唉!三十年河东,三十年河西,谁能知道马爷在瓦寨城里弹挣了一辈子,最后竟然把家底最好的房子易主卖给了你,这就是常说的天道轮回吧。"

马先生像号脉似的弹着他的右手指,说:"世上的事谁能料想透呢。穷弹挣,富守护,再就看人的命运了。"

敏镇寰点着头说:"也是,也是。"

杨先生临走从怀里掏出他题写的两块牌匾题字——仁盛通和义行昌,郑重地交到敏镇寰的手里:"在瓦寨城里你的牌匾一挂,大号一树,你再就不是你了,望你居仁行义,先义后利。这样你的门面也许百年不衰,千年不倒。"

敏镇寰一本正经地望着杨先生拱手说:"遵杨先生意,你还得题写一幅'居仁行义,先义后利',我要雕刻成大匾,挂在店铺内,定成我敏家家训。"

杨先生摆手摇头,说:"不敢当,不敢当,我就随口说说而已。还是让马先生题写。"

马先生过去扯住杨先生的衣衫说:"先生金口玉言,我天生堂笔墨纸砚一样不缺,就不要推辞。我要是有先生才学,早题了,还轮不到您题写。"

敏镇寰挽了杨先生的胳膊，和马先生一同去了天生堂。

3. 瓦寨城

仁盛通和义行昌择日开业当天，瓦寨城东大街经营药材和绸缎的万盛西、天兴隆、义心公、同春和，南大街经营布匹和皮毛的永泰和、万益恒、永盛西、福盛德、瑞华兴，西大街经营皮毛和杂货的德泰祥、世兴泰、福盛店、福盛通，北大街经营铜器、铁器和客栈的祥福盛、长盛店、永盛昌，新城经营布匹和杂货的天成隆、天庆德等各个商号的大小掌柜来了六十多人。另外还有各省和外县在瓦寨城设立商号经营名贵药材、绸缎等货物的客商如京帮、陕帮、豫帮、鄂帮等商帮也派了总掌柜来贺喜。来的还有敏镇寰的老朋友杨先生和马先生，亲家丁仰迁一干人，以及当年跟着他跑牛帮的尕郭哇和自己的家下。大家共同见证了敏镇寰家两个商号在瓦寨的设立和此后在洮州大地上生根发芽、开花结果。

敏镇寰在瓦寨城内最大的饭馆"聚香园"布桌设宴待客。在开席前，敏镇寰向前来开业贺喜的大小掌柜宣布他自己为仁盛通和义行昌两个商号的总掌柜，大儿子敏雅南为仁盛通商号掌柜，主要经营皮毛、绸缎、布匹、铜器和日用杂货等；二儿子敏雅生为义行昌掌柜，主要经营麝香、鹿茸、牛黄、冬虫夏草、贝母、藏红花等各种名贵药材和各种茶叶等。敏镇寰希望在今后的生意场上能得到瓦寨各位掌柜的相帮，在瓦寨地界上共进共退，一起发财。各位掌柜对当年的牛帮大郭哇重新出山设立商号，进行了鼓励和赞赏。都说，瓦寨是瓦寨人的瓦寨，因是有了众多的商号，才有了天南海北的商人，有了瓦寨的繁荣兴盛，有了大家挣钱的门道，有了大家的好日子。

仁盛通和义行昌的牌匾在瓦寨城西门十字北街的铺面上方高

高挂起，一左一右，水到渠成，相互映衬，相得益彰。

当年的大郭哇敏镇寰重新出山了，他的名号在瓦寨城里一传，仁盛通和义行昌也在瓦寨城里不几日就叫得响响的，很快传遍了洮州大地，传向了他曾经用脚步丈量过的地方。不过，现在人们都改口叫他老郭哇了，也有人叫他老掌柜。

敏镇寰在洮州大地上一呼百应的时代来了。

洮州自古以来就是陇右汉藏聚合、农牧过渡，东进西出、南联北往的门户，被史学家称为北蔽河湟、西控番戎、东济陇右的边塞要地，是唐蕃古道的要冲地段，更是所有四川、陕西、河南、河北、天津、湖北等地客商的"进藏门户"。

清末民初，洮州瓦寨城牛马、皮毛、药材交易兴盛，市场一度繁荣昌盛，于是外地河南、陕西、四川、河北等地客商云集，本地商人也积极向外拓展生意渠道。洮州出产的名贵药材麝香、鹿茸、牛黄、贝母、冬虫夏草、藏红花，还有洮马、皮货、木材运往中原汉区，将中原汉区的茶叶、丝绸、棉布、纸张、铁器、盐巴、粮食和日用百货等商品运入瓦寨城，再由本地坐商和牛帮、驮骡队和各路客商运往藏区草原。同时运进来的还有红枣、核桃、柿饼等干果，运出去的还有酥油、曲拉、蕨麻、醍等。

瓦寨城南是本地商人、牛帮、驮骡队和各路客商歇脚换乘之地，是各路客商交易牛羊、骡马、毛皮、烟酒、盐巴、铁器、瓷器等物资的交易集散地。贵重药材、茶叶、衣物、绸缎、布匹直接进城交易，城南曾规划齐整地盖满了客房、杂货店、饭菜馆、药房、柴草店、马厩……各种货物的交易场所等一应俱全。城南的河道里顺着水势盖了磨面坊和榨油坊，不管是冬春四季还是雨雪飘荡，人声鼎沸，马嘶牛哞，炊烟缭绕，一派繁荣昌盛的景象。

敏雅南去了阿哇草原还没有归来，敏镇寰就由麻成暂时管理仁盛通，里面敏镇寰聘了几个当年曾跟随自己的尕郭哇，如今这些人已经跟着牛帮跑不动了，已歇业在家，经敏镇寰一鼓动，他们全来了，为敏镇寰操心仁盛通的各种买卖。

麻成经管惯了家里的琐事，突然要管理一个大商号的买卖，有点应付不过来。哭丧着脸给敏镇寰说："老掌柜，这活我真应付不来，一天下来，脑子比背篼还大，还是让我经管家里的牛羊、庄稼和吃喝吧？"

敏镇寰笑得前仰后合，笑毕，看着麻成说："没出息，就知道服侍牛羊庄稼，管点人的吃喝。"

麻成依然一脸的愁苦，看着自己的脚尖说："一辈子就这样过来了，大心有老掌柜操着，小心有家里的大掌柜和二掌柜操着。我只管操心家里耕地的牛和攒粪的羊，种好庄稼，肚子吃饱啥也不想，现如今您让我操这样大的心，我没头绪，也没处抓挠，操心还操不到点子上。"

敏镇寰依然笑着，说："当掌柜的要操就操大心，一般的活手底下的人都给你操过了，你再操啥心呢。从现在起你只管背起手，当个甩手掌柜，到瓦寨大街上各个商号里转达去，晚上打烊关门的时候，把各个生意的进出账问一下就得了。简单地说就是每个生意今天是挣了还是亏了，问清楚这个就行了。别的不要管。"

麻成听敏镇寰这样说，他哭的心都有了。他和庄稼、牛羊打了一辈子交道，很少和生意人打交道。老掌柜突然要他执掌这个商号，还当甩手掌柜，这是要给他难场。他哭笑不得地说："老掌柜，要不，您再重新安排个人吧？这活我真的操持不来。"

老掌柜敏镇寰仍然笑呵呵地说："在我敏镇寰门下出来的人，就没有弱人，你给我当了半辈子人手，你的后辈就不要当人手了，自己得弹挣着有个事情做。现在当下，雅南的脾性你还不知道吗？跟我的脾性像呢，是个坐不住的人，你让他当个掌柜的一天不出门，那还不把他急疯。现在就让他挂个虚名，你接手经管仁盛通，每年你们两个分利就行了。再往上还有我在呢，你怕啥呢。再说，这里面我聘的几个人，都是跟随我多少年的人，人品上可靠，买卖上精细。他们操心比你细。你每天早晚过去转一转，问一问，闲了和他们拉一拉家常就行。"

老掌柜都这样说了，麻成还能再说什么呢，只能领受了。老掌柜临走还说了，等在瓦寨城里置办好家，就从敏家咀搬过来住，雪风、雪亮和麻文他们也就一起来城里读书识字。老掌柜还说了，娃娃们不读几天书不成，书读成功了，做起生意来脑子也就活泛，再读得好，就可以考个功名啥的。

头几天，麻成按老掌柜说的去仁盛通转一圈，里面负责生意的人都笑着迎他，给他让座倒茶。随后他也就随口问一问生意情况，那几个人过来给他详细说明当天皮毛、绸缎、布匹、铜器和日用杂货生意的利钱，他听出来这些生意一个也没有亏损。他知道这些人都是做生意的能手。有时候，麻成也到义行昌那儿去，和敏雅生坐一会，说会话。敏雅生有时候也问他仁盛通的生意情况。敏雅生笑着对他说："还是麻成哥好，背后有阿达撑腰，手底下有几个得力干将，把生意做得风生水起，不像我，万事得我自己操心。"

麻成笑着说："老掌柜也没有太操仁盛通的心啊，他从来都没有去过仁盛通，都是他聘来的那几个人操大心呢。我是好操心，但是不会操心。"

敏雅生哈哈大笑起来："麻成哥，你真是老实，那么大一个家业放那儿，你说他不操心？他操的是大心，仁盛通和义行昌外面的心都是他操。你看他哪天闲过。虽然他不去仁盛通，但每天的生意情况他都会操心，操的心不比你少。"

麻成觉得自己像是一个闲人，整日在瓦寨的各个商号里转达，看着人来人往地做各种生意。他转得时日久了，满瓦寨的人都知道他是仁盛通的代理掌柜，都说他是大掌柜敏镇寰的影子和一条腿。是大掌柜敏镇寰的影子也好，一条腿也罢，他还是遵照大掌柜说的，每天雷打不动，到仁盛通去转一圈，问问情况，再就到各个商号里去转，去城外的骡马市场上去转，去看别人家如何做生意。转的时日久了，他竟然还看出了一些做生意的门道。麻成很是欣慰，看来老掌柜说的话那是金子一般的话。

麻成看到有人在北大街设立了一家很大的义行公钱庄，他去转了几圈，也没见人做啥生意，就见有人天天提着银元来。他就问见过世面的敏雅生。敏雅生说钱庄就是给人保管银元的地方，他说一个人随身带了很多银元到处走动，不方便，就把多余的银元存入钱庄，将来用的时候再取出来，给钱庄一定的保管费。开钱庄主要是挣保管费的。麻成不明白不做生意开钱庄也能挣钱。

其实，麻成还是喜欢到瓦寨城外去转去看。城南的骡马市场上，有玉树、果洛、阿哇、若尔盖、碌曲等地的牦牛，觉乃车巴沟的犏牛，乔科、玛曲的马匹，甘加、麦西、桑科、欧拉、黑错等地的藏羊。他最爱看的就是车巴沟的犏牛和乔科的马。车巴沟的犏牛当驮牛和耕牛是最好，驮东西劲大耐久，耕地不偷懒，走犁沟端正不走偏；乔科马一般体格强健，跟牛帮的郭哇一般用作乘马，料口小，走路平稳，不颠簸。还有就是谁要是带了一只好藏獒，他就爱不释手。大掌柜敏雅南带走的四条藏獒，快要跑不动路了，该歇缓了。家里的"四眼"是条好藏獒，大掌柜从拉卜楞抱来的时候，麻成就喜欢得不得了。虽然这趟大掌柜回来就可以带它上长路了，但仅有一只是不够的。

麻成和牛羊、庄稼打了一辈子交道，心里时刻放不下牛羊和庄稼。每次去北山红雀阳坡和马叶儿河草场看那些从觉乃车巴沟买来的犏牛和乔科马，他的心境都很愉悦，自由放飞心灵。可一回到瓦寨，他还得遵老掌柜的话要到仁盛通去转去看，还要不停地和认识不认识的人们打招呼。这就很让他为难了。老掌柜常笑着对他说："就是逼也得把你从人手逼成一个掌柜的。"

4. 马先生

马先生虽然没有出过远门，一直在天生堂坐诊，但他的"一把抓"名声却传出了洮州地界，不时有外地人慕名来天生堂求诊。当来人说他是"一把抓"的时候，他就面露怒色，大声回话来人："那是瓦寨街上的人癞蛤蟆掠冰草，乘嘴胡掠。我就是一个看病的平常大夫，哪有那么大的本事和能耐呢，定然中要死的人，那是神仙也救不活的，还一把抓呢，要死的人全一把抓走了。"见马先生这样一说，来人也就噤口不言，出了天生堂后自嘲地对认识的人说："今儿个舔沟子舔到马蹄子上了，踢了一背脚，再羞得没喘出。"话虽然这样说，但他对马先生的医术和人品越是敬佩。

马先生给人看病的确有一手，他自小给洮州名医"妙手"敏翰臣当学徒，走遍了洮州的山山水水，饮遍了百泉，尝遍了百草。再加之洮州地界上牛帮往来穿梭各藏区草原，驮骡队往返川陕等中原汉区，各种名贵药材在瓦寨城集散，购之容易，价格便宜。各地客商往来频繁，得猛病和怪病的客商多，马先生见多了各种病，治起来得心应手，所以人脉广播，得了个"一把抓"的雅号。很多时候，人们不知道天生堂的马先生，而知道天生堂的"一把抓"，就不足为奇了。

天生堂突然来了两个陌生人，说话南方口音。天生堂来南方口音的人多也很正常，而且是时常来。本来瓦寨城里就有很多天南海北的人坐地经商，来看病再正常不过了。可这两个说话南方口音的人不是来看病的，是由麻成领来说要拜马先生为师当学徒来的。马先生听完麻成的话也不搭话，只是静静地给病人号脉，连眼皮也不抬一下，好像麻成和那两个人不存在似的。马先生的大弟子小马先生斜着眼看着麻成他们也不说话，连让座的话也不说一声。在他想来是抢饭碗的人来了，不必礼让。这不是天生堂马先生的做派，这多少年来，马先生还没有怠慢过任何一位前来求医的人。

马先生给最后一个病人号完了脉，开了方子，等那个人抓了药走出天生堂，马先生才对麻成说："麻成啊，你带来的这两位先生不是来当学徒的。"又盯着站得端端正正的两个人说："我看你们两个气宇轩昂，该是读书人吧？说吧，寻我有啥事？明说了吧！"

两人中的一个拱手谦虚地说："马先生，我们两个是从湖北过来的，我叫黄起，他叫麻义，我俩是慕先生大名而来，真是来当学徒的，这话不假。"

马先生听那人说是湖北过来的，就睁大了眼睛，死死地盯住两人说："这两年我从那边过来的人跟前听说了，说你们那边穷人'闹红'，把富人的田产和东西都分了，还把人家的房子和老婆也分了，是真的吗"

那个叫黄起的笑着说："'闹红'是闹呢，是穷人起来打倒为富不仁的土豪劣绅，但没有分人家的房子和老婆。真是那样，那还叫人干的事吗。"

马先生略有思考，一会才说："何为土豪劣绅？"

麻义接上话茬说："土豪就是占地千里，不管百姓死活，横行乡里、仗势欺人的地主；劣绅就是有钱有势，肆意横行乡里的恶霸。"

马先生思谋了一会才低声说："这样的人该闹一闹，该打倒，不打倒天理不容。"

麻成站在那里搭不上话，有点尴尬和难受。

马先生不说收徒也不说不收徒。马先生每天和南来北往的人打交道，阅人无数，识人很准，他怎么看这两个人都不是来当学徒的。他试探着问："你们在当地当过坐诊或当过学徒？"

黄起说："先生，我是坐过几天堂，麻义当过几天学徒，我俩是想在先生这儿跟着先生学几年医。只望在先生处求个落脚之地，赏碗饭跟着先生就足够了。"

马先生思谋了一会说："两位先生先回，明日天生堂开门时再来，我们再做商议。"

麻成致了谢，欲领着两人出门。马先生拦住了麻成："两位先生先回，麻掌柜先留步。"

麻成用双手摸了一把脸庞说："先生喊我麻成就行了，喊掌柜羞人呢。我就是仁盛通一个代理掌柜，老掌柜的硬让我代理的。大郭哇来了他就是正式掌柜的，我回敏家咀守护牛羊和庄稼去。老掌柜说让麻文跟雪风一起读书呢，麻义我就不领了。"

马先生拱着手说："代理掌柜也是掌柜，喊麻成成啥了，这个世上总得有人礼典道吧。"

见两人已走远，麻成才低声问道："马先生留我问话呢？"

马先生笑着说："我不问你问谁呢？你突然给我引来了两个不知根底的陌生人，说要跟我学医呢。你说我问谁呢？"

麻成说："前几日，那两个人在义行昌的柜台上选药材，突然有个人眼一白晕翻在了地上，脸上也起了红疙瘩，敏雅生准备派人叫你去诊治。那个黄起过去翻看着那个病人的眼皮，说不要紧，让敏雅生掌柜在柜台里挑了几样平常的药材，研了一点，和着用水给病人灌下去不一会就醒了。当时义行昌里忙乱的人们都说那个人和先生您有一比，有人戏称黄起叫'一撮醒'。敏雅生掌柜看准那两人有些能耐，要酬谢人家一下，被那两个人谢绝了。最后敏雅生掌柜在'聚香园'饭馆请两人吃了一顿饭，因此，我也就认识了他们两个人。马先生，麻成虽然和牛羊、庄稼打了半辈子交道，我能从牛羊的眼睛看出一头牛或是一只羊的想法，饿了或是嘴馋想偷吃庄稼了，干活的牛想偷懒了，都逃不脱我的眼睛。人也一样，人的眼睛就是人心上的窗口，心里的想法都从他的眼光里透出来，瞒不过我的眼睛。我仔细看了，这两个人不是坏心眼的人。这点我敢给先生用生命打保票。我和他们既不沾亲也不带故，我没必要为他们说好话。"

马先生哈哈笑了："奇了怪了，麻掌柜用识牛识羊术识人呢，我这辈子头一遭听说。"

麻成看了一眼马先生的大弟子小马先生，笑盈盈地说："我就是一庄稼汉，哪有识牛识羊术，就是天天放牛放羊的时候，寂寞，看着牛羊的眼睛说说话而已，说话说的时日久了，就能看出牛羊心里想啥了。不过，人也一样，和他打一次两次交道也许看不出啥，但打的交道多了，就能从人的眼睛里看出人心里想啥了。"

马先生转过身对小马先生说："学着点，从麻掌柜身上学，人家都能从牛羊的眼睛里看出牛羊想啥，你跟我学了几年，一点长进都没有。看人识人这是给人看病的第一步。看人识人就是我们医家的望。"

小马先生看着麻成，一脸的尴尬相，不知说什么好。

麻成望着马先生说："明天那两人来了，先生收徒还是不收徒？"

马先生笑着说："明天再看吧。回家！"马先生说完手往后一背搭，出了天生堂，头也不回地走了。

第二天一早，小马先生还没有打开天生堂的门，那两个人就直直地站在门口，一左一右，看着小马先生暖暖地笑着。然后跟着小马先生进了天生堂的门，帮小马先生清扫灰尘，整理百子柜，熟练程度不亚于小马先生。

大街上车水马龙人来人往，马先生吼着秦腔进了天生堂，看来马先生心情不错。听马先生吼着秦腔，黄起、麻义和小马先生三人像小学生样直挺挺地站着。马先生径直走向天生堂正中的诊治桌，才抬首向周围扫视了一眼，看见黄起和麻义时吃了一惊。毫无表情地问道："你们来了?"

黄起和麻义异口同声说道："到了，马先生。"

马先生笑着问黄起和麻义二人："你们真想学？那就留下来吧！和马家山吃住在一起吧。不知二位的工钱如何结算呢?"

黄起抢在麻义头里说："学艺之人，只要有个落脚之处，不求工钱，只求马先生教之一二就成。"

马先生笑着说："工钱还是要给的，一行有一行的规矩，就和马家山一样开吧。你黄起能治病呢，忙不过来的时候，你也就号脉诊治一些病人吧。"

黄起谦恭地推辞着："我只是三脚猫的功夫，给人号脉诊病还差火候，还望先生赐教。"

听黄起这样说，马先生的脸就立刻凉了下来。小马先生急得给黄起递眼色，让他不要再说了，再说可能就要惹马先生生气了。

黄起只好再次拱手说："马先生，我遵命就是。万一号脉诊断不准的还请先生再行号脉诊断。"黄起说罢朝小马先生脸上瞅着，小马先生好像没有看见一样，忙他手里的活。而马先生也没有任何多余的言语。

黄起和麻义只好在小马先生眼色安排下寻活做着。

5."闻香来"

瓦寨城西大街南面开了家"闻香来"茶馆。

茶馆里面隔了四人或六人座的小间，闲人或是谈生意的人要一壶上等好茶，一坐就是一天。"闻香来"在义行昌端对面，大概隔二十几步。茶馆开在了义行昌端对面，敏雅生一有空闲就去那里喝茶或是约上人去谈生意。在这里既可以喝茶解乏，也可以约几个连手谈天谝地，谈论天下大势。最关键的是可以探听各种生意门道和信息。

敏雅生经常跑汉区，对茶道有些研究，喝茶很有讲究。他只要一踏入"闻香来"，掌柜或是伙计就会笑脸相迎，泡上一壶他常喝的普洱茶。有时候是他一个人，有时候会和远路上来的客商前来谈谈生意或是叙叙旧。谈罢，都说这儿水清茶香。敏雅生笑着对来人说："我走南闯北多年，跑过的地方多，喝过的茶品也多，就这儿道槽泉的水泡的普洱茶最香。看来，这儿的掌柜对茶道有研究，对喝茶的人也有研究，什么样的人喜欢喝啥茶，他是一目了然。"

敏雅生喝惯了这儿的茶，一天不来这儿坐一会儿，喝壶茶，就会心神不安，像丢了啥东西似的。他只要往"闻香来"二楼临窗那儿一坐，目视街面上穿梭的马车骡车或是牛车，来来往往匆忙的人群，他的心里就稳稳当当的。

他有时候想，要是大哥敏雅南来了多好，他们两个就可以面对面坐在这临窗的隔间里，慢慢地品茶，各自诉说一番多日的思念，说一说生意途中的各种事儿。可大哥在哪儿呢，他只有把麻成哥喊来，可麻成来了就又拘束得很，和他隔着一层帷幕呢，他俩坐着说不上几句话，终究也就无话可说了，直到一壶茶喝干，也不见得有几句话。你问麻成，他只会说他养的牛和羊如何膘肥，马儿如何健壮，家里的那只"四眼"藏獒如何灵性。有时候，敏雅生问他仁盛通的生意如何，他也说不上所以然来，就说生意由下面的几个小掌柜和伙计掌管着，只赚不赔，还行。就再没其他话了。

敏雅生觉得人生很苦寂。生意好的时候，他就愉悦；到"闻香来"喝茶的时候，他就兴奋。他不知道自己这是怎么了。到天生堂马先生那儿号了脉，说他心浮气躁，焦虑不安，是肝火旺盛所致。马先生笑着说："回去自己往柜台上抓一把夏枯草、连翘、白芍、车前子、当归、柴胡和枸杞子泡水喝去，再不要天天有事没事到'闻香来'喝普洱茶去。在生意上不要想得太多，把心态放平和，想太多容易动火伤肝。最近我看你心态不好，整天皱着眉头，想啥不开心的事情呢。再说生意上面还有老掌柜在那儿掌舵呢。"

敏雅生笑着对马先生说："各人有各人的泼烦呢。'闻香来'的茶水每天不喝一壶还真熬不到天黑。"

马先生含笑不语。他知道敏雅生肝火旺盛不是吃药的事情。

黄起笑着对敏雅生说："马先生说的极是，你把心放宽，肝火就自然平抑了。"

马先生跟敏雅生开玩笑说："敏大掌柜，黄起可是'一撮醒'，你也见识过他的本领，要不让他给你开个方子？"

敏雅生笑了笑，说："还是自我调理吧，调下自己的心态。多谢马先生和黄先生的好意。"敏雅生说完看了一眼黄起和麻义，走出了天生堂。他边走边想，这两个人咋就跑到天生堂给马先生当学徒了，马先生一直不是不要学徒吗，他还说有小马先生马家山一个人就够了。敏雅生百思不解其意，觉得这是一件奇怪的事情。能给马先生当学徒的人是不简单的人。

让敏雅生更奇怪的是在"闻香来"茶馆他临窗常坐的隔间的隔壁，时常坐一位在瓦寨东大街上做药材生意的掌柜，闲来喝茶，一喝就是半天。他晌午时分来，傍晚时回。敏雅生想，这人还是能喝茶，喝茶的功夫跟他有一比。他在义行昌里不管是忙是闲都是要泡一壶上好的普洱茶喝，但却喝不出在"闻香来"临窗隔间那样的味道。他小时，爷爷和阿达常说喝茶能上瘾，他从小就趴在爷爷和阿达的三炮台盖碗边喝。到现在才明白，人喝茶其实喝的就是一种心境和情感，从丝丝茶香中品人生真味，悟生活之道。这位河南掌柜来了也不叫人，径直走到那个临窗的隔间，要上一壶毛尖茶，望着窗外，自顾自地品着，像是思考啥人生或是生意上的大事情。那个掌柜来的时日多了，敏雅生就忍不住过去打声招呼。但他表情冷漠，不苟言笑。不过，他倒是和"闻香来"的掌柜很熟，熟得有点过分。河南掌柜来了，"闻香来"的掌柜就笑脸迎上去，陪着喝会茶，说会话，说到尽兴处还朗朗地笑起来，笑声传出隔间，传进敏雅生的耳朵里，有时候两人还偶尔回首瞄一眼望着窗外思考的敏雅生，笑声似乎有点得意的味道。这里面的意思敏雅生就不知道了。

有一次，敏雅生发现常和他做生意的几个人突然和那个千金房的河南掌柜常赐安黏上了，熟络得不得了，竟然坐在一起品茶谈事，这就让他有点奇怪。这个河南掌柜用什么手段啥时候挖走了他的老主顾，他竟然没有一点知觉。这时候他才想起来，最近到义行昌里来询问药材价格的人多，真正要拿货的人却少。可是他就不明白了，在瓦寨药材行里，他的药材品相是一等的，价格也是最低的，他的药材都是那些跑藏区的郭哇们亲自送到义行昌的。这些郭哇中的很多人都是阿达当年带出来的，与敏家是有渊源的，他们都愿意把最好的药材卖给义行昌的敏雅生。毕竟当年敏镇寰带着他们走南闯北若干年，他们现在的成功和发家有着敏镇寰当年一半的功劳。敏雅生当上义行昌掌柜的时候，那些当年的郭哇排着队来交药材，他曾一度独霸了瓦寨的药材门市。他也知道，那个掌柜的千金房药材行的药材由于进价高，卖价相应也高，维持生意有点困难。敏雅生知道瓦寨做药材生意的还有几家，远不是他一家，他得给大家都留一口吃的，所以有时候，有熟人来了的时候，他就介绍到其他药材行去。阿达常说，给别人留生路就是给自己留活路。遵照阿达说的，他是做到了这一点。可现在这是怎么了，他觉得那些药材贩子好像都在弃他而去，寻找另外的下家。他是一个多么精明的人啊，可这么长时间竟然就没有觉察这些暗流的涌动。怪不得阿达那天过来和他坐了会，聊了聊义行昌，说他生意有点萧条，得想想办法。当时，他曾对阿达赌咒发誓地说，他的生意是瓦寨城里最好的。

他生意上的事情也许马先生早就注意到了，怪不得那天马先生说他不要天天有事没事到"闻香来"喝普洱茶去。这是给他提醒呢。可是他一天不去"闻香来"喝壶茶，就心烦意躁，神情不安，像丢了魂似的。只有喝上一壶"闻香来"茶馆里的普洱茶，他就一整天神清气爽，精神抖擞。他觉得自己是越来越离不开"闻香来"茶馆的茶了，他对那地方有了一丝依恋，只要往那儿一坐，抿上一口茶水，慢慢地品着，回味着丝丝茶香，他的心里像熨斗熨了似的，舒坦得无以言说。

义行昌的生意是不行了，他叫来麻成，让他找几个精能人到东大街那个河南掌柜的千金房药材行那里打问一下，顺便也看看药材的行情，会一会各路客商。

麻成派去的人回来说，那个河南掌柜常赐安的千金房药材行的药材生意好得不得了。每天都有几马车名贵药材发往外地，白花花的银元只往柜台里面的钱柜里倒呢。

麻成还听说了，说瓦寨城里有人传言义行昌的生意要倒了，义行昌的掌柜敏雅生快支撑不下去了。

敏雅生不信这个邪，难道义行昌要步德胜马的后尘？那天吃过早饭，敏雅生破天荒没有去端对面的"闻香来"茶馆喝茶，而是信步去了永盛昌客栈，去找德胜马的掌柜马爷。德胜马的掌柜马爷关了德胜马商号后，就专营永盛昌客栈。永盛昌客栈马爷家经营了几辈子，在本地和外地客商中有着良好的口碑，是马爷家族的发家之地。

敏雅生背着手踏进客栈大门，只见客栈的屋檐、门楣、门柱、梁架等上面雕刻了山水草竹、花鸟鱼虫的图案，一眼望去简直美不胜收。再往进走去，看到马爷光着头坐在迎客的柜台后面，刮着三炮台盖碗子，捧着一本线装厚书在摇头晃脑地读。敏雅生走到柜台跟前时，马爷也没有觉察到有人来了，完全沉浸在书里面，神态十分安详。客栈迎客厅两边墙的隔板上精雕细刻着"洮州八景"冶海冰图、石门金锁、洮水流珠、迭山横雪、黑岭乔松、朵山玉笋、玉兔临凡、莲峰耸秀，走廊正中迎面墙的拐角处雕刻着栖凤烟云和西湖晚照两景。敏雅生看着客栈墙面上木雕的景观，心想，马爷祖上一定是耕读之家，也是富裕之家。不然，不会雕出这富有诗意的图景来。敏雅生知道，在洮州地界上，要考取功名，那你就得是一个富有之家。当年，一个富有之家的男丁要去考取功名，那就得耗费大量的钱财和人力，一般人家是没有能力也耗费不起巨额财力的。敏雅生看着一幅幅玲珑剔透的木雕景色，细细地品着木雕匠人精湛的技艺，沉浸在少年时的一段回忆当中。少年时，他曾经跟着瓦寨城里有名的刻剜匠学过一阵子，但后来没有那个耐心，就弃学给人当脚户走藏区，再后来就跟着阿达当郭哇做生意了。

马爷不知啥时候放下了书，定定地看着敏雅生，微笑着。敏雅生看罢转过身想和马爷搭话时，却发现马爷就站在他的身后。

马爷呵呵地笑着问他："啥风把敏掌柜给吹来了？敏掌柜有闲情看我客栈的刻板了？"

敏雅生向马爷问了安，笑着说道："让一股子焦风给吹来了，我近来生意上不太顺，想着和您坐一会，说说话儿。同时，向您取点经。"

马爷哈哈大笑着说："唉！我跟前有啥经可取呢，在生意场上摸爬滚打了若干年，早把棱角磨平飞刃磨勋心劲磨完了，如今只剩下一具平常的皮囊了。好汉不提当年勇，生意烂了，家道败了，我把经管了几辈子的德胜马都卖了，生意做成了这样，再有啥可说的呢，生意之外的话还有点说头。"

敏雅生笑着说："瘦死的骆驼比马大，德胜马虽然败落了，但你的声望还在这儿放着呢，瓦寨城里若有事，只要您老一呼应，那还是不一样的。声望这东西不是用钱财衡量的。"

马爷仍然笑着说："德胜马只剩一副空架子而已。"

敏雅生一本正经地说："我的生意也做不下去了。不知千金房的那个河南掌柜常赐安使了啥法，竟然把我生意上的一些老主顾都拉了过去，这是让人很痛心的一件事。在生意上我还从来没有把食一口吞完过，总是给同行留有生活的门路呢。可现在这个常赐安决意从我的碗里下勺了。"

"他要分食，你就分给他一勺好了，免得他从中作梗使绊脚。"马爷不紧不慢地说，"你的义行昌刚一开张，就把瓦寨城的药材生意全揽了，人家能不给你使绊脚吗？千里路上跑到瓦寨城里来做生意，做不挣钱的生意你让人家喝西北风啊？你把药材的出价压得太低了，这样你有赚的钱，人家刨去房租啥的就没有赚的了。那是你逼着人家想办法倒你呢。你也是做半辈子生意的人了，该懂得这个道理的。你有一锅分他一勺，你有一勺分他一口，他也就有拚头了。和气生财，就是这个道理。我也就是随便一说，你不必在意啊。"

敏雅生苦笑着说："我有一锅给人留半锅，有一勺分半勺来着，可人心不足蛇吞象，我看是要置我于死地的感觉。"

马爷抚了抚他的长须，沉思了一会说："万里长城也不是用土堆成的，那是用砖一块一块垒成的，要想放倒瓦寨大郭哇家的义行昌，我看这样的人还没有生下呢。"

敏雅生一脸愁苦地看着马爷的眼睛说："说不定人家憋啥大招呢。"

马爷望着客栈外面路上来来往往的人群，说："咱们瓦寨生意人多少年来在生意上从来都是上不欺天，中不欺民，下不欺地，大不欺小，壮不欺老，凭着诚信做人的举念和人做生意，才纵横广袤草原和黄土大地几百年而兴盛不衰。做任何事情你只要心有敬畏，才能行有所止。人若要抛弃自己的诚信，给别人使绊憋招，那他的生意注定是做不长久的。"

敏雅生喝着马爷泡的茶，总是喝不出"闻香来"茶馆的茶味来，心思早跑到"闻香来"去了。

马爷望着敏雅生说："你有心思呢。"

敏雅生笑着说："马爷，还真有心思，坐在您跟前，喝着您的茶水，心里却想着'闻香来'的茶水。"

马爷一脸真诚地问道："哪天你请我喝一壶'闻香来'的茶如何？"

敏雅生忙笑着说："今儿个请马爷喝如何？"

马爷笑呵呵地说："一天茶碗子在嘴上没闲过，灌了一肚子茶水，灌饱了，哪天再请不迟。"

敏雅生越喝越觉得马爷的茶水无味了，忙起身告辞，抬脚出了永盛昌客栈大门，一溜烟似的跑到了"闻香来"茶馆。

第四章

1. 红汉人

汉人官家赵树人和通司带着两个护兵，背着长枪，神气冲冲地来到阿哇老爷阿拉加布的官寨门前，两个护兵被官寨门口的两个卫兵挡在了门外，只准汉人官家赵树人和通司进入。赵树人进门时狠狠地瞪了一眼那两个穿着藏服露着膀子的官寨卫兵，抬起手往端正里扶了一把礼帽，和通司跟着管家洛桑上了官寨二楼，径直走往阿拉加布办公的地方。进了门，见阿拉加布神情凝重地端坐在牛毛毡上，面前的桌子上摆放着酥油、曲拉、糌粑，火炉上的茶壶里煮着浓酽的松潘大叶散茶（松州茶），腾腾地冒着热气，顶得壶盖一跳一跳的。拉姆舀了一勺刚挤的热牛奶调进茶壶里，然后剜了一大块黄澄澄的酥油滑进壶口，再放入一小勺盐。一股淡淡的奶香及茶叶的香味顿时弥漫在房间里，冲入赵树人和通司的鼻孔，沁人心脾。这种奶茶，喝到嘴里浓而不腻，甜中带咸，还有一丝茶的苦香味。喝起来让人浑身温热通透，舒畅轻松。

赵树人和通司进门后躬身作揖，赵树人笑着对阿拉加布说：

"我给老爷请安来了！"阿拉加布抬手做了个请的动作，赵树人和通司就赶忙坐在了阿拉加布老爷的身边。拉姆给赵树人和通司倒上已调好的奶茶。赵树人喝着发烫的奶茶，咂吧着嘴巴，连说："好喝，香。"通司不说话，红着脸又吹又吸地连着喝了三大碗奶茶，喝得连拉姆都有点不好意思给他倒了。

阿拉加布老爷右手掌着青龙碗，一脸严肃地吹着碗里的浮沫，慢品着奶茶，同时挥着左手示意赵树人和通司喝奶茶。赵树人和通司互望着对方，端起碗喝着，气氛有点尴尬。拉姆也不多言，毫无表情地提着茶壶给喝光的空碗里续着奶茶。赵树人连着喝了三大碗奶茶后，再也耐不住了，放下碗用手背擦了下沾在嘴唇上的奶沫，试探着问阿拉加布："阿拉加布老爷，前段时间我让您给国军队伍筹措的给养怎么样了？现在形势十分危急，一支赤匪的人马正朝阿哇草原上奔来，为了阻防赤匪，川军第九混成旅也正朝阿哇草原驰来，与老爷您和若嘎老爷共同阻防赤匪。但队伍来了，给养的问题得您和若嘎老爷解决。要不然不好交代啊。"

阿拉加布老爷没有任何的表示，好像压根就没有听到这个川军第九混成旅少校副官赵树人的问话。通司急得一会瞅一瞅阿拉加布老爷，一会望一望赵树人，还不时地瞟向倒奶茶的拉姆，向她递过去求援似的目光。可拉姆低眉看着地下，从不多看阿拉加布或是赵树人和通司一眼。

阿拉加布老爷终于放下端在手里的茶碗，站起来望着窗外的虚空和远方连绵起伏的草地，说道："阿哇草原上既不产粮，也不生食，就有一些牛羊，可这些牛羊是草原上人的命根子，谁都动不得的。我从哪儿给您的队伍筹措给养啊。阿哇是阿哇人的阿哇，阿哇人祖祖辈辈生活在这儿，在这儿放牧。可你们汉人来了，就要我筹粮筹款，筹几只羊行，但要我把阿哇草原上阿哇人的活路给断了，我做不到。不管是你们汉人官家，还是红汉人，我谁都得罪不起，来的都是客，我只能提供一些粗茶和糌粑，送你们走出阿哇草原。再说阿哇草原上从来就不存在刀枪的磕碰，没有溅过血污，也没有飘过血腥的味道。阿哇草原是干净的，连根草都纯净得能闻到大地的香味。"阿拉加布老爷丝毫没有给赵树人开口的意思。赵树人不知说什么好。他心想，你阿拉加布再死硬，也硬不过枪杆子，等川军第九混成旅的大部队开到阿哇草原上，我非得让你跪在我的马鞍前求情下话。赵树人给通司递了一个眼色，示意再这样坐下去也没有多大意思和进展，还不如以退为进，回营地等待大部队开到阿哇草原上时再来也不迟。赵树人看着阿拉加布的背影，苦笑着招呼通司退出了阿拉加布的房间，气哼哼地用那根挎在胳膊上的打狗棍戳着官寨的地面，走出官寨大门，径直回营地去了。

汉人官家没走出官寨大门多远，大郭哇敏雅南带着雪林雪云和另外两个尕郭哇来到了阿拉加布的官寨门口。守护官寨大门的两个卫兵看到大郭哇敏雅南后，友好地微笑着打了声招呼，一个人飞奔着跑上二楼给阿拉加布通报去了。阿拉加布哈哈大笑着迎了出来，身后跟着笑得像朵马兰花似的拉姆。大郭哇敏雅南是向阿拉加布辞行来了。

大郭哇的牛帮所带的驮牛全部在肥美的阿哇草原上养得膘肥体壮，缓过了劲，可以上路了。易物交换的所有牦牛管家洛桑派人集中赶到了牛帮休养的草场上。就等大郭哇一声令下，牛帮就要出发踏上原路返回洮州。

拉姆听说大郭哇要带队赶着所有驮牛和易物交换的牦牛离开阿哇草原返回洮州，心里就隐隐作难起来。她还真舍不得大郭哇他们离开阿哇草原。益西梅朵和央金也肯定舍不得大郭哇他们离开阿哇草原。正在阿拉加布和大郭哇喝着奶茶说说笑笑的空儿，管家洛桑像阵旋风般刮了进来，神色慌张地说："一队红汉人突破了若嘎老爷的防地进入了阿哇草原，浩浩荡荡的有几万人马，看来阿哇草原上的暴风雨提前来了。"阿拉加布脸上没有现出任何的惊慌和不安。站起来，走出房间，望着官寨外面山坡上悠闲吃草的牛羊，轻声说道："草原上的牛羊膘肥了，狼和豹总是要来的。狼和豹来了，是祸躲不过，愁着也没用，只有拿起猎枪了。"阿拉加布转身望着大郭哇说："看来，你还得在阿哇草原上待一阵子，避一避红汉人。不过到如今谁也不知道红汉人究竟要往哪儿走，到哪儿去。也不知道他们带着大队人马到阿哇来是驻扎还是路过，这点很重要。"洛桑急得要挖嗓子眼了，跺着脚说："老爷，要不通知各个部落将牛羊赶往远离官寨的地方去，免得到时候被红汉人的队伍抢了。"阿拉加布看着急得乱转的洛桑说："你去安排吧！"洛桑咚咚地跑着，又像一阵风似的卷下了楼梯。大郭哇显得有点焦急，对阿拉加布说："在阿哇草原上待一阵子没问题，但是那么多的驮牛和牦牛又要占用官寨的草场了。"阿拉加布笑着说："吃了官寨草场的草，到时放几头牛不就得了！"大郭哇微笑着说："这不是几头牛的问题，我怕到时候我的牛帮连一头牛都留不住。自古兵匪一家，我得提前想办法离开您的阿哇草原。"阿拉加布一脸严肃地说："你的牛帮赶着牛哪有枪子儿跑得快。还是留下来，边走边看吧，等避过这阵红汉人刮来的风后再走也不迟。"敏雅南现在到了进退两难的境地。

　　不一会，黑水老爷派来送信的人也到了，说几万人的红汉人打着红旗，借路北上，驻进了黑水老爷的辖地，对黑水老爷防地内没有任何的进犯和抢劫。还说红汉人是仁义之师，只是借路北上，对黑水老爷和其他人秋毫无犯。还说有几个红汉人官家被黑水老爷邀请着住进了官寨。这就让阿拉加布难以理解了，几万人的队伍长驱直入，像神一样，攀过了泸定桥，翻过了夹金山大雪山，直奔阿哇草原而来，他们走过的路好像有时候连只鸟也飞不过去，可他们还是闯了过来，击退了多少军队的围追堵截，硬是让他们冲破了重重包围。遇到这样像神一样的队伍，谁还再敢拦阻呢？他一个阿哇草原的老爷，手下本就没有多少兵力，而且武器也老旧得不行，有些枪连枪栓都拉不开了。如果要硬抗那只能是鸡蛋碰石头——自不量力。阿拉加布还听替黑水老爷送信的人说，这些红汉人拿了东西是要给钱的，就连他们踩烂的草地都赔了钱。虽然说他们穿得破破烂烂，但他们精神很足。不像驻扎在阿哇草原上的汉人官家赵树人的人，随便拿人的东西用，牵人家的牛羊宰了吃肉，他们拿了人家东西还要拿眼瞪人、唬人，完全跟盗抢牛羊的强盗一个样子，不分伯仲。这支队伍不拿不抢，这就让人奇怪了。

阿拉加布老爷听罢看着大郭哇敏雅南笑着说："如果真像黑水老爷的人说的那样，那些红汉人和你们牛帮的人就一样了，不会给我们阿哇草原带来灾难和祸害。但耳听为虚，眼见为实，让我们拭目以待吧！"

赵树人带来的那些人大口吃着羊肉喝着羊肉汤，整日大张旗鼓地训练着，不时地在空旷的草地上放几枪，像壮胆似的。可赵树人说的那个川军第九混成旅的队伍迟迟没有到来。倒是听说红汉人的队伍离阿哇官寨越来越近了。

有人从遥远的地平线上望见了几面飘荡的红旗。

草原尽头有三个黑点正朝着阿哇老爷官寨的方向飞驰而来。早有人将此情况报告给了阿拉加布。阿拉加布领着管家洛桑，身后跟着一队守卫官寨的士兵，背着大郭哇留给他的快枪，威风凛凛地站在官寨大门外的空地上。管家洛桑苦愁着脸，好像大难来临的样子。洛桑从小在官寨里长大，谨慎了若干年，也胆小了若干年。他办事小心谨慎，处事谨言慎行，遇事战战兢兢，正因他的这个性格，阿拉加布常说他需要练一练胆子，要不然，有天酥油坨子滑在脚跟前也会把他吓死的。他听了腼腆地微笑着说："老爷，我从娘肚里下来就是这个胆子，再练也练不成大胆子。狼的胆子大，但它也有软肋，后腰里一捶就把它置于死地了。人的胆子再大，也大不过一个子弹头。您给我的这把手枪够让我胆大的了。"阿拉加布盯着洛桑的笑脸说："看来，你的胆子是越来越大了，敢这样跟我说话了。"洛桑听了阿拉加布的话，忙垂下双手，勾了头，手足无措的样子像一只受了委屈的小绵羊。突然阿拉加布指着远方说："洛桑，看！红汉人派来的联络官和通司到了。"

红汉人的联络官带着一名通司一名警卫。一匹枣红马上骑着联络官，其后跟着的警卫和通司骑着两匹黑缎子似的骏马，快速地朝着阿拉加布官寨的方向奔来。快到官寨跟前时，联络官、警卫和通司远远地下马步行。联络官看上去只有二十来岁，警卫也就十七八岁的样子，只有通司稍微上了点年纪，大概有四十来岁。三个人虽然远道而来，但他们三人走路铿锵，足下有劲，面带笑容，精神抖擞，英姿飒爽，带着一股令人难以抗拒的气场。

阿拉加布凝神静气地站在原地不动，等看红汉人的联络官如何打破这互相交织的气场。红汉人的联络官走到离阿拉加布还有十来步远的地方时，从警卫背着的背包里掏出了一条长长的白色哈达，躬着身双手高高捧起走向阿拉加布。在炎炎的太阳底下，白色的哈达像仙女飘逸的甩袖，飘向阿拉加布。阿拉加布此刻有点激动，看着飘移而来的哈达，他快步迎了过去，从红汉人联络官的手里接过来，搭在了自己的脖子上。红汉人联络官又从警卫背包里掏出一条哈达献给了管家洛桑。哈达在草原上常常往来接送时都献，但此刻由红汉人的联络官捧来献给他阿拉加布，这是红汉人来到草原上所表达的真诚和礼节，是对他阿拉加布的尊重，更是对草原的尊重。阿拉加布为了表示对红汉人联络官的重视，直接拥抱了他。洛桑看得一愣一愣的，这种情景只有在大郭哇敏雅南、黑水老爷、若嘎老爷等人到来时才有，也只有这时候，阿拉加布才会表现出他的热情和友好。

阿拉加布挽着红汉人联络官的手，走向官寨，他边走边问红汉人为什么要到阿哇草原上来，他们来了是不是要和先前来的汉人在草原上开战。红汉人的联络官耐心地向阿拉加布解释着他们的队伍只是北上借路，要到抗日的前线去。在中国东面的岛国小日本在一九三一年的九月十八日发动了侵华战争，侵占了我国东三省。红汉人介绍说，他们的队伍叫中国工农红军，简称红军，是专为穷人打天下的队伍。

阿拉加布越听越糊涂，他的脑子里一会是汉人，一会是红汉人，一会又是中国工农红军，再一会又是红军，他不明白为啥都是汉人却有那么多的名称。红汉人的联络官笑着对阿拉加布说红军是和其他汉人不一样的队伍。联络官还说要在阿拉加布老爷的辖地上筹措一些粮草给养。听说要筹措粮草给养，阿拉加布的脸色马上就变了，前脚汉人官家说要给队伍筹措给养，现在红汉人又说要给队伍筹措粮草和给养，原来汉人都是一样的，嘴上说的和做的都不一样。看到阿拉加布动怒了，联络官笑着说，在阿哇草原上所有筹措的粮草和给养红军都拿钱买，不白拿也不白吃。听说要拿钱买，阿拉加布的脸色才稍微有所好转。他知道，官寨里所有人的吃喝用度就已经让阿哇草原上所有牧人吃不住劲了，你就是拿钱买也是空的，草原上的牧人还真没有多余的粮草和牛羊卖给红军了。

红汉人联络官三个人喝着官寨里拉姆烧好的奶茶，吃着糌粑和熟透的羊肉，说红军过境阿哇草原，绝不让阿拉加布老爷为难，只是几万人过境，大队人马驻扎埋锅做饭的燃料和所乘马匹要就近放牧，燃料要在当地借取，还要阿拉加布老爷给各个部落头人通传一声，免得为借取燃料和放牧马匹与地方部落头人起矛盾。不等阿拉加布回话，红汉人联络官、通司和警卫起身告辞回部队回话去了。

见红汉人的联络官走出官寨门骑上马走远了，阿拉加布对洛桑说："去，让前脚来的那些个汉人官家从阿哇草原上离开，人家红汉人几万人的队伍开过来了，他们不是人家的对手，我不想让他们在阿哇草原上开战，也不想让汉人官家和红汉人在阿哇草原上落下一滴他们的血，他们一旦在阿哇草原开战，那将是阿哇草原的灾难。"阿拉加布说罢，洛桑没有任何动静。阿拉加布说："洛桑啊，你该挪一挪你那肥硕的屁股了。"洛桑摊开手说："汉人官家早就被红汉人的气势吓得屁滚尿流了，在昨天晚上就悄悄拔营走了，躲得远远的了，把没有吃完的几十只羊都没来得及赶走，撒在营地的附近，今早我让官寨里的人去赶了来。在我看来，汉人官家只是虚张声势而已，他们根本就没有那个实力对抗红汉人的队伍。赵树人说的川军第九混成旅来阿哇草原可能是放烟雾弹，给自己造势呢。"阿拉加布一脸凝重地说："走了好，走得无影无踪更好，免得他们和红汉人接触开打。他们汉人常说，神仙打仗，凡人遭殃。在阿哇草原上汉人官家和红汉人打仗，那遭殃的是阿哇草原。"洛桑说："我听官寨里有人说，汉人官家的人朝东走了，他们是着意避开和红汉人接触，就他们那几十个人，还不够给红汉人塞牙缝呢。"阿拉加布说："不管怎么说，不让他们接触最好。红汉人来了之后他们匆匆走了最好。几万人的队伍往这儿一驻扎，连草皮都吃光呢。这是最让人恐惧也是最让人担心的。"洛桑说："那个红汉人的联络官不是说拿钱买粮草和给养吗？"阿拉加布一脸忧愁地说："但愿他们在阿哇草原不要驻扎，不要和汉人官家开打。但愿他们只是借道而已。你也去通传给大郭哇，让他把他们牛帮的驮牛和我们所给的牦牛赶离官寨远一点，免得到时被红汉人抢了去。"洛桑说："我这就去通传。"洛桑心怀恐惧，满脸忧伤。

快吃夜饭时，拉姆带着益西梅朵和央金来了。拉姆给阿拉加布说："据我观察，红汉人的联络官几个人和汉人官家根本不像，倒和大郭哇他们有点像。依我看，我们没必要害怕，是福不是祸，是祸躲不过。看他们来了能把我们怎样。"益西梅朵挂着一脸的调皮劲，望着阿拉加布说："红汉人来了，要是不老实，我几鞭子抽死他。"央金一会看看阿拉加布，一会瞅瞅拉姆，一会又望一望益西梅朵，这时候她就想，要是阿妈在，她们就可以围坐在阿妈的周围，听阿妈讲草原和雄鹰的故事，讲阿爷和阿爸的故事，讲官寨里发生的一切故事。可阿妈在她们很小的时候就得病去世了。官寨里上上下下都噤若寒蝉，一声不吭。等待着红汉人的到来，那将是一个怎样的情景和结果呢，阿拉加布不知道，官寨里的人们更不知道。

这是一个难熬的夜晚。

第二天清晨，一股浓雾从天上地下涌了来，把官寨罩得像是一个仙宫似的。浓雾里只听得远处有几只"朵器"在使劲吼着，吼声穿透浓雾钻进了阿拉加布的耳朵里，他奇怪这些只"朵器"在雾里使了吃奶的劲吼着咬啥呢。

太阳从浓雾里探出了圆圆的脑袋。太阳一露脸，浓雾迅速地升空，退去。这时官寨门口的岗哨舒展了一下腰，突然张大了嘴巴，半天也没有喊出一句话来。原来在通往官寨的官道两旁躺满了披着各样皮子和衣物的人，重重叠叠的，一眼望不到边，一直躺到了天尽头。半天，一个卫兵才失控了似的大喊着跑向官寨二楼阿拉加布的卧室。昨晚夕，阿拉加布和三个女儿坐着说了会话，睡得迟了。今早阿拉加布睡得有点过头了，还没有醒过来，是那个卫兵的大呼小叫把他吵醒的。他起身出门朝官寨门外的官道上望了一眼，正如卫兵所说，人就像蚂蚁一样，重重叠叠地躺满了官道两旁的草地。阿拉加布吃惊地望着官道，心想，这哪是人啊，这是天神啊，一夜之间全降临在了阿哇草原上。他赶紧让洛桑召唤组织人马出迎。

阿拉加布官寨门楼上吹响了声调悠长的牛角号，穿透了静寂空旷的虚空……

官寨里老老小小的人都惊慌地跑了出来，不知道发生了什么事情。阿哇官寨吹响牛角号时，往往有重大事情发生。住在官寨周围的人们听到牛角号声后都围了过来。躺在官道两旁草地上的红汉人听到牛角号响后也都迅速站了起来，整理好铺盖的皮张和衣物，一队一队地站好了队。远处官道上迎着太阳走来了几位骑马的人，他们可能是红汉人的首领。一位留着长发的瘦高个年轻人和一位留着长须的年轻人并排骑在马上，指着阿哇老爷的官寨说着什么。头两天来过的那个联络官和通司，骑着马跟在他们身后。他们经过的地方，那些刚从草地上爬起来的士兵都成两列纵队，前不见头后不见尾，在漫无边际的草原上站着，竟然一丝不乱，端端正正地站着敬礼，目送他们朝阿哇老爷的官寨走去。阿拉加布老爷看着红汉人的这个架势，在内心深处对比着汉人官家和这些红汉人首领，总觉得人家比那些汉人官家有气势，有魄力。再看人家的队伍，像神兵天降，说来就来了，来了也对他阿哇草原上的人秋毫无犯。人家在草地上睡了一夜，官寨和周围竟然没有一个人知道。这就让阿拉加布思谋着心里起了很大的疑问，他们这些红汉人如果不是天神下凡，就一定有天神相助，不然他们翻不过夹金山大雪山，蹚不过万水千山。

太阳哗哗地照着，暖暖地抚着所有人的身心，也暖热了阿哇草原的早晨。农历五月阿哇草原上，绽放着金黄的金露梅和洁白的银露梅，金黄的花瓣宛如少女脸上的羞晕一样好看动人，银白的花瓣宛如少女的肌肤一样细嫩光滑。各色碎花争奇斗艳地开在金黄和银白的露梅花丛中。蓝空里雄鹰在飞旋，草地上有几只觅食的野兔瞅见了雄鹰的身影，跃身跑过，翻过了一个山梁。远山的蘑菇圈里白色的蘑菇，一夜之间长得肥肥胖胖。

阿拉加布和管家洛桑站在远离官寨的官道上，身后跟着拉姆、益西梅朵和央金。他们望着远处奔来的红汉人首领，气宇轩昂，高大魁梧，英姿飒爽。拉姆把他们和大郭哇敏雅南作着比较，总是比不出个所以然来。他们身上带着的那种碾压群雄的气场让官寨里所有的人都折服不已，更是让躲在人缝里的那些牛帮的尕郭哇们惊叹不已。阿拉加布从洛桑手里接过一条哈达，走向来人。联络官忙向大个子和长须长官介绍阿拉加布。通司也向阿拉加布介绍了大个子和长须年轻人是这支队伍的最高首长，现在专程来拜会阿拉加布老爷。阿拉加布微笑着向两位首长敬献哈达，欢迎红汉人来阿哇草原。阿拉加布领着红汉人的首长走进官寨，命洛桑给他们腾出几间房屋来，让红汉人的首长住进官寨里。让客人住在外面草地上，恐怕让人笑话他阿拉加布鸡肠小肚，笑话他阿拉加布在阿哇草原上容不下一支借道的红汉人队伍。

　　拉姆、益西梅朵和央金三个人远远地跟在红汉人首长的身后，打量观察着他们，尤其是拉姆，拿大郭哇敏雅南和他们作比较。大郭哇虽然也读过几天书，身上有读书人的儒雅，能指挥几十上百人的牛帮，但他却没有红汉人首长的那种令人折服的儒雅和威严。拉姆在瓦寨城里和汉人打了几个月交道，对汉人的为人处世还是比较了解的。她知道，这是一支与任何汉人不一样的汉人，他们不同于牛帮的大郭哇，也不同于汉人官家，更不同于在瓦寨城里做生意的那些汉人。现在她们的阿爸阿拉加布老爷也被这支队伍的首长折服了，隐藏着放下了他以往的傲慢和无视，表现出他少有的谦恭和多礼。

　　阿拉加布招呼大家在官寨里的会客房坐定后，红汉人的联络官给阿拉加布递上了一份礼单：步枪十支、盐巴十包、黄绸缎一匹，另有购买粮草给养的银元若干。阿拉加布笑着把礼单递给管家洛桑说："饭后通传所有头人，给红军准备粮草给养，有多少准备多少。阿哇草原还从来没有小气过。"通司满脸笑容，把阿拉加布的话说给两位首长和联络官。两位首长端着银边木碗，喝着滚烫的奶茶，吃着糌粑，脸上露出了喜悦的笑容。

　　两位首长抱拳感谢阿拉加布的慷慨解囊和雪中送炭。其实，红军这一路走来，筹措粮草是队伍最大的困难。很多时候，在这荒无人烟的草原上行军，队伍无处寻找埋锅做饭的燃料，更无处筹措粮食。山泉、河水、冰雪就着一把炒面或是煮一把苦涩难以下咽的野菜，饿着肚子，加上各地强敌的围追堵截，勉强走到这阿哇草原上，已是相当地不容易了。在来阿哇草原之前，黑水老爷尽自己最大的努力给红军接济了一些粮食，解了红军队伍暂时挨饿的困境。现在阿拉加布老爷又通传各地头人尽自己最大的能力筹措粮草，接济红军，这是给红军莫大的帮助。联络官激动得掏出自己戴着的怀表，要送给阿拉加布。阿拉加布微笑着坚决推辞不收，说队伍在行军途中不可没有一只怀表。首长见状笑着说："我们总得在阿哇草原上留个纪念吧！那就把我的这支水笔留给阿拉加布老爷。"

这个晚夕里，两位首长和阿拉加布谈了半晚夕，讲了很多革命道理。阿拉加布听得似懂非懂，但有一点他是肯定的，这支军队的首长都不是简单人。他们没有汉人官家的那种骄横跋扈，更没有汉人官家赵树人的那种盛气凌人、目空一切的神态和动辄拿川军第九混成旅来唬人的咄咄逼人气势。他们谦恭有礼的姿态让阿拉加布心悦诚服。

在红汉人的两位首长和阿拉加布他们谈论国内大势时，拉姆和益西梅朵在旁边出神地听着。拉姆和益西梅朵听不懂的地方，不时地插话问通司，她俩的汉话虽然说得不是太流利，但是交流起来没有一点障碍。因为她们官寨世代和洮州牛帮有联系，是世交，所以在官寨里长大的她们也学通了汉话。那个长须首长笑着邀请拉姆和益西梅朵观看他们文工团女兵明天的慰问演出。首长要让她俩去指导一下文工团女兵们跳的藏舞，他说的同时，还用瘦长的手指翻转着演示藏舞行云流水般的动作。拉姆和益西梅朵高兴地答应了两位红汉人首长的邀请。两位红汉人首长还说了，文工团女兵们的慰问演出结束后就来阿拉加布的官寨演出。拉姆和益西梅朵很是兴奋，简直等不到天亮。

月亮明晃晃地挂在空旷的天空里，把白生生的月光洒在了昏暗的官寨院子里。官寨里新来的两只"朵器"一前一后把头搭在蜷起的两条前腿上没有责任地睡着大觉。官寨里的下人都睡了，只有二楼会客房里的油灯亮着，透着昏暗的光，不时有人影在晃动。突然一楼挨着官寨大门的一间房门"咯吱"一声开了，有个人像个幽灵一样快速地蹿出大门，骑上马朝东方疾驰而去，而另一个人装着起夜在官寨院子里转了一圈，又睡觉去了。这一切都没有逃离在官寨二楼瞭望口放哨的扎西的眼睛。官寨二楼从来没有安排放哨，这是自红汉人来了之后，管家洛桑悄悄安排自己儿子扎西放哨的，他的主要任务就是监视官寨里外所有人的动向。

扎西悄悄走进会客房，招手把阿爸管家洛桑喊了出来，向洛桑汇报有人出了官寨大门骑马去了东面。洛桑的脸色哗地阴沉了下来，他知道这绝对和汉人官家赵树人有关。他叮嘱扎西盯紧官寨里所有进出人的动向。

阿拉加布瞅空看了一眼洛桑，用目光询问发生了什么事。洛桑看着阿拉加布摇了摇头，表示没有事情发生。

月光柔和地挤进官寨会客房的门缝，和昏暗的灯光糅合在一起，在几人的身上跳起了曼妙的舞蹈。

这定是一个无眠之夜。

2. 牛帮

大郭哇敏雅南终于等不住了，时候不等人，他该动身回洮州了。因为再回去得迟了，就赶不上和瓦寨城里其他牛帮搭伙去茶卡盐湖驮盐的时候了。

那天清晨，敏雅南组织尕郭哇们埋锅造饭，自己去官寨向阿拉加布老爷辞行。

这次敏雅南进官寨大门没有像以往那样随便，那个高个子的岗哨看见他来了，微笑着伸手拦住了一只脚刚踏进官寨大门的敏雅南，让他等候，另一个小个子的岗哨飞跑着去给阿拉加布老爷通报。

敏雅南站在官寨大门外悠闲地看着官寨周围的环境，突然看到官寨二楼的那个瞭望口打开了，有人在里面监视着官寨里外所有人的动向。阿拉加布对红军加强了戒备。敏雅南心想，如果有战事，这小小的二层官寨其实是经不住任何人的四面夹击的，放着岗哨还不是聋子的耳朵样子货？

敏雅南在官寨门外踱着步想着自己的心事，那个小个子的岗哨回来说，老爷让大郭哇到二楼会客房去呢。敏雅南大踏步地踏上二楼，迈进会客房时吓了一跳，几位红军首长和阿拉加布一边说笑一边喝早茶。见敏雅南走了进来，几位红军首长微笑着和敏雅南打招呼。敏雅南也微笑着和几位红军首长问了好，便对阿拉加布说，他是来辞行的，他的牛帮吃完早饭就拔寨起程回洮州。

几位红军首长听敏雅南说要回洮州，惊讶地互相瞅了一眼，激动地站起身拉住敏雅南坐下来，向他打问洮州的各种情况。气候、河流、山系、出产、农户的生活、商人的经商范围、当地及附近驻军人数，还详细地打问了他们牛帮回洮州的路线、路程。原先当过联络官的那个红军首长在一个小本子上详细地记着画着，还根据敏雅南的描述绘出了一个牛帮返程的草图。敏雅南返回洮州所走的路避开了大山、大河和草原上的沼泽，但所走路线一定要水草丰茂，几百上千头驮牛和牦牛要历经数月赶到洮州，没有丰茂的水草，牛会塌膘的。其实牛帮所走的路线都是固定的，也是最近的。那个和蔼的留着长须的红军首长握着敏雅南的手恳求他派两名尕郭哇给红军当向导带路。敏雅南犹豫着说还得回去跟尕郭哇们商量一下，因为这些人都跟着牛帮长年跑藏区跑顺了腿，出蛮力行，用脑可能不行。长须红军首长笑着说："我们还真需要在藏区跑顺了腿的人，这样的人对藏区熟悉，我们遇到一些困难和问题还可以请教他嘛!"红军首长望着敏雅南真诚地笑着。

那个联络官也笑着对敏雅南说："大郭哇请放心，两个向导的雇工钱我们提前支付与您，您替他们带回洮州，交给他们家。这个您也回去商量着给个准数。另外，大郭哇手里有大批训练有素的好驮牛，也希望大郭哇回去商量一下，卖给红军几十头。我们红军刚进入草地时买的一些牦牛负重不行，驮不了太重的东西。我看牛帮的驮牛跟草地上的牦牛稍微不一样，负重能力强，而且训练得好，听话。"敏雅南知道近两日恐怕是动身不得了，既然人家首长发话了，这些事情还得回去商量一下，看怎么办才好。

敏雅南回到驻地时，尕郭哇们都已吃完了早饭，准备起程的各种事情。敏雅南看到大家后摆了摆手，示意大家暂停手中的活路，跟他一起商量一些事情。尕郭哇们一脸的惊讶，大郭哇去跟阿拉加布老爷辞行的时候还是一脸的舒展样，这一回来就愁眉苦脸的。看来，大郭哇在阿拉加布那儿准是没能得到一个满意的答复，也有可能是他辞行时说错啥话了。可是，阿拉加布跟大郭哇像亲兄弟一样相处了若干年，从来都是惺惺相惜。就连阿拉加布的三个姑娘都把大郭哇当自己的亲叔叔呢，只要大郭哇来到阿哇草原，那三个小姑娘就闲不住了，天天往大郭哇的帐篷里跑，听大郭哇给她们讲故事。大郭哇的故事讲得精彩，他不但讲阿拉加布的故事，也讲他们牛帮历经千辛万苦走过万水千山的故事、和土匪做生死斗争的故事。

敏雅南手底下的这些尕郭哇们都大睁着眼看他，弄不清他葫芦里卖的什么药。他笑着对尕郭哇们说："你们发财的机会到了，红军要买我们几十头驮牛呢。"尕郭哇们吓得脸都绿了，有人结巴着说："给红军卖牛，我们能拿到现大洋吗，那好像不是太现实的事情。"当然驮钱比赶牛容易得多。大郭哇笑着说："还得留两个人给红军当向导带路。工钱另开，但决不会少于跟牛帮时所挣的。"尕郭哇们都默默无语，没人接这个活儿，虽说是肥差，但当真有人拿枪顶过来的时候，这点钱就没有他们的命值钱了。给红军卖驮牛大家都同意，但要留两个人给红军当向导带路，大家顿感肩上的负担太重了，没人敢答应。大郭哇说："既然我红口白牙给人家红军首长答应了这件事情，那就得信守诺言。我们洮州牛帮凭啥在草原上若干年没有遭到土匪的袭扰和抢劫？全凭我们洮州出去的人都信守诺言，就是生意折了也罢，也不愿把生意的折损转嫁给其他人，更不愿转嫁给草原上。"大郭哇看没有人答话，就笑着说："看来都不愿意留下来给红军当向导，那我只有点名了。雪林和雪云留下来。不然在阿哇草原上就再也没有我这个大郭哇了。我折不起这个人。"雪林和雪云的脸色像二八月的天气哗地变了，变得极其难看。他们知道，这是非常难以承受的一个活儿。跟着红军说不定有时候还得打仗，在去往若嘎草原的路上，听说国民党新编十四师鲁师长已经在那里布下了天罗地网，所有过河的桥梁都被炸断炸毁了。红军这次去肯定是凶多吉少，如果跟着他们，那雪林和雪云只有送死了。敏雅南看着雪林和雪云变了颜色的脸说："走过了万水千山，大丈夫难道还怕小小的土丘不成。这一路有几万红军护着，你俩就跟红军首长走，他们走到哪儿你们就跟到哪儿，吃苦不会比跟着牛帮多。"听大郭哇这样一说，雪林和雪云竟然嘿嘿地笑着答应了。

拉姆听说雪林雪云要跟着红军走，给红军带路当向导，就闹着阿拉加布要跟着雪林和雪云去洮州。这下可把阿拉加布为难住了。这个从小少话的拉姆，处处小心事事小心，可自从走了趟洮州治好了病，就对洮州有了好感，在家里圈不住了。听说大郭哇给红汉人首长留下雪林和雪云当向导带路，突然心血来潮，也要跟着红军和雪林他们走。阿拉加布黑着脸说："你跟着红汉人乱跑啥，红汉人一路要过关斩将打大仗，那枪子儿可认不得你是阿哇老爷的女儿，照样一枪一个血窟窿。"可拉姆九头牛也拉不回，着了魔似的，一定要跟着红汉人和雪林他们一同去洮州。阿拉加布便瞪着眼说："拉姆！你的病也好了，去洮州那可不是几步路的事情，你一个女孩子跟着去，还要人家操心呢。再说一个女孩子跟着一大帮子男人走那有多不方便。"拉姆脖子一拧说："上次，我还不是跟着大郭哇去了洮州吗？还不是安全到了瓦寨城？再说我又不要他给我穿衣喂饭。我自己长着手和脚呢。"阿拉加布气得脸红脖子粗，吼着说："那能一样吗？上次你病了，不得不去洮州，而且还是大郭哇主动邀请你的，一路有他操心，我是放心的。这次，你要跟着红汉人走，而且没有大郭哇操心，再说了，说不定走到哪儿还要打仗，兵荒马乱的，谁操你的心呢？"拉姆仍然一根筋拧着脖子，哪怕阿拉加布手里的鞭子落在身上也不怕，她说："上次有大郭哇操心，这次有尕郭哇雪林和雪云操心，还怕红汉人吃了我不成？"阿拉加布生气地抓起桌上的一只空木碗砸在了拉姆的身上。木碗从拉姆的身上滚落下来后在地上转着圈儿，一直滚到了阿拉加布的脚跟前，阿拉加布又抬起脚，狠狠地踢了一脚那个转着圈儿的木碗，木碗像只飞旋的陀螺转着圈儿飞出了房门，跌落在了官寨的院子里，惊醒了院子里睡觉的那两只"朵器"，"汪汪"地吼了起来。

站在二楼瞭望口的扎西飞奔下楼，到院子里查看情况，朝两只没有眼色的"朵器"瞪着吼了一声，两只"朵器"顿时吓得没有了声音。

随着旋转的木碗，拉姆抹着眼泪跑出了阿拉加布的房间。

扎西刚上到二楼，就听到阿拉加布粗声大嗓地叫自己，以为是刚才自己吼"朵器"的声音大了，惊着了老爷，心里颤抖着小心翼翼过去站在老爷的房门口。扎西看到老爷在房间里黑着脸，背了手转着圈儿，像滚落到楼下的那只木碗一样。阿拉加布见扎西不知所措地弓腰站在房门口，没好气地说："大小姐拉姆要跟红汉人去洮州，这一路上得有人护着。你准备一下，红汉人出发走的时候随尕郭哇雪林和雪云一起走，你的任务是一路护送大小姐，护送途中可不能由着她的性子，你们只管跟着走路，不得参与红汉人的任何事情。"扎西答应着阿拉加布下了二楼，心里像打鼓一样安定不下来。

扎西从小没有出过远门，这次去洮州护送大小姐，让他一时手足无措，不知作何准备。他只有去问阿爸洛桑。洛桑听了扎西的话后也是惊得目瞪口呆，阿拉加布老爷的三个小姐，哪一个都不是省油的灯，要扎西护送拉姆去洮州，那是难上加难的事情。再说拉姆连她阿爸阿拉加布的话都不听，还能听他扎西的话？还能听扎西的管？这是一个棘手问题。阿拉加布老爷把护送拉姆的任务怎么就安排给了扎西呢，这让洛桑百思不得其解。

拉姆去意已决。阿拉加布只好去和大郭哇敏雅南商量，让大郭哇给雪林和雪云叮嘱一下，路上好好管护一下拉姆。大郭哇笑着说："两只牛犊子护一个拉姆应该不成问题。他们是给红军当向导带路，可能得走在队伍的前头，走在队伍前头可能危险就大一点。不过，拉姆要去的话，他们就是拼上命也要护着。"

一浪未平，一浪又起，见拉姆要去洮州，益西梅朵也嚷着要去洮州。这一来，阿拉加布简直气得肠子都断了，这两个姑娘让他给惯傻惯坏了，从小由着她们的性子成长，现在翅膀根硬了，敢不听他阿拉加布的话了。好在央金还听他的话，没有说要跟着两个姐姐去洮州。拉姆和益西梅朵说一出是一出。雪林和雪云听说拉姆和益西梅朵要跟着他们去洮州，就愁得不行。上次带着生病的拉姆去洮州瓦寨城到马先生跟前看病，路途上的各种不便，可把他们拖累苦了。就是拉姆病好了回阿哇草原，也一路把他们拖累得够苦了。还一路有大郭哇护着，他们给拉姆赔了好多天的笑脸，把好话都说尽了。老爷家出身的小姐拉姆，出身娇贵，虽不娇情，但性格太烈，喜欢独来独往，浑身生发着草原野性的桀骜不驯，有种让人难以接近的距离感。所以两次来回陪伴拉姆的尕郭哇们都对拉姆敬而远之远而避之。这回阿拉加布老爷都没能拦住拉姆和益西梅朵去洮州，还派了管家洛桑的儿子扎西跟着去护送。扎西跟着只是一个小跟班而已，他是限制不了拉姆和益西梅朵的。其实，也就只有大郭哇能管得了拉姆和益西梅朵，雪林和雪云也都管一下，但不敢管得太严，不能像管其他郭哇那样管她们，如果那样可就把她们管毛躁了。

　　大郭哇原想给红军带路当向导是一件很麻烦的事情，可现在遇上了根本就说不上话的拉姆和益西梅朵姐妹俩，这是麻烦中的麻烦。大郭哇试着给阿拉加布提点了一下，想让他拦挡一下拉姆和益西梅朵姐妹俩。可阿拉加布笑着说："反正我是管不了了，有你这个阿古在，我也就放心了，另外我让管家洛桑的儿子扎西跟着她们。我算是看清楚了，拉姆和益西梅朵姐妹不是要跟着雪林和雪云走，而是要跟着红军走。这几天有文工团的女兵给红军和官寨里的人慰问演出，拉姆和益西梅朵给那些文工团女兵教会了一些藏舞，就喜欢上了文工团的女兵。也不知着了啥魔受了啥启发，整天跟着那些女兵又唱又跳的。现在寻死觅活地说是要跟着雪林和雪云去洮州，非跟着去不可了。大郭哇，我的让沙，我把两个姑娘交到您这个阿古的手里了，你回去后再做一番安排吧。让雪林和雪云把拉姆和益西梅朵照顾好。这两个人说是跟着雪林和雪云去洮州，但我不信，她们肯定是要跟了红军去。如果真跟了红军，你说怎么办？红军一直往北走，不知要走到哪儿去，至今没有一个落脚之地，还要行军打仗，你们常说的'瓦罐不离井上破，将军难免阵前亡'，打仗哪有不死人的。我担心拉姆和益西梅朵两个傻姑娘疯疯癫癫地跟了红军去打仗。"敏雅南知道阿拉加布也拦挡不了拉姆和益西梅朵两个人，他只好咽回了想说的话。连阿拉加布都拦挡不下，他多说也是无益。只有回去后给雪林和雪云交代一番，让他们一路照看好阿拉加布老爷这两个我行我素的小姐，要一根发丝不掉一根汗毛不伤地带到洮州，然后再想方设法拦挡在瓦寨，在入冬前进藏时再把她们送回到阿哇草原，送回到阿拉加布老爷的身边。

敏雅南给雪林和雪云算是下了死命令。雪林和雪云听了后面面相觑，有点手足无措。本来给红军带路当向导就是敏雅南压给他们的任务，现在又要他们照顾管护拉姆和益西梅朵，这是难上加难的事情。敏雅南看着两个人一脸的懵懂样，沉着脸色说道："这两样事情哪一样都不是小事情，都是天大的事情。给红军带路当向导弄不好是要挨枪子儿的，把拉姆和益西梅朵要是管护不好，会断了我们祖辈与阿哇草原的路，断了交往和友情。这两样事情上你们要千万小心，不可有丝毫的松懈和麻痹大意。另外，经过其他老爷的辖地时，你们两个还有管家洛桑的儿子扎西要携手管护住拉姆和益西梅朵，不到万不得已的情况不要轻易露面，免得以后给我们引来不必要的麻烦。"雪林和雪云刚开始认为给红军带路当向导是一件麻烦事情，再带着拉姆和益西梅朵上路是麻烦中的麻烦，竟也没有想得那么多那么远。听敏雅南这样一说，两人就觉得带着拉姆和益西梅朵给红军带路当向导去洮州不是一件容易的事情了，心里有了一丝隐隐的愁肠。

大郭哇敏雅南给红军留下了他们所需的驮牛，还有雪林和雪云，然后带着尕郭哇们起程回洮州了，他们是不得不走了。

阿哇草原上有人在暗中较劲。

赵树人虽然远离了官寨，但他一刻不停地盯着红军和阿拉加布老爷的动向。而阿拉加布老爷也希望汉人官家、红汉人的队伍和洮州牛帮都相安无事地离开阿哇草原，他不希望在他的草原上发生一点事情，更不希望在他的草原上发生流血事件。但有时候有些事情不是按你的意愿走的，往往与你想的不一样，就像草原上的暴风雨说来就来了，你是阻挡不了的。

流血的事情阿拉加布还真没有阻挡住，血流在他阿哇草原的土地上，染红了蓝汪汪的虚空和广袤无垠的草地。

3. 叛徒

大郭哇敏雅南带着尕郭哇们朝东北方向的洮州浩浩荡荡地走了，走得麻利而又紧张。他们是祖祖辈辈跑藏区的生意人，他们无意得罪任何地方势力，也无意和任何的队伍有瓜葛，就是拦路抢劫的土匪他们也都不会赶尽杀绝，能用钱办到的事情，绝不会掏枪解决。如今他们在阿哇草原上，穿梭在阿哇老爷、汉人官家和红军之间，就像是被三块石头支起的一只锅，谁也得罪不起，谁也亲近不得。还是一走了之，尽快远离这个是非之地，否则他们可能就要光着身子回洮州了。后来敏雅南说，当时决定起程回洮州的决定是正确的，要是再多停留上几天，他们就有可能在阿哇草原上脱不了干系了。

起因是阿拉加布老爷官寨里有人被赵树人给收买了，一天到晚盯着官寨和红军的一举一动，给赵树人他们传递消息。其实，官寨里被赵树人收买的人也时时盯着牛帮大郭哇敏雅南的一举一动。敏雅南让牛帮紧急起程给了那些盯梢的人一个措手不及。一片祥和的虚空下，看似太平，各方相安无事，但也暗流涌动。远离了官寨的赵树人却是一刻也没有闲着，他想着要立一个盖世奇功呢。

据报信的人说，红军的几位首长就住在官寨里，官寨的护卫里有两个人被赵树人重金买通了，官寨的大门可以随时打开，只是官寨外面驻扎着一个排的红军卫兵，只要快速干净利落地解决掉官寨外面的这些卫兵，再打开官寨大门，消灭红军首长可就容易多了。但是官寨外面突然多了几条凶猛的"朵器"，红着眼日夜瞅着往来的生人，有种扑上去撕成碎片的凶狠样。这就让赵树人心里产生了几分畏惧和胆怯。你的气味、声音、语调、形迹、走姿、穿着、目光，样样都在这几条凶猛"朵器"的监视下，只要有一丝一毫的风吹草动，这几条"朵器"就会像离弦的箭，齐刷刷地射向你，扑倒你，把你撕成碎片，让你在阿哇草原上从此销声匿迹。一个排的红军卫兵驻扎在官寨外面的时候，管家洛桑就让人带了这几只"朵器"挨个走过了他们的地盘，闻过了他们的气味，认识了这些人，记住了这些人的气味、声音、语调、形迹、走姿和穿着。洛桑就怕有不懂事的红军战士接近官寨时，被老虎样的"朵器"伤着。那天扎西向他说有人骑马进了深山的时候，他就知道有人被汉人官家赵树人收买了，所以他才重新调来了几只"朵器"，让它们守护官寨外围，这样就可以做到万无一失。在人睡定的时候，如有情况，它们就可以第一时间知晓敌情，对敌偷袭进行反击，阻挡一阵，给官寨和官寨外的卫兵提供充裕的反击时间。究竟是谁被赵树人收买了呢？那天扎西看见一个官寨的卫兵偷偷离开官寨，骑马走向了深山。那个方向正是汉人官家赵树人躲避红军锋芒的路径。洛桑当了半辈子官寨的管家，对官寨里哪个墙角里有几只蚂蚁都是一清二楚。在这么个特殊时期，有人私自打开官寨大门去了远山里，哪能瞒过洛桑那鹰隼般的眼睛呢？要是能瞒过洛桑的眼睛，那他早就不是官寨的管家了。只是他觉得现在还不是声张的时候，还没有到与人撕破脸皮的时候，给人留有一线回归的路，没有彻底把路堵死，这是做人的底线。当年，他也曾犯过一些错误，是阿拉加布老爷的老爷宽恕了他，饶了他，还让他继续当他的卫兵队长。后来，阿拉加布老爷当上官寨主人，他就成了官寨的管家，一直当到了现在。

所以，当扎西知道有人出了官寨大门，骑马走向远山里的时候，他只是让扎西密切注意那个人的动向，没有让阿拉加布知道此事。当时他想这个人要是能幡然悔悟，迷途知返，他就不打算告诉阿拉加布，也不追究此人的背叛行为。可此人连着夜夜偷出官寨大门，与汉人官家赵树人去联络。洛桑觉得得给这个人尝点苦头了。

那天傍晚，洛桑安排人准备好躲藏在马厩里，等那人一溜烟跑出了官寨瞭望口的视野之外，洛桑才黑着脸对门哨们说："从这会开始，不管谁要进官寨，那就得禀报老爷，没有老爷的命令谁也不得擅自打开官寨大门。有擅自打开官寨大门放人进入者严惩不贷。"管家洛桑悄悄溜进官寨瞭望口，亲自坐镇，握着一把大郭哇敏雅南留下的快枪，上了膛，盯着远处天地相接的地方，他想一定要把这个给汉人官家赵树人通风报信和放人出官寨大门的家贼揪出来，然后按草原和官寨自己的办法惩治他们，这种惩治将是非常残酷和痛苦的，被惩治的人听闻后腿颤得连一步路都会走不动的。洛桑这样严格防范是有道理的，几万红汉人的首长把命交给阿拉加布老爷，交给了官寨。要是红汉人的首长有个三长两短，那他们阿拉加布老爷的官寨就会被那几万红汉人踏成一堆灰尘。

阿拉加布其实也注意到了管家洛桑的不寻常举动。他看到洛桑在悄悄安排暗哨的时候，就知道官寨里已经发生了一些事情。不过，以他对洛桑的了解，只有洛桑对事情拿捏不稳的时候，才会向他汇报，不然，他就会自行解决掉了，不会麻烦他这个还算威严的老爷了。他还看到洛桑亲自在瞭望哨那儿给卫兵们布置任务，就放心地睡大觉去了。几位红军首长房间的灯光彻夜亮着，在昏暗的灯光下，不时有他们的身影在来回晃动，像阳光下在草原上跳藏舞的拉姆和益西梅朵。

阿拉加布想起两个姑娘心里就咯噔一下，原本他是想把拉姆尽快地嫁出去，谁知拉姆现在死活不愿嫁给黑水老爷家的那个傻子了，益西梅朵也不愿嫁过去。虽然嫁过去衣食无愁，但那岂不是亏了自己的姑娘。两个姑娘说不嫁就不嫁吧，草原上悔婚的人不是没有，就让若嘎老爷剥一次自己的脸皮吧，其实，让两个姑娘中的哪一个嫁过去，他也心里不甘，心里不好受。不过，这一次一悔婚，他们世代联姻的路途就可能彻底断了，从此以后，他阿拉加布老爷的官寨就会多一个虎视眈眈的敌人，说不定等哪天阿哇草原官寨败落的时候，黑水老爷会落井下石，置他于死地。这样的事情年年在草原上发生，年年上演着。

阿拉加布老爷觉得自己果真老了，对各种事情的应对上好像力不从心了，没有了当初的那种雄心壮志和豪气冲天。现在他只想汉人官家赵树人带着他的人马从阿哇草原上尽快离开，住在官寨里的红汉人首长也带着他们的人马尽快从阿哇草原上离开，不要给他惹下麻烦。他一个小小的阿哇草原的老爷实在是难以应付各路人马的游说。光是拉姆和益西梅朵就够他操心的了。一匹马不听话了，他可以骑着它在草原上不停歇地奔驰，直至把它累趴下，累成一摊喘气的牛粪。但他的拉姆和益西梅朵像两匹不听话的马驹子，压是压不得，骑也骑不得，让他很是为难。现在又要跟着雪林和雪云去洮州，多少天的路程呢，又不是上山捡蘑菇或是赶着牛羊去放牧，来去自由。去洮州的路途险象丛生，而且还有土匪出没。唉！那走就走了吧，儿大不由爹，女大不由娘，但愿大郭哇敏雅南能把她们拦挡在洮州地界，在上冬前完璧归赵，把她们送回到阿哇草原，送回到他的官寨里，到时再给拉姆和益西梅朵寻一门亲事，把两个人打发了省事。

夜深了，空旷的虚空里一轮满月微笑着把大把的清辉洒在幽远无际的草原上，也洒进官寨的院子里。男人们此起彼伏的呼噜声在静谧的夜色里穿透幽暗的月光，飘荡着踩着风轮走向了草原深处。

瞭望哨那儿，管家洛桑的眼睛大睁着，盯着远方。两个哨兵把头缩在皮袄里，气息均匀地沉浸在各自的梦乡中。有洛桑在，他们算是把心放在了肚子里，再也不用操心官寨里外的事情了。只要有事，那洛桑会在第一时间叫醒他们。洛桑听着两个哨兵的呼吸声，看着两张酣睡不醒的稚嫩的脸庞，微微地笑了，不由自主想起了自己年轻时的过往。

　　阿哇草原上多少年没有发生过任何的战事，这些哨兵也没有经过任何的战事，所以他们说是站岗放哨，实际上就是在瞭望哨那儿值守睡觉罢了。

　　月亮慢慢地上升，远处草地上传来了时断时续的竹笛声，像孤寂的虫儿在鸣叫。洛桑就想这一定是哪一个远离了家乡的红汉人在忧伤地思忆着故乡的往事和久别的亲人，这就不由勾起了他忧伤的思绪。

　　今晚他一定要把这个背叛了阿哇草原、背叛了阿拉加布老爷的家伙亲手揪住。他就是想不明白，在这片草原上，他们的阿拉加布老爷是所有老爷中最疼爱人的一个，就是这样也还有人要背叛他，吃里扒外，洛桑想着就来了气，气得咬牙切齿。其他老爷把人不当人，而他们的阿拉加布老爷把人都当自己的子女待承，双手空闲的人们哪，你们还有啥不满足的呢？

　　人睡定睡死的时候，那几只凶猛的"朵器"也睡得死沉沉的，像忘了自己守护官寨的职责，失聪了似的，没有了任何的响动。盯着远方空旷草原上的寂寥，洛桑的脑子有点不好使了，眼睛也迷糊着，沉重的眼皮好像有点抬不起来。越是这样，洛桑就提醒自己，该到时候了，那个家贼该现身了，也许连那个汉人官家的人马都该现身了。

　　天地里一片静谧，官寨里红汉人首长房间的灯依然亮着。官寨外面红汉人一个排的卫兵也进入了梦乡，只有哨兵来回走动着，十分警惕地盯着官寨四周的动静。他们知道，有一支汉人官家的队伍进了草原深处，时刻盯着官寨的动静，这些红汉人一路征战，千里迢迢来到草原深处，哪怕有丝毫的风吹草动，也躲不过他们的眼睛。

洛桑抱着枪趴在官寨的瞭望口，竟然忽地闭上了眼睛。是一阵轻盈的马蹄声把他从睡梦里惊醒了。这匹马像风一样飘来时，红汉人的哨兵没有察觉，那几只熟睡的"朵器"也没有察觉，官寨大门口放哨的哨兵抱着枪把头捂在皮袄里也没有察觉，只有睡眠中的洛桑听到了那轻盈的马蹄声，他忽地睁开眼睛，紧盯着离官寨大门越来越近的一人一马，看他究竟要去哪儿。那个人的脚步轻得你根本就听不到，只有马蹄声轻盈地撞击着地面，传进洛桑的耳朵里。洛桑想，这人一定是贼人出身，要不然不会有这样好的身手、这样轻的脚步，连警惕性那么强大的"朵器"都能躲过。

那一人一马走近官寨大门时，一个哨兵突然站了起来，轻轻地拉开了官寨大门，放那个人进了官寨。这就把洛桑惊得下巴差点掉下来。这还了得，这个出外给人通风报信的人竟然还有同伙。洛桑提了枪，叫醒两个睡觉的哨兵，自己悄悄出了瞭望口，站在了官寨的院子里，像个巨神似的黑着脸，挡住了同样想把马拴进马厩的那个人的去路。洛桑看到那个人抬头望见他的时候，脸色瞬间从古铜色变成了苍白色，像具没有血色的僵尸，站在院子里。马儿"噗噗"地打了声响鼻，然后在明亮的月光下不动声色地盯着洛桑黑得像锅底的脸色。洛桑就那样站着，那个人牵着马儿也那样站着，洛桑没有说话，只黑着脸盯着那个人。不知过了多久，马儿终于忍不住，用前蹄使劲地刨了刨坚硬的院地，"咚咚"的蹄音很响亮，盈盈地灌满了官寨的各个房间。

那个人双腿瑟瑟颤抖着，终于在洛桑两把刀子般目光的剜盯下，忍不住跪在了地上。洛桑还是不说话，只有黑洞洞的枪口对着那个人。冰冷的枪口黑洞洞的，只要洛桑一扳枪机，一颗滚烫的子弹就会射进那个人的胸膛，钻出一个前小后大的血窟窿，那是一个多么可怕的场景，也是一个多么疼痛的过程。洛桑像一个哑巴似的，一直黑着脸恶狠狠地盯着那个人不说一句话。终于，那个人浑身颤抖着一泡尿水渗着淌出了皮裤的裤腿。当年官寨里有人犯事的时候，老老爷就是这样盯着那个人，把那个人的胆吓破了的。今日，洛桑用了老老爷的办法，逼着要这个人自己开口，说出给赵树人通风报信的事儿，当然还有放他进出官寨的那个同伙。其实，现在洛桑已经知道是谁了，只不过他不想指出来，他只想他们自己主动说出来，只有这样，才对那些想背叛官寨和阿拉加布老爷的人起到震慑和杀鸡给猴看的作用，让那些见钱眼开想着背叛官寨和阿拉加布老爷的人彻底断了那个念头。

那个人嘴角颤抖着说不出一句完整的话儿。他应该早就知道，背叛官寨和阿拉加布老爷的惩处是严厉的，就是不剥层皮也得掉几斤肉。

洛桑的那双眼睛盯得地皮都要颤抖了。盯得时日久了，洛桑扭头朝官寨大门那儿剜了一眼。月光下，虽然看不清洛桑目光的犀利，但那缓缓的一望让人胆寒。洛桑又抬起枪口朝大门那儿晃了一下，这又是一个警示。终于有人忍不住洛桑的这种折磨，走过来跟着进出官寨的那个人并排跪在了洛桑的面前。这时候，洛桑才露出了狰狞而恐怖的笑容，很清脆地拉了一下枪栓，才轻声细语地看着两个人说："说吧！你们是如何和汉人官家挂上钩的？"两个人早吓得说起话来语无伦次，前言不搭后语。后来，洛桑还是听清楚了，是汉人官家的通司用白花花的银元买通了这两个人，让他们心甘情愿地当起了汉人官家的卧底，把官寨里发生的所有事情和红军首长住在官寨里的细节源源不断地通报给了汉人官家。这两个人眼泪汪汪地给洛桑告诉实情的时候，阿拉加布就站在官寨二楼的护栏边，定定地注视着楼下发生的一切或将要发生的一切。

还没等两个人说完，洛桑生气地跺了跺地下，牙齿嘎嘎地咬响着。他想不明白这两个人背叛官寨和阿拉加布老爷的任何理由。他把枪口抬起了几次，又都放下了。就在他气得手足无措的时候，阿拉加布老爷竟然一声不响地站在了他的身后，轻声对洛桑说："把他们两个人逐出阿哇草原，要死要活由天定吧！"阿拉加布说完，又一声不吭地沿着官寨的楼梯上到了二楼上。阿拉加布发话了，这两个人有了活命的机会，只是他们得在阿哇草原上永远消失掉，像阵风一样，再也不要回来了。

　　洛桑轻轻打开官寨的大门，给两个人一人一个皮袋，里面装了一些糌粑，让他们走出官寨，从此消失在阿哇草原的天空下。

　　这两个官寨里的人消失在朦胧的夜色里。

　　洛桑重新安排了岗哨，让他们盯紧汉人官家的动向。

　　听那两个人说汉人官家要带人前来袭击官寨里的红汉人首长，这就不得不让阿拉加布和洛桑有所防备了。汉人官家的那点人马不必放在心上，但就是怕赵树人说的川军第九混成旅的大部队要是来了，那就不一样了。

　　阿拉加布要洛桑当晚派出探哨，打探汉人官家那里的动向，免得官寨遭到赵树人等人的袭击。

　　天亮时，洛桑派出去的探哨回来了，说赵树人的人马静悄悄的没有动静，只有哨兵在他们的帐篷前放哨巡逻。看来，他们是在等一个机会，等待官寨里的里应外合。但现在被汉人官家的通司收买的人让洛桑识破了，还被阿拉加布连夜不留一丝痕迹地驱逐出了阿哇草原，成了草原上的浪人，断了他们兴风作浪的根和机会，那他赵树人还有什么机会呢？如果有，那只有一条就是送死的机会。

　　内奸已除，祸患已灭，官寨里跟往日里一样呈现着一派祥和宁静。

　　赵树人恐怕是暂时不敢来官寨了。

4. 向导

大郭哇敏雅南临走给雪林和雪云他们留下了两条健硕雄壮机敏的藏獒，以便给他们带路，在紧要关头警护。因为它们每年在洮州和阿哇草原上来来回回往来两回，闭上眼睛都能找到路，再说遇到草原凶兽攻击人和马匹的时候，它们还可以防护主人和马匹，击退凶兽的袭扰，保证临时驻地的安全。

扎西给拉姆、益西梅朵准备好去洮州的衣着和吃食。然后去和雪林、雪云商量如何保护阿拉加布这两位不受约束的小姐。雪林和雪云笑着说，这么任性的两位小姐，上次带拉姆去洮州瓦寨城天生堂"一把抓"马先生那儿看病，一路上就把雪林折腾得够呛了。雪林生气的时候想发一通火，但碍于阿达敏雅南的威严，他只有忍气吞声，尽心尽力地看护拉姆。后来，"一把抓"马先生治好了拉姆的皮肤病，牛帮带她返回阿哇草原的时候，她一路上就像只活泼的鹿羔子，又唱又跳的，刺激着所有尕郭哇的神经。由于有了她，那些爱唱野花儿的尕郭哇们就管住自己躁动不安的心，闭上自己的嘴，尽量不惹是生非。大郭哇敏雅南虽然说话不多，但不管他走到哪儿，只要用眼角扫一眼你，就能把你吓得话都不会说。拉姆也不会太任性。由于他的威严，他所带的尕郭哇们就从来没有生过事，也没有出过事。

但这次没有了大郭哇敏雅南的管护，拉姆和益西梅朵会不会就受雪林、雪云和扎西的管束呢？这是一个问题。而且雪林和雪云另有任务在身，大郭哇给红军首长答应了要雪林和雪云当好向导带好路，把红军从最近的路上带出草地，带到富庶的洮州去。

再过一个月左右，正是洮州各地青稞收割打碾入仓的时候，红军正因从草地一路走来，需要补给和休养，恰恰富庶的洮州地区能给红军补给和休养。

拉姆和益西梅朵一天到晚缠着雪林和雪云不离左右，怕他俩突然离开阿哇草原，跟着红军走了。

雪林和雪云真要是走了，阿拉加布绝对不会让拉姆和益西梅朵跟着红军走，哪怕是去洮州也好，即使有精明的扎西跟着管护也罢。阿拉加布已经看出来了，拉姆和益西梅朵与那些红汉人的文工团女战士打得火热，再加上她俩好动活泼的性格，深受那些红汉人女战士的喜爱。在慰问演出时，她俩帮助红汉人女战士们排练的藏舞，获得了广大战士的赞誉，鼓舞了士气，也得到了红汉人首长们的肯定。

红军要开拔了，红军从阿拉加布官寨筹集到了一些粮草，他们要北上去抗击日本矬子，不能长时间停留在草地上。

几万人马的吃喝给养在草地上是大问题。

雪林和雪云被红军首长叫去一同商讨去洮州的路线，有消息传来说川军第九混成旅的人马也尾随红军赶来了，川军第九混成旅是川军中的精锐，北上的红军还得避过这个锋芒。

红军首长把雪林和拉姆他们交给负责护卫的部队，让他们像保护首长一样保护雪林他们，不能有丝毫的马虎。

部队出发了，在阿哇草原上列成几路纵队，向北进发。雪林看到，红军队伍出发时还真和他们的牛帮不一样，牛帮说走就走，说停就停，虽然有十分严格的规定，但比起红军队伍，就不能一概而论了。红军队伍有着严密纪律的约束和坚定信念的支撑。

阿拉加布和洛桑带着人马在官寨两边欢送红军。

拉姆和益西梅朵混在文工团女兵中间，学着那些女兵唱快板，唱得有板有眼。她俩走到阿拉加布跟前时，扮着鬼脸故意惹阿拉加布和洛桑。阿拉加布黑着脸，稍有愠色，看着远方的虚空，没有说话。

洛桑看着拉姆和益西梅朵喜悦的脸色故意给扎西大声喊道：

"扎西！两位小姐的安全就托靠在你身上了，要是两位小姐有个三长两短，你就自行了断，不用回阿哇草原了。"

扎西一脸的忧愁，心想："这两个在官寨里长大的小蹄子要是听我的话还好办，要是不听话，那还真没有办法。"其实，他也想好了，一路上只要有雪林和雪云在，拉姆和益西梅朵就翻不起多大的浪。雪林和雪云把多少头驮牛都驯得服服帖帖的，不敢扬蹄支棱。从阿哇草原回洮州的时候，那四五百头牦牛不也是被他们治驯得乖乖顺顺的。两个在官寨里长大，没有经过啥自然和人生风雨的活人，有啥治不了的。再说，雪林和雪云是奉命行事，她俩还得时时听雪林和雪云的话。

红军的行军速度很快，像撵贼一样。而牛帮行走的时候，是慢悠悠的，计算着路程，观着天象，既不能把人走累，也不能把驮牛走乏。而红军的行军速度像离弦的箭一样，朝着目标简直是在跑似的。这样行军，雪林、雪云和扎西感觉不到乏累，而拉姆和益西梅朵就不一样了。她们虽然有马骑，但长时间颠簸在马背上，到新的地方宿营时，她俩浑身的骨骼好像散架似的，累得连说话的力气都没有。

那些文工团的女兵来叫她们帮着唱歌给红军战士提提士气时，她们两个人累得直接趴在了地上，顾不得阿拉加布老爷家小姐的身份了。和那些急行军的红军战士一样，随便在草地上一躺，望着天空里飘荡的云彩，闻着轻盈的花香，想着自己的心事。人累到极限的时候，只想闭上眼在草地上沉沉地睡去，睡个天昏地暗。

夏天，草原上的天气，没有个准信儿，说变就变，头一刻还是红彤彤的大太阳照着，下一刻就是一阵紧雨。不过，啥时候要下雨，雪林他们通过观测天象是能预测的。

大清早的，只要草原尽头的雾拉得很重，并在草原的湿地上立起了一根根蘑菇样的雾柱，那是人们常说的吸水筲箕，只要草原上有湿地的地方，起了这种蘑菇样的吸水笆篓的时候，在午后一场倾盆大雨就在所难免了。在官寨里长大的拉姆和益西梅朵哪里经过这些。还好，现在是山花盛艳的时候，天气也不是太冷，要不然，下场雨，草原上就冷成了冰窖，她们可有苦吃了。

拉姆她们跟着红军急行军，加昼连夜地走，一天只休息着眯一会，其余的时间都是在走路。她们从来就没有睡过一个好瞌睡。听红军首长说，红军是在和时间赛跑，和敌人的骑兵和车轮赛跑呢。雪林和雪云他们常年跑惯了藏区，这样跟着红军急行军也没有感到乏累，只是苦了拉姆和益西梅朵。

拉姆和益西梅朵从小在官寨里长大，没有经历过风吹雨淋和寒风吹彻，更没有体验过长途跋涉的颠簸，现在像一棵长在阳洼里的花朵突然要经历暴风骤雨，那一定是一个非常难场的过程，也一定是铭刻在心的记忆。如今懊悔是迟了，自怨着也是迟了，只有目视前方，向着目标咬紧牙关走下去，才会走向胜利。

现在拉姆和益西梅朵没有怨言，她们寻死觅活地要跟着红军走，要千方百计地跟着雪林他们走，这是她们选定的方向，也是她们确定的目标。

两条雄威壮硕像狮子样令人望而却步、心惊胆寒的藏獒，摇着硕大的头颅，迈着沉稳的步伐，紧跟在雪林和雪云的坐骑之后，时刻警惕地观望着远方……这两条藏獒由雪林和雪云刚带到红军队伍上时，雪林、雪云和扎西便带着它们行走在红军的营地，让它们辨认红军，给它们的记忆中种下"穿红军服装的人是万不可下嘴去咬的"。

休息的时候，拉姆和益西梅朵就来到藏獒的身旁，让它们坐在草地上戏耍。在拉姆和益西梅朵的爱抚下，藏獒瘫倒在地，把硕大的头颅枕在她俩的腿上，并敞开它们温热的肚皮，任由拉姆和益西梅朵抚摸揉搓它们柔软的腹部，和它们戏耍打闹，建立了深厚的友谊。偶尔会在草地上遇到那些呆萌滚圆的塔拉，它们就追捕过去，让肥得流油的塔拉改善她们天天吃糌粑的生活。其实，这时候的草原上也没有多少塔拉了，饥肠辘辘的红军经过处，已经用它们肥硕的肉身打了牙祭，改善了生活。好在拉姆和益西梅朵跟着雪林他们走在红军队伍的前面，带路当向导，从鹰爪下溜走的野兔啥的也会成为她们的盘中餐，而藏獒也不会因此而饿着。跟着牛帮进藏的藏獒从来不会去攻击羊群，也不去咬在草原上放养的牛或羊，如果要是在饥饿难挨的时候去咬了一头牛或是一只羊，那它的狗命也就到头了。就是让其他野物咬死倒毙在地的放生牛或是放生羊，它们在没有主人命令的情况下也不敢撕咬一口，只有得到主人命令的时候，它们才会撕咬饱餐。它们时刻记着自己的任务，就是为牛帮放哨，看护牛帮的驮牛不被其他牛群裹走或是让盗贼盗去，如果牛帮的驮牛出了问题，那它们就失责了，作为护帮的藏獒那是绝对不允许的事情。现在它们跟着雪林和拉姆等人一起走，轻松了许多，没有了看护牛帮的任务，只要看护好拉姆和益西梅朵，它们就算是完成了任务。

雪林、雪云、扎西、拉姆和益西梅朵始终走在红军队伍的前头，探路，当着向导。红军有了雪林他们的带路，走得很快。他们奇怪的是他们一路上只是见到了阿达和牛帮赶着牛走过的痕迹，但始终未见阿达他们的踪影。按以往的计划和行程，他们必定会赶上阿达他们的，但这回却始终未见阿达他们。他们也像飞一样地赶路。雪林想，这一路急着赶路，到洮州时还不把牛走跛走塌膘？这不是大郭哇阿达的风格，再说按他们原来的速度回洮州，也能赶上牛帮去茶卡盐湖驮盐的日子。照这样的速度回洮州，还不得让所有的驮牛在北山草场上歇缓一段时间，上点膘？不然，去茶卡盐湖驮盐，会让所有的驮牛塌膘的。塌膘的驮牛负重能力就会减弱。

雪林总觉得大郭哇阿达的心里有种不安分的因素存在着。阿达一生经历的各种事情太多了，所以对有些事情的预判那是十分准确的，要不然，他能当上洮州牛帮的大郭哇吗，不可能的。阿达的一生，以细心谨慎、公道大方行事，得到了所有牛帮郭哇的尊重和敬仰，这是他引以自豪的资本。

雪林时常拿阿达给自己作榜样，梦想有一天自己也能当所有牛帮的大郭哇，发号施令，指挥尕郭哇们赶着驮牛驮着各种贵重货物进藏，实现自己的人生价值。虽然自己离这个目标越来越近，但总觉得离着一段够不着的距离，他自己也说不清这是为什么。这回，阿达留下他和雪云给红军当向导带路，这是一个让人十分难以胜任的任务，铁打的营盘流水的兵，红军到了洮州还要离开，北上抗击日本鬼子，而他们要世代留在洮州生活，继续赶着驮牛驮着货物进藏去做生意，继续和阿拉加布老爷的官寨打交道，继续和茶卡盐湖的官员们打交道。

雪林觉得阿达就走在他们的前头，只是不让他们看到罢了。其实，阿达和所有的尕郭哇们也不想让他们撵上，他们不想背上和红军打交道的名声，这是阿达行事的一种姿态吧。

有天清晨，红军刚埋锅造饭吃过之后，拉姆和益西梅朵，这两个在官寨里人人呵护着长大的小姐开始发起了高烧，浑身烫得像火烤似的，软得连路都走不动，上马都要人扶着才能上去。

雪林给两人号了脉，两个人脉率较快，是受了风寒，需煮碗祛风寒的草药喝上。雪林就在身边转着用腰刀剜草药，剜了一大把带根的柴胡、蒲公英和龙胆草，煮了两碗水，让两个人喝了。雪林看着两人皱眉难咽的神态，笑着说："天黑时我再剜一大把草药，给你俩熬药，喝上两顿就好了。"

在草原上，随便扯一把草都是药，随便煮一锅草都能治病，能治百病。不过在拉姆的嘴里，雪林煮的草药远没有瓦寨城里马先生煮的草药苦，马先生抓的药能把人苦死。雪林煮的草药苦涩中有股淡淡的甜味在里面。益西梅朵皱着眉头咽着嘴喝不下去，雪林瞪了眼狠狠地目不转睛地盯着益西梅朵。益西梅朵见雪林生气了，就闭上眼睛，脖子一仰咕咕地灌进了肚子，然后溢出了一汪清泪。雪林扫视了一眼雪云、拉姆和扎西，竟嘿嘿地笑了，笑得莫名其妙。笑罢朝雪云他们努了努嘴，望着前方急速前进的红军队伍，双腿一夹马肚子，径直朝前方奔去。

两条藏獒看着雪林疾驰而去，也甩开了它们粗重的蹄子，像两条滚圆的牛犊跟着雪林身下的马蹄印追了上去。雪云和扎西只有跟在拉姆和益西梅朵的身后，紧随着雪林而疾驰。

在清晨的微风里，拉姆和益西梅朵脸庞因发烧而变得红彤彤的，像灌了血似的。

急行军的红军不时地给拉姆和益西梅朵笑着打招呼。拉姆和益西梅朵的身上忽冷忽热，没有兴趣和红军战士打招呼，伏在马鞍上紧追雪林。

雪林知道他必须要走在红军队伍的前头，走最近最好走的路。而且在行进中还要尽量避开湿洼洼的水湖滩。水湖滩上面因有水草发达的根系连着，人走在上面像浮在云彩上，颤颤荡荡的。有少数人或牲畜走过是没有问题的，但人或牲畜走得多了，就会荡断水草的根系，把人或牲畜陷下去。水湖滩水草下面全部是深不见底的淤泥，只要人或牲畜陷下去，就没有救了。如果在某天清晨起了雾，这些水湖滩里就会升起一柱柱蘑菇样的雾柱，罩着水湖滩。雾柱的中心区域就是冲破淤泥喷涌的泉眼，要是人或牲畜误入其中，必会瞬间陷入淤泥里面，不见了踪影。所以，雪林要在前面查看路况，引导前行的红军避开水湖滩，同时也给前行的红军讲解广袤草原上的各种天气，讲解有雾柱的地方必是天然陷阱，告诉红军如何躲避。但是，雪林还不能避开小河，如要避开了河水，那红军在宿营的时候，就无法烧水做饭。如果有山的时候，雪林就引导红军沿着山麓背风的地方走，晚上红军宿营时能遮风挡雨。红军的行军太累人了，雪林他们骑着马都觉得累，何况是靠两条腿走路的红军。红军的脚上穿着破破烂烂的鞋，有些人穿着草鞋，有些人脚上绑着两块牛皮或是羊皮，有些人直接就是赤脚，用光脚板行军，好在草原上的草还没有经过酷霜的肃杀，还比较柔软不扎脚。

那些用牛皮或羊皮束成的简单鞋子，是用皮绳把一块牛皮或是羊皮的四角串起来，绑紧，再在里面塞一把揉软的枯草。说实在的，用牛皮或羊皮串成的简易鞋子，在草地上行军还是非常耐磨的。雪林、雪云、扎西、拉姆和益西梅朵的脚上穿着的也是用熟牛皮、皮绳串着束成的皮鞋，只不过比红军束得好看罢了，鞋底里多铺了几层牛皮而已。

雪林他们刚走了不一会，草地上起了几个巨大的雾柱，雾柱的伞顶和天上的云彩接在了一起，从远处望过去，整个天空就像被那几根雾柱苦苦地撑着，有种快被压塌压散架的感觉。雪林指着远处的雾柱给雪云和扎西他们说："你们看，远处有雾柱，有雾柱的地方必有水湖滩，走过去陷人呢。再说，草原上起了雾柱的时候，晌午一过就会发雨。要让拉姆和益西梅朵尽量避过雨，如果她俩再让雨淋了的话，那病情就会越来越重，再喝药汤治起来就麻烦多了，要缠日子的。"扎西说："让她俩带着毡衫走，不然猛雨要是来了，她俩取都来不及，再不说避雨了。"拉姆咧开嘴笑了一下，说："还没有那么娇贵，一点雨水还淋不坏我们。"雪林看着拉姆和益西梅朵笑着说："该带的东西带着，不然到时候大雨泼的时候，没有人照顾你俩的。"益西梅朵赶紧从扎西手里接过一件毡衫，搭在了马鞍上。不然，当真她们要是淋了雨，雪林会发火的。

拉姆心想，这雪林现在越来越像他阿爸大郭哇敏雅南。他骑在马背上往前探路走的时候，往往是闭着眼睛思考一个又一个让人费解的重大事情。

红军一队一队的人马跟在他们身后，快马加鞭，朝着既定的目标前进。

雪林觉得阿达的牛帮就在前面不远处，可他们怎么赶也赶不上。远处天地一色，浓浓的草色远接着蓝蓝的虚空，破损的猎猎红旗高高飘扬在这草天一色的草地上，引导着远处的红军急行。

到晌午时分，天又闷又热，乏累的红军全躺在草地上休息。

有识草的红军从身边剜起一根根香甜的草根咀嚼着，嚼得津津有味，驱赶着浑身的乏气。雪林他们放开马儿在草地上啃着草，低掠的蚊虫不时地袭扰叮咬马儿裸露着皮肉的地方，让马儿吃不成草。

草地上虽然很空旷，但空气却很沉闷。这是要下紧雨的节奏。雪林、雪云和扎西分头给附近的红军喊话，让他们传话做好紧雨的防护。躺在草地上不想挪动身子的红军听雪林他们大呼小叫的，就笑着说："太阳红艳艳的，哪里来的雨？雨这会还在东海龙王的水葫芦里藏着呢，离这儿还远着呢。你小声点，小心把雨喊来。"

雪云看了一眼那个躺着说笑的红军，急红了脸，急促地说道："那你就一直躺着，等会大雨来了你也躺着，不要躲避，看不泡死你！"那个说笑的红军嘿嘿地笑着，继续说他的笑话。

突然缓山那面传来了沉闷的响雷的声音，像碌碡滚过地面似的碾过了身下的草地。一阵紧雨似网帘延铺着罩住了远处的山，快速地朝着雪林他们罩了过来。

躺在草地上的红军战士赶忙起身攒聚，背靠背挤着站在一起，在头顶撑起一块麻布或是皮张，挡着紧雨。

雪林几个人赶忙穿起了厚重的毡衫。毡衫虽然厚重，但在雨天可遮风挡雨，雪天还可御寒，跟牛帮跑藏区的尕郭哇们每人一件毡衫是必不可少的。

草原上的雨猛得有点可怕，说倾盆毫不为过。雪林、雪云和扎西把能挡雨的东西都给了拉姆和益西梅朵，他们怕拉姆和益西梅朵如果要是再淋了雨，发起高烧来就不好办了。不过，雪林清晨随手在草地上剜的那一把草药，已经让拉姆和益西梅朵的病好了一大半。晚上宿营的时候，雪林想再剜上一大把草药煮着给拉姆和益西梅朵喝上，到第二天病就自然而然好了。不管是跑藏区的大郭哇还是尕郭哇，都有号脉和识别草药的本事，这是多少辈人行走草原总结出来的经验和千百次尝试百草得来的诊治手段。

扎西望着雪林俯下身子在草地上随便剜一大把草，放锅里一煮，让病人趁热喝了，还真把人的病疼治好了。

扎西非常羡慕雪林的手段，在闲时，就拔了草地上的草根咀嚼，把雪林吓得差点叫出了声。不是草地上所有的草根都能嚼，能嚼的草根很少，但也有一部分是有毒的，吃了会毒死人的。雪林就叮咛扎西不要乱嚼草根，嚼了会要人命的。扎西听了吓得吐着舌头，连忙朝雪林道歉认错。

两条像狮子样的藏獒站在雨帘里任雨淋着，忠实地守护在主人的跟前。雨淋得时候长了，藏獒就用力甩掉身上的雨水，像泼洒的雨花四散荡去。

雪林看到有几个小红军紧紧地背靠背挤在一起，头顶用力撑起一块破羊皮，雨水砸到皮面上溅起了激烈的水花。羊皮的几角像道槽一样哗哗地淌着雨水，挡住了雪林他们的视线。所有的乘马停止了吃草，静静地低着头站在草地上让雨淋着，它们只有让雨水淋着。这时候的马身上像浇了水的绸缎，既光滑又明亮。

拉姆和益西梅朵戴着毡帽穿着毡衫站在雨中，看着一攒一攒的红军像塑定的雕像，一动不动的，心中有了几分感动，究竟是什么动力让他们背井离乡北上抗日，这就让拉姆和益西梅朵有点想不通了。

厚重的雨帘扯过去之后，太阳重新哗地照在了晶莹剔透的草原上，红军的脸上重新露出了欢欣的笑容。

一位红军首长打老远骑着马跑了过来，笑着对雪林他们说：

"雨也下完了，大家也休息好了，可以出发了。您就辛苦一点，在前面带路。"

雪林立马招呼雪云和扎西他们，马上出发。微睁着眼瞅人的藏獒看到雪林他们要出发了，就用力地甩了甩身上的雨水，健硕豪迈地跟在雪林他们的乘骑后面，向草地尽头走去。

雪林他们因走得太急，与红军大部队拉开了一段距离。晚上宿营时，他们才发现红军没有跟上来，距离他们有点远。他们选择了一处洼地宿营，洼地背风，好让拉姆和益西梅朵休息。临睡时，雪林又转着在附近剜了一大把草药，在铁锅里煮了，照例让拉姆和益西梅朵每人喝了一大碗。宿营时，雪林让拉姆和益西梅朵靠上马鞍休息，再让四匹马分别卧在周围，然后让两条藏獒分开紧挨着马卧了，雪林、雪云和扎西穿了毡衫分别挨着藏獒睡最外边。这是一种职责，也是一种规程。

夜晚的草原上十分静谧，不时有旷野里藏身的野狐嗥叫着，像哭泣的婴儿。

拉姆和益西梅朵抬头望着夜空里飘荡的几朵浮云，裹紧了穿在身上防寒的毡衫。益西梅朵对拉姆悄悄地说："雪林随手扯的几把草煮着喝了还真能治病。喝了两顿，头不疼了，身上也不忽冷忽热了。"拉姆附在益西梅朵的耳边说："牛帮的人多多少少都能瞧病，不但能治人的病也能治牛的病。但雪林比起瓦寨城里的马先生那还差得远呢。你踏进马先生的天生堂，他抬头望上一眼，再号一号脉，给你抓一堆草，煮着喝了，啥病都能治呢。"益西梅朵没有见识过马先生的医术，自然不信拉姆的话，还是相信雪林的医术，随便扯一把草原上牛羊啃的草，放锅里一煮，喝了汤水就能治病，让她觉得很是惊奇。

远处红军点着一堆篝火，闪闪烁烁的光点，一明一亮的。

半夜里马儿饿了，轻轻地起身到附近去吃草了。因为白天还要高强度地赶路，马儿只有在夜晚多吃点草料，填饱自己的肚子，否则就会挨饿的。几个睡得太沉了，竟然连马儿起身去吃草了都没有察觉。就连警觉性很强的藏獒也沉睡在了自己的睡梦里，没有听到马儿去吃草。要不是一匹马在远处打了一个响鼻，那藏獒还不知道马儿已起身吃草的事。拉姆隐约听到马儿在打响鼻，睁眼拉了一把身边的益西梅朵，又迷迷糊糊进入了梦乡。

马儿吃着草越走越远，远处一只饥肠辘辘的雪豹悄然地摸了过来。雪豹也许受到了红军队伍的惊扰，好几天没有捕到果腹的动物了，是饿急了眼。现在几匹马悠闲地逐草而走，大口地吃着草，远离了身后酣睡的主人，却不知远处有一只饥饿难挨的雪豹正在窥视着它们娇艳的身体。雪豹身上散发的那种特有的气味终于催醒了沉睡的藏獒。藏獒起身转着圈儿使劲地嗅空气中传来的那种气味，突然"汪汪"吠叫着猛地扑向了远离的马匹。静静地吃着青草的马儿吃惊地仰起了脖子，朝着扑过来的藏獒望过去，藏獒却与它擦身而过，与雪豹撕咬在了一起。马儿惊慌地转身扬蹄奔向驻地。藏獒的怒吼惊醒了熟睡中的雪林和拉姆几个人，他们一骨碌爬起来，朝藏獒狂吠的地方望过去，只见马儿发疯似的奔回来。两条藏獒已经和雪豹绞在了一起，在草地上撕咬翻滚，藏獒的"汪汪"声、雪豹的怒吼声互相交织在一起。雪林、雪云和扎西握起身边的枪摸了过去，想帮藏獒一把，可两条藏獒和雪豹绞在一起翻着滚，那个忙谁也帮不上。他们只有大喊着驱逐，惊扰分散雪豹的注意力。终于，在两条藏獒的轮番进攻下，雪豹败下阵去，抽空避开藏獒的撕咬，撒开四蹄隐身在了夜色里。两条藏獒狂吠着追了出去，可哪里再见雪豹的踪影呢。大战雪豹而胜利归来的藏獒，吐着长长的舌头，起伏着肚子喘着粗气，守护在马匹的外面，一圈一圈地巡视着驻地，再也不敢卧下休息了。在它们的酣睡中要是让雪豹得逞咬伤了骑乘的马儿，那就是它们的失职，也是它们的耻辱。

雪林一言不发地坐在草地上，望着远方天空里的星辰，心想雪豹袭击骑乘的马儿还是第一次。前几年不时有饥饿的雪豹袭击过牛帮的驮牛，但只是抓伤其中一头弱牛而已。其实，只要有人在，雪豹就不敢袭扰牛帮的驮牛或骑乘的马儿。因为牛帮的郭哇们都是神枪手，只要被牛帮的人盯上，那它们的生命就会丢在牛帮郭哇手里，被剥了豹皮。雪豹只有在饿得无法捕杀猎物的时候，才冒险猎杀牛帮的驮牛或骑乘的马儿。

两条藏獒不敢到雪林的跟前来，大老远地巡视着他们几个人的驻地，看护着马儿在附近吃草。这回，两条藏獒学聪明了，只要马儿吃着草再走远的时候，就跑过去拦着马儿往回走，朝着驻地的方向走。

天上落露水了，雪林起身，坐在拉姆的身边靠在马鞍上，一言不发。有一件事他差点给忘记了，他记得红军首长给他交代过，在没有万分紧急的情况下千万不要开枪，随便开枪会引起连锁反应，也会惊扰休息的红军，除非遇到了敌情，不得不用开枪来解决问题。今晚，他、雪云和扎西听到藏獒和雪豹撕咬的时候，差点就开枪了。要是那一枪开下去，会惊扰到不远处安营扎寨休息的红军，也等于是给藏在暗处探情况的敌人通风报信。雪林越想越害怕。一天走下来，他看到红军队伍的纪律十分严格，那么庞大的队伍急行军，但他没有听到过任何枪声。他给雪云和扎西又叮嘱了一番，不到万不得已时不要开枪，不要猎杀草原上的动物，哪怕是和雪豹相遇。

半晚夕这一惊，拉姆和益西梅朵的头也不疼了，瞌睡也没有了。她们哪里经过这样的惊吓，在官寨里被呵护着长大的她们，见过最多的野物也就是狡猾的野狐、警惕的野兔、呆萌的塔拉、飞驰的羚羊、高飞的雄鹰，也见过一两匹叼羊的野狼，还从来没见过敢和像牛犊一样的藏獒拼着命撕咬的雪豹。藏獒的怒吼和雪豹的凶吼互相交织着让拉姆和益西梅朵顿时吓得有点不知所措。

看来，跟着红军这一路上必定要经历各种不可预见的事情。

这才一天就遇到了雪豹扑马和獒豹大战的事情，说不定担惊受怕的事情还在后面呢。

雪林望着星空，望着流云，想起了娘和调皮弟弟雪风。娘操持着家里的一切，简直是要操碎了心。这几年，雪林他们一年四季基本上不是在藏区就是走在藏区的路上，跟娘和雪风见面的机会很少。只要到家了，娘就变着花样给他们父子几个人做好吃食。娘知道，他们带着牛帮出发进藏的时候，饥一顿饱一顿的，吃不上一顿热乎可口的饭。回家了，就该吃好一点，养养身体。可回家也闲不着，是男人就闲不着，这是跟着牛帮男人的宿命，要是他们闲了，那牛帮也就闲了，牛帮闲了，那瓦寨方圆周遭还不让驮牛把地皮啃光？他们只有不停地进藏做生意，往复循环，让上千头驮牛在进藏途中的草原上养膘。

再过几年，调皮鬼雪风也该进藏给雪林和雪云当帮手了。

进藏做生意的这条路虽然艰辛，无比难场，但人老八辈沿袭着这条路翻山越岭，餐风宿露，把冬春四季踏在足下做生意。沿途也就结识了很多生死不弃的藏族朋友，有时候还联姻成了亲家，在草原上凝成了血浓于水的儿女亲情。

草原的夜晚，寂寥，空旷，辽远。但天亮得比山区有点早。

东方刚开，雪林他们听到了嘹亮的军号声。该出发了。

他们起身生火烧水，吃早饭。拉姆和益西梅朵拿出皮袋里的牛肉干嚼着，并不时给藏獒扔一块。雪林制止拉姆和益西梅朵给藏獒牛肉干。雪林笑着说："走到有帐篷的地方了给狗讨买点生牛肉吧，这牛肉干是人的口粮，还要走多日的路呢，口粮断了可就吃不得了。再说生牛肉也不好带和保存。"

益西梅朵笑着说："黑夜里，两条狗不是和雪豹大战了一场吗，救下了我们骑乘的马。要不是这两条狗，我们现在连哭的声音都没有。它们和人一样，该夸的时候得夸一下，该给牛肉干的时候就得给一点，它们和雪豹拼着命厮杀是有功劳的，应该奖励一下。”

　　拉姆和益西梅朵看着雪林哈哈大笑了起来，笑声莹莹朗朗的，穿透了雪林的身体和肺腑。雪林避开拉姆和益西梅朵的目光，从皮袋里抓起一块牛肉干狠了劲嚼着，给马鞴鞍去了。

　　两条藏獒像两个乖巧的孩童，静静地卧在拉姆和益西梅朵的跟前，等着她们从皮袋里抓起牛肉干扔给它们。拉姆和益西梅朵各拌了一木碗酥油糌粑，自己边吃边喂藏獒。

　　扎西看着两个小姐说：“这样弄，你们也吃不好，狗也吃不饱。平时在家里这样喂还行，但出门在外，人和狗都得吃饱，一条狗就得喂好几碗呢。你们赶紧吃，吃好了再喂狗。”

　　益西梅朵瞪了一眼扎西，低声说道：“多嘴多舌的乌鸦，有多远滚多远。”

　　扎西装着没听到，不紧不慢地干着手里的活儿。

　　雪云听到益西梅朵骂扎西，就从她身下猛地抽出了马鞍，把益西梅朵晃了个仰面朝天。

　　益西梅朵翻了个身爬起来，扯下缠在腰间的皮鞭，狠狠地朝雪云身上抽去。雪云早就料到了益西梅朵的这一手，敏捷地朝外一跳，躲过了益西梅朵甩来的鞭子，手一展抓住了鞭梢。雪云笑着说：“想操练我，还嫩着呢。”

　　益西梅朵扔了鞭子，一屁股坐到草地上，端起木碗吃起了酥油糌粑。

　　军号再次嘹亮地吹响，休整了一晚上的红军出发了。

　　雪林他们收拾妥当后在原地等待红军先头部队的到来。马儿加紧啃着青草。两条藏獒闭了眼卧在草地上，静候出发的命令。

第五章

1．暗流

瓦寨城里突然传言说"赤匪"要来。"赤匪"究竟何时要来，这就不得而知了。

城内的保长马汉三最先得到了消息，是县长派人告知他的。县长要保长马汉三尽快地搞好"赤匪"要来的宣传，动员瓦寨富户坚壁清野。保长马汉三则借这个机会乘机抢征公粮。

一时间，洮州大地上有点乱倒，谣言四起，让人们那焦躁不安的心上又燃起一旺焚心的火焰来。

国民党新编第十四师鲁师长的队伍一拨一拨地从洮州大地上经过，往岷县地界马不停蹄地开去。就连原先守在瓦寨城里的一个营也调拨开去，说是守卫岷州城去了，瓦寨城里只留下了一个连的兵驻守。看来岷州是要打大仗了。听说岷县城里要打大仗，那近在咫尺的洮州的有钱人也忧心忡忡，不知灾难何时会降临到自己头上。而富得流油的瓦寨城里的有钱人和富汉都忧心忡忡，坐卧不宁。

那天，天刚亮，敏雅生和麻成骑着快马急慌慌地跑到敏家咀

142

来找在家静养的敏镇寰。

刚踏进家门，敏雅生脸红脖子粗地说："阿达哎！瓦寨城里满大街上有人传言'赤匪'要打来了。'赤匪'来了要没收瓜分有钱人和富汉的钱财呢。"

敏镇寰听着敏雅生的急吼，没有任何的表示和动静。

麻成不善言谈，也跟着敏雅生说道："老掌柜！如果'赤匪'真要是来了咋办？我们讨您的口话来了！"

敏镇寰慢慢地从堂屋里那张黑红的方桌边站起，放下端在手里的盖碗子，说："水来土掩，兵来将挡。如果'赤匪'真要来，来了还要没收瓜分有钱人和富汉家的钱财，那也没有办法啊。这若干年，只要来过的队伍哪一个不是雁过拔毛，掘地三尺。再就等待，听天由命吧，躲是躲不过的，拖家带口的，能躲到哪儿去呢？"

敏雅生哭丧着脸说："那要是伤人咋办？"

敏镇寰一脸正气，端起盖碗抿了一口，说："凡有生命者，都要尝到死的滋味，如果他们来了真要伤，那也是避不掉的，再就是走一步看一步，谁也不能预知后面的事情。只要你们在平常的生意中没有亏枉过人，也没有欺骗过人，那谁来也不怕。"

敏镇寰一身正气让敏雅生和麻成的心里有了几分自信和镇定。吃过早饭，两人早早地返回了瓦寨城里。他们刚到城里，就见保长马汉三和保安队队长王长安带着保安队的十几号人挨门挨户催征公粮和城墙维护费，说是要维修瓦寨城的城墙，阻防"赤匪"来袭；还说"赤匪"来了要没收瓜分富汉的钱财呢。

瓦寨城的城墙哪一年没有维修？可哪一年挡住了土匪的袭扰？保长马汉三对于瓦寨城里有多少住户、有多少商号，都掌握得十分详细。对于这次征收公粮和城墙维护费，天生堂的马先生十分生气，他指着马汉三厉声说："往年征收的城墙维护费哪儿去了，也没见你们在城墙上添一块砖，添一把土。你们看去，北城墙坍塌了一个大豁口，人畜直来直往，再不堵上，真要来了事，吃亏的还不是城里的老百姓。"

马汉三看着马先生和王长安笑了笑，转身指着北城墙的方向说："已经组织人从瓦窑上拉砖砌墙了，不上十天日子，那个大豁口就维修着堵上了，马先生闲了的时候可以到那儿去瞧一瞧，监督一下。"

马先生听马汉三这样漫不经心地一说，背了手，黑着脸头也不回地踏进天生堂，给病人号脉看病去了。

敏雅生和麻成守着义行昌和仁盛通，听着各路传来的消息，整天提心吊胆的。

晌午时分，敏雅生心慌，寂寥，便喊了麻成到"闻香来"去喝茶。两个人仍旧坐在临窗的隔间里，喝着茶水，瞅着街道上稀稀拉拉的行人和客商，商讨义行昌和仁盛通两个商号的命运。

麻成突然记起天生堂药铺的两个伙计黄起和麻义是外地南方的湖北人。麻成悄悄对敏雅生说："我看天生堂的两个伙计有点来历，听所有南方来的客商都说南方'闹红'呢，尤其是湖北闹得动静挺大的。偏偏黄起和麻义两个湖北来的人就对'闹红'只字不提，何不叫来试着探下口风？"

敏雅生盯着麻成说："我咋就忘了这茬呢？麻烦麻哥现在就去叫一下那两个人。要是马先生问起了，就说我有点小病症，不劳马先生，请他的两位爱徒过去诊治一下。"

麻成嘿地笑了，边走边说："撒谎要撒干散，这个谎撒得有点牵强。还不如不撒谎，直接就说您请他的两位徒弟喝茶呢。"

敏雅生笑着挥了挥手，说："我不管，你把马先生的两位徒弟请来就得了。我想，你说我请，马先生也不会阻拦的。"

敏雅生话还没有说完，麻成已腿脚麻利地下了楼，出了"闻香来"，快步朝天生堂走去。

敏雅生要请黄起和麻义喝茶，这就让两个人惊讶不已。

黄起和麻义望着马先生，马先生挥了挥手，意思是让他两人跟着麻成去。

黄起和麻义一前一后刚走出天生堂，马先生却仰头喊了一声，麻成、黄起和麻义三个人停住脚步转身欲往回走，马先生却又喊道："你们喝茶去吧，我让小马先生去，再说你们去了也不熟悉，那个马汉三和王长安太难缠不好对付。"

黄起和麻义跟了麻成到了"闻香来"。二人见着敏雅生有点拘谨，鞠躬抱拳向敏雅生问安之后坐定，却不知如何开口，也不知敏雅生请他二人喝茶是为了何事。

敏雅生见二人很是拘谨，便笑着拍了拍身旁黄起的肩膀说："也没有啥事情，就是请你二人来陪着我们两个老哥儿们喝茶闲谝一会。"

麻成见二人互望着一脸的怀疑，便笑着说："二掌柜的喊你二人来真没有别的事情，就是喝茶。老掌柜的和马先生交往了一辈子，成了莫逆之交，二掌柜的不想让老一辈的交往和交情在他手里断了，所以喊你二人来就是为了喝茶，闲谝，叙情。"

黄起和麻义轻松地笑着，又抱拳对敏雅生和麻成的邀请表示了感谢。

四个人一边喝茶一边说些生意上的事情，也说黄起和麻义给马先生当学徒的事情。天南海北闲扯，扯着就扯到了红军的事情上。

敏雅生漫不经心地向黄起和麻义问起了红军的事情："你们是湖北人，听说那里'闹红'闹得厉害，你们见过红军吗？听说红军来了要没收和瓜分有钱人和富汉家的浮财呢，有这回事情吗？"

黄起看了一眼麻义，又望着敏雅生和麻成，沉思了半天，然后说："我们那儿的确'闹红'闹得厉害呢，穷人家的成年孩子基本上都参加了红军，有些富汉家的成年孩子也都参加了红军。那些压迫和剥削穷人的地主恶霸，的确被红军分了田地，没收了浮财。红军对老百姓可好了。"

敏雅生笑着说:"那跟传说中的可不一样啊,有人把红军都说成红毛怪了。"

麻义一脸真诚地盯着敏雅生和麻成说:"我们村子里的各家各户都支持红军,年轻人基本上也都参加了红军。"

"现在满大街传言说红军要来洮州,红军来洮州,那必然来瓦寨城。如果红军真要来了,我们义行昌和仁盛通商号咋办呢?如果真要没收瓜分我们的钱财咋办?"麻成望着黄起和麻义两个年轻人,一脸的忧愁。

黄起一脸真诚地说:"你们都是正经生意人,凭自己的本事和双手挣钱,也没有盘剥穷人,红军来了没有没收瓜分你们手里钱财的理由啊。"黄起像是对红军很是了解,对红军的行事风格很有把握。

麻成依然一脸忧愁,说:"老掌柜把仁盛通交到我手里,让我替大掌柜代管着做生意,要是红军来了也要没收瓜分仁盛通的钱财,那不是要我的命吗?义行昌和仁盛通那可是老掌柜一生的血汗。义行昌有二掌柜在,仁盛通如果在我手里有个三长两短,那我就活不成了。"

敏雅生对麻成笑着说道:"老掌柜经的事情多,他老人家都没有愁肠,你和我就不愁,愁也没用。"

麻成咧嘴笑了一下,说:"哪有不愁的道理,您是掌柜的,如果义行昌倒了,您还能挪个窝。如果仁盛通倒了,我连挪窝的地方都没有。一家大小喝西北风就是了。"

经黄起和麻义这样当面一说,敏雅生和麻成对红军的到来,心里消解了一半的忧愁。

马汉三带着王长安和保安队的人把瓦寨城里各家各户都跑了个遍,征收到了多于往年几倍的钱粮和城墙维护费。他们手里拿着征收来的白花花的银元,在"聚香园"饭馆美美地吃了几顿,把自己犒劳了一下。

瓦寨城北城墙上的豁口被堵上了，城墙上铺着的破砖换成了新砖，缺砖少石的垛口也被工匠们修缮一新。一座新炫的瓦寨城矗立在瓦寨川里，雄伟，大气，壮观，呈现着一种欣欣向荣的新气象。

鲁师长留下驻守瓦寨城的兵背了枪神气地站在城楼上，巡视城内大街上的行人和客商；同时也远视着瓦寨城周遭空荡荡的四野。

瓦寨城西面的栖凤山上，大片的松林绿暗暗的，狍鹿、野狐、野兔、野鸡和各种鸟儿在那里繁衍生息。有年，瓦寨城遭了北山土匪麻叶子的洗劫，城里的老人和妇孺曾在栖凤山的松林里藏了几天。因城里没有了老人和妇孺，牛帮的神枪手们联合起来放开手脚愣是让麻叶子丢盔弃甲单骑退出了瓦寨城。从此，不管是北山土匪麻叶子，还是南山土匪山鹰，都不敢再对瓦寨城下手袭扰了。城北是一马平川，青稞田长得绿油油的，一拃长的青稞穗子刚灌了浆，正在转色，按节气再过上半个月就该挥镰收割了。城南修了各种客栈、药房、饭馆、马厩和柴草房，也沿河修了几座磨坊和油坊，磨坊和油坊由雪风外爷丁仰迁经营。城东是牛帮和马帮集散货物的地方，一片又一片的空地上在早晚不时地冒起一股股浓烈的柴火烟，这是牛帮和马帮在驱赶露水和霜气，免得露水和霜气落在热身的驮牛和骑乘的马匹身上，伤了驮牛和骑乘马匹。

按以往进藏的日子计算，大郭哇敏雅南的牛帮该赶着驮牛和以物易物交换的牦牛回来了。可敏雅南的牛帮却拖了日子，迟迟不见回来，这就让所有跟了敏雅南的孬郭哇的家里人时时牵挂着放不下心来。

这样的等待很是心焦。

如此大心的敏镇寰耐不住也等不来敏雅南的牛帮，在有天清晨骑了他的坐骑枣红走马，到瓦寨城里来探寻牛帮的消息，顺便也听一听敏雅生和麻成说的红军来攻瓦寨城的事情。

敏镇寰一生经的事情太多，一星半点的事情他根本不放在心上，但这次就有点特别了。牛帮像失踪了似的没有一点消息。倒是捕风捉影的坏事情一个接一个地听到他的耳朵里，让他没有片刻的安宁。不过，他想，天塌有大个子撑着呢。现在要的就是瓦寨城的安定，牛帮的平安，义行昌和仁盛通两个商号的平安。

敏镇寰的脸上显露着一丝担忧，现在轮到敏雅生给老阿达宽心了。敏雅生给阿达说黄起和麻义两个湖北人是见过红军的人，红军没有三头六臂，更不会随意就没收和瓜分一般商人的钱财。红军要没收和瓜分的是那些剥削和压榨穷人的恶霸地主的田地和钱财，不会对一个仁义的商人动手的。听敏雅生和麻成这样一说，敏镇寰也就放心了，连碗饭都没有吃，想是快马加鞭回趟敏家咀。

瓦寨城的风声是越来越紧，一时间都人心惶惶的。有些富汉家开始驾着牛车和马车走向了草原深处，拖儿带女地向外转移粮食和财产。敏雅生也急得跑回敏家咀，要阿达带着一家老小去草原深处的朋友家，躲一躲红军来的这个风头子。

敏镇寰笑了笑，说："你们说了，马先生的两个徒弟说红军是穷人的队伍，是为穷人打天下的，所以我们就没必要害怕，也没必要转移粮食和钱财，铺子照开不误，生意照做不误。说不定红军来了还要和你们做生意呢。但有一点，你们和马先生两个徒弟说的话千万不要外传，要是让王长安和马汉三知道了，大家都没有好果子吃。说不定紧要关头还要吃说话不把门的大亏呢。"

敏雅生和麻成显得很无辜，这是一件掉脑袋的事情。那天，他们与黄起和麻义说完话，喝完茶，话头也就丢在了脑后，谁也没有再提起过关于红军的事情。

敏雅生和麻成是有这个自知之明的。大风大浪里经了千千万，哪有在小河沟翻船的道理。

雪风外爷丁仰迁、马先生过来和敏镇寰见了一面，坐在"闻香来"里边喝茶边谈，发表自己对时局的看法，对没有见过面的红军都从心里有几分畏惧和害怕。他们真怕红军来了，照各种流言传说的，把他们挣的那点钱没收和瓜分了。

　　敏镇寰给丁仰迁和马先生分析，红军长途跋涉来洮州的瓦寨城，不是为了没收和瓜分有钱人和富汉的钱财的，他们是有目标的，他们的目标不是洮州的瓦寨城。丁仰迁和马先生对敏镇寰说的话半信半疑。丁仰迁苦笑着说："我们边走边看，走一步看一步。瓦寨城里的商号不是一家半家，几百家商号呢，要是都搬走了，那瓦寨城不就成了一座空城了？再说这么多的商号、这么多的人家能搬到哪儿去，跟前的岷县也听说不太平，还有人想跑着来咱们洮州呢。我们最把稳的是走藏区，投靠草原上的朋友家。那儿地广人稀，除了牛羊，不产粮食，军队也好，土匪也罢，没有吃喝，大队人马去了都站不住脚。"

　　马先生用他瘦弱的手指敲着桌面，说："我哪儿都不去，我就一个开药房坐诊的，从小没有摸过一天镰刀把，没耕过一天地。在瓦寨城里我是鱼，所有的人是水，我离了瓦寨城活不下去。让我种田我种不成，让我做生意我也不会做，让我放羊会把羊丢了，让我跟牛帮，我吃不了那个苦。"

　　敏镇寰哈哈大笑起来，说："我们哪儿都不去。金窝银窝不如自己的土窝，离了自己的土窝，我们谁都活得难辛。再说躲得了一时也躲不过一世，你天天往哪儿跑呢？还是守着自己的土窝比较把稳。"

　　丁仰迁突然记起了什么，皱着眉头说："该防顾的还得防顾，那年'白朗'来了，说是借道，但进了城，还不是把城里面的土都刮走了一层。'白朗'的人走的时候，用牛车拉着搜刮来的银元和绸缎，整整拉了几十车，差点把瓦寨城的底刮断。我的意见是趁早把家里不能跑路的老人和妇孺转移走，免得到时候情况变了来不及转移。"

敏镇寰长叹了一口气，说："唉！家大业大，拖家带口的，往哪儿转移呢？再说历史上哪个搜刮民财的人长久了，都没有长久。'白朗'来了，一路搜刮民财，把洮州翻了个底朝天，瓦寨城更是掘地三尺，他们也没有长久，最终淹没在了历史的尘烟里。红军来了，要是像'白朗'一样，打家劫舍，搜刮民财，那也是长不了的。"

"天生堂里天南海北来的人多，我也多多少少听了一些红军的事情，说红军所走过的地方，主要是镇压那些盘剥百姓而且罪大恶极的恶霸地主，对一般的正经商人和平头百姓秋毫无犯。假如红军是仁义之师，那他们就不会对我们做正经生意和开药房的百姓下手。"马先生说完转过头从"闻香来"二楼的窗口里望着大街上稀疏的行人，"你们看，现在瓦寨城里的人都走的走、跑的跑，把一个人声鼎沸、活活泛泛的瓦寨城弄得死气沉沉的了。红军还没有来，满瓦寨城的人却把自家吓得稀屎冒了溅，裤带都拴不住了。"

丁仰迁苦笑着说："这是叫历史上'白朗'祸害洮州和瓦寨城来的那一次给惊着了，一朝叫蛇咬十年怕草绳。'白朗'祸害洮州也就过去了二十来年的时间，那些场景刻在了当时那些当事人的记忆里，现在只要有个风吹草动，那些恐怖的场景就活生生地浮现在了他们的眼前，让他们时时心惊肉跳，不能忘却。"

"这几天，我看有些外地的客商已经关了店门，加昼连夜地走了。外地客商走南闯北经得多，他们没家没舍，没有根，没有啥守护的，肩上也没有啥扛的，只要地方时局不稳就卷起细软一走了之，与瓦寨城没有丝毫的牵挂。哪像我们，前怕狼后怕虎，拖家带口的，能走到哪儿去呢？其实，我们哪儿也去不了，我们的根和血脉在这里。我们只有承受这不能承受的苦。"敏镇寰一脸正经地说道。

瓦寨城里不仅有敏镇寰、丁仰迁、马爷和马先生对时局忧愁，而且全洮州和瓦寨城的人都对忽阴忽晴说法不一的时局变幻心头罩上了一层阴影。瓦寨城里的人对上次"白朗"过境记忆太深刻了，只要听说有军队经过瓦寨城，就满城充满了忧愁和痛苦。

2. 茶瘾

敏雅生好几日在"闻香来"茶馆没有见到千金房药房的掌柜了。那个常赐安像是失踪了似的。敏雅生闲时还到东大街上去找过一回，伙计们说掌柜的出去了不在。

常赐安每回到"闻香来"，都自带小小的一纸包茶叶。他晌午时分来，用自己带的茶叶泡上一壶茶，慢慢地品着，有时候也问敏雅生要不要也泡上一壶。敏雅生刚开始也觉得奇怪，后来就更觉得有点奇怪了，"闻香来"提供各样新产的茶叶，可常赐安就泡自己的茶叶，喝得津津有味。有时候，常赐安还拿一本书，一边品茶一边读书。后来，常赐安随意劝敏雅生要不要泡上一壶茶的时候，他就决定试一壶常赐安自带的茶，究竟如何。可喝了几壶之后，敏雅生才喝出了门道，常赐安自带的茶喝起来茶味浓郁，后味悠长，而且还提神醒脑。敏雅生常喝常赐安的茶有点不好意思，让常赐安匀他一两斤。可常赐安笑着对敏雅生说："掌柜的如果想喝我的粗茶，那是看得起我，这种粗茶不值钱。我带一斤过来，放在临窗的这个包间里，你来了自己取着泡上。"敏雅生笑着对常赐安表示感谢。

喝茶能喝上瘾，阿达敏镇寰时常说。敏雅生小时候，阿达不让他多喝茶，尤其是喝退的败茶，败茶上瘾还重。

敏雅生小时候，时常趴在炕桌上抿阿达盖碗里的茶水，那个香，那个茶韵的绵长，深深地印在了他的脑海里。如果一日不喝阿达盖碗子里的茶水，他就头重脚轻地睡不好觉走不好路。阿达见他茶瘾如此重，就时常调着牛奶熬松藩大茶喝，才慢慢把他的茶瘾改过了。

现在，他喝着千金房掌柜常赐安送的茶叶，仿佛回到了童年时期，一下子唤醒了他的茶瘾。茶瘾上来了，敏雅生就天天约麻成一起到"闻香来"喝茶。喝茶喝的时日一久，麻成也觉得有了茶瘾。

麻成陪敏雅生喝茶喝上了瘾，这不是一件很光彩的事情。

现在麻成只是替大掌柜敏雅南代管仁盛通，只要大掌柜敏雅南一回来，接手了仁盛通，他还要回到敏家咀，回到乡下放他的牛羊去，当掌柜的这种活他确实拿不下来。他牛大的字碰上两眼一黑，生来就不是当掌柜的料。他虽然当着仁盛通的甩手掌柜，每天去那里转一圈，盯一盯生意，但那只是老掌柜给他的情面，让劳忙了半辈子的他过几天闲日子而已。但闲得踢石头的日子他还真过不惯，而且端着盖碗子慢慢品茶消磨时光的日子他也过不惯。他原来不管喝凉开水或是喝大茶，嘴一张就是一大碗，咕咚咚地灌进肚子里，既解渴又省时，哪像现在跟着二掌柜敏雅生装人摆道地坐在"闻香来"里，没家没教地跷起二郎腿，一口一口地抿着喝茶，把人的性子都喝慢了。

跟着二掌柜喝茶喝出了茶瘾，这对于一个跟了老掌柜家几十年的人手来说，的确说不过去。当他把仁盛通交还给大掌柜敏雅南，自己回到敏家咀放养牛羊的时候，哪里有时间和闲情坐在炕上品茶呢？这都是闲人闲了干的闲事。

再不能跟着二掌柜敏雅生到"闻香来"去喝茶。麻成每天都给自己这样叮咛着。可敏雅生只要一喊，麻成又管不住自家的脚步，屁颠屁颠地跟着去了，一喝又是一天，啥事也干不了，喝得肚子胀胀的，尿脬里也憋得难受。可他看着二掌柜敏雅生，却显得十分受活和舒坦，喝败了茶，过足了茶瘾，下楼回家的时候，一脸的惬意和满足，像极了那些在城南一排矮房里偷偷摸摸抽大烟的人。

喝茶也能上瘾？茶，自古以来人人喝，时时喝，天天喝，也没见有几个人像二掌柜敏雅生这样上瘾，这样痴迷。现在跟着二掌柜敏雅生喝茶，把麻成也喝上了瘾。

一定要戒掉这磨人性子的茶瘾，麻成心想。麻成心里想着要戒掉茶瘾，就开始避着二掌柜敏雅生，不和敏雅生照面，不去"闻香来"。麻成清晨起来，买一个白面锅盔，熬一壶松藩大茶，慢慢就着吃了，吃完浑身汗眼大开，通透舒畅。慢慢地也就把"闻香来"的茶不想了，茶瘾也竟然戒掉了。

敏雅生喊了几回麻成，麻成都不在，索性就不喊了。就喊了千金房的常赐安一天到晚坐在"闻香来"喝茶。两个喝着竟然喝出了友谊。常赐安似乎也有茶瘾，盖碗子里的茶叶一次比一次放得重，每喝一口都得续水。敏雅生发现他的盖碗子里的茶叶也是越放越多。好多时候，在敏雅生还没有来的时候，常赐安已经到了，替他泡好了茶。这样两个人喝着茶说着话儿一坐就是一天。通常他俩要喝败两盖碗茶。堂倌续水续得泼烦了，开始装聋作哑，手脚也不利索了。敏雅生和常赐安有时互相看一眼，笑了，知道他俩这样喝茶，跟前得有一个人守着。敏雅生便让"闻香来"掌柜抱来一只铜火壶，端来一盘木炭，自己续火烧水，自己添茶，不再麻烦堂倌了。

常赐安带来的茶叶眼见着少了，第二天常赐安早来时又带来一罐，换掉旧茶罐。

有天，家里有事情，敏雅生没时间到"闻香来"去喝茶，就在家里泡了茶喝，可家里的几样茶都没有"闻香来"里常赐安带来的那种茶叶绵长的味道和悠悠的茶香。喝不上"闻香来"的茶，敏雅生整天淌着清鼻涕，打不起一丝精神来。他笑着对家里人说自己的茶瘾犯了。过茶瘾只有到"闻香来"去喝，才能解茶瘾。家里人都说他有点做粗，家里的茶叶都是上等好茶，哪一样茶比不上"闻香来"的茶。"闻香来"的茶都是井水泡的，碱大，隔茶味，喝多了还胀肚子。家里的茶都是用城南道槽泉里没水碱的泉水烧开泡的，喝着水绵，舒服畅快。可敏雅生却喝不惯了。

阿达敏镇寰看着敏雅生的软作样，本来叫他来商量孩子们在瓦寨城上学的事情，一看他那个样子，只好作罢，自己就定了，不跟他商量了。

敏雅生天天在"闻香来"里和千金房的常赐安坐着喝茶、谝闲传，把义行昌的生意全然不顾了，全部交由伙计们去打理。有些老主顾们来了，发现敏雅生不在，便悄然退出，不再从义行昌拿货。

本来，街面上一天到晚吵着说红军要来了，但红军这边还没有来，那边青海南部边区警备司令部的骑兵马彪旅奉命加昼连夜追堵了过来，在瓦寨城周围驻扎了下来，大兴土木，修筑防御工事，听说要和红军在瓦寨城决战。

瓦寨城周围还历来没有驻扎过如此多的兵马，周围让兵马一围，一下就让瓦寨城里风声鹤唳，草木皆兵，感觉是天要塌下来了，人人皆慌。京帮、陕帮、豫帮、鄂帮的数十家商号的掌柜加昼连夜将货物存入瓦寨熟人家里，驮了银元，避开大路沿小路弃城而去。当地的仁盛通、义行昌、万盛西、德胜马、天兴隆、义心公、同春和、永泰和、万益恒、永盛西、福盛德、瑞华兴、德泰祥、世兴泰、福盛店、福盛通、祥福盛、长盛店、德盛店、天成隆、天庆德等各个商号的大小掌柜也跑得一个不剩，留下几个伙计看守店铺。一些店铺则关门大吉。跑前，有人将银元装在皮袋坠入院子里的深井里，或是埋入装洋芋的窖里，有人则驮着银元跑到北山牧场上去了，还有人驮着银元到深山老林"主人家"避难去了。

清晨，麻成将仁盛通的绸缎和布匹全部装车运往敏家咀，关了店门，四辆满载货物的牛车刚出南城门，就被守兵拦了下来，全部征收充公。麻成不敢多嘴，跑到下河丁仰迁的磨坊那儿借了一匹快马，跑回敏家咀给敏镇寰报信去了。

义行昌由于敏雅生近期疏于管理，生意做得凋零，没有多少存货。把一点钱往义行公钱庄一放，所有货一归类，几麻袋背回了家，几个伙计工钱一给便也遣散了。

"闻香来"的掌柜没有惊慌，店门照开不误。千金房药材行的常赐安没有走路，选择留了下来。

麻成一趟子跑回了敏家咀。麻成拴好马，跑进堂屋时，老掌柜敏镇寰和杨先生正在喝早茶。

敏镇寰见麻成跑得气喘吁吁的，便笑着说："贼没追上，看你急的。"

麻成一脸的焦躁，急慌着说道："老掌柜，贼没追上，倒是让贼抢了。仁盛通的绸缎和布匹出南城门连牛车带货，全部让守城门的兵抢了，说是征收充公了。四牛车一车也没有留下。"

敏镇寰的脸色哗地变了，他走南闯北若干年，还没有人敢明目张胆抢劫他敏镇寰的货。"是谁的兵？"敏镇寰睁大眼睛问麻成。

麻成一脸的懵懂，轻声说："反正是国军，不知是谁的兵。听说是叫马彪旅。"

听两人这样一说，静静坐着的杨先生站了起来，撩起他的青布长衫抖了抖前襟，说："麻成！给我鞴马，我去一趟马彪的旅部，去要回咱们的牛、车和东西。"

麻成听杨先生这样一说，顺势望了敏镇寰一眼，等敏镇寰发话。

敏镇寰站起身，对麻成说："我刚和杨先生说瓦寨城的情况呢，你就给我们带来了一个坏消息。给我也鞴上一匹马，我陪杨先生去。"

杨先生一边弓腰穿鞋一边问麻成:"马彪的旅部在城外还是城内?"

麻成顿了顿,说道:"可能在城内校场那儿呢,这两日那儿戒备森严,守卫的兵也多,不让任何人去那儿。反正骑着马的兵从那儿进进出出的多,急慌慌的。"

杨先生穿好了鞋,仰起头,笑着对敏镇寰说:"不劳您的大驾,让麻成跟上我去。又不是去打捶,再说就是打捶,我们也打不过人家。以往说秀才遇上兵有理说不清,今儿个我就是要秀才遇兵把理讲清。麻成赶紧吃点东西,填填肚子,我和你掌柜的已经吃饱了。你吃饱了我俩就进城讲理去。"

麻成嘿地苦笑了一下,坐在桌前。

尕姨娘和杏月两个忙着给麻成泡茶端饭。

在吃饭的空当,敏镇寰问麻成:"义行昌那面的生意最近如何?"没等麻成回话,敏镇寰又说:"我听人说敏雅生最近不着家,人常不在,和东大街千金房的常赐安走得近。常赐安这个人我知道,太精能,是个无利不起早的人。和这种人打交道要小心,要多个心眼。义行昌和千金房都做药材生意,是同行,是同行就有竞争。世面上往往是卖面的见不得卖石灰的。我就想不通两个做药材生意的同行能有深交。前面敏雅生不是还说千金房把他的一些顾客都拉走了吗?这会却甜得不成,黏在一起了。麻成回去后告诉敏雅生一声,让他把眼放亮,霎着了千金房常赐安的道,不然让人家吃了卖了还帮人家数钱呢。生意场上不得不防。不像咱们本地的牛帮,各帮都有联系,也都有帮规,帮与帮之间是亲套亲,亲连亲,几百年延续下来了,都是下苦人,没有害人的,相互间也没有害过人。如果有人想出来害人,那他在洮州地界上就算是混到头了,在瓦寨就没有他的落脚之地了。"

麻成一边埋头刨饭,一边满口答应敏镇寰的叮嘱。

敏镇寰看着急慌沉不住事的麻成，笑着说："慢慢吃，急也不在这一会。这段时间我把你和敏雅南、敏雅生的性格都想着对比了若干次。我觉得敏雅南不是平处卧的人，让他坐地当仁盛通的掌柜还真不合适。他的性格就不是一个耐住寂寞当掌柜的人。仁盛通的掌柜就由你来当，敏雅南以后如果不想当牛帮的大郭哇了，想安安静静地守在瓦寨城里坐下来，到时再给他安排差事。"

敏镇寰这一说，当下就把吃饭的麻成吓得跳了起来，连忙摆着手说："老掌柜，这不行，掌柜的还是由大掌柜的当，我实在是撑不了那个台面，这段时间我听您的话硬撑着，一天到晚数着日子等大掌柜的呢。您就饶了我，让我回敏家咀，我还是放养我的牛羊，图个轻松。"

敏镇寰哈哈大笑起来，转身对端端正正坐在桌前的杨先生说："老实人啥时候都是老实人，除了说实话再没个说的。"

敏镇寰说罢又笑着对麻成说："你放养了一辈子牛羊，还想让麻文长大也放养一辈子牛羊吗？生意场上有一句话说是先做人再做生意。很多人是先做生意后做人，你在我家苦了若干年，人品比我自家的两个儿子都放心，你就放心做你的生意去。再说仁盛通的几个伙计都是跟了我几年的牛帮尕郭哇，有他们操心呢。你就一件事，就是整天脑子里想着如何把生意做好做大做强就成了，再不用想别的事。"

杨先生笑着说："麻成，你就不要推辞了，过了这个村就没有这个店了，老掌柜把你当自家人待承，这是你几辈子修来的福气。赶紧吃，吃了跟我进城，找马彪要没收的东西去。"

麻成听杨先生这样一说，激动得流泪不止。

敏镇寰笑着过去拍了拍麻成的肩头，笑着说："一个大男人，有事没事掉眼泪，没出息。"

麻成笑着撩起袖口使劲地擦了擦眼睛，放下碗筷，看着敏镇寰和杨先生说："吃好了，杨先生我们走吧！"

杨先生和麻成一前一后牵着马，辞别敏镇寰，出了大门翻身上马朝瓦寨城急驰而去。

杨先生和麻成翻过岈岘山，走了半个时辰，望见瓦寨城南城门外一左一右有许多人在修碉堡。麻成清晨出城门的时候，没有见到有人修碉堡，也没有这么多的人。怪不得进城的路上人迹稀少，进城的路口还有兵把守着，要不是杨先生报了马彪的名号，他们两人还进不了城里。

城外的人进不了城，城内的人也出不了城，只有干守着。

义行昌和仁盛通关了门。敏雅生清早起来去找麻成，听人说麻成赶了牛车回敏家咀了。敏雅生没事干，就到城东客商的集散地去看前两天来的牛帮和马帮，却发现卸了货的牛帮和马帮拿着到手的银元一天也没敢停留，急忽忽地到北山牧场放牧去了。显然，他们是被瓦寨城周围驻扎的国军惊着了。

敏雅生依然约了常赐安去"闻香来"喝茶，谈论天下大势，谈论瓦寨城的命运，谈论千金房和义行昌药材行的出路。大街上连个客商的人影都不见。原来早晚到官井和城外泉上担水的年轻妇女全都蹴在了家里，那些平常不做家务活的男人们担着笨重的木桶一摇一晃地走在大街上，像正月里耍社火的"船姑娘"，让人看着有点好笑。

杨先生和麻成走到南城门跟前时，被守卫城门的士兵拦了下来，厉声厉气地盘问了大半天。麻成惊得心扇子咚咚地跳着，腿也颤抖着像筛糠似的。杨先生倒是没惊，满脸怒气，守城门的士兵不敢多问，给里面通报了一声就放杨先生和麻成进了城。

进了城，大街上空荡荡的，不时有零散的马粪撒在路上，不见有人去拾。各处的店铺都关了门，都挂着一个"本店暂停营业"的小木牌子。只有一些小饭馆还在营业，城南那些低矮的暗藏烟馆的客房还在开着，一些瘦弱脸上毫无血色的人抱着膀子或拎了东西进进出出。

杨先生左手提着青布衣衫的衣襟，快步朝校场旅部的驻地走去。麻成跟在杨先生后面，心里忐忑不安七上八下的，到了旅部门口，岗哨老远就伸手挡住了往前欲走的杨先生和麻成。杨先生朝岗哨抱拳施礼，然后笑着说："麻烦进去给旅长大人通报一声，就说洮州书生杨德铭求见。"岗哨看了一眼杨先生，给另一个岗哨交代了一声，就跑去禀报去了。

杨先生直直地站在岗哨前面，像一堵墙，仰望着虚空里一只盘旋的老鹰。麻成也学着杨先生站得直直的，仰望着那只一直飞旋的老鹰。

岗哨进去时候不大，一个方脸盘穿着军服的高个子快步走了出来。老远就喊着："哎呀！杨先生来了，有失远迎，失敬，失敬！"

杨先生听到那人老远就喊，也不回应，只是再次抱拳笑了笑，站在原地不动。

那个方脸盘军人过来笑着拉了一把杨先生，杨先生再次嘿地笑了一声，问："老长官还好吧?"那个方脸盘军人忙堆起笑脸，做了个请的动作说："老长官好，好着呢，杨先生请里面喝茶、说话。"

杨先生原地站着没动，轻声说："今儿个来有一件事，是求情麻烦马长官，我朋友的几牛车绸缎和布匹今早全部让您的部下没收充公了，还得您出面说一声，全部退还给我的朋友。"杨先生说完拉了一把目瞪口呆的麻成，头也不回地朝南城门走去。边走边说："马长官，茶就不喝了，我就在城门外候着。"

方脸盘军人立刻黑了脸，朝身后的一个人喊道："去查，把东西一件不少地拉到城外去还给杨先生。顺便拿两斤好茶给杨先生，就说是我送的。"

杨先生和麻成等了半个时辰左右，一帮士兵赶着三辆牛车，一辆架子车还由人推着，交给杨先生和麻成。来人奉上两斤好茶，说是旅长给杨先生的，请杨先生笑纳。另外，一头拉车的牛已经让士兵们宰了，另赔十五块大洋给杨先生，请杨先生谅解，不要生气。还说旅长另有军务就不留杨先生吃饭了。

杨先生和麻成到附近熟人家借了头骟牛，再央了三个人赶着牛车回了敏家咀。路上，麻成小心翼翼地问杨先生何以认识马长官。杨先生笑着告诉麻成，说他原来就在马长官那里供职，熟知他手下的人，但后来道不同不相为谋，志不同不相为友，就辞了职，回了瓦寨当教书先生。

"仁盛通的货算是拉回来了，但义行昌的货没见一把。"敏镇寰坐在院子里的杏子树下，对麻成说。显然，敏镇寰对义行昌的货还是有点不放心。虽然那里由敏雅生负责，可他对敏雅生不放心。敏雅生从小做事都是不上心，有时候还马马虎虎的。

"前几日二掌柜把剩余的几麻袋货扛回了家里，钱全部放在了义行公的钱庄里了。"麻成慢悠悠地说道。

敏镇寰脸上布满了愁云，叹着气说："唉！啥时候了，还把钱放义行公的钱庄里。假如仗打得紧了，马彪旅吃不住劲了，在撤退时过来顺手把你的钱庄抄了，那时候钱庄败了，钱也没有了，你去把义行公的人屁眼上咬一口呀？敏雅生真正心大，从来就没有把这当一回事，当啥掌柜呢？人模狗样的还不如回家种地务操牛羊。"

麻成也一脸的愁肠。人人都忧愁着，怕灾祸突然落在自己家或自己头上。但愁着不起任何作用，瞌睡还得从眼里过，粮食还得从磨眼里拉。仗打不打那还得从两家的势力来看。

仁盛通暂时关门，伙计暂时回家，麻成手头没事干，蹲在家里心焦得等不到天黑。所以他就到北山草场上给放牧的人送口粮去了。这一段时间，藏獒"四眼"已长得像匹牛犊子，四蹄走路都能听到沉沉的蹄音了。麻成领着"四眼"走在空旷的草地上，"四眼"喜欢得像个调皮的顽童，一会追一只鸟，一会又去追一只野兔，一会嗅一嗅开红花的绿绒蒿，一会又钻进金露梅或银露梅花丛中。远处传来了清亮悦耳的藏歌声，它便驻足不前，侧耳细听，慢慢复活它在草原听着藏歌出生的美好记忆。一只雄鹰高悬在虚空里，尖锐地叫了几声，催醒了"四眼"游走的记忆，激起了它的雄心。

此时，草原上的草长得正旺，草穗正在灌浆，野花正在盛艳地开放。一批准备跟牛帮进藏的驮牛正长得膘肥体壮。麻成骑在马上，望着遍野开满红花、白花、紫花和蓝花的草原，正向他伸张开肥美的胸膛。

瓦寨城里的店铺全部关了门。敏雅生每天出来都要到义行昌门前转一转，再转到"闻香来"去喝会茶。形势一紧，常赐安也不来了，说是要到外面做点小生意去。很快常赐安带来的茶也喝光了，敏雅生就带了自己的茶来泡着喝，可泡了却喝不出那个滋味来。敏雅生打不起精神，就又到天生堂马先生那儿去坐一坐。马先生不论天塌地陷，天生堂照开不误，照马先生的话说，他只是一个看病救命的土郎中。不管谁来瓦寨，有病了还得找郎中号脉开方子，如果关了天生堂，那来人也会找上门来看病，与其让人找上门寻麻烦，还不如坐堂听诊号脉。现在他还不到关门的时候。

坐在马先生的天生堂，谨言的马先生也不多言，小马先生、黄起和麻义都不敢大声说话。敏雅生坐着没意思，就出门乘脚在空荡荡的大街上走去，谁知一下就走到了南大街那排矮房跟前。敏雅生准备折身返回，却发现千金房的常赐安这会像个幽灵一样出现在了他眼前。敏雅生猛地抬头吃了一惊，常赐安突然碰到了敏雅生，也吃了一惊。

敏雅生笑着说："几天里约你，你不照面。没想到在这儿见到了。"

常赐安尴尬地笑着说："这几日心里烦躁，没去'闻香来'，就来这里坐了会。"

敏雅生盯着常赐安的脸说："没事到这里坐啥呢，这里也不是啥正经人坐的地方。"

常赐安咧嘴笑了笑，说："这里虽然乱道，但也能给人解忧去烦。要不，你也跟我进去坐一坐？"敏雅生一天心情烦躁，身边也没有个人说话，极不情愿地跟着常赐安低着头踏进了他从来没有来过的矮房里。进去一看，里面烟熏火燎的，有一种淡淡的奇异的味道钻进了敏雅生的鼻孔里，刺激着他的嗅觉和味觉。那个小眼睛的掌柜满脸堆着甜甜的笑容，像得了金元宝似的跑过来，拉着常赐安和敏雅生穿过堂屋，来到了西边一座干净的土炕上，让他俩上炕躺着去。招呼伙计麻利地端来了两个盖碗子，掀盖添茶倒水一气呵成。喝了一会茶，掌柜的就拿来了两杆烟枪，把一杆递给了常赐安，一杆欲递给敏雅生，敏雅生没有接。以前在外跑生意时，敏雅生见过这玩意，现在活脱脱地端到了他的面前。这几日不见常赐安，原来这家伙跑这儿来了。以前敏雅生听说过这儿是烟窝，但如今算是见了真世面。他起身要走，却被常赐安一把拉住了，说："既然来了，就试一次，你没试过这成仙的感觉。"

敏雅生黑了脸，说："还是不试，我现在就回。你慢慢品吧！"

常赐安哈哈大笑着说："敏掌柜的茶瘾没犯吧？要不，你再拿一罐我炮制的茶叶去喝？"

敏雅生这才明白他着了常赐安的道，他拿到"闻香来"的茶叶原来都是掺了大烟的，怪不得越喝越香，越喝越想喝。敏雅生此时闻着这些房间里丝丝飘荡着的轻烟，出现了一种幻觉，有种飘飘欲仙的感觉。

敏雅生跌跌撞撞地跑出来，捂了脸一路小跑，像偷了东西的贼一样跑到了马先生的天生堂里，才神安气定地长出了一口气。

马先生抬头望了一眼敏雅生，半天才说："大掌柜日急慌忙地跑啥呢，狼撵呢吗？贼抢呢？"

敏雅生红着脸半天才说："比狼撵贼抢还可怕。"

马先生猛地抬起头，惊诧地问道："兵撵上了？"

敏雅生瞧了一眼马先生，又环视了一圈周围，低了头说："兵也没撵，我跌到烟窝里了，差一点上了人的当。"敏雅生说着用拳手捶了捶额头。

马先生再次惊讶地张大了嘴："你那么精明的人，能上别人的当，除非那人是精能鬼。你说别人上你的当，我信。要说你上别人的当，我还真不信。这话从何说起，你上了谁的当？"

敏雅生一脸的羞愧，咬着牙说："我上了千金房药材行常赐安的当。我爱在'闻香来'喝茶，常赐安也爱在那儿喝茶，谁知这个常赐安没安好心，在我们喝的茶叶里拌了大烟，让我喝茶喝出了瘾。喝茶也能喝出茶瘾呢，我就奇怪这个事，但我也没有细想。总觉得一天不去'闻香来'喝会茶，淌清鼻涕流眼泪的，不好受。谁知着了常赐安的道。要不是刚才在南城门那儿碰到常赐安，我还不知道我犯的不是茶瘾，而是大烟瘾。吃一堑长一智。马先生得想个法子，让我把这个烟瘾尽快给戒了，不然，我怕我管不住自己把烟吸上，如果把烟吸上，那会吸倒灶的。"

马先生思索良久，望着敏雅生的脸说："戒烟的话，要有恒心和毅力，如果做不到，还不如不戒，白费劲。"敏雅生苦苦地笑了一下，十分坚毅地说："您还不相信我？我也不是个弱人。"马先生脸色绽了一下，才慢慢地给敏雅生开了方子：潞党参一两，金樱子一两，粟壳四钱，莱菔子一两，韭菜子一两，半夏一两，阳春砂仁五钱，广陈皮五钱，倭芙蓉灰五钱，钱陈酒五斤。马先生要敏雅生将各味药煎好，滤去渣滓，和入陈酒内再煎一沸，置盖钵中勿令泄气。然后在烟瘾犯前饮一口，直至药性渐消烟瘾也可全除。马先生开完药方，在小马先生抓药的当儿，自言自语道："唉！人是肉识不透，交人要慎啊！交人不慎，必有灾殃。"马先生像是说给敏雅生，又像是警告其他人。

敏雅生十分沮丧地提着药，脚步沉重地走出天生堂回家去了。

敏雅生着了人的道犯茶瘾的消息在瓦寨城不胫而走。

敏雅生在瓦寨城惹了一个天大的笑话。以致人们后来见某人精神萎靡不振时，就开玩笑说是茶瘾犯了，快快去治。

犯茶瘾成了敏雅生一生抹不掉的耻辱。

3. 拉 夫

马彪的旅部驻扎到瓦寨城里后，保安队队长王长安的翅膀根就硬了，整天带着他的保安队在大街上大呼小叫的，不时地训着路人。保长马汉三也从幕后冒了出来，耀武扬威趾高气扬的，一改往日点头哈腰的样道，腰里像插了根鞭杆，硬邦邦的。

王长安和马汉三两个原来面和心不和的人不知何时走到了一起。挨门挨户喊人拉夫在城外加修碉堡。原来他们只拉年轻人，现在不管你年老年少，只要逮到手里，统统送到城外修碉堡。年老推不动车铲不动土抛不了砖的，那就拿钱。

那天，王长安和马汉三带着人到了天生堂，硬要把小马先生、黄起和麻义带走。当时，马先生正在给病人号脉，就气不打一处来，呼地立起来，冲王长安和马汉三吼道："那行，你二位先把这若干年赊欠我的药钱还了，我再派他们去。"

黄起和麻义互望了一眼，没有做声。

王长安接过马先生的话头说："派人去修碉堡每个人有责任，赊欠的药钱跟这没关系，一码归一码，不要绞在一起。"

马汉三软绵绵地说："瓦寨城里谁不知道马先生你这些年靠天生堂挣大钱了，谁不知道你在义行公钱庄里放了钱，谁不知道你家里还有地窖的。马先生啊，活人要低着头，不能仰着头，头仰久了扭着呢。"

马汉三这一数落，差点让马先生气得吐了血。马先生的确在义行公钱庄里放了钱，家里也的确修了地窖。钱庄里放钱，是为了给义行公掌柜撑面子，就那么一点钱，放哪儿不是放，放家里也好，放钱庄也罢，贼都懒得惦记。义行公掌柜动员各商号掌柜在钱庄放钱的时候，有意透露了马先生也在钱庄放钱的事。义行公掌柜透露马先生在钱庄放钱的目的一是为了证明他和马先生的关系；二是向各商号掌柜表明医品和人品俱佳的马先生都放了钱，向外宣示一种口碑；三是借马先生向外证明义行公的诚信和能力。

马先生站起身，顺手操起下雨天拄的一根棍子，朝马汉三和王长安等人走来。黄起和麻义见状，急忙过来拦住了马先生，笑着给马汉三和王长安赔不是，说他二人可以去修碉堡，但天生堂不能没有人坐诊，求免马先生和小马先生。马先生气得胸前的长胡一抖一抖的，平时也算口齿伶俐，现在也就只有吹胡子瞪眼了。

马汉三和王长安见黄起和麻义愿意去修碉堡，也就不再费口舌，顺水推舟，给了马先生个面子，交代了一番出工的要求，走了。其实，他们知道惹谁都行，唯独马先生是不能惹的，谁能保证以后自己或家里人不生病、不生大病？生个小病好办，随便找个人号号脉抓服药就得，但如果得了别人治不好的大病，你还得求着马先生，求马先生号脉。前几年有过一个恶人得了绝症，四处求医，未果，绝望之余，才想起求他曾恶辱过的马先生，求马先生号脉诊治。病人都拉到天生堂门前了，马先生见此人，憎恶至极，便关门打烊，上锁回家。要不是那人在天生堂前跪得双膝流血，马先生绝不会顺眼望他一眼的。马先生见他可怜至极，便一声不语，进天生堂拿了脉枕，蹲在地上号脉良久，起身，仍不语，开方，抓药，挥手让此人回家吃药。药方上留有两句话：七日便通，能愈，复诊；七日便结，不愈，备棺。此人千恩万谢而去。七日后此人复诊，面色红润，但目光浑浊。马先生仍然不语，号脉，开方，抓药。然后在药方上仍留一句话：七日目清，痊愈，免来。七日后，此人再未来，病愈。再七日，此人及家人送匾一块：华佗在世，妙手回春。双手高举牌匾，跪天生堂半日，围观者众多，马先生就是不出门不接牌匾。最后还是路过此地的德胜马商行掌柜马爷和丁仰迁二人替马先生接了牌匾。牌匾虽然接了，但被马先生放在百子柜的后面，挡住了一个老鼠洞，让常年的尘埃慢慢腐朽着一个令人难忘的过去。如今你要是得罪了马先生，如果哪一天运气不好，倒霉得了别人治不好的啥绝症，还得求到马先生的天生堂，不跪得双膝出血才怪呢。那不是惹人笑话吗？马汉三和王长安一想到这一层，就顺水推舟，给自己一个台阶下，走了。

黄起和麻义，还有许多人，被王长安和马汉三的人连推带搡弄到了城外，在士兵们的监督下修起了碉堡。无所事事的敏雅生也被抽夫去修碉堡。看到敏雅生也来修碉堡，黄起和麻义就主动过来帮衬敏雅生。有天坐着吃晌午饭，敏雅生望着高大的碉堡问黄起和麻义红军到底来不来。黄起和麻义就说看这兴师动众的架势红军可能要来。黄起指着周围的栖凤山、东坡山、大坡山、石儿山、瓦窑、神仙墩等处说，周围山的制高点都修了战壕，马彪的士兵和保安队驻守在了里面。瓦寨城及周围笼罩着战火的阴云。

以往如果拉夫给公家修啥的话，人们总是有说有笑的，总有热闹人会在郁闷的劳动空隙说几句笑话，制造一点活跃的气氛。但现在却没有一个人能说出一句笑话来，也没有一个人能笑得出来。敏雅生长叹着给黄起和麻义说："神仙打架，凡间遭殃。但愿这些碉堡和战壕修了也是白修，最好要用上。枪对枪、炮对炮的，哪有不伤及无辜的？如果红军来了真打起来，你一枪我一炮的，把个瓦寨城就毁了。如果谁家运气不好，一发炮弹不偏不倚落在院子里，那一家人不就全成了肉渣子了吗？家不也就完了吗？现在最好的结果是红军绕道而过，不来瓦寨，或是瓦寨的守军一触即溃，那才不会毁城伤人。"听敏雅生说到这里，麻义忙捂了他的嘴，不让他说下去。说隔墙有耳，有人顺风听到这些话就麻烦大了。敏雅生笑了笑，说："年轻人就是胆小，再过上几年，生死的事情经得多了，就不在乎这些，也不怕这些了。"黄起笑了笑，说："还是小心为妙，免得被人听到密报给王长安和马汉三那些人。那些人大本事没有，但抓住了你的话柄就要苟榨你身上的油呢。不从你身上苛榨出二两油是不会罢休的。"

敏雅生站起身朝四周山上掏挖战壕的人们望了望，笑了。黄起和麻义也跟着笑了起来，笑得有点放肆。

修碉堡的砖全部是城南砖瓦窑上拉的，但修了南城门外三层的两座碉堡后，砖就用完了。碉堡要修，但石头和砖还得拉，城南砖瓦窑上拉完了，就只得拆城内住户家的南房和砖墙，城内大街上铺了几百年的长条石全部被起了起来，拉到了东、西、北三个城门外，用作碉堡的地基。碉堡的墙体全部用城内拆墙的砖。城内有钱人和富汉家不管是上房偏房南房还是院墙，墙体全部用青砖垒砌，遇到这样的人家，就由王长安和马汉三带领马彪的士兵督阵，组织人手破墙拆砖。

瓦寨城里有头面人家的南房和院墙被拆得不剩一块砖，全被拆成了敞院。城内只有王长安和马汉三家的砖墙没被拆，城隍庙和几座寺院的院墙没有拆。一边拆墙，一边修碉堡，不几日，瓦寨城四座城门外修起了高三层的青砖碉堡，雄壮地立在那里，从城头上望过去，见放哨的士兵抱了枪睡大觉。

在修碉堡的这几天，黄起和麻义显得无比积极，比王长安和马汉三还积极。他俩一会搬砖，一会和泥，一会砌墙，一会扛椽，整天忙得满头大汗。见他两人如此麻利，还有眼色，王长安和马汉三就动员他俩进保安队跑腿。两人迟疑着说得回天生堂给马先生说一声，并说有一天马长官的兵走了之后，他俩就退出保安队回天生堂继续当学徒。王长安和马汉三笑着答应了他俩的要求。

碉堡修成了，黄起和麻义入了保安队，天天跟着王长安和马汉三鞍前马后地跑腿。

一日大清早，保安队在大街上喊着号子操练时，敏雅生定定地站着，望着黄起和麻义，竖起大拇指戏谑地说："两个娃娃神气，攒劲！"从敏雅生的口气上可以听出来，他是瞧不起这两个娃娃的。两个聪明好学的娃娃，不好好地跟着马先生学医，却屁颠屁颠地跑到了王长安的保安队。保安队里哪有好人呢，全是瓦寨城里的游手好闲、偷鸡摸狗之辈，从小到大就没有干过一件正经事。如今借这个茬，挎一把大刀，背一杆破枪，耀武扬威地祸害瓦寨城里的人。

瓦寨城周围碉堡加战壕，布成了几道防御工事，看似固若金汤。

几道牛帮、马帮和单马客进出的关卡被保安队突然接管了，所有人不许进出。人们嗅出了浓浓的火药味。

敏雅生想不通马先生当初能收下黄起和麻义，一定没看走眼，但现在放他们去保安队当差，一定是看走眼了。敏雅生怕黄起和麻义败坏马先生务了一辈子的好名声。吃过早饭，敏雅生就去了天生堂，绕着弯问马先生黄起和麻义去保安队的事。

马先生露着一种耐人寻味的笑容对敏雅生说："人各有志，由他们去吧。暂时先让他们蹦跶着耍几天人。"

敏雅生笑着说："进保安队的人都是瓦寨城里害人的鬼，是游手好闲、偷鸡摸狗之辈，您就不怕黄起和麻义败坏您的名声？没有个一差二错便罢，如捣出个是非，人家还说是您门下的人，是您送进保安队的。"

马先生顿了顿，说道："不怕，各走各的路，各活各的人，他们犯的事惹的祸归不到我头上，你放心！"

见马先生这样说，敏雅生只好起身告辞，出门回家。他就想不通这么精明的马先生，一生经事无数，阅人无数，到头来怎么就犯起了糊涂，辨不明是非分不清好坏呢？而且当他说起黄起和麻义进保安队的事，马先生也不生气，还好像挺自豪的。这就让敏雅生更想不通了。黄起和麻义究竟给马先生灌了啥迷魂汤，不得而知。不过，敏雅生始终相信马先生识人识心，绝对不会看走眼。马先生这样做肯定有他的道理。但是，让黄起和麻义跟保安队那些人混在一起，这肯定不是他的初衷，这里面一定有他的难场呢。

　　四面山上的战壕里不时冒起一股股的柴火烟，是马彪士兵和保安队的人在烧水做饭。

　　进出的关卡被保安队防守得死死的，一些进了货装了车的客商驻扎在城外，可就是走不出洮州地界。他们每天打听着形势的发展和变化，指望着保安队的人突然撤了，放开一条去路，给他们一条生路。有几个布匹商人，给瓦寨牛帮交完布匹后，进了贵重药材，出了瓦寨城，想出洮州地界，运往外地，在关卡那儿被保安队全部扣了下来，求情下话好几日，硬是没放一人一车。直到黄起和麻义换防到那儿，才偷偷放走了几车货。不过，那些人临走也没有忘记给黄起和麻义一些好处。黄起和麻义在换防时，把那些好处全给了队长王长安。王长安接过黄起和麻义送过来的东西，笑得眼睛都眯上了。

　　黄起和麻义换防没一天，就被王长安又换防到了那个重要关卡，让他俩长期驻防那儿。原来别人驻防时，得到的好处全部进了自己的腰包，没有给王长安一分的好处。而黄起和麻义却给自己没有留，全部给了王长安。王长安当然清楚，驻防这个关卡是肥差，谁都想来，但来的人都心机太重，没有给他王长安多少好处。黄起和麻义刚驻防就给了他那么多的好处。所以王长安就把这个肥差给了黄起和麻义。这两个人看着精明，但其实随了马先生的性格，很老实。他王长安手下就得用这样的人。这样的人用着放心，而且捞到好处还心轻，只要他们捞到了好处，就少不了他王长安的份。

有天关卡处来了两个骑马的外地客商，向黄起他们打听天生堂，说是要找马先生，顺带还问起了黄起和麻义，说他们是老乡，其中一个人还说他跟黄起是远房姑舅，两家相距不到十里。听人这样问黄起和麻义，跟他们一起防守关卡的几个人都哈哈大笑着取笑那两个外地客商，说他们是眼睛长在裤裆里了，骑着驴寻驴，找寻的人在面前也不认识。黄起大笑着说："我们好几年没有见面了，猛地见面还真认不出来。"然后指着一个年长的问道："你是杨书元哥？"

那个年长的人盯着黄起仔细瞧了一会，说："你是黄起？几年不见，长得都快认不出了。刚才听你们的口音，我还在心里想，这地方也有咱们老乡呢。这不才向你们打听黄起和麻义来了吗？"

黄起顺势问杨书元他们，洮州的形势有点紧，瓦寨城也进不了，他们来是做点啥生意来了。

杨书元叹了一口气说："那面不是天天打仗吗？药材奇缺。打听到瓦寨这边的药材广，也便宜，想进点货带过去。但刚到瓦寨这里，说各路口设了卡，进不去。我俩想是既然来了，就在关卡处求情下话，先进城去租借个地方住下，等世事太平了进点货再走。我们那边天天打仗，没想到这里也要打仗了，这还有百姓的活路吗？"杨书元说着，从马背上摸出了几块大洋，递给了黄起，求保安队的人给他们两个人行个方便。

黄起听杨书元这样一说，手里捧着大洋，拿眼望着另外几个人，用目光寻求他们几个人的同意。几个人看着黄起笑着说，既然是黄起的姑舅，那就放行。不过，虽然进了关卡，但是瓦寨城进不去，去了也只能先到城北那儿，租借牛帮和马帮的临时歇脚处先歇着。等风声松了再进城，现在肯定进不了城，弄不好还要被防守的士兵抓去修战壕呢。

杨书元和跟着的那个人向众人拱手作揖。说他俩就在城北租借一间牛帮或是马帮的歇脚之处，暂时安身，顺便打听一下药市行情。

听说他俩要打听药市行情，黄起记起了敏雅生的义行昌，就笑着对杨书元说："你俩先在城北找地方安顿下来，等风声松了我领你们去见城内义行昌的掌柜敏雅生，他就是做药材生意的。他手里有贵重货，价钱便宜。敏雅生为人仗义，童叟无欺。"

杨书元两个人听黄起这样一说，千恩万谢高高兴兴地走了。

那两个人一走，关卡两面就空荡荡的，连只飞鸟也没有。

在以往的这个时候，关卡这儿来往的牛马把来往的路踏得荡起了一层浮土，风一吹，土腥腥的混和着一股子牛尿和马粪的味道，有点呛人。但现在这条忙碌的土路上空寂败落，一场大雨落后，路上的浮尘和杂质被雨水冲刷得一干二净，光堂堂的。

保安队的几个人烧了一壶茯茶，坐在路边的草地上畅饮。麻义看着黄起说："刚才来的那两个人胆子就是大，别人跑路都来不及，恐怕跑得慢了把命搭在这儿呢。他们好像没有啥惧怕的，硬是往火坑里跳呢。"

黄起端起茶碗对一个保安队员说："人跟人不一样，人家也许见多了打仗，也就那么回事，只要不死人，哪里都有生钱的门道。这不是仗还没有打吗？说不定这仗打不起来，是瓦寨城里的人放风吓人呢。"

黄起抬头望着虚空里飞过的一只黑鹰，慢悠悠地说："仗是要打的，再就看双方的软硬了，钢碰钢死磕，那就是硬仗，钢碰铁滑刃，那就是软仗。软仗好打，一方枪一放，一方听枪声撒丫子跑路，两不照面，就不伤人。"

麻义附和着说："但愿是两不碰面的软仗，如果打硬仗，我们这些人都没有好出路，说不定被逼到前线上去挨枪子儿呢。这仗还没打，我的腿肚子已经软了。"

黄起喝了一口茶水，低了头说道："这几天防守在这儿，一晚夕睡不着觉。晚夕里野狐的叫声，都把人吓得心扇子抖呢。再守上几天的话，我看是活不成了。"

黄起接过麻义的话头说："脚长在你身上呢，又没长在别人身上。看情况不妙不会跑路？没黑没白死守着把命搭上实在划不来。"

几个人一听黄起的话，都觉得他说得太对了。说如果红军要攻打瓦寨城，各路口的关卡是必经之路，只要红军的枪一响，就跑路钻林躲藏。红军来了，保安队的几个人不及根顶门棍，挡不住风马，堵不住流云。

黄起边喝茶边提醒大家，此处说的话此处放下，不要让王长安知道了。如果王长安知道了，将来有个啥事情，追查下来，我们这帮人都吃不了兜着走。

大家不说便罢，一说就觉得战火的阴云已经压在了瓦寨城头上，一丝恐惧油然袭上了心头。

4. 草场

仁盛通的货在杨德铭杨先生的帮助下，麻成几牛车拉到了敏家咀。一颗悬着的心才算是彻底放下了。

前几天，麻成去了一趟北山草场，心情畅快了许久。到底放牧牛羊比当仁盛通的掌柜自由自在，还不用操大心。把牛羊撒在一望无际的草场上，然后在花草丛里铺上毡衫，长长地躺上去，身下软绵绵的。撩起衣襟苫到脸上，遮住刺眼的阳光，放下世事，一觉睡去，直到太阳西沉。翻起身坐看远处的牛羊，还在天底下。草嫩得让人的心都绿了颤了。天空像清水洗亮的蓝宝石，没有一丝云彩。前天一场急雨滤尽了空气中的杂质，草原尽头和天空的衔接处腾卷着隐约的雾气。麻成陶醉在草原的怀抱里，懒得起身。肚子饿了，麻成起来生起一堆牛粪火，一缕灰白色的烟雾冲天而起，飘荡在虚空里，像浮云似的。麻成闻着牛粪烟的味道，有种久别的莫名的亲切。

麻成回到敏家咀，给老掌柜敏镇寰说起了他在草原无忧无虑的生活和感受。敏镇寰的心也动了，他也想到草原去散散心，闻一闻浓浓的牛粪烟的味道。他好久没有去草原了。上次去还是几年前阿拉加布老爷来的时候，他带着众多的尕郭哇，在北山草场上支起了八顶帐篷，来欢迎阿拉加布老爷和他的随从。也就那一次，他们放下世事，丢下烦恼，在阜原上整整待了七八天。年轻人们彻底放松身心，比赛拔河，抱石包，唱藏歌，漫花儿。一向严谨的阿拉加布老爷被年轻的尕郭哇们惹得玩性大发，整天混在年轻人中间，唱啊，跳啊，完全忘了自己老爷的身份。

如今虽然精力不济，但敏镇寰的骨子里依然存储着他生来就有的果敢和干练，给家里说了一声，他要去北山草场。家里人听说敏镇寰要去北山草场，就忙开了。敏镇寰是急性子人，他说啥就是啥，你按他说的执行就是了。该准备的得马上准备。麻成打理东西辅马，雪凤娘和尕姨娘还有杏月手忙脚乱地准备吃喝。

敏镇寰知道，他脱离草原太久了，他生来就是草原的命。只有到了草原，燃起一堆旺旺的牛粪火，然后眯了眼，使劲闻着浓烈的牛粪烟的清馨味，他才心满意足，浑身舒畅。他要的就是草原上这种烟熏火燎的味道，牛粪烟袭裹人影的感觉。

从北山红雀阳坡到新城马叶儿河这宽广的牧养草场上，遍撒着敏家、丁家、王家大郭哇率队的驮牛和乘马，其他尕郭哇家耕地的犏牛和放牧的羊群。方圆几十里路的草场上，向阳的长势最好的草场都约定俗成地留给了几个大郭哇率队的驮牛和乘马。就是遇到旱年，其他地方的草还来不及生长时，向阳的长势最好的草场仍然给驮牛和乘马留着。一趟生意从藏区回来，历时一月，需要好草场给驮牛和乘马缓膘。

瓦寨的牛帮和马帮繁荣着瓦寨的生意，延续着人们生活的希望和盼头。

瓦寨自古以来就是古丝绸之路南道上的一座古城，更是明清汉藏"茶马互市"的重镇。在这片富庶的土地上，曾经有多少人流血淌汗，有多少人背井离乡，来养育一方水土。

如今，红军要来，马彪的骑兵旅把瓦寨城翻了个底朝天，拆了个尘土飞扬。

就在各样东西都准备齐备等待出发时，敏镇寰却临时变了卦，要麻成进趟瓦寨城，把亲家丁仰迁和天生堂马先生两家人，还有敏雅生一起接到敏家咀来。如果，红军真来了，在瓦寨与马彪的骑兵旅展开一场生死大决战，枪来炮往那是要折损人的。再何况枪子儿不长眼睛，一发炮弹落到城内谁家家里，那个家不就完了吗？

麻成听了一脸的苦焦样，低声说："老掌柜，这会恐怕是进不了城，城门上有马彪的士兵在把守，如今已严禁人们进出城。就是我进去了，他们两家人也可能出不了瓦寨城。"

敏镇寰听了，脸上布满了忧虑，看着麻成的眼睛说："那如何是好？你得进去，丁仰迁和马先生两家人还得接出来。不把他们接出来，我放不下心。"

麻成顿了会，说："老掌柜何不叫杨先生给马彪写封信，让他的兵把两家人护送出来？"

敏镇寰听了一脸的为难，说："仁盛通的货已经够麻烦杨先生了。如今又要叫他写信，求人放人出城，难为情啊！这叫我如何开口呢？"

从学校放学回来在边上听话的雪风说："阿爷！我去给杨阿

174

爷说，叫他写封信，把我外爷放出来。"雪风话还没有说完，飞似的跑出了大门，求杨先生写信去了。

敏镇寰看着雪风消失在门外的身影，没有生气，也没有出门去拦挡，竟然嘿的一声笑了起来，笑得他的花白胡子颤抖不已。

麻成望着敏镇寰，也没有去追雪风。敏镇寰不让去追，是默许了雪风的做法。如今只有雪风去求杨先生最合适。

杏月手里提着一个半大子铜茶壶，望着远去的雪风，自言自语道："贼胆子，大得没边边。"

雪风娘和尕姨娘互望了一眼，脸上露出了像山丹花样的笑容。从雪风娘脸上的喜悦可以瞧出来，此时的她非常感谢雪风阿爷，老人家能想到自己的娘家人，是给了她偌大的面份。

雪风去了一会，雪风娘才记起杨先生头天吃夜饭时就说了，第二天的早饭他就不来吃了，让雪风到学校里来时，给他带点馍馍就行。放学那会，雪风娘安排杏月已经给杨先生做好了早饭，准备让雪风放学后送过去，可不能让杨先生吃干馍馍。雪风娘说了半天，雪风像个聋子一样竟然没有听到，像股旋风刮出大门，一溜烟似的跑了。雪风娘望着雪风刮出大门的背影，叹了口气，自言自语道："掌柜的那一巴掌，把娃的耳朵打背了，留下病根了。"雪风娘只好让杏月把给杨先生的早饭盛在一只空陶罐里，送给杨先生。杏月刚迈出门槛，雪风又像一阵旋风旋了进来，手里捏着杨先生写的信，跑得满脸大汗，进来将杨先生写的信双手递到了阿爷的手上。

敏镇寰翻看杨先生写的书信，想看杨先生写了啥，但信封的封口已经用浆糊封上了，封面上偏右的地方，洒脱地用行楷竖写着"马旅长亲启"几个大字，左下角用正楷字写着杨德铭三个字。敏镇寰看了，遂顺手递给了麻成，笑着说："尚方宝剑有了，再就看你麻掌柜的本事和能耐了。"

麻成笑着说："有了杨先生的这封书信，丁掌柜和马先生两家人还不得马彪亲自送出瓦寨城门。"麻成边说边出了里院的门，骑了马进城去了。

信上杨先生究竟写了啥，敏镇寰不知道，只有杨先生自己知道。

晌午刚过一会，麻成驾着一辆马车，拉了一车婆娘娃娃来了，却没见丁仰迁丁掌柜，更没有见马先生。

敏镇寰朝车后瞧了又瞧。麻成说："还真得多谢杨先生，如果没有他写的书信，我连城门也进不去，再不要说接人了。"

敏镇寰笑着说："让你接人，你就接了这一车婆娘娃娃？丁掌柜和马先生呢？"

麻成一边卸车一边说："丁掌柜不愿来，说城里城外一个样，有战事了他再溜出来。马先生一家人早走了，家里都空了。但马先生和小马先生死活不肯出城，说生死由天定，天生堂的门不能关。还说自他坐诊天生堂那天起，就从来没有关过天生堂的门。丁掌柜也不出城，他说家大业大，家里院墙都让保安队的人拆了，青砖被拉去修了城外的碉堡，门大敞着没处挂一把锁。他如果走了，那家里还不叫贼腾空。丁掌柜说，他要守家，只让我把婆娘娃娃们带了来。"

雪风娘听说她阿达要守家，不来她家里避难，泪水就哗地淌个不停。

敏镇寰见儿媳淌着泪，心疼她阿达，便安慰着说："我们把人接出瓦寨城，只是为了防顾打仗，但仗还不一定打。再说就是打仗，也不是都钻到城里去打。放心，丁掌柜不会有事。他那么精明的人，吃不了亏。"

听敏镇寰这样一安慰，雪风娘就破涕为笑，招呼安顿她娘家人的吃喝去了。

家里来了客人，杏月和雪风就高兴得要命。

见来人都安顿了下来，麻成就悄悄地问敏镇寰，还去不去北山草场。

敏镇寰扫视了一眼满院乱跑的娃娃们，笑着说："本来我想是喊上丁掌柜、马先生，敏雅生，还有你，我们几个人去趟北山，把东西带足，去了就浪几天。原想把杨先生也喊上，但我估计杨先生要给娃娃们授课，肯定不去。如今就剩下你和我，明早我俩清晨就起程，谁也不喊不引。就我们两个人，到红雀阳坡那儿住几天，宰只羊，过几天牧民的日子。这几年没去北山草场，想闻牛粪烟的味道了。"

麻成听老掌柜想闻牛粪烟的味道，笑着说："柴房里有干牛粪，揽火盆里点着，让牛粪烟熏一熏？"

敏镇寰笑着说："我就想草场上点野火的那个味道，家里的干牛粪点着土腥腥的没那个味道。到了山里，点上牛粪火，烧一壶松藩大茶，再揪一锅羊肉面片，吃着面片喝着大茶，那日子就是神仙的日子。"

麻成听着嘴里就咕咕地咽起了唾沫。

敏镇寰见把麻成给说馋了，笑了笑说，"老伙计，看把你馋的，牛粪还没有拾，羊还在山场上，面片子还在面柜里呢。"

麻成腼腆地笑着说："想着没馋，倒叫你说馋了。"

敏镇寰用手拍了拍前衣襟，朝院门外扫了一眼，笑着进了堂屋门，陪儿媳妇的娘家人去了。谁知他刚踏进堂屋门，却又反身出来，对麻成喊道："麻成，明早把'四眼'带上。"

敏镇寰当了一辈子的牛帮大郭哇，最大的本事就是识人识狗识马识牛。不管是人是狗是马是牛，他只要扫上一眼，然后再盯着看上一会，就会把人看个八九不离十，好马、好狗、好牛还是孬马孬狗孬牛，逃不脱他的法眼。他认准"四眼"是一只好狗，是敢和虎豹狼虫打斗而护主的好狗。从他第一眼见，就打心里喜欢上了"四眼"。

敏镇寰好了一辈子马、狗和牛，也和马、狗、牛打了一辈子交道。早年，夏初，他领着三十多个尕郭哇带着三百多头驮牛的牛帮，到阿哇草原上给阿哇老爷交货，在白河边上卸驮歇缓时，一处卸驮歇缓的尕郭哇在晚夕里把护驮的藏獒引到了大郭哇处，认为在没有人烟的地方，自己那里安全稳当。谁知在半晚夕，让"花湖"的土匪得了空，把卸驮歇缓的三十几头驮牛、四匹乘马偷走了。天亮支锅烧水做饭时，发现没有藏獒守护的那处的驮牛和乘马全部失踪了。这一下各个尕郭哇惊得连烧火做饭的心劲都没有了。三十几头驮牛、四匹乘马失踪了，那这个"锅子"（一个锅里吃饭的意思，类似于军队的构成，一个"锅子"十至十五人）全得瘫痪在白河边上。大郭哇敏镇寰马上召集全部尕郭哇开会商讨，最后从三十多个"锅子"各抽出一名枪法和骑技最好的郭哇，带着三十几条藏獒沿着驮牛走过的蹄印去追土匪。在第二天黄昏时分，这些郭哇和藏獒追上了盗牛的土匪。开始时，土匪放枪威吓追来的郭哇和藏獒。可这些藏獒一只只像飞奔的牛犊，追在持枪的郭哇前面，啪啪的枪声根本吓不住飞奔的藏獒。追着驮牛和乘马奔走的土匪看实在跑不过追来的藏獒，慌忙骑着马逃之夭夭了。如果他们不跑的话，被这些追得眼红的藏獒咬上，那就是粉身碎骨。从那之后，不管是大郭哇还是尕郭哇，对护帮的藏獒亲得不行。有些郭哇在吃肉的时候，会把最好吃的肉偷偷喂给跟着自己"锅子"的藏獒。本来牛帮有严格的帮规，在无人烟缺少干粮的情况下，不能私自拿人的吃食喂牛喂马和喂狗。但自从出了追击土匪的这件事情后，牛帮大郭哇和各尕郭哇也就对喂自己"锅子"的藏獒的郭哇的犯规行为睁一只眼闭一只眼。后来，不能私自拿人的吃食喂狗这条帮规也就慢慢废弃了。

所以，敏镇寰对狗的感情很深，从不伤狗，尤其他对眼的藏獒，闲时，不管是草地上还是在院子里，他都会让藏獒躺在自己身边，用把木梳梳理藏獒的毛，或是让藏獒躺着亮出它最软弱的肚皮，让敏镇寰揉搓。当敏镇寰揉搓藏獒肚子的时候，藏獒就撒娇似的翻滚着，和敏镇寰戏耍。

敏镇寰经养的藏獒毛色光滑得如同绸缎一样，走在太阳底下，光点都顺着毛色淌了下来。

每次去阿哇草原或是茶卡盐湖，敏镇寰养的藏獒跟着牛帮，比有些尕郭哇还尽职，晚夕里守护在驮牛和乘马的外面，只要几里路远的地方有人迹或兽影闪现，那它们就会群起而攻击，直到那些窥探牛帮的人或野兽远遁而去，让牛帮在来往途中省却了好多麻烦和愁肠。

敏镇寰进家门的时候，"四眼"就蹲在外院的大门洞里，一动不动地盯着大门外面的动静，看着大门外面来来往往的行人和车辆，守护着这个院落和自己的领地。敏镇寰一眼就看出"四眼"是条好狗，将来跟随牛帮是能独当一面的所有藏獒的"大郭哇"。它毛色漆黑，头大额宽，四蹄健硕，脖子短粗，前胸宽阔，背部挺直，肌肉发达。敏镇寰就喜欢得不得了，好狗可遇而不可求。他和麻成去北山草场必然要带上"四眼"，他也一定要把"四眼"训练成藏獒的"大郭哇"，以后敏雅南带着牛帮出行，"四眼"就是他的好帮手。

主人的手势、口令，耐长力奔跑，马、牛、羊的守护，牛帮卸驮后夜间的巡视，都得训练。

其实在这之前，麻成就一直在偷偷地训练"四眼"。以前敏镇寰训练所有藏獒的时候，麻成就跟着他训练藏獒，也学了一手训练藏獒的好手段。麻成知道，好狗要从它刚学会吃食、学会走路就开始训练，要让狗从小知道，它的一生就是为主人服务的一生，要是在它服务的过程中犯了糊涂，犯了不可饶恕的大错，那它的狗命也就到头了。藏獒虽然生性固执，就认一个人，按瓦寨人说法就是"狗眼"，只认主人家一座帐篷。这恰恰说明了藏獒的忠诚和绝对服从。

在去北山的路上，敏镇寰有意做出各种手势和口令，有意打马快跑，试探"四眼"的反应和长跑速度。"四眼"看着敏镇寰的手势，听着口令，追着了一只野兔，叼来放在了敏镇寰的面前，听敏镇寰进一步的命令和要求。敏镇寰笑着发着命令，让它吃掉野兔。"四眼"看着敏镇寰的手势，听着他的口令，叼起野兔，大快朵颐，痛痛快快地吃了起来。

藏獒不像猎犬，不必刻意训练它的捕猎能力，但训练它会捕猎就行。跟着牛帮有时候在路途上遇到断粮缺食的时候，可以让藏獒捕捉一些野兔、塔拉、田鼠之类的草原小动物充饥，免得消耗人的干粮。尤其是常年跟着牛帮奔波的藏獒，食量大，消耗也快，一天的食量超过一个成年人的食量。所以在断粮缺食的时候，赶着驮牛行走的郭哇如果看到了野兔或田鼠啥的，会给藏獒发出捕猎的手势和口令，让藏獒寻机捕猎，饱餐一顿，节省一顿口粮。

现在"四眼"能看懂敏镇寰的手势而捕猎，也能听明白他的口令而进餐，这就让敏镇寰很是欣慰和高兴。在"四眼"大口咀嚼的当儿，他笑嘻嘻地对麻成说："长成的材料不用育，'四眼'不用训练也是条好狗，你看！它灵性得很。我手一扬它就知道要做什么，嘴一动弹它就明白该做什么了。等敏雅南这趟回来后，就把'四眼'交给他，我不信他不喜欢'四眼'。"

麻成笑着说："'四眼'就是大掌柜从拉卜楞抱来的，'四眼'认得大掌柜呢。他哪有不喜欢的。这次他回来，'四眼'就可以直接跟着他进草原护帮了。可以让它当所有护帮藏獒的'大郭哇'。"

敏镇寰骑在马上，望着虚空里飞旋的黑鹰，笑着说："我也是那么想的，我两个想到一起了。"

说说笑笑地就到了北山红雀阳坡。

前几日敏镇寰来时，广袤的草场上，也只有敏家、丁家、王家几家缓膘的一些当驮牛的犏牛和乘马，再没有其他人家的牛和马。如今，瓦寨城要打仗了，四座城门都有人守护，不让人进去。陆续回到瓦寨的牛帮、马帮和单马客没地方交货，运来的货进不去，里面的货也出不来。瓦寨城附近的庄子里都有人借了熟人家的民房卸了货，等待瓦寨城解禁。而卸了驮的驮牛和乘马都被赶到了北山红雀阳坡至新城马叶儿河广阔的草场上。

敏镇寰和麻成看着眼前牛马遍野的景象心里很是忧愁，瓦寨城如果再不解禁，如此多的牛马就会把这片草场上的草都啃光了。那到了寒冷的冬季，从茶卡盐湖回来的驮牛那几个月连啃的草皮都没有。如果没有了储备的冬季牧场，那么庞大的几大牛帮都回来了，那些驮牛都吃啥呢？

敏镇寰眼前马上浮现出了在他年轻时发生的一次旱灾。

那年，洮州大旱，从开春庄稼种到地里，天上就吝啬得没落一滴雨水，人们盼着下雨比下油还稀罕。人们等着青稞出了苗，没有下雨，等青稞苗朽成了马毛，也没有落一滴雨。最后地里的青稞苗被炽烈的太阳晒成了灰。牧场上的草长到半拃长也就不动弹了，最后在极度缺水滋养的情况下一天天地枯黄了，夏天还没到，极目全部是秋末的惨败景象。那年的冬季，敏镇寰带着三十多个尕郭哇赶着驮牛，全部去了阿哇草原。十里不同天，那年的阿哇草原上雨水充沛，牧草长得极旺。他向阿哇老爷租借了一片草场，极艰难地在阿哇草原上住了半年。照敏镇寰的话说，差点成了野人。第二年，他们赶着所有驮牛返回瓦寨的时候，看着像从草原深处走来的一大帮穷苦牧人，浑身穿得破破烂烂，脸色黑成了锅底，头发都披在了肩头上。敏镇寰和所有尕郭哇到家的第一件事就是即刻换下身上穿着的又脏又沉的皮袄，丢在院子里的太阳底下，然后痛痛快快地洗去身上黑硬的垢痂。丢在院子里的皮袄的里里外外生满了像油籽大的黑虱子和密密麻麻的像麦麸一样的虮子，穿在身上时时刻刻都感到浑身有虱子和虮子在爬着咬着，痒得人随时都要把手伸进衣领或是裤腰里抓挠。有时候，吃着饭，说着话，脖子上或是衣袖里的肉上痒痒的，有东西在蠕动着撕咬着，手一伸，用大拇指和食指一捏，便从脖子或是衣袖里的精肉上捏出一只肥胖黑亮的虱子，顺手拿到身边的石头或是硬土块上，用大拇指的指甲片用力一挤，"啪"的一声，黑虱便灰飞烟灭，纤细的肠肠肚肚四散溅开，给指甲片和石头上硬土块上留下一摊猩红的血迹。那些脱下的破皮袄丢在院子里的太阳底下，太阳一照，那些向往阳光的虱子都蠕动着爬出了皮窝，在皮袄面上爬着，蠕动着。让见了它的人端起饭碗就思谋起皮袄面上和毛缝里那密密麻麻蠕动的肉球样的东西，几天里都吃不下一口饭。

如今，所有牛帮和马帮的牛马都赶到了这片留给所有牛帮和马帮过冬的草场，这片草场恐怕是要被牛和马啃个精光。如果真是那样，今年冬季到来后，所有的牛帮和马帮还得重新进驻草原，又有多少人和牛马得留在草原上，向所有有交往的老爷和寺院租借草场，度过冬季。敏镇寰虽然卸任了大郭哇好几年，但他看见这样的场景时，心里便生就了莫大的愁肠。

此刻的敏镇寰再也没有心情在北山草场搭座帐篷，约几个老连手坐上几天，再煨上一堆牛粪，闻一闻散发青草味的牛粪烟，宰只肥羊，用清澈的柳沟水煮几锅羊肉，再揪上一锅羊肉面片，吃得满嘴流油，过一过在草原上坐到半晚夕，然后数着星星入睡的生活。

本来想着往草场深处走，在不见人烟的地方搭上帐篷，过几天舒畅的野炊生活。现在敏镇寰却不想再往草场深处走了，他没有了那个心境。与其坐在这里天天看着草场上牛马遍野而忧愁，还不如回家的好。

麻成要生火烧水，敏镇寰脸上布满了忧愁，叹息着说："算了，随便吃点干粮回家。我看着这里心焦。"麻成从马背上的褡裢里摸出干粮递给敏镇寰，便掉转马头，给"四眼"发出了回家的口令。

仗还没有打起来，瓦寨所有牛帮和马帮的冬季草场却被提前放牧了。

在漫长的冬季，也许是所有瓦寨牛帮和马帮的灾难。

5. 红青稞

这一年的洮州大地眼看着是一个丰收之年，但也是一个多事之年。

农历七月头上，洮州大地已从遍野翠绿逐渐变为金黄。

各个乡庄肃杀得像落了霜似的，天空和大地也变得一片肃杀和灰暗。

所有的青稞田出现了从未有过的景象，青稞穗子变成了少见的金黄色，青稞粒也都变成了暗红色。

老人们说，这是人老八辈也没有见过的迹象。

洮州大地该开镰了。

瓦寨城里，城隍庙旁边去年碾过庄稼的空旷大场上，除了随风飘荡的枯黑的陈旧青稞秸秆和破烂的几片麻布破片外，横亘着几个辐条染成黑红色的大木车轱辘，车轱辘旁躺着一具血淋淋的尸体，曝晒在灰暗的太阳下，几只野狗在尸体旁旋来嗅去，瞪着血红的眼睛，一副扑上去撕咬吃人的架势，人们吼着叱着堵都堵不住。

从南城门大场北边一堵墙头的豁口里探出一个孩子的头，小心翼翼地看着大场上横亘的那具尸体，泪水潸潸地顺着脸颊淌着掉在暗红色的尘土里，洇湿了一大片土地。

南城门的内外城墙上贴着惩治"赤匪"探子的告示。围了一群人观看，有人低声评说这个"赤匪"探子很是硬气，让那些保安队的人打得皮开肉绽，但始终昂着头，没有屈服。保安队的人用蘸了水的皮鞭和湿柳棍毒打的时候，这个探子只是咬紧牙关憋了劲扛着，吊着拷打了两天，始终没有说一句话。最后保安队审问的人没有了耐心，便杀鸡给猴看，警告瓦寨城里的人，由王长安监督着把这个"赤匪"探子从大木车轱辘上解下来，枪毙在了打碾庄稼的大场上。

枪毙这个"赤匪"探子的时候，马先生双手提着青布长衫的衣襟就站在人群里。枪毙前，这个"赤匪"探子脸色苍白，给围观的人们还咧嘴笑了一下，没有一丝血气的脸上，两只虎牙很是好看。枪毙罢"赤匪"探子，马先生便摇着头自言自语道："硬气，够英雄的。"

"赤匪"探子的尸体丢在大场上，围观的人逐渐散了。人群聚集的地方洇湿了一大片，升腾起一股尿腥味。是枪毙"赤匪"的时候，有人被吓得尿了裤子。这吓尿裤子的人以后一有事情必定要尿裤子，这病根还得马先生根治。但这个人后来去找了马先生没有，就不知道了。

"赤匪"探子的尸体被曝晒了两天，苍蝇成群地扑在尸体上闹哄哄的，风一刮，腐烂的气味很重地散发在空气里，路过的人们便捂了鼻子急匆匆地跑过。再还有浪狗也盯着这具尸体，时刻想拖一口。浪狗如果吃了死尸，吃红了眼，那以后碰上活人都要下口呢。大场跟前的人早晚堵着浪狗，不让浪狗近身。让具死尸烂在大场这儿也不是事情，有人便找到保安队，要保安队的人把这具"赤匪"探子的尸体拉出城去埋了，再一腐烂，就臭死人了。

保安队队长王长安跷着腿，端着盖碗子刮着，抿了一口笑着对来人说："要的就是把他烂成蛆，烂成一堆朽骨，再让浪狗拖了，看还有没有人给'赤匪'当探子啦。从今往后，只要谁跟'赤匪'有关联，当探子，和这个人下场一样，枪毙，曝晒，示众，不准收尸，一样烂成蛆，一样烂成朽骨，最后让狗拖了，变

184

成一泡狗屎。"

到保安队去跟王长安交涉的人见跟王长安说不上话，便气哼哼地回去了。

把人枪毙也就足够给瓦寨城里的人警告了，但把死人曝尸街头，示众。还不准收尸，让浪狗拖着，还要烂成蛆，让瓦寨城一城的人看着死尸腐烂，闻着死尸的臭味担惊受怕地生活，这不是瓦寨人的做法，更与瓦寨人仁义的品行相悖。

德胜马的马爷、天生堂的马先生，还有丁仰迁丁掌柜等一大帮瓦寨城里的头面人物在人们的要求下出面了。他们出资置了一具薄棺，央人抬到大场上，然后一帮人直接去保安队找王长安。

王长安见瓦寨城里惹不起的几位头面人物出现在了他的面前，都面带怒气。

刚见面，德胜马的马爷也不遮掩，拱了手说道："今儿个我们几个老骨渣来求王大队长来了，求您饶过那个'赤匪'探子的尸体。我们不是来同情'赤匪'探子的，而是来想尽一份瓦寨人的仁义的。既然人枪毙了，就没必要再曝尸示众了，这样热的天气，就是一只老鼠死了丢在大街上，也臭半条街呢，何况是个人呢。经过大场的人都捂了鼻子绕着走路呢。"

马爷还没有说罢，丁仰迁丁掌柜便接上了话头："薄木棺材我们已央人抬到了大场上，现在就等您发话呢。您贵口一开，我们就把那具'赤匪'探子的尸体拉出城外埋了去。丢在大场那里也不是个事情。已经两天了，再要是丢上一两天，您就是拿钱请人也没有人敢去清理那具尸体了。"

王长安冷笑了一声说："各位大爷、掌柜，我们对'赤匪'就绝不能手软，得来硬的，不然还反了天呢。就让他在那儿晒着去，我们现在就等'赤匪'探子的同伙去收尸，等他们上钩现身呢。"

马先生冷峻的脸上没有一点表情，双眼透出一股子怒气，气哼哼地说："那照王队长说的，我们几个老骨渣就是'赤匪'探子的同伙同谋了。两天了，没有人来收尸，而来了我们几位老骨渣收尸。我的王队长，您这样弄着，不会有人来了。您细想一下，飞蛾扑火的事情有，但不会有人明目张胆地出来。今天我们几位出面，是帮您清理大场上的麻烦的。您想，我们说得对吧？"

王长安思考了一会，说："要不再等一两天？"

马爷黑了脸说："要是王队长不给我们几个面子，那我们就只得去找马旅长，求他了。再说大场那儿离他旅部也近，死尸臭了，他马旅长也不好受。"马爷说完，朝马先生和丁掌柜说："我们回吧？看来王队长不给我们几个人面子。"

听马爷这样一说，王长安便堆起笑脸说："几位大爷、掌柜的面子还是要给的，以后有事情还有求于几位呢，那你们就拉去抬埋了吧。"

马爷、丁仰迁和马先生等人从保安队告辞出来，走到大场那儿时，一股死尸的臭味便扑面而来。那些央来的人避得远远的。马爷让抬棺的人走到死尸跟前，让几个人帮着搭个手，把死人抬到棺材里，有几个人刚到死人跟前，便捂了鼻子，又跑得远远地呕吐起来。最后还是在马先生的怒喝下，人们用衣襟捂了鼻子，才把死人抬到了棺材里。

瓦寨城外，一辆牛车拉着一副白板的棺材，送葬的几个人远远地跟着。牛车走得很慢。拉车的牛不时地抬头望着前面路边的青稞田。青稞田已经从麻黄变成了金黄，牛眼里没有扯着缰绳去吃一口的愿望，在以往，牛眼里满是向往，满是希冀。现在，牛只有勾了头拉着车，走向远方的山坡，到那儿去埋一个死在异乡的异乡人，一个"赤匪"的探子。

没有仪式，没有人哭泣。

这个死在异乡的异乡人，只有瓦寨城里几位仁义的老者怀着一颗仁义之心，央了几个年轻人抬埋送别了他。

一个潮湿的新坟堆起的时候，只有天上的飞鸟、地上的虫子、那头拉了棺材的老牛目睹了这一切。

马先生坐在一处塄坎上，看着那个他们几个亲手堆起的坟堆，幽幽地说："田野里的青稞都成红青稞了，该下镰了。"

丁掌柜接过马先生的话头，重复着马先生的话："田野里的青稞都成红青稞了，该下镰了。"

马爷望着虚空，皱着眉头说："青稞割了，是一茬，来年还长呢。人死了就不能复活了，唉！一个年轻的生命就这样殁了。"

马先生叹了一声说："殁了！"

天色突然转阴了，几朵云彩飘过去遮住了太阳的光。

卸了车的牛站在一处塄坎上望着远处的云彩，反刍着清晨吃进胃里的东西。

几位老汉坐在塄坎上，索性就多坐一会。他们知道，这一进城，又不得出来了，出趟城得费点神，淌不了几舌头口水是出不了这个城门的。

突然丁掌柜盯着马爷和马先生说："听人说这个'赤匪'探子是在城外被巡逻的保安队抓到的，抓他的时候，他正在城外的庄子里散发传单呢。抓他纯粹是瞎猫碰上了死老鼠，蒙的。我就想，这个人也太大意了，在这儿人生地不熟的，你发啥传单呢，你那外地口音一出来，人们就知道了，也就记住你了。"

马爷说："我也听说了，满大街都传呢，说有人见了，他们一起来的有两个人呢，另一个人没照面，跑脱了。你说一个外地人，能跑到哪儿去呢。"

马先生看着南城门外巡逻的士兵和各山头像瞎瞎打起的土堆一样的战壕，说："瓦寨周围的庄子里藏个人不是问题，只要不落到保安队的手里，还是安全呢。这里天南海北的人来得少了吗？谁还管那么多呢。唉！再不要死人了，地方上死的人多了，对地方上有伤害呢。"

马爷接上说道："就是，咱们瓦寨城的人命金贵着呢，那外地来的人的命也是命，也金贵着呢。但愿跑脱的那个人不要落到保安队那伙人的手里，落到那伙人手里，再金贵的命也就没有了。"

丁掌柜顿了会，悄悄说："其实，那些传单我也看了，也没有啥大不了的，无非就是'红军是给穷人打天下的''红军是共产党领导的军队''北上响应全国抗日反蒋斗争'等等。看来共产党的人已经到了瓦寨城。"

马爷听丁掌柜这样一说，便说道："这些可不能外传，只能是你知我知他知，天知地知。听到的也罢，看到的也罢，如果让保安队的人知道了都是坐牢的事。要是有把柄攥在人家手里，那还不把你弄个倾家荡产、妻离子散？人家发了个传单，都把人枪毙了。"

马先生说："就是，我们几个都是直言快语的愤世嫉俗之人，时常说话嘴上没有个把门的，这点以后害人呢。今后要给嘴巴上把锁，不该说的无论如何不能说，不能图一时嘴上之快。要夹紧了尾巴做人。"

丁掌柜看着马爷和马先生，笑着说："这张嘴再一辈子说惯了，改不了了。除非太阳从西边出来。像白杨树的树股枝，南向的扭向北向，会扭坏的。柳条子，纤细，南向的扭向北向，也还活呢。山势难移，人性难改。再就这么着，今后坐家里了少出门，少出门就是非少，说也就少。不过，我就想知道，和这个抬埋了的人一起来的那个人藏哪儿了呢？我还是佩服这些个有胆量有智谋有想法的人，这些人都是些平处不卧的人。你今天杀了他的人，说不定他动怒不顾死活，明天就杀了你，取了你的人头，给他的连手报仇呢。也说不定有一天他会跑到我们哥几个的门上，专程来感谢我们几个抬埋他的连手呢。"

马爷挥了挥手说:"但愿要来,我们几个人也没有做啥事情,就是替瓦寨人消罪而已。免得以后红军成事了秋后算账,算到咱们的头上。"

马先生依然沉着脸说:"以后就是秋后算账,也算不到咱们几个头上,你放心。以后不管谁来,还不是要找你马爷和丁掌柜。瓦寨城缺了谁都行,就是不能缺了你马爷和丁掌柜。"

丁掌柜盯着马先生的眼睛说:"瓦寨城就是不能缺了你,穷的富的,当官的做贼的,哪一个能不来你的天生堂?"

几个人说着话儿,牛却径直走了,架子车空荡荡地丢在草地上,车上铺着的一抱陈草被风吹着,在架子车周围乱飞着。丁掌柜赶紧去追走远的牛。

见他们几人在远处山坡上坐的时间久了,山顶战壕里一个保安队的队员大声喊嗓的,要他们回去。

马先生站起身,拍了拍身上的尘埃,拉起仍坐在草地上的马爷,朝远处的丁掌柜喊了一声。丁掌柜牵了牛回来,驾了车。

丁掌柜指着空车厢说:"你两人坐车厢里,我牵牛曳上你们走。"

马爷笑了笑:"我们还是在牛车后面跟着走。这一会把人坐硬了,走会路舒坦。"

其实,丁掌柜知道,他们两个人都弹嫌呢,牛车车厢里有抬埋了的那个人的血迹呢,还湿乎乎黏叽叽的。

三个老人驾着一辆牛车,灰头土脸地从抬埋人的山里回到城里,人们见了都躲得远远的,是避晦呢。

城外保安队值守的几处关卡都被马彪旅的士兵接管了。保安队的人都撤回到了城里面。

黄起和麻义他们也撤了回来,王长安安排他们在瓦寨的几条街道上巡逻。其他关卡撤回的保安队的人被派到几个城门口协助防守,严禁外地口音的生人进出城。

城头上巡逻的岗哨明显增加了人数，城外的碉堡上也架起了机枪，一个军官模样的人站在城头上，双手搭着望远镜，望着远山里蜿蜒曲折的小路尽头。

栖凤山的林眼里趴着一个人，从林缝里居高临下偷偷地望着瓦寨城内的动静。

一场血雨腥风即将来临。

太阳底下，城外田野里的青稞田一片金黄，黄中带红。

第六章

1. 红军哈雅

雪林、雪云和扎西、拉姆、益西梅朵刚起身出发，红军首长派人给他们送来了一个红军战士，随他们一起行动。说这个人跟雪林他们一个地方的，一起行动，有个照应。新来的红军战士盯着雪林和雪云细看了几眼，竟吃惊地大叫起来。此刻彼此都互认了出来。

让雪林和雪云高兴的是在这儿竟碰到了他。这个人是雪林和雪云的大姐雪月的男人哈雅，已经出门有好几年了，听说当年和几个年轻人到陕西去做生意，返回瓦寨的半道里跟了西北军走的，再后来就不知道走到哪儿去了。现在却突然出现在了红军队伍里，这就不能不让他们惊讶和奇怪了。

哈雅高兴地抱着雪林和雪云问雪月的情况。哈雅不问雪月的时候，雪林和雪云还高兴着呢。一问雪月，雪林和雪云突然一脸的不高兴。雪林翻身骑上马，朝身后的哈雅说道："你回家看去不就知道了吗？"见雪林不再理识姐夫哈雅，雪云也翻身上马，双腿一夹，追赶雪林去了。让站在地上问话的哈雅一脸的尴尬。

扎西一会瞅瞅这个，一会瞅瞅那个，不知所措。

　　益西梅朵指着骑马远去的雪林，对姐姐拉姆悄悄说道："这几个人都是犟脾气，三句话说不对头，就克上了。"

　　拉姆咴咴地笑着，朝益西梅朵努了努嘴，飞身上马，"驾"的一声，身下的马像箭一样射向雪林远去的方向。扎西看着草地上木愣愣站着的哈雅，顺手提了一把，哈雅才好像从梦中醒了过来，有点笨拙地骑上马，和扎西一起朝雪林他们追去。扎西和哈雅并排骑着马走了很长的路，没有说一句话。雪林和雪云走在前头，后面紧紧跟着拉姆和益西梅朵，扎西和哈雅跟在最后。前面雪林、雪云和拉姆、益西梅朵说说笑笑的。后面的扎西和哈雅就像两只闷葫芦，骑在马背上，摇摇晃晃的不说一句话。其实，哈雅原来也是个多嘴多舌的人，只是如今雪林和雪云有点不愿意理识他，他有点尴尬而已。

　　远处，红军队伍蜿蜒着像几条长蛇整齐地跟了上来。鲜艳的红旗像草原上尽情绽放的绿绒蒿，飘荡在茫茫绿野里。

　　扎西一边走，一边看哈雅头上缝着红色五角星的灰布红军帽，他多想也戴一顶这样的红军帽。扎西看得次数多了，哈雅笑了笑，从头上摘下帽子递给了扎西。扎西双手接过红军帽，用左手使劲往脑后捋了捋他那头卷曲的长发，戴上红军帽让哈雅看。哈雅看了，笑着竖起右手大拇指，称赞扎西戴上真潇洒也真好看。扎西把帽檐往低拉了拉，朝马屁股上轻轻抽了一鞭子，向前追赶雪林他们而去。

　　哈雅脱了帽子，头发长而凌乱，像一个刚走出牢房的囚犯，显得有点邋遢，脸颊让风一吹太阳一照，红肿着像两坨发面团，两只耳朵也厚邦邦的。这是哈雅他们翻越雪山的时候，把脸、耳朵、手和脚冻伤了，从雪山上下来，他的脸、耳朵、手和脚就烧疼烧疼的，慢慢地冻伤的地方也就生了冻疮。脸、耳朵、手和脚烧罢，就肿成了发面团，只要稍微有点风一吹，他的脸、耳朵、手和脚就红肿着疼起来。那以后，他的脸、耳朵、手和脚都不能见阳光，也不能见冷风。现在早上的清风一吹，他的脸、耳朵、手和脚就隐隐地发烧疼起来。他小时候就听大人说过，脸、耳朵、手和脚冻伤的时候，像发面团发起的时候，就用冷雪使劲擦，直至擦得脸、耳朵、手和脚发烫，这样一连擦上几天。或是拿一薄冰块敷在冻伤的地方，让冰块吸着冻伤地方的热量，直至冰块融化掉，不过这样敷着的时候，会疼痛难忍，但只要你坚持下来，敷上两次，病根就连根除了。可敷冰的时候，那种疼痛人往往受不住。再是哪里宰了牛羊的时候，趁热扒出牛肚或羊肚，把冻伤的手和脚捂在牛肚或羊肚的粪渣里，也能治好冻疮。长征进军途中，红军战士冻伤手脚的人很多，显然，找个热牛肚或羊肚是不可能的，那就只有在冬天冻疮犯了的时候，拿冰块敷手脚了。

哈雅就想，快快到冬天吧。到了冬天，他就用雪擦，用冰块敷，治好他的冻疮，不然，以后他就没脸见人了。冻得最厉害的是脚上，冻疮都淌脓了，路走得一多，脓淌完淌血水。疼得钻心呢。不过，翻越过雪山的人都被雪冻伤了脸、耳朵、手和脚。伤得最重的往往是耳朵和脚。

扎西炫耀似的追着雪林他们走了一阵，见没人理识自己，就又慢下来和哈雅走在了一起。两人并排走的时候，扎西才看到哈雅的脸蛋上、耳廓周围和手背上都生了冻疮，淌着脓和血水。扎西想，冷天的病天热了也不见好，可能是冻伤了。扎西从随身带的一个小铜盒里用食指头剜出一点刺鼻的黑药膏，帮哈雅抹在了冻伤的地方。那种药膏抹在冻伤的地方，凉凉的，痒痒的，往骨头里面渗。扎西笑着说："冻疮治不好会有麻烦的，伤口一直不愈合，还淌血水。"刚才太阳照着的时候，哈雅的脸、耳朵、手和脚发烫，钻心地疼。扎西的黑药膏抹上去之后，冰凉冰凉的，疼痛也减轻了，没有那么疼了。

扎西从自己头上摘下红军帽，双手递还给了哈雅。哈雅甜甜地笑着，让扎西继续戴着。可扎西却不愿再戴了，一本正经地把帽子递还给了哈雅。因为自他戴上红军帽后，雪林他们好像有点不高兴。

其实，雪林他们才不管他扎西戴不戴红军帽呢，他们现在最关心的是红军快要走出草地进入林区了。林区山大沟深，土匪和当地保安队的人也许都藏匿于林眼里。当年牛帮赶着驮牛进入林区的时候，由二三十人的神枪手前后护卫，土匪从不敢在林眼里对他们放枪，更不敢放抢。如今红军来了，那些土匪和保安队的人会不会乘机放冷枪呢？雪林想着，不知如何解决此事。如果土匪和保安队的人看中掉队的红军战士手中的枪，也许他们会放冷枪放抢。在这些林眼里活动的土匪专门抢一些掉单的人或是那些胆大的跑单的单马客。不过，土匪对单马客还是有所顾忌不敢放抢。单马客既然一人一马一枪敢跑长途翻山越岭钻密林，最主要的一点就是他们枪法超准，只要枪口抬起来，你的命就在他的一念之中。

雪林和雪云决定在红军大部队还未真正进入林区之前，给红军首长汇报一下这里的情况，让后面通过的红军战士尽量不要掉队，如果你掉队了，让土匪和保安队的人瞄上就麻烦了。这儿的土匪和保安队对你的人不感兴趣，而最感兴趣的就是你手中的枪。只要你掉了队，让土匪瞄上，你手中的枪在这里几乎就成了烧火棍，起不到任何作用。因为这里山大林密，一个人钻进去，似一根针掉进了大海里，你从哪儿去寻觅呢？再说土匪对密林里的各种路径了如指掌，而你进去却如坠迷宫，一头踏进去就寻不到出来的路了。

雪林让雪云和扎西拿出干粮分给拉姆、益西梅朵和哈雅，让他们吃点东西，先把肚子填饱了再说。人是铁饭是钢，一顿不吃饿得慌。拉姆和益西梅朵坐在草地上，让马儿撒在身边的草地上啃青草。她俩一边吃着肉干，一边喂那两条藏獒。

在草地上一路走来，把拉姆和益西梅朵这两个千金的棱角磨得平平展展的了，把性子也勘得安安静静。刚开始出发的时候，两个人就像刚出槽的马驹子，一路上不得闲，把两条藏獒也惹得闲不下来。拉姆和益西梅朵给了两条藏獒点势，对雪林和雪云的口令有时候也听不进耳朵里。这还了得，雪林想，但现在训藏獒还不行，训起来要惹拉姆和益西梅朵不高兴。等回到瓦寨后，要好好地教训一下这两条藏獒，再如果不行的话，那只有把它们放到谁家用铁链拴起来，替那家看家护院，一辈子拴死在铁链上。藏獒要对主人绝对忠诚，如果跟随主人的途中移情别恋，听命于其他人的口令，那它的命运只有一条，就是被拴在谁家的拴狗桩上，替人家一辈子看家护院，直到终老于那一方寂寞的天地。

哈雅前几年跟着大郭哇当尕郭哇跟过几年牛帮，后来因跟牛帮苦太大，转而撇下雪月，辞了大郭哇，跟几个年轻人到天水、陕西一带去做生意。后来听人说哈雅与几个陕西刀客一起跟了西北军，去吃军饷了。现在却出现在了红军队伍里，跟随雪林一起给红军当起了向导。哈雅跟大郭哇的时候，每年进藏一个来回，对这一带的路径还是非常熟悉的。

前几年每次到阿哇草原，大郭哇就带领四十到五十个尕郭哇组成的"锅子"，每个"锅子"由一名尕郭哇负责，每个"锅子"的组成条件是乘马一两匹，快枪一支以上，子弹二百发以上，凶猛藏獒二至三只，驮牛二百头左右。浩浩荡荡的牛帮几千头驮牛从瓦寨城出发，过洮河，翻华尔干山，涉黑河过白河，最后到达阿哇草原。

现在哈雅走在雪林当向导的队伍里，背着他跟牛帮时的那支快枪，跟着红军队伍跋山涉水一路走来。走在曾经走过的熟悉的淌过汗流过泪的道路上，他感慨万千。他想，快要到洮州了，快要见到雪月了。他出走时孩子刚满月，还不曾睁眼看他。现在孩子该三岁了，能张口喊爹娘了。在他的记忆里，孩子裹在襁褓里，不知道笑，只有饥饿时轻轻地哭几声。孩子被雪月紧紧地抱在怀里，一双小手紧攥着，闭了眼睛，粉嘟嘟的小脸庞上只有嘴在不停地嚅动着，要着母乳。离家越近，他就越想雪月和孩子。雪月和那满月的孩子雕刻在他的记忆深处，想家的时候，雪月和孩子就活生生地浮现在眼前，挥之不去。

吃干粮的空儿，雪林笑着问哈雅一个做生意的人是如何跟刀客混在了一起，并参加了西北军，最后又跟了红军。

哈雅笑着说他跟刀客相识完全是一次意外。

那年在陕西地界，出手了带到那边的贵重药材，赚了一些钱，返回时遭遇了刀客劫道。如果近战，他也许不是刀客的对手，但如果远攻，刀客绝对不是他的对手。他精准的枪法不是吃素的，是一把一把子弹喂出来的，他连放几枪，将几名刀客手里挥舞的大刀全部击落在地，震得刀客的手虎口发麻。刀客被他精准的枪法吓得慌了神，一齐下马跪在了地上，只求他饶过他们。本来他一个出门人，不想在人家的地盘上动粗，也不想惹人，更不想结梁子，他以后还得在人家的地盘上走动呢。哈雅见那几个人落怜，便一人给了一块大洋，让他们不要再劫道伤人，也不要害人，各自回家，干点别的营生。几个人见他慈善仁义，出手大方，便流着泪跪在他的马头前，不让他走，求他随他们到自己的庄子里休息一晚，谢他不杀之恩。哈雅也不推辞，便跟了那几个人去了他们的庄子。进庄的时候，哈雅见几个人在一处空地上舞枪弄棒耍刀，停住脚看了一会。那几个人便笑着对哈雅说，是刀客们在练武。哈雅笑着说，那刀法只是花架子而已，上不了排场，跟人打斗准败。那几个人吃惊地望向哈雅，他们已经见识了哈雅的枪法，还没有见识他的刀法。这时，几个光着膀子操练的人听哈雅这样说他们，便很不服气，一位练刀的年轻人挑逗哈雅，要哈雅露一手给他们看。哈雅笑了笑，说："真正的刀客从来不争强好胜，高估自己。真正的高手也从来不在人前露相。"那几个练武之人便有了十二分的不服气，挥刀舞枪地逼哈雅出手，哈雅瞅准机会，笑着操起练武场刀架上的一把大刀，在他们才拉开架势准备露一手的时候，瞬间手中的刀枪全部被哈雅击落在了地上。这一招下来，刀客们便对哈雅佩服得不行。强行留下他，要他给他们当武术总教练，专教刀法。跑牛帮的人个个都身怀绝技，也都会些拳脚。他们练武纯粹是为了强身健体，偶尔防身。哈雅的武术教练是一位姓铁的天津人，是一名远近闻名的拳棍手，在瓦寨城里只要有人提起铁拳棍，那还没有不认识他的人。他的刀法了得，他舞动大刀的时候，一股生冷的风扑面而来，往往叫人生畏，他教习过的人都叫他铁师傅。哈雅在铁师傅跟前练习了三年刀法，吸取了铁师傅大刀的精华，方圆多少里没有单挑能打得过他的人。

　　哈雅还没有在刀客那里坐热屁股，便被冯玉祥西北军招兵的人给看上了，生拉硬扯地让他参加了西北军，时间不长便让他当了班长。后来哈雅跟随董振堂部到了宁都，参加了起义，成了一名红军战士。长征路上，董振堂的部队一直担任总后卫，打了很多大仗和硬仗，哈雅一直跟着后卫部队冲锋陷阵，有几次差点折损在枪林弹雨和炮火纷飞的战场上。如今能活着走到阿哇草原，能见到雪林他们，也算是他的造化了。哈雅一路从死人堆里爬过来，经历了许多的生死离别，早已把生死置之度外了。如今，他最向往的就是在经过洮州时，能见到雪月和孩子。如果能见上她们一面，哪怕后面与她们阴阳两隔，也毫无遗憾了。部队虽说往洮州方向进发，但真正到了洮州地界还能不能停留，是个问题。这谁都不知道，也不好说。他把这种无尽的思恋给雪林说了。雪林沉了脸没有接他的话，闭眼思考起自己的事情来。想当年，跟牛帮的时候，他哈雅也是一个响当当的人物。在阿哇草原上，他没有大郭哇的名气大，但他曾率人追击过土匪，独身闯过匪窝，凭着手中的一把大刀和一杆枪，硬是从土匪窝里赶回了被盗抢的十二头驮牛。他的聪慧和勇敢让阿拉加布老爷和阿哇草原上的人们佩服得五体投地。从此以后，阿哇草原上就没有土匪敢盗抢大郭哇的驮牛和东西了。

雪林他们走得很快，后续部队也跟得很紧，每个人都拼了命往前奔，生怕掉队留在草原上。在这荒无人烟的草原上，有时候走上两三天见不到一个人影，偶尔只有一些不知名的野物闪过。你要是掉了队，那可得真要留在草原上了。

进了山大沟深阴森潮湿的森林，更要快速穿过。不然，太阳一落，人走在阴暗的林眼里，就辨不来东南西北，在林缝里转圈儿了。

有年哈雅跟牛帮售完货赶着四百多头驮牛和牦牛，在走阿哇的路上，途中起了大雾，偏离了方向，走进了一片原始森林，所有的牛走进森林，就全乱了套，各自找路，走散在了森林里面。驮牛全都经过训练，能听懂人的口令，从森林中返了回来，那些牦牛却钻到了深林里，不见了踪影。牛帮所有人只好在林外的草原上找一块空地，歇脚，点燃了篝火。大郭哇让年轻人们彻夜围着篝火唱藏歌和洮州花儿。那些深入到林眼里的牦牛也害怕幽暗的森林，循着人声踏着枯枝慢慢地走了出来，到第二天清晨的时候，清点了下牛数，只差了五头牛没有回来，其余的都陆陆续续回来了。大伙吃了早饭，准备起程，剩下的牦牛还没有回来。大郭哇说那些牛再也回不来了，误入森林深处要么摔断腿走不出森林，要么早就喂了豹子或其他野物了，反正再没有回来的希望。大郭哇重新确定了方向，让所有驮牛走在前面，牦牛跟在后面，迅速走离了林区。这些驮牛出生在半农半牧区，后来到了牛帮手里，又专门做了训练，识途的能力极强，要不是被乱跑的牦牛带偏，大雾啥的难不倒这些驮牛的。

茂密的原始森林间只有行人和走帮的马匹驮牛常年顺山势和

水势的流向踩出的一条小道，小道上有很多分岔，如果稍有不慎，就会迷路走岔，走入原始森林的深处。弄不好，密林深处还会有趁火打劫的土匪或是盗贼，时时刻刻紧盯着你手中的枪。如果你掉队了，也许就走不出这片阴暗的森林了，得永远留在森林深处做孤魂野鬼。他们边走边在路边用树枝和石块做些引路的记号，引导后面的红军队伍前进。

穿过这片几十里路的山林，碰到一条朝东流向的大河，沿着河岸走就是原始车马道。雪林走在前面持枪开路，哈雅和雪云持枪走在最后断路。走不远就进入半农半牧区，有农人也有牧人，更有烟火和牲畜。挨着河边的青稞田已经开始泛黄，有人开始挥镰收割黄田了。有了人气和烟火，雪林高悬的心终究放下了。雪林他们收起枪背到背上，放慢脚步，看着路边青稞田里割黄田的农人和半山坡上放牧牛羊的牧人，心情也畅快起来了。拉姆和益西梅朵从那不见一丝阳光的密林里走出来，看见了阳光，看见了人烟，激动得唱起了悦耳动听的藏歌。两姊妹高昂激越的歌声竟吸引着那些忙于割田的人们站直了腰，陶醉于她俩的歌声里。清悦的歌声和着哗哗的流水声和山野里的鸟鸣声，奏出了一曲激荡人心的交响乐。多日来，在荒无人烟的草原上忙着赶路，没有抓住机会欣赏茫茫草地的美景。如今，有了人烟，捕着了生活的气息，拉姆和益西梅朵的心情比任何时候都高兴。听雪林他们说，再有几站路，就该到洮州了。到了洮州，她们就可以卸下浑身的重荷和乏累，烧一大铁锅清水，洗把身子，换身干净衣裳，把自己重新打扮成老爷家的千金，在瓦寨大街上走一走，饱一饱眼福，解一解嘴馋。其实，拉姆和益西梅朵的内心都有自己的想法，她们想着要逃离阿哇草原和森严的官寨，逃脱阿拉加布老爷的管护。

红军队伍虽然紧跟着，但是还没有跟上来。雪林在河边选了一处比较宽阔的地方，卸下马鞍，绊好马，让马在河边吃草，他们捡拾柴草，生火，烧水，喝茶，歇脚，静静等待红军先头部队的到来。

哈雅在这条道跟人走过两次单马。他知道，这里已经走出并远离了黑水老爷的辖地，黑水老爷大老远地避着红军，不与红军招仗。现在进入了迭部地界，有新编十四师鲁师长的部队驻守在腊子口，当然还有当地保安队的人分散在各处山林里，虎视眈眈地盯着通往腊子口的每条大道。

狭窄的迭部沟，山大沟深，很多良田都被新编十四师征去办了农场，种了大烟。群众手里的耕地很有限，而且也没有余粮。如今虽然到了收割的季节，但那仅能作为群众的口粮，还要交官粮，人人处于缺粮和忍饥挨饿的状态当中。只有出了迭部，北进洮州，广袤而富庶的洮州才能给几万红军战士补给粮草，做好休整，再度进军北上。

雪林让哈雅换下红军军装，穿上当地人穿的粗麻布衣衫。哈雅换上当地人穿的衣衫后，跟普通的当地人没有两样，再也没有人能识别出他的红军身份来。红军军装穿在身上太明显了，容易招来危险。更何况现在有鲁师长的部队驻守巡逻，也许还派出了各路密探，探寻红军进军的路线和人数。一想到这些，雪林、雪云和哈雅就有点担心，既担心红军，又担心拉姆和益西梅朵。红军进军的路线没有任何问题，但他们还是在心里希望不要发生任何战事，枪子儿不长眼。他们最担心的是阿拉加布老爷的两位千金小姐拉姆和益西梅朵，如果这两位小姐有丝毫的差错，他们没法向阿拉加布老爷交代，也无法向他们的阿达大郭哇敏雅南交代。

见雪林他们的脸上有了愁云，哈雅说："反正离红军赶上来还得少半天的时候呢，我以前在这条道上跑单马，熟悉这儿的路径，我先去踏一踏，探探虚实。你们先不要动弹，等我的消息。"哈雅说完，鞴上马鞍，跨上马，马鞭一挥，不一会就不见了踪影。

扎西跟雪林说："要不我也跟上哈雅一起去？"

　　雪林盯着扎西看了一眼，说："你的任务是保护好两位小姐。哈雅的任务就是探路。再说哈雅跟过牛帮和跑过单马客，做过生意，了解这儿的情况。你一个阿哇草原的陌生人，去了就说不清楚了。"

　　扎西吐了一下舌头，把头勾得低低的笑着，怕拉姆和益西梅朵两位小姐笑话他。雪林看着扎西和两位小姐，对雪云说："从现在开始，大家走的时候，不要随意走散，要提高警惕，不要和路边的闲人打招呼、说闲话。如果有人问起红军的事，就装糊涂，一概不知。"雪林、雪云、扎西、拉姆和益西梅朵一路走来，没有见过红军打仗。其实，在他们走来的一路上，没有碰到可以打仗的军队和人。现在，就不一样了，说不定，这会还坐着喝茶呢，不一会红军就和驻守的鲁师长的新编十四师的人在啥地方打起仗来。那枪子儿像烧麻籽儿的能不吓坏人嘛。

　　哈雅去的时候久了，不见回来。跟在他们后面行进的红军也不见跟上来。只要红军的大部队跟上来，他们的心就正了。

　　傍晚时分，哈雅探到情况快马加鞭回来了。他说新编十四师的人在迭部没有多少兵力，重要兵力都放在了岷县，但红军要过，那天险腊子口是非过不可的。近日听说红军要来，鲁师长调兵在腊子沟派了重兵防守，而且沿途还有不少地方武装藏匿在山林中，虎视眈眈地盯着通往天险腊子口的所有道路。腊子口周围群山耸列，峡口如刀劈斧削，腊子河奔腾汹涌，两岸林密道隘，"一夫当关，万夫莫开"。要想顺利通过天险腊子口，那是比登天还难的一件事，得淌几身的汗。鲁师长以腊子沟的腊子口为其防守重点，在桥头和两侧山腰林眼里均构筑了碉堡，并在山坡上修筑大量防御工事和军需仓库，在通往腊子口的路上砍倒长在山崖上的松木设置了路障，妄图凭借天险把红军遏阻在腊子口以南窄狭陡峭的峡谷中。在腊子口，只要有人抱一挺机枪蹲守在碉堡里，那就是一只鸟儿也难以飞越过去。雪林他们知道，腊子口在当地藏语中意为"险绝的山道峡口"。只有通过腊子口，进朱立沟翻山越岭就可到达哈达铺；进牛路沟一路前行就可到达岷县。到达哈达铺或岷县，即可北进前往洮州。不过，一路这样走到洮州绕得有点远。但是，红军前进的路线就是这样，雪林他们无力更改，也无法更改。他们决定等待红军的先头部队，再做决定。先头部队是红军的开路先锋，一路走来打了很多大仗和恶仗，走哪儿打哪儿。

天快擦黑时，红军的先头部队到了。雪林和哈雅给先头部队首长汇报了迭部敌人的布防情况，尤其是高耸的铁尺梁横亘着挡住了红军的去路，重点是红军唯一的通道腊子沟里面的腊子口绕不过去。这回有硬仗要打，红军首长说兵贵神速，只有突袭，才能出其不意拿下腊子口，给大部队开路。首长只让哈雅给他们带路，留下雪林他们留守在原地，等待红军大部队。先头部队顾不上埋锅造饭，向着目标一路狂奔而去……

2. 殒命腊子

红军先头部队快马加鞭一路毫不费劲地打到了腊子沟。但在进沟攻取腊子口的时候，遭到了新编十四师鲁师长部队的顽强抵抗，战斗打得十分激烈，腊子沟两边山林里埋伏着鲁师长的几小股部队，这里一夫当关万夫莫开，敌人躲在山林里凭着大树的遮挡，居高临下向进攻的红军射出一颗颗罪恶的子弹，红军战士一个接一个倒在毫无遮挡的峡谷里。哈雅率领敢死队一步一步推进，每推进一步，红军战士就会有伤亡。敌人占据腊子沟两边的山林，从林缝里射击没有任何遮挡物的红军战士。虽然哈雅的枪法极准，但在这种情况下，他只有听着林间的枪响之处瞄准，射击敌人。林间碉堡里不时有机枪在扫射，压得哈雅和敢死队的成员趴在沟底不能前进，只要你一冒头，就会招来倾盆的弹雨。他们头顶上被子弹打断的松枝、崩飞的石子儿在呼啸着胡乱飞舞。鲁师长在腊子口下了血本，只要他在腊子口遏阻住红军，那他就会一战成名，扬名中外了，升官发财那是指日可待的了。鲁师长坐在岷县县城的城楼上，刮着三炮台盖碗子，品着香茶，眯了眼哼着秦腔："我正在城楼上观山景，耳听得城外人马纷纷，手扳着城垛往下看，原来是老司马发来大兵，山人我忙站起躬身相问，问一声魏都督你一向可安宁，咱二人在渭河打了一阵，杀得你败回营我才收兵……"哼罢，笑问身边卫兵："腊子口可来消息？"卫兵立正，回答："没有消息！"鲁师长在岷县、洮州经营多年，对岷县县城维修加固一新，在红军必经之路二郎山上修筑了大量坚固的碉堡，对外宣称固若金汤，同时在天险腊子口布有重兵防守。红军进攻腊子口，鲁师长整天坐在岷县城楼上哼着秦腔等候消息。他知道天险腊子口就是红军的葬身之地，红军如果要从那儿过去，除非变成鸟长了翅膀。天险腊子口历来是兵家所争之地，也从来没有人突破过腊子口。所以鲁师长自信地坐在岷县城楼上，哼唱秦腔，排兵布阵，脑中浮现出一幅他的兵成功堵截红军的画面。偶尔他问一声卫兵腊子口的防守情况，卫兵照例回答没有任何消息。他知道没消息就是好消息，如果有消息那绝对是坏消息。他给腊子口的守兵说了，报忧不报喜。守卫腊子口是他们的事，如红军进攻必沉着固守，不得退缩，如有退缩，官兵连坐，无人幸免。

　　哈雅和敢死队的红军战士被密集的枪弹压在狭窄的腊子沟底，动不得身。身边河水翻滚着汹涌的浪花，不断有中枪的红军战士被水流冲走。这样死攻根本攻不进去。哈雅想如果要攻下腊子口，除非是派出精干的红军战士从侧后方攀上悬崖峭壁，出奇不意攻取，才能出奇制胜。

哈雅冒着枪林弹雨爬着退到沟口，给沟外指挥的首长说了他的想法，必须从进攻的敢死队战士中挑选几个具有攀爬能力的人带足弹药，从侧后方攀上悬崖峭壁，给防守的敌人来个突然袭击，不然，强攻是攻不进去的，如果硬攻那将折损很多战士。

红军首长看着围在自己身旁的敢死队战士，用目光扫询了一遍："谁能攀爬这陡峭的悬崖？"

哈雅黑沉着脸，向前站出来，说："我们先在沟外砍几棵大树，再造几个云梯，搭在半崖上，再想办法攀爬上去。"

红军首长仰首看了看狭隘高耸的沟崖，满脸忧虑地说："就是造几个云梯也是白搭，山崖太高太陡，还是攀爬不上去。"

一个老红军突然记起在攻取遵义城的时候，有个叫麻猴子的红小鬼手握两把尖刀攀爬上了遵义城，给城下的红军战士放下绳索，攻进了遵义城。

红军首长露出难得一见的微笑说："他在哪儿？快叫来，叫他想想办法。"

老红军摸着头，思索了一会说："就在后面的部队里。"

哈雅扯住老红军的胳膊说："你带我去找。"

红军首长过去握住老红军和哈雅的手说："骑马去，快去快回，务必要把麻猴子找到，不然红军过不去腊子口。"哈雅和老红军敬了军礼，翻身上马，快马加鞭往回走了。

红军首长派人砍高大松木去造云梯，找来麻猴子攀爬时搭上云梯，省一些气力。

红军继续佯装造势进攻，麻痹防守的敌人。

红军后续部队其实也离先头部队不远，哈雅和老红军走不多时，就遇到了急行军的红军，打听着找到了精瘦干练的麻猴子，说明了来意。麻猴子咧开嘴笑了一下，翻身上马跟着哈雅和老红军一刻也没有停歇，直奔腊子沟。

哈雅、老红军和麻猴子见到了蹲守在腊子沟口的红军首长。

红军首长简单地给哈雅、老红军和麻猴子介绍了腊子沟和红军进攻腊子口受阻的情况，问麻猴子能不能带上绳索攀上悬崖。麻猴子看着高耸陡峭的山崖，沉思了一会，点了点头，轻轻地说："我试着攀爬。"随即找来一捆麻绳，背到背上，从绑腿上抽出两把锋利的尖刀，走到山崖底下，瞅着攀爬的地方。麻猴子来来回回看了几次，终于在一处斜坡山崖上布满裂石的地方让人搭上造好的云梯，像猴子一样敏捷地攀爬上云梯，再用尖刀慢慢地瞅准石缝插着攀爬，麻猴子在悬崖上像悬挂着的一只装满风的空布袋，贴着崖壁来回攀爬，他的脚心让石片划开了一条长口子，鲜红的血浆染在石面上，像一只只落在崖壁上的红雀，艳艳的，让人看得心惊肉跳。

沟里红军佯攻的枪声一阵紧似一阵，敌人布在悬崖上林眼里的暗哨，朝佯攻的红军打着冷枪，腊子口碉堡里的机枪喷着火舌，嗒嗒地扫射着前方空地上进攻的红军。

麻猴子艰难地攀爬着，从沟底望上去，他像风中飘荡在蛛网上的一只孤寂的蜘蛛，来回晃荡着，让人看了心颤得不行，如果有一丝失误，他就会像一片树叶一样坠下悬崖，永不生还。终于他攀住了一丛长在石缝里的刺柏树。歇了会，朝沟底回望了一眼，淡淡地笑了一下。那笑容里包含了胜利的希望和勇气。

红军首长和哈雅他们看到麻猴子攀住了刺柏树，知道麻猴子成功了，悬着的一颗心才平静了下来。

麻猴子停歇了一会，用破烂的袖口抹了抹脸上的汗珠，继续抓住刺柏树的树枝，灵巧地攀爬了上去，进到了平缓的地方。那地方的松树一棵挨着一棵，高大粗壮，他解下背在后背上的绳索，找了一棵不太粗的小树绕着拴好，把绳的另一头从山崖上丢了下去。

哈雅见绳头垂了下来，知道麻猴子已经成功钻进了林眼。他背上枪支弹药，装了几颗手榴弹，挽着绳头首先攀上云梯，然后攀上了山崖。他知道，这会就得抢时间，沟底佯攻的战士不时被匿藏在林眼里的敌人开冷枪击伤，争取时间，就是争取减少伤亡。

哈雅爬上去，看到麻猴子蹲在一棵大树后面盯着林眼里的动静。哈雅从腰里解下两颗手榴弹交到麻猴子手里，端起枪朝腊子口敌人防守和打冷枪的高处摸过去。哈雅和麻猴子一前一后，像两只山林里的精灵，从林眼里慢慢飘移着，寻觅藏匿在山林里放冷枪的敌人暗哨，把几个暗哨搞掉，再炸掉修在悬崖底下的碉堡，腊子口就攻破打通了。

后继有人不断从山崖下攀爬上来。山崖下佯攻的枪声一阵紧似一阵，大有强攻的架势。山林里放冷枪的暗哨不时地放着冷枪，把自己完全暴露在了哈雅和麻猴子他们的面前。再不让他们放冷枪了，一排冷枪过后，佯攻的几名红军战士倒在了他们的枪下。哈雅朝后续上来的人招了招手，几个人端着枪合围了过去，随着哈雅一个开枪的手势，匿藏在林眼里的几个暗哨顿时悄无声息了。哈雅朝沟底瞅了一眼，真是天助，敌人借助地势修的碉堡竟然无盖，几个人弯腰攀住树枝，同时拉响手榴弹，朝沟底的碉堡丢了下去，一阵火光爆烈之后，一夫当关万夫莫开的腊子口被炸开了一条大口子，那些架着机枪蛮横扫射的敌人瞬间灰飞烟灭。碉堡的碎石烂砖和敌人被炸碎的尸骨落在腊子河里，随着湍急的河水流走了。山崖上只有被子弹击中崩裂的密密麻麻的石窝，宣示着曾经发生过的激烈战事。哈雅和麻猴子在林眼里大呼着攻进来的战友。碉堡的剧烈爆炸声震醒了林眼里一个被击晕的敌人暗哨，他慢慢爬起来，端起枪朝大呼小叫的哈雅开了一枪。哈雅像悬在沟里而翅膀受伤的一只老鹰，直直地从山崖上掉了下去，跌落在了腊子河里，一起一伏地被河水冲着走了。麻猴子大吼一声，打开一颗手榴弹的保险顺手丢了过去，山林里一声爆响，火光黑烟冒起处，那个被击晕醒来的敌人暗哨被炸成了碎片，没有了任何的痕迹。麻猴子望着沟底下浩浩荡荡的腊子河和穿行的红军战士，脱下帽子向不见踪影的哈雅敬了一个军礼，随后攀下山崖，跟着大部队出发，三步一回头地走了。

腊子口被红军攻破的消息传到了岷县县城，把正哼唱秦腔的鲁师长一下子噎得没有了声音。腊子口丢了，岷县门户大开，他唯一的愿望就是二郎山固若金汤的碉堡和工事能阻挡住红军的进攻。可红军一定要北上，一座小小的二郎山是挡不住红军前进的步伐的。二郎山没有费太大的力气就被红军攻破了，鲁师长吓得钻进岷县县城的师部不敢露头，他盖碗子不刮了，秦腔也不哼唱了。

雪林、雪云、扎西、拉姆和益西梅朵等到红军大部队后，随着急行军的红军朝腊子口一路狂奔，生怕落在人后。他们走到腊子沟口，就见有伤员被抬着往里走，一问，才知腊子口被攻破了，是一个叫麻猴子和一个叫哈雅的人攀上山崖强攻下来的。最后听说哈雅牺牲在了腊子口，再也回不去了，见不上家里人了。

雪林、雪云的泪水哗地流了下来，这个一生不着家的男人，就是临终也还是没有着家，继续让灵魂漂泊在外，让家里人挂念他、想他。

雪林和雪云不知道雪月今后的日子怎么过。他们也不知道回到瓦寨后向雪月如何说起哈雅牺牲的事情，总不能说哈雅折损在了腊子口，连尸骨都没有留下。

扎西望着翻滚的腊子河，弯腰深深地鞠了一躬，毕竟一路走来哈雅和他最亲近。

拉姆和益西梅朵望着远方的天空，陪着雪林和雪云流泪，她们不知如何安慰雪林和雪云。

红军攻下二郎山后径直朝富裕的洮州一路进发。

3. 尔菲叶

农历六月，洮州一带田里的青稞黄了，透着一股淡淡的青稞成熟的味道。瓦寨附近的青稞也黄了，雪风家阳面山上的几块青稞也黄得快，到收割的时候了。

雪风娘尔菲叶让杏月照顾在家的所有亲戚，自己组织人手到阳面的田里收割已经黄透的青稞。

红军长驱直入过了洮河羊化桥，翻过青石山，攻下了瓦寨城及附近国军部队防守阵地，敌人溃败而逃，新城及瓦寨城附近庄子里都驻扎上了红军，并发动群众逐步建立红色政权。

敏家咀住进了红军妇女团的人。

雪风娘尔菲叶和孕姨娘那天清早刚打开外院的大门，想到附近的地里看下庄稼转黄的成色。打开门时，发现门洞里东倒西歪地坐满了一大帮操着外地口音的妇女。尔菲叶惊得半天说不出一句话。倒是孕姨娘颤着问在门洞里挡道的这些妇女们，问她们是干啥的。她们中一个领头的站起身说："我们是红军，是专门帮穷人打天下的部队，想在你家外院闲房借住一段时间。"

孕姨娘转身望向雪风娘，尔菲叶被孕姨娘盯得心里有点发毛，不敢回音。

那个领头的女红军见雪风娘面露难色，便说："随便的空房子，地上铺一把干草能遮风挡雨就行。"

尔菲叶一听这些人要求不高，她抬头朝路外望了一眼，见家家门洞里都坐满了她们的人。她看着孕姨娘说："里院的空房都让避难的亲戚们住满了，把外院的几间房都腾出来，让她们住吧，咱俩搬到上房里去挤着住。"她们中那个领头的红军听尔菲叶给孕姨娘安排让她们住进去，便高兴地表示感谢。尔菲叶和孕姨娘推开外院大门的两扇门扇，让她们进门拾掇房子。雪风娘和尕姨娘站到门外大场边上，望着山里的庄稼，快黄了，已经麻黄子了，再要是落上一场小雨，晒上几天，田里的庄稼就全黄下镰了。

庄稼熟了的时候，瓦寨周边各条沟里的水磨都转动了起来。

瓦寨、古尔占、长喇嘛川、羊永、流顺、新城六大沟的洮河支流再不能任由性子流淌了，一条条溪流和清泉被拘赶收拢到清理顺畅的水渠里，再激流到水磨的水槽里，一泻而下，冲动磨轮，打动了若干水磨的石磨盘，于是一盘盘水磨日夜不歇地转动了起来。

这时候是瓦寨一年四季当中气候最热的季节。红军千里迢迢跨越千山万水一路征战来到瓦寨已是疲惫不堪。各条沟岔的青稞已经黄了，开始收割了，红军买了刚下场的新青稞炒了磨成炒面。

红军刚住进敏家咀的时候，庄子里胆小的人都吓得闻声而逃，跑着上山钻林藏着没有了影子。几天后有胆大的悄悄摸进村里观察红军的动向，发现红军竟然把每家每户那破破烂烂的家打理得整齐干净，牵不走的牛赶不走的羊也都放养得好好的。于是一些胆大的人就陆续进庄一面小心翼翼地接触红军一面观察各种动静，才发现红军不像民间传说的赤发蓝眼青面獠牙，跟敏家咀的人没啥两样。进庄的人跟红军一接触，就像见了亲人似的，嘘寒问暖的，把人们的心都安了下来。

瓦寨一带大面积种植的青稞和洋芋，这两样作物是人们养家糊口赖以度命的主食。青稞成熟收割得早，而少量俗称白麦的小麦要等到落霜前才能勉强收割。青稞收割下来后，红军就开始大量收购，炒熟磨成青稞炒面。

庄子里总共就新庄子和大崖下两盘水磨，红军央尔菲叶发动村里的妇女们日夜不停地给红军炒青稞磨炒面。红军在村里住了四十多天，尔菲叶和孕姨娘就跟着那十几个住在家里的女红军搭伙吃了四十多天，早晚都是由孕姨娘操勺做饭。尔菲叶是瓦寨大户人家的千金，从小被娘老子捧在手心里长大，小时候在家里很少务操田里的活。出嫁给敏雅南后，她才操持着干起了田里的活。她学东西快，只要教一遍，她准会。在家里的那些女红军除了组织庄子里的妇女们炒青稞磨炒面外，还教尔菲叶和孕姨娘识字。尔菲叶却心焦得一个字也认不了。瓦寨城那边红军阻击敌人的枪声、爆炸声有时候随着风声像爆麻籽似的隐隐约约传过一道道山梁，传进她们的耳朵里，她们的心里就产生了一种深深的恐惧和莫名的害怕。她们怕敌人冲破红军的阻击，打到她们跟前，伤及家下老小。那天，天麻乎子亮时尔菲叶就和人手吃过早饭，去割西南阴面山上的青稞。刚到地里，瓦寨那边就响起了枪声，像炒豆似的。西风刮得紧，枪炮声、爆破声混和在一起，激烈地炸响，她们心里害怕得手抖得割不成青稞。她们从小到大还没有经过这样的阵势。她们听到过的是牛帮的那些人在闲时，选择一处空地练靶时零星的枪声，那枪声清脆但不会让人害怕和恐惧，响了也就响了，不当一回事。如今，这像爆麻籽的枪声里带着沉沉的一股子煞气，让人心跳动，让人喘不过气来。

瓦寨城那边的枪声断断续续地爆响了七昼夜，让人担心害怕了七昼夜。当隐约的枪声把尔菲叶她们从晚夕里惊醒的时候，那些劳累了一天的女红军好像没有受到任何惊吓，沉眠在深沉的睡梦里。尔菲叶想她们一定是经过了闻所未闻的大风大浪和枪林弹雨，这点风浪惊扰不了她们的睡眠。

红军突然要走了。她们在一个晚夕里接到了拔锅起程的命令，收拾停当，乘着忽明忽暗的夜色，朝着太阳升起的地方，出发走了。

红军出发的时候，要雪风娘和孕姨娘参加红军，跟着她们一起去，但雪风娘和孕姨娘没有答应。她们还真参加不了红军，拖家带口的参加红军怎么办呢？那些女红军对雪凤娘和尕姨娘依依不舍，其中一个带头的女红军含泪褪下右手胳膊上的一只绿色翡翠镯子送给了雪凤娘，说："留个纪念吧！"雪凤娘含泪接过了手镯，像接住了那个女红军的命，紧紧地贴在胸口上，豆大的泪珠像一阵紧雨噗噗地落在了燥热的地面上……

女红军洒泪挥手："姐妹们，我们分别的时日不会太长，我们还会见面的。"

跟尔菲叶亲近了一个多月的红军三步一回头，走了。她心里空落落的，像扯走了心上的一块肉。雪林他们跟着牛帮一走好几个月，风里来雨里去，她也没有如今这么扯心地疼痛。

尔菲叶的心上一直隐隐约约地疼着，扯心那些瘦弱的女红军姐妹们。

这只翡翠镯子就一直戴在尔菲叶润洁的右手腕上，在宽大的衣袖里冰清玉润地遮掩着，看起来是那么玲珑剔透，手腕晃动时那一抹水色像活了似的翠绿欲滴灵气逼人。

可谁知这只手镯却也给尔菲叶带来了无尽的波烦。

这只手镯一直让尔菲叶心存一个念想。她想有一日，那些和她朝夕相处了一个多月的红军再次到来时，这只手镯就是最好的见证。为了这只手镯尔菲叶在红军走后就一直悄悄打听红军的下落。

红军走后，尔菲叶是要劳动的。可劳动时手镯是不能戴在手腕上的，下地种田，割田打碾，手镯总是要磕磕碰碰的，不是磕到了权把上就是碰到了镢把上，再不就是碰到了锅沿上。她心疼手镯会磕碎碰烂，劳动时便使不上劲。后来，她便在劳动时褪下手镯放在陪嫁的一只红漆箱子里，闲时才戴在手腕上。

这只手镯一直时隐时现亮晶晶地戴在尔菲叶的手腕上。

一直戴着一只价值不菲的翡翠镯子时常在人们眼前晃悠，晃得人们光秃秃的眼里冒金花呢。尕姨娘就劝尔菲叶不要戴镯子了，把它压在箱底藏起来，免得人们说三道四。尔菲叶听不进尕姨娘的劝，依然戴着镯子我行我素，说我戴镯子不是为了炫贵卖牌，而是戴的一种念想。

红军走了，国军就卷土重来，有人盯上了雪风家，同时也盯上了雪风娘手上的手镯，风声一阵紧似一阵，尔菲叶胆小害怕了，就在敏家咀她家外院她住的那个屋子的炕沿下掏了个洞把镯子用只小木盒装好藏在了里面。尔菲叶挽起袖口在村街上晃荡了几日，逢人便说她的翡翠镯子在缸沿上碰碎了，可惜得直咂嘴，想把她藏镯子的事掩盖过去。她的做派有此地无银三百两的嫌疑。见她说得狠了，人们只是掩嘴一笑而已，知道她是在做作，因为她的拙劣表演过了头。你的动作、神态、表情、眉眼，是你内心真实的表现，当你欲想掩盖某些事态的时候，就会自然而然地展现出原本的你，让你无法掩藏内心那种强烈欲泄的情感。

一只翡翠镯子，该是戴在青春女子皮肤像羊脂般细腻葱白样光洁的胳膊上，用她们的精气养着，养得冰清玉润，晶莹剔透，流光溢彩，翠绿欲滴，灵气逼人，最后达到人养玉三年玉养人一生的最高境界。这只翡翠镯子是不幸的但也是万幸的。万幸的是它没有落入坏人之手，回归在了泥土之中。

是宝贝总会要重见天日复现人间的，这只翡翠镯子在一个恰当的时候终于被尔菲叶从炕沿下刨了出来。那天清晨，礼毕了晨礼，她兴奋地取来了铲草的铲子，小心翼翼地坐在炕沿下，像刨命似的一点一点地刨开了炕沿下砖样干硬的土层，把埋藏了的一段光阴重新挖了出来，刨开了一段鲜活的记忆。她喜笑颜开，望着古香古色、苍翠欲滴的翡翠镯子流下了激动和思忆的泪水。这一次，她穿着宽袖的长襟衫子，袖口遮住了半个手面，只有抬手取东西或是无意间举手的时候，人们偶尔才会看见她胳膊上盘色圆润玲珑剔透的翡翠镯子。

坊间悄悄传言，雪风娘尔菲叶有只价值连城的翡翠镯子。

眼馋之人想一睹真容，心馋之人想据为己有。

眼馋心动的大姑娘小媳妇时常和雪风娘套近乎，拉住她的手捧着镯子看成色和色气，再听一段这只镯子的有关故事。其实，尔菲叶存着念想，就是在等待着有一天和她朝夕相处了几十天的那些女红军，这一只镯子是历史的见证，是光阴的见证。可尔菲叶终究没有等来给她镯子的那些女红军。

红军走了，日本矬子却一天天地自东往西逼近了来。

中国大地掀起了轰轰烈烈的抗日浪潮。偏居西部的洮州大地也迅猛地掀起了抗日的风潮。瓦寨商会组织牛帮和马帮的人满大街宣传着进行抗日募捐。

瓦寨城掀起了轰轰烈烈的抗日募捐活动。尔菲叶听了杨先生慷慨激昂振奋人心的演讲，最终还是把镯子换成银元捐了出去，捐给了为抗日募捐的杨先生和马先生等人，卸下了心灵的重荷。

几年后，雪风娘尔菲叶一副老态龙钟的样子时常坐在门前光滑的青石板上，一双枯手搭在膝盖上，像她家老屋门前的那棵百年古杨的树身，疙疙瘩瘩的，不见曾经润玉样的模样和水色。说真的，在这样的一双手上说曾经戴过一只价值连城的翡翠镯子，谁也不会相信。曾经对镯子眼馋心动过的大姑娘小媳妇们套近乎地拉起雪风娘的手，挽起她的袖口时，满脸失望的神色和不可理喻。拐三摸四地套问着镯子的下落，雪风娘嘿嘿地笑着："捐了！"再问就是答非所问，不知所终。

4. 战瓦寨

雪林、雪云、扎西、拉姆和益西梅朵跟着红四军第十师一路狂飙到达瓦寨城下的时候，在瓦寨城十里之外防守的马彪旅的兵全跑了个精光。瓦寨城所有的京帮、陕帮、豫帮、鄂帮等商帮商号的大小掌柜驮着银元跑路了。万盛西、德胜马、天兴隆、义心公、同春和、永泰和、万益恒、永盛西、福盛德、瑞华兴、德泰祥、世兴泰、福盛店、福盛通、祥福盛、长盛店、德盛店、天成隆、天庆德等本地商号都遣散伙计关了门，悄然撤出了瓦寨城，大街上不见一个闲人，全躲在哪个旮旯儿了。

仁盛通和义行昌也关门大吉，把一切托靠给了命运和时间。

瓦寨城的城墙上只有保安队的人在防守，保安队长王长安腰里挎着一把盒子枪在城墙上威风凛凛地巡逻着，保长马汉三背着一把大刀跟在王长安的身后。城门紧闭着，用圆木顶着，红军从东南两面攻到城下的时候，保长马汉三悄悄地溜下城墙，在红军的喊杀声中出了北门，骑着快马一趟子奔向了北山牧场。瓦寨的人历来有兵匪来袭扰时，总是跑向北山牧场。北山牧场山大沟深，路崎岖难行，兵匪从来不敢去那里袭扰逃难的民众。如今，马汉三背着大刀像一阵旋风刮出了北城门，直奔北山牧场而去。

王长安躲在城楼的暗处指挥保安队的人开枪阻击红军。可保安队的人哪里见过这样的阵仗，早被红军的攻势吓得尿了裤子，趴在城墙上胡乱放枪。王长安见保安队的人实在顶不住红军的进攻，便学着马汉三悄悄带了保安队的人骑着快马溜出北城门，一溜烟似的跑向了北山牧场。红军没有费多少枪弹，便轻而易举地拿下了瓦寨城。红军进了城，才发现除了原先有人在城墙上放了几枪外，就没有组织像样的抵抗，进了城也不见城内有人放枪，便放心大胆地进城，挨门挨户查访借住的地方。有的人家大门上着锁，人早已跑了。有些人家，红军敲门时，主人颤颤抖抖地迎到大门外，手足无措，一脸的惊恐。红军笑着解释一番时，那种怀疑的神色还是不曾退去。

雪林、雪云、扎西、拉姆和益西梅朵快马加鞭跟着红军进了城，直奔家里，到家里时，只有阿爷敏镇寰端端正正坐在堂屋门前的一张太师椅上，黑着脸盯着门外的动静。当大门被雪林他们推开的时候，阿爷敏镇寰忽地站了起来，发现是雪林他们时，脸上顿时放出了红光，扬起双手声音颤抖着说："我的娃们，你们来了？"

雪林把牵着的缰绳顺手递给雪云，说："我们就是和红军结伴来的，从阿哇一直走到了瓦寨。"

"拉姆和益西梅朵她们也跟你们一起来的？"阿爷一脸惊奇地问雪林和雪云，显然他有点不相信雪林的话。

扎西右手抚胸，弯腰朝阿爷敏镇寰鞠了一躬，笑着用藏语说："雪林说的是实话，我们就是和红军一路结伴走来的。"

"那你们的大郭哇到哪儿去了呢？没跟你们在一起吗？"阿爷见到了孙子他们，才发现儿子敏雅南不在。

"阿达带着牛帮的尕郭哇赶着驮牛和牦牛走的华尔干山那条道，可能还迟几天才到呢，我们是给红军带路的，走的是另一条道。"

见雪林这样一说，阿爷吓得捂住了自己的嘴巴，摆了摆手，朝大门外望了一眼说："到外面去万万不能说是给红军带路回来的，将来红军走了，保安队的王长安秋后算账的话，那就麻烦了。从今往后你们谁也不能说是跟红军回来的，绝口不提红军一事。将来如果给你安个通匪的罪名你担负不起。"阿爷虽然一辈子在大风大浪里经了过来，但遇到这样的事却惊得不轻。

雪林他们在马槽上拴好马，添上草料，朝屋内走来，见屋内空荡荡的，没有丝毫的人气，便问阿爷其他人呢。阿爷说都到敏家咀避难去了。因瓦寨的房子需要人守护，我带着雪风和杏月便又回来了，这个家还得有人看守着。雪云笑着对杏月说："再要哭了，赶紧做饭去，我们五个人的肚子这会饿得像猫挖呢。"

杏月撩起衣襟抹了一把泪，嘿地笑出了声，过去拉着拉姆和益西梅朵的手，问长问短的。

扎西尴尬地站在堂屋门前，看着众人傻笑着，过去摸了摸雪风的头。雪风嫌弃地扭转了头，不让浑身透散着一股酥油发霉味道的扎西挨他。可扎西却执拗地笑着，仍伸手去拉雪风的手，雪风把手迅速地缩进了袖筒里，不让扎西牵手。

敏镇寰哈哈大笑着说："再过十年，雪风你就是如今的扎西，一趟阿哇走个来回，几个月洗不上一回澡，连拴在狗窝里的狗都嫌弹你呢，不要说是人了。"敏镇寰说着望了一眼拉姆和益西梅朵，说："阿拉加布老爷的两个千金倒也干干净净，是路上洗了澡？"

雪林看了一眼拉姆和益西梅朵，笑着对阿爷说："那天在迭部沟，我们等红军大部队时歇到了河边，顺便让两位千金在河边洗了洗。再要是不洗，两个千金的身上早就捂臭了。早把雪风熏得跑了十里八架山。"雪林说完看着雪风哈哈大笑起来。

拉姆和益西梅朵听雪林在阿爷跟前说她们的坏话，就拉下脸跟杏月进了堂屋门，烧水洗脸去了。

阿爷突然又沉下脸大声说："从今往后大家就不要往外跑，子弹不长眼睛，碰上流弹或是有人趁火打劫，那就说不清头了。"

拉姆转过身给阿爷做了一个鬼脸，阿爷好像没有看到似的，背起手进了他的那间屋子，再也不理他们年轻人了。只是临走给杏月安排了一句："杏月赶紧烧火做饭，先把几个远路上来的人喂饱。雪风帮着烧火去！"

雪风听了阿爷的话，跑到灶房里，生起了火。

敏雅生听说雪林他们还有阿拉加布老爷家的千金来了，就跑到阿达跟前去看。进了院子，在太阳底下，敏雅生脸色白得像糊着窗子的窗纸，白得有点透亮。敏镇寰看着敏雅生的脸色说："去找马先生瞧一下，你的脸色有点不对劲。""看过了，马先生说没啥毛病。"敏雅生露着瓷片样的牙齿说。敏镇寰听说马先生看过了，也就放心了。只要马先生看过说没毛病，那就是果真没毛病。

敏雅生进到堂屋，顺手摸了摸雪林和雪云的头，笑着说："都长大了，成事了！我家雪亮哪会成事呢？像秋后的秋穗子一直长不大。"说罢过去，拉住拉姆和益西梅朵的手笑着说："老爷家的千金就是漂亮，是十三省的人样子，飞禽过来掠样子。雪林和雪云两个人分别把拉姆和益西梅朵娶成媳妇算了，这么漂亮攒劲的千金小姐，给别人当媳妇真是可惜了。如果雪林和雪云娶了你们当媳妇，我想阿拉加布老爷高兴得在阿哇草原上跳蹦子呢。"

敏镇寰狠狠瞪了一眼敏雅生，说："净胡说些啥呢？不说这些不上串的瞎话把你憋不死。"

敏雅生尴尬地笑了笑，放开拉着拉姆和益西梅朵的手，用自己纤细的手指抹了抹油光发亮的头发。看着拉姆和益西梅朵低声说："我说的是实话。"

拉姆和益西梅朵朝雪林和雪云的脸上看了几眼，红了脸，笑着跑出了堂屋。两人站在檐台上还笑得咯咯的。显然，敏雅生的话说到了她俩的心坎上。

雪林和雪云也偷偷地笑着出了堂屋门。敏雅生的大实话也说到了他俩的心坎上。

敏镇寰又瞪了一眼敏雅生，说："你从来就没有个正经样子，该说的说，不该说的也说。以后你的事情坏在你那张嘴上呢。这两天红军来了，再小心出门，小心叫流弹打了。"

敏雅生没有回答敏镇寰的话，嘿嘿地笑着，退出堂屋门走了。

大街上偶尔还响着零星的枪声。

红军进城接管防务的时候，有些人偷偷地出了北城门，走向北山牧场。敏镇寰、杨德铭杨先生、天生堂马先生和丁仰迁丁掌柜一干人，留了下来，他们知道，跑了和尚跑不了庙，他们拖家带口的，能跑到哪儿去呢。俗话说，是福不是祸，是祸躲不过，他们能躲到哪儿去呢，他们的家还在瓦寨，家人还在瓦寨，他们祖辈就在这片土地上生养和生存，没有跑路的理由。其实，他们还真留对了，红军对他们的家秋毫未犯，甚至连根针都没有动。只是后来国军攻打瓦寨城的时候，红军拆了附近人家的院墙上的砖，堵了被枪炮炸开的口子。敏镇寰走南闯北几十年，还真没有见过像红军这样的仁义之师，瓦寨城里七八成的人跑到山里藏起来了，但红军没有进驻任何没有人主的家拿东西。敏镇寰笑着对马先生、杨德铭杨先生和丁仰迁丁掌柜说："红军还真不是眼小之人，谁家的东西都没有少一件。"看到红军这样仁义，敏镇寰、马先生、丁掌柜和杨先生动员跑出去的瓦寨人回家。

跑出去的人陆陆续续地回来了。

瓦寨城的城门突然紧闭了，听说国军的骑兵要来攻城。回到城里的人时刻人心惶惶的，没有一丝的安稳。

天生堂里马先生秘制的治枪伤的药被红军连罐子抱走了。马先生知道要打大仗了。原来谁还连罐子抱过枪伤药，如今红军连罐子抱走了，这是要打大仗的兆头。马先生央人把敏镇寰、杨先生和丁仰迁等人叫到他的天生堂，商量对策。

敏镇寰望着他们几个人，一脸正经地说："水来土掩，兵来将挡，没有啥大不了的，再说红军又不吃人，怕啥呢？"

"话虽然那样说，但防的还得防，避的还得避，不能硬碰硬，硬了照软的来。红军虽然不吃人，但路过捎带你一把，你就受不了。"杨先生皱起眉头像说书先生说书似的。

丁仰迁嘿地笑了一声："大仗肯定要打，如果国军来了，就要攻城，红军要守城，双方一触即发，不拼个你死我活是不会善罢甘休的。"丁仰迁停顿了一下，挡住刚要说话的敏镇寰说："阎王打仗，民间遭殃。要不我们也出去躲避几天风头？"

敏镇寰仍然黑着脸说："全部在敏家咱躲避着，再拖家带口地到哪儿躲避去呢？去北山牧场上躲避几天也不是不成，但去那里路途太遥远，折腾不起啊。"

"乡间躲避上几天成呢。"杨先生摸了摸胡须，接着说，"附近乡间谁家还没有个亲戚呢，过去躲避上几天，避过这个风头再回来也不迟。"

敏镇寰摇着头说："我家还在敏家咀，但红军妇女团就驻扎在敏家咀，家里就住了十几个女红军。我坐不住，就带了雪风和杏月回到了瓦寨，把家腾给了她们。乡间我是回不去了，就是回去也没地方住。"

丁仰迁咧着嘴笑了笑："反正光脚的不怕穿鞋的。我家除了几间破房就啥也没有，红军来了还得哭着出去。"丁仰迁看了一眼亲家敏镇寰，轻轻地说："我们给你添麻烦了。"

敏镇寰笑着摇了摇头，叹了口气说："不要说家里人，阿拉加布老爷家的两个千金和管家的儿子都到了瓦寨，就住在家里面。我怕出去惹祸，现在被我锁在了家里。"

马先生嘿地笑出了声，掩了嘴笑着说："你家的院墙能挡住几个大小伙子？那是人家娃娃们给你面子，要是不给面子，早翻墙跑了，还用你挡？"

敏镇寰听马先生这样说他，便黑了脸说："他们敢！他们要是敢踏出院子一步，我敲碎他们腿上的骨拐呢。"

杨先生又摸了摸胡须，笑着说："你敢敲？看人家阿哇老爷家的千金不把你的胡子扯掉？"

敏镇寰听杨先生这样一说，便不吭声了。杨先生说："保安队都跑路了，不留一兵一卒把座空城留给了红军，结果国军来了要攻城，那岂不是炮火连天？要走，当下还能走得了，如果国军来了，城门一封，你就是想走也走不了。"

马先生沉思了一会说："我们都是小人物，不管是红军来还是国军来，我们都不怕。还是不走吧？"

杨先生笑了笑，摆了摆手，再没有说什么。他知道再多说也是白说，还不如不说，都不想走。其实，他也不想走。

几个人原先是想商量一番的，但说来说去，也没有商量出个眉眼。

那天下午，瓦寨城四面的山头上响起了激烈的枪声，是红十师防守部队的枪声。不时还有喊杀声传过来，跌进瓦寨城里，灌进人们的耳朵里。

国军骑兵大举反攻洮州，打到了瓦寨城边。

枪声像炒麻籽似的爆响了三天两夜，损失过半的瓦寨城外围防守的红军撤回到了城里，城墙上堆满了破砖烂瓦，攻到城下的国军朝城楼上甩手榴弹，把城墙炸出了很多口子。也有人骑着马来个镫里藏身，朝城门洞里跑过来，猛地甩出几颗手榴弹，把厚沉的城门炸得土渣乱飞。红军赶紧派人抬上木料、用架子车拉上石块和砖头去堵城门。堵城门的红军不时中枪倒地。打得最激烈的时候，国军的骑兵还冲进了城门，和红军在城内展开了巷战。有红军想出了古代的战法，用麻绳拧成绊马索，钻进大街两边的民房里面，扯住绳索，只要有骑兵打马过来，就拉起绊马索，把敌人连人带马放倒在地上。

红十师防守瓦寨城的第四天，保安队的王长安骑着一匹红骠马站在国军骑兵队伍中间，给国军的骑兵出谋划策，要骑兵带着炸药包从炸塌的城门洞里冲进城内，炸掉街道两旁的民房。随着一波强攻，国军的骑兵再次冲进了瓦寨城，朝街道两旁的民房里丢炸药包，瞬间，火光冲天，街道两旁的民房被炸毁了好多间。守城门的一部分红军追着骑兵猛打，打得骑兵丢下几具尸体跑出了城门，红军赶紧组织人力从井里挑水灭火。

红军组织人力一灭火，瓦寨城里的人才明白红军跟宣传的一样，是穷苦人部队，是解放穷苦人的人。于是纷纷从躲藏的地方跑出来，援助红军守城。瓦寨城里的人加入到了红军的守城队伍，那些攻城的国军就占不到丝毫的便宜了。这些人个个都是神枪手，他们常年跟着大郭哇去阿哇草原，早就练得一手好枪法，千米之外取敌颈上人头毫不在话下。攻城的敌人一片一片地倒下去时，敌人的骑兵打马闪过四面山梁，再也不见踪影了。守城的第五天，瓦寨城周围安静得连鸟叫都没有一声。那天夜里红军战士才算是在城墙上睡了一个安稳觉。

第五天，敌人的援兵到了，漫山遍野杀声震天，敏镇寰、杨德铭杨先生、天生堂马先生、德胜马马爷和丁仰迁丁掌柜再次组织那些躲藏在地窖里的牛帮郭哇们，加入到红军突击队里面，防守在四面城墙上，照着敌人的指挥官开枪。在红军突击队里面，马先生看到了天生堂的伙计黄起和麻义，还有那个撒传单被枪杀的共产党员的同伙杨书元。马先生看见了，却装着什么也没有看到，悄悄退回天生堂，继续静如止水坐诊，给人号脉看病。

杨先生给突击队的人说："你们要擒贼先擒王，只要把敌人的指挥官打掉，他们就群龙无首了，不怕他们不退兵。"可敌人的指挥官好像打掉一个来一个，倒下一个换一个，接着指挥敌人冲锋。有几次，敌人差点攻上城墙。

杨先生和马先生看到形势严峻，对敏镇寰悄悄说："绝对不能让敌人攻进瓦寨城，如果攻进来，瓦寨城里牛帮郭哇帮红军守城的事就败露了，说不好敌人来个屠城，我们都成刀下之鬼呢。"

这时候敏镇寰拿出了当年大郭哇的气势，背上大刀，提着一杆快枪，指挥尕郭哇保护好自己，藏好身，省着弹药射击敌人，尽量把敌人的指挥官全部搞掉，不让他们喘过气来。

尕郭哇们配合红军突击队精准地射击，把敌人的攻势一波波地压了下去。晚夕里敌人想来个突然袭击，被守在城墙上的尕郭哇们发现后，一枪一个全被击毙在城下，等待偷袭成功的敌人悄悄退到了山头上，再也不敢进攻和偷袭，密切注视城内的动静。

第五天入夜，红军打退了敌人的再次进攻后，城里城外暂时消停了下来。红十师余师长和政委派人叫来老郭哇敏镇寰。余师长一脸严肃地说："老人家，首先感谢您老人家组织人马配合突击队守城。不过，实话给您说，防守的红守即将弹尽粮绝，如果再不去新城军部汇报情况搬来救兵，我怕是防守的红军将会与瓦寨城同归于尽。这里我有一个请求，希望老人家给我们选派一个身手敏捷的精干小伙子，带着师部参谋和地下党的人趁着夜色掩护，连夜去新城军部汇报瓦寨的情况。老人家意下如何？"

敏镇寰思谋了好一会，才狠了狠心，坚决地说："让我大孙子雪林带他们去。雪林脑子灵泛，练过几天拳脚，枪法也好。"

余师长再次握住敏镇寰的手表示感谢。叫来师部参谋绍山、侦察员王长生、地下党员杨书元，还有雪林，要他们无论如何要到达新城军部，向军部汇报瓦寨的战况，一昼夜必须返回。政委坚毅的目光盯着他们四个人，声音低沉而有些嘶哑地说："你们的成败，关系红十师的命运，你们无论如何要想尽一切办法突围出去完成这次艰巨的任务！"他们四人望着决然而憔悴的余师长和政委，望着战士们军装已经全部溅满血污，绑着伤口的绷带渗着鲜血，一双双深陷的眼睛里闪动着关切、鼓励和希望的目光时，热血沸腾，心潮澎湃，以诀别的神态向战友告别。随后摸到敌人防守薄弱的南城门，爬行到一段土坎后再猫着腰消失在朦胧的夜色里，一路朝东狂奔而去。

城垛上，几个黑色的人影在密切注视着远去的雪林他们。雪林带着绍山参谋他们翻过东坡山，过沙巴河，沿太平梁翻进汪家嘴沟，再绕过红山口，于晨雾迷茫时到达了新城，见到了红四军军长，汇报了瓦寨城的困境。军长派人叫来骑兵师许师长，带骑兵驰援解瓦寨之围，并由雪林他们四人带路，立即出发。雪林他们随便吃了点东西，带着骑兵师奔向瓦寨。

晌午时分，瓦寨城外围四面山头上同时响起了嘹亮的军号声、震耳欲聋的喊杀声和密集的枪声。骑兵师向瓦寨发起了进攻。守卫在城墙上的红军战士听到了骑兵进攻的冲锋号，端着枪冲出了城门，里应外合，夹击敌人。敌人一触即溃，红军骑兵把敌人追杀了足足四五十里路远，彻底把敌人赶出了瓦寨，赶出了洮州。

参谋绍山、侦察员王长生、雪林和几个红军战士，神情凝重地抬着地下党员杨书元的遗体进了瓦寨城。杨书元在胜利的那刻中弹牺牲了。

雪林从阿哇草原给红军一路带路过来，再跟着红军突击队守卫瓦寨城，带着绍山参谋搬救兵，让他见识了真正的军人。红军那种不怕牺牲的战斗场景一直萦绕在他的心头，让他内心时常激动不已。

雪云被敏镇寰堵在家里，陪着扎西、拉姆和益西梅朵。敏镇寰把他们堵在家里有一定的道理，他怕国军攻进城，滥杀无辜，伤及拉姆和益西梅朵。如果阿拉加布老爷的两个千金在瓦寨有任何闪失，那是无论如何说不过去的事情，也无论如何给阿拉加布老爷交不了差。红军胜利了，国军败了，敏镇寰才放拉姆和益西梅朵在扎西和雪云的陪伴下出门，逛一逛看一看战后萧条的瓦寨城。

拉姆和益西梅朵在扎西和雪云的陪伴下，转了半天，觉得没有意思。拉姆就悄悄去找红军首长，说她想参加红军。但是红军首长却不答应拉姆的请求，因为在阿哇草原上的时候，红军首长和阿拉加布老爷私下达成了协议，不让拉姆和益西梅朵跟着红军走。后来，拉姆和益西梅朵硬磨软泡，要跟上红军走，阿拉加布才让扎西跟着护送，并求大郭哇敏雅南照看着拉姆和益西梅朵，做好她们的思想工作，让她们在跟随红军的过程中吃点苦，把她们留下来，带回阿哇草原。阿拉加布老爷一生就生了三个脾气很犟的女儿，三个人想做啥事就做啥事，完全不由他。红军到了阿哇草原，跟着红军的文艺宣传队唱了几天歌，跳了几天舞，就把她们的性子给调起来了，非要跟着红军走不可。阿拉加布老爷只好派管家的儿子扎西盯着她们一路走来，关键时候把她们带回阿哇草原，因为她们是草原的女儿，最终是要回归草原的。可阿拉加布的这两个千金对跟着红军真是着了迷，哪怕是走到天涯海角也要跟着红军走。当拉姆和益西梅朵透露要跟着红军走的意思后，敏镇寰和雪林、雪云心里开始艰难了，如今敏雅南还没有从草原上带着郭哇们回来，他如果回来了，也许还能劝住拉姆和益西梅朵，收住她们的走心。

敏雅南曾经给雪林和雪云透露过一个消息，想把她们二人送到杨先生那儿去上学读书。下次去阿哇草原的时候，把小姑娘央金再接回到瓦寨，让她也上学读书。"不久的将来，草原上的姑娘们都要读书的。"阿达敏雅南给雪林说。

拉姆和益西梅朵来了，雪风去学校的劲头就弱了，天天陪着拉姆和益西梅朵不愿上学去。有天早上喊来喊去就是不愿去学校。气得阿爷敏镇寰顺手操起扫地的一把竹子扫帚，掀开盖在雪风身上的被子，打得雪风哭爹喊娘。

红军要北上出发了，只是出发的日子还没有定。富庶的瓦寨由丁掌柜等人设立了粮台，给红军筹措了许多钱粮，让饥饿的红军好好休整了一段时间，并且带足了出征的干粮。就在这时，为拉姆和益西梅朵跟着红军出发的事扰得一家人没有安宁的时候，敏雅南从草原上带着郭哇，赶着驮牛和牦牛回来了。

敏镇寰问他们为何迟迟没有回来。敏雅南说："回来的路上那一带正好水草丰茂，适合牲畜养膘，也就坐了场子，暂时没有回来。再说回来还得去北山牧场放牧，瓦寨城里打仗，外地的牛马贩子都跑得一个不剩，回来所有的牛都出不了手，还不是心急。还不如趁乱坐几天场子，养养驮牛的膘。再说时局这样乱，去阿哇草原一路也不是太安全。但离去茶卡盐湖驮盐还早，还不如就在回来的路上坐了场子，熬过一些日子再回来。"敏雅南派郭哇们卸了驮子，赶着所有的牛去了北山牧场，自己则处理拉姆和益西梅朵的事情。关于拉姆和益西梅朵的事情他是答应过阿拉加布老爷的。现如今，只有把她们放进杨先生的学校里去。

杨先生还没有收过女学生，听敏雅南说要他收女学生，还是阿拉加布老爷的千金小姐，杨先生就犯难了，这两个千金小姐能从阿哇草原上一路跟着雪林他们风餐露宿来到瓦寨，就不是简单人。

敏雅南望着一脸忧虑的杨先生，笑着说："等红军开拔走了，你就不用教她们了，我把她们带回阿哇草原，带回到她们的阿爸身旁去。"

杨先生听敏雅南这样一说，脸上才稍微舒展开来，点着头说："那就这样说定了，红军开拔一走，这两个老爷的千金你必须领回家。在瓦寨历史上还没有教女学生的先生，我是第一个，也是破天荒的。"

敏雅南哈哈地笑了起来："杨先生就当回领头羊，给女学生当回先生。"

杨先生摆了摆手，沉着脸说："议定的事不许变卦。君子一言驷马难追。我等着你兑现诺言。你可听好了。"

"好像我不是个君子似的。"敏雅南嬉笑着，告辞杨先生出来后，就去找天生堂的马先生，马先生虽然是他的前辈，但是闲了的时候，他总喜欢到马先生那儿去坐一坐，天南海北地闲谝上一会，解解闷儿。

5. 共产金红

红军开拔北上是在一天半夜里走的。走的当天，红军首长悄悄和敏镇寰、敏雅南、杨先生、马爷、丁掌柜和马先生作了告别，并将几个伤病员留了下来，请求敏镇寰他们安排好红军伤病员的生活，养好伤。以后如果打听到了红军的下落，资助他们去找红军，如果打听不到红军的下落，就由敏镇寰他们安排他们的生活，给他们一碗饭吃。

红军首长给敏镇寰放下几十块银元，敏镇寰坚辞不收，说瓦寨人有能力养活这几个伤病员，红军首长笑着说："收下吧，留个纪念。说不定以后有用钱的地方呢。"

敏镇寰只好从红军首长手里接过银元，一脸真诚地说："那就让这些银元当回历史的见证吧。"

红军首长辞别敏镇寰他们后，就紧张地安排开拔北上的事情去了。

敏镇寰则和杨先生、马先生、丁掌柜、马爷等人在天生堂商量如何安置这些伤病员。这些伤病员是他们的一个愁肠。红军开拔北上后，国军或是保安队肯定要进驻瓦寨城，肯定要清查疏散和流落的红军。如果安排不周密，让国军或是保安队清查出来，不但会伤了这些红军伤病员，也会伤及他们的。

杨先生见敏镇寰一脸的忧虑，笑着说："你家铺子一家安排上一个人，就说是你聘请的掌柜，红军攻城的时候让流弹打伤了。你家以前也聘请过外地人老金当过掌柜，如今的掌柜就是外地人，只要你说是那就是，外面人也不怀疑。"

敏镇寰笑着说："我就没有想到这一层。"

杨先生朝天生堂外间望了一眼，对敏镇寰说："给你家敏雅生的铺子里安排一个二掌柜。麻成的铺子里要安排，麻成本来就对生意不精，里面有你操心。敏雅生的铺子需要一个年轻有为、精明能干、有学识的人替他打理生意。你看敏雅生一天也不着调，对铺子里的生意好像不上心，一天钻到'闻香来'里泡一壶茶喝上一天也不出门，生意哪有这样做的。不是我说敏雅生的不是。老郭哇，你说呢？"

敏镇寰笑着说："杨先生你说得对，你尽管安排，回头我给他说。"

杨先生说着转过身对马先生说："你挑上一个读过几天书

的，给天生堂当伙计，不是也遮人耳目了吗？"

马先生皱着眉头说："天生堂有伙计，再不需要伙计，我那里除了马天成，还有黄起和麻义呢。一个小小的天生堂，一下子就多了两个人，再多一个怕是无事可干。"

杨先生目不转睛地盯着马先生说："你的脑子也不转下弯，伙计不要，徒弟总要呢吧？我们现在的目的是尽快把红军首长托付给我们的这几个伤病员安排好匿藏下来，不要让他们落到国军或是保安队的手里。你咋就这么死心眼呢？这是人命关天的大事情。"

听杨先生这样一说，马先生不好意思地低下头思考了一番。

杨先生大手一挥，对马先生说："再甭思考，按我说的去办，多一个人也吃不穷你马先生，你的箱底有多厚谁不知道。你要不收留，那些红军伤病员到哪儿匿藏呢，再没地方收留和匿藏。"

马先生微笑着对杨先生和敏镇寰说："只能这样子了。听你们安排。"

最后还剩一些伤病员无处收留和匿藏，丁仰迁大手一挥，全给了丁仰迁的磨面坊和榨油坊。不过，丁仰迁说了，他的磨坊和榨油坊全是下苦活，不像几位大掌柜的铺面，是当人上人。杨先生一本正经地说："现在不讲其他，保命要紧。就这么定了。"

瓦寨历来是牛帮、驮骡队和各路客商歇脚换乘之地，是各路客商的贸易中心，也是牛羊、骡马、毛皮、药材、茶叶、衣物、绸缎、布匹、烟酒、盐巴、铁器、瓷器等物资的交易集散地。城南曾规划齐整地盖满了客房、钱庄、绸缎铺、杂货店、饭菜馆、药房、柴草店、马厩……各种货物的交易场所等一应俱全。从上川至下川的河道里顺着水势盖了磨面坊和榨油坊。不管是冬春四季还是雨雪飘荡，人声鼎沸，马嘶牛哞，炊烟缭绕。所以各个店铺有外地口音的外地人是很正常不过的事情，在丁仰迁的磨坊和榨油坊出现几个外地人，最能说得过去。

杨先生自己则挑了一个读书人，名叫金红，听说这个人读过几天书，还当过布匹商铺的小掌柜，是当先生的好材料。这些人杨先生都给他们编了一个来瓦寨的日期和老家地址，和红军撇清了关系。

金红被杨先生接去住进了学校。金红在防守瓦寨城时被国军的骑兵放枪打伤了左胳膊，因治疗不及时，伤口周围的皮肤已经溃烂了，随军的医生说要截肢才能保命。让马先生看了两回，马先生狠着劲剜去了烂肉，上了两回药，伤情逐渐有了好转。马先生说溃烂的地方已经开始长新肉芽了，再上三四回药，过个十天半月，这条胳膊就能活动了。马先生给金红上的药是最近才炮制的，以前炮制的药被红军连罐子买走了。

金红住进学校里后，天天和杨先生谈经论道，谈论时局。杨先生笑着对金红说："看来我要你要对了，你一介书生想不到满腹经纶。"

金红笑了笑，抱拳说："还是先生厉害，你是地方名儒，大喊一声，半个瓦寨城都震荡呢。"

杨先生笑着问金红："形势好转后，金先生想做点啥呢？让你当先生你肯定卧不住。"

金红含着笑说："我还是想开个布匹商号。"

"等你伤好，地方稳定之后再说吧，现在还不现实。"杨先生背起手到院子里看学生背书去了。

红军还没有走三天，国军的骑兵部队和保安队的人突然恶狠狠地来了，由一个绰号叫二毛皮的人领着，挨门挨户抓人。马先生到天生堂外面去看了一眼，发现被抓的那些人都是曾经帮过红军忙的人。马先生心里暗暗叫苦，这个国军和保安队的探子二毛皮，在红军和国军打得最激烈的时候，在大街上偷看那些帮助红军的人家。好在敏镇寰有先见之明，他组织尕郭哇们上城墙协助红军守城的时候，提前悄悄让尕郭哇们穿上了红军的衣服。不然，全被二毛皮认出来，那就是大祸临头的事情。当年的牛帮大郭哇做事滴水不漏，这点看来他马先生还真不如，还真不得不服。

国军和保安队在其他地方抓了几个匿藏的红军伤病员拉到城内马场边上给枪毙了。被杨先生、敏镇寰和马先生等人收留和匿藏的这些红军全被保护了下来，而且帮助红军守城的尕郭哇们也都没有被发现。这不得不说他们办事的高明和精细。

保安队的人背着大刀和破枪，整天巡逻游走在瓦寨大街上，吓得一些孩子都不敢打照面。

杨先生实在看不下去，找到马先生的天生堂，生气地对马先生说："瓦寨城里啥时候轮到外面来的人抓人杀人了。这个保安队的王长安也不是个人，国军到处抓人枪毙人，他们还当帮凶呢。都是一个城里吃一口井里的水长大的，抬头不见低头见的乡亲，何必那么心狠手辣呢。做事太过分，也不给自己和后辈儿孙留三分后路。"

马先生放下捧在手里正在看的一部砖头样厚实的医药书，满脸阴郁，叹了口气："唉！大夫一生都在救死扶伤，可保安队天天随便抓人枪毙人。这个世道怎么这样了呢？怎么就让坏人当道了呢？叫人心焦得活不下去。"

黄起和麻义凑过来对杨先生说："这几天我们听保安队的一个熟人说，保安队本来是要清查天生堂的，但碍于马先生的情面，就没来清查。他们说怕查了得罪马先生呢。他们还说在瓦寨得罪谁都成呢，但就是不能得罪马先生，如果把马先生得罪了，那以后本人或是家里人生病了，那就没得治了。"

杨先生听了，笑着对马先生说："神鬼怕的恶人，连保安队的那些坏恶人都怕你呢，你说瓦寨城里你怕谁呢？不过，你我还得小心，有个准备，万一人家哪天心情不好变卦了来突袭天生

229

堂，把人带走就麻烦了。"

马先生一脸愠色，对黄起和麻义说："以后来人跟前少说话多做事。"

麻义低声强辩着说："我只说给杨先生听，我说的都是实话。"

杨先生看着马先生眼睛说："你不能堵说实话的嘴，如果一把烂泥把说实话的嘴给堵死了，那你以后就永远也听不到实诚人的大实话了。"

马先生看着黄起和麻义笑了一下，算是默认了他说的话。杨先生让马先生收留的这个红军还是个娃娃，大概十几岁的样子，瘦弱得像被风一吹都要倒下去。他是到瓦寨城里后吃多了青稞炒面，胀坏了肚子，然后又连着拉了几天肚子，把人拉虚脱了。抬到天生堂里间静养的时候，瘦弱得连身都翻不了。还是马先生让马天成给他灌了几天拌汤糊糊，再炖了几天清汤羊肉，才让他缓过了劲。马先生没有问他的真名，暂时随便给他起了个名字，叫马天顺，让他装成哑巴少说话，跟着马天成。

自从金红到了学校，杨先生就轻松了许多，有时候，他把学校的事情给金红一托付，自己溜到外面和敏镇寰、马先生、马爷和丁掌柜喝茶谝闲传去了。

拉姆和益西梅朵整天带着雪凤、雪亮、麻文在学校里十分地不安分，把金红往往惹得哭笑不得。杨先生知道了，笑着说："娃娃们，天性使然。"

学生们不知从哪儿得知了金红的真实身份，私下里叫他共产金红。也许有时候他和杨先生谈论的时候，被学生听到了。

金红也好，共产金红也罢，那只不是个称呼而已。在瓦寨地面上，他还有一些大事情要做。

瓦寨保卫战的风声慢慢消退了，国军的人也走了。保安队的人没有了靠山，顿时像淋了雨的鸡，落怜地缩在营房里大门不出二门不迈，只管吃饱喝足蹉跎光阴。

第七章

1. 去瓦寨

拉姆和益西梅朵跟着雪林和雪云去了瓦寨，阿拉加布越想越放不下心，时常梦见像牛犊子一样调皮的拉姆和益西梅朵。人在的时候，姊妹三人显不出有多亲切，但这人一走，央金整天就蔫蔫的没有了活力，像一个断了奶的绵羊羔，话也不说，坐到那儿就是一天。阿拉加布后悔放走了拉姆和益西梅朵，把央金留在了草原上。两个人走了很长时日，也听不到她们的任何音讯。敏雅南他们走了之后，阿哇草原上还来了一帮牛马贩子，他打听了几次，人家压根就不知道敏雅南，只知道有个瓦寨城。

红军前脚刚走，汉人官家赵树人带着人后脚就又来了，还用官家身份压阿拉加布，套他的话，要他给进驻草原的川军第九混成旅提供粮草。

阿拉加布笑着对汉人官家赵树人说："在阿哇草原，来的都是客，客人来了是有暂住期限的，再说给客人提供一两顿官饭那是我们草原的待客之道，但是没有长期提供粮草的习惯，还望官家体谅我们草原的艰难。"

赵树人听了阿拉加布的话，哈哈大笑起来，笑声有点猖狂。"红汉人过草原的时候，你们草原上不但提供了官饭，而且还提供了大量的粮草。红汉人可是咱们政府的敌人，老爷不是不知道。"

阿拉加布的脸色由黑逐渐转红，红中又透着一丝寡白。管家洛桑知道老爷生气了，生了很大的气。

洛桑忙弓腰给赵树人解释说："当初红汉人来阿哇草原的时候，他们的粮草都是从洮州瓦寨牛帮大郭哇手里买的，与我们阿哇草原无关。人家牛帮是生意人，不管你是红的还是白的，只要给足了钱，有赚头，他就卖给你东西。我们阿哇草原绝对给红汉人没有提供过一粒粮食、一头牛或是一只羊。如果官家大人不信，可以到草原上去打听。"

赵树人没有拿正眼瞧洛桑，洛桑说话的时候，他盯着阿拉加布的脸色，准备用他的气场压倒阿拉加布和洛桑。可他还真忘了，这是阿哇草原，是阿拉加布老爷的官寨，不是川军第九混成旅的营房。他的气场能压住阿拉加布，那简直是笑话。要他说压住管家洛桑的气场那还差不多。阿拉加布就是阿哇草原上的一只雄鹰，时常飞在半空里俯视草原上的狼虫虎豹，从来就没有给过狼虫虎豹窥探他的机会。而今，赵树人他一个川军第九混成旅的少校参谋副官，也想在阿哇草原上要他的威风，那他就想错了，他是把阿拉加布看成了一只落在地上的雄鹰。可一旦雄鹰旋起飞到半空时，你就要为你的傲慢和蔑视付出沉重的代价。

见欺软怕硬的赵树人是这副德性，官寨里的卫兵都咬着牙瞪圆了眼盯着赵树人和他带来的卫兵。

管家洛桑经过的事情有可能比赵树人吃过的盐巴还要多，赵树人对他的无视，让他在心里翻起了一股欲冲腔而出的怒火，这种怒火可以让赵树人和他带来的卫兵瞬间消失在草原上。可洛桑仍然赔着笑，恭敬地躬着身，再不多言，只是瞅着阿拉加布的脸色，如果阿拉加布给他一个暗示的话，赵树人和他带来的卫兵一个也不会活着离开阿哇草原。可是阿拉加布很早以前就说了，阿哇草原从来不主动惹祸，但也绝对不怕惹祸。恶狼都已经钻进了羊圈，那你还要忍耐着恶狼伤害你的羊群，那是不可能的。只有拿起猎枪，坚决予以消灭。

赵树人见阿拉加布和洛桑突然不说话了，目光中露出了一股凶狠的杀气。赵树人明白再不能和阿拉加布纠缠下去了，如果再纠缠下去，说不定他们这些人再也见不到明天清晨的太阳。赶紧赔了一个笑脸，躬身抱拳退出了阿拉加布的官寨，骑上马像箭一样射出了阿哇草原的地平线。

见赵树人带着他的人马走远了，阿拉加布才看着洛桑哈哈大笑起来，洛桑一头雾水，不明白老爷笑什么。

阿拉加布笑着对洛桑说："你悟不来，我刚才不想和他说话，装了回恶人，把赵树人吓得认为我要迟早突袭他们，加昼连夜跑回到他们的营地上去了。"阿拉加布停了停，又说："你派几个兵去打探一下赵树人的动静，看他们是想留在草原上还是想退回他们自己的驻地上去呢。要是不走，那还有点麻烦，留又留不得，赶又赶不走。"

洛桑笑着对阿拉加布说："赵树人刚一走，我就派了几个有实战经验的卫兵去了那里。有消息他们就马上回来上报给您。"天黑时，几个派出去的人都回来了，说压根就没有见到赵树人和他所带的卫兵。赵树人也许是看了阿拉加布变颜变色的脸色后做出了退兵的决定。昏暗的夜色里，赵树人和卫兵藏在附近山头的草丛里，观察着阿拉加布的动静。到了后半夜，阿拉加布果真派来了一支骑兵在清点人数，吓得赵树人带着人连夜逃走了，再也不用他的身份来压阿拉加布了。

阿拉加布听了赵树人带着来人撤走的消息后，爽快地大笑了起来。阿哇草原又要归于安定了。草原安定了，可他的心里却安定不下来，拉姆和益西梅朵去了瓦寨城，现在听不到一点消息，让他很是心焦。

阿拉加布突然想着要去瓦寨找拉姆和益西梅朵。他叫来管家洛桑，让他暂时代管官寨里一切事务。听阿拉加布这样安排，着实把洛桑吓得不轻，他好像没有听懂阿拉加布说的话，无法接下阿拉加布让他代管官寨里一切事务的任务。

阿拉加布看着洛桑一脸懵懂的脸色，轻轻地笑了起来，说："你总不能让我一辈子管着官寨里的大小事务出不了官寨大门吧？这次，我要去趟瓦寨城，散散心，顺道去看一看我的两个宝贝。阿哇官寨和瓦寨牛帮打了若干年的交道，我才去过一回瓦寨城。你帮着我选上几十个精壮年轻人，我也要学着瓦寨大郭哇做回生意，赶着我们自己的牛去瓦寨。反正到了瓦寨，我们不管牛的出手问题，有原来的大郭哇敏镇寰和如今的大郭哇敏雅南呢，把牛交到他们手里就行了，我还不信我们阿哇草原上的人不会做生意。"

洛桑听了半天，才明白老爷是想他的两个千金了。选人的事情，洛桑当即安排了下去。草原上的年轻人听说要跟着老爷去瓦寨做生意，高兴得手舞足蹈。他们从生下来就没有离开过阿哇草原，更没有去过瓦寨城，这是一次绝好的机会。但不是谁都能去，他们都要经过官寨管家洛桑的层层精心挑选。年轻漂亮、高大威风、眼疾手快、枪法超准、忠于老爷，具备这几个条件的人才能被选上。跟着老爷出门，跟着的人那是老爷的门面，而且还是老爷的保镖和护卫，关键时刻能舍命护主，还要选高大威猛的"朵器"，路上护卫老爷和防守盗贼。洛桑为了老爷的出发尽职尽责地选拔跟随的年轻人，再就是从各个场子上调来精壮的牦牛。最后阿拉加布选定了五十个身强体壮的年轻人、五百头精壮的牦牛、十条高大威猛的"朵器"，出发到瓦寨去。

老爷领着央金，带着人浩浩荡荡地走了。央金骑在一匹枣红马上，穿着大红绸缎藏袍，像仙女下到了草原上。

老爷走了，官寨里顿时显得空荡荡的，没有了往日的那种肃穆和威严，老爷在时，他能镇住这种空寂的气场，老爷不在了，他洛桑就镇不住气场。官寨大门外站岗的哨兵无精打采的样子，好像几天没有吃饭似的，洛桑气哼哼地过去训斥了一顿，想扬起手里的鞭子狠狠地抽他几下，想了想，还是算了，这些下人都不容易，起早贪黑地为官寨服务，时不时还要遭遇官寨里人的训斥。洛桑想着，自己几十年前还不是这个样子？要不是老爷提携，他还不是一个官寨里的下人？算了，还是替老爷把官寨守好，耍生出些许的是非来，那他就是大功一件。如果在老爷不在的日子里，生出些是非来，那他是无法向老爷交差的。

天蓝得像水洗过一样，央金骑着马高兴地跟在阿拉加布的身后，再后面是阿拉加布的护卫和通司，向导走在队伍的最前面。后面不远是浩浩荡荡前行的牛群。有几次，央金欣赏着无限美好的草原风光，走得慢了，惹得几头牦牛猛地扑上来要抵她。央金打马急跑，甩掉了要抵她的牦牛。阿拉加布回转身看到了央金的狼狈样，笑着说："牛不能见红，见红就生气，要抵。你身穿红衣服，惹得牛心里发毛，怒火冲天，你要时刻提防牛抵你，跟紧我们，远离牛群。"这时，央金才知道牛是见不得红的。怪不得以前她只要穿上红衣服，牛就喘着粗气瞪她，要抵她。原来在牛面前是不能穿红衣服的。

阿拉加布带着年轻人们赶着牛群朝瓦寨的方向一路走去。

在赶往瓦寨的路上，阿拉加布发现了两具牺牲的红汉人的遗体，尸骨已经腐烂得只剩一把骨头了，只有烂在泥里的帽子上的红五角星显示着他曾是一名战士。阿拉加布留下几个人，让他们挖个坑把这两具红汉人的遗体埋在草原上，他们曾经来过草原，牺牲了就是草原的灵魂。

央金从马背上跳下来，从泥泞的沙土里扯出红军帽，捧着清水洗干净，装进马背上的褡裢里，带在了身旁。姐姐拉姆和益西梅朵就因喜爱红汉人，才跟着雪林和雪云去了瓦寨。如今她也有了一顶红五角星的帽子。拉姆和益西梅朵走的时候，她们还没有一顶红五角星的帽子。央金想着竟笑出了声。这让她想起了借住在官寨里的红汉人，是那么和蔼可亲，而她最见不得的人是汉人官家赵树人，那人在阿拉加布面前温驯得像只绵羊，点头哈腰的样子简直令人恶心，但从阿拉加布的房间出来后马上就变了面孔，成了一尊凶神恶煞，趾高气扬地背着手昂着头，不可一世。有时候，她真想叫人挖一把牛粪贴到他那阴笑不散的脸上。

他们走了多日，幸好没有落雨，草原上一般多雨，但自从阿拉加布出发就没有落一滴雨，所以他们赶路就赶得快。不过，连日在太阳底下赶路，把央金的额头上晒得脱了一层皮，只要额头上一冒汗，就疼得要命，但央金从来没有呻吟过一声，阿拉加布心疼她，问她："疼不疼？"她笑着说："不疼！"阿拉加布笑了笑，说："硬气，像我阿拉加布的女儿。"

阿拉加布他们赶着牛群快到洮河边了。过了洮河，就到了瓦寨地界，敏镇寰和敏雅南、敏雅生早就听说阿拉加布赶着牛来瓦寨的事了。他们父子和马先生、杨先生带着一大帮尕郭哇，带着雪林、雪云和扎西，也带着拉姆和益西梅朵，等候在离洮河不远的一处草场上，早早地生起火，支起几口大锅，煮了奶茶，煮了羊肉，和好了面，酥油和青稞炒面也准备了一些，等待着阿拉加布他们的到来。远路上的来客，歇脚最好的招待是奶茶、羊肉和羊肉面片子。如今最等不及的是拉姆和益西梅朵，她俩骑着马来来回回跑着瞅了好多次，就是不见人影。

敏镇寰笑着对拉姆和益西梅朵说："赶着牛，听到声音还得走很长一段路，赶着牛走得慢，不像骑着马赶趟子，一会就到了。心要急，好好等着。"拉姆和益西梅朵还是坐不住，不时翻身上马，打马跑向洮河边，向对面辽远的地方瞭望，仍然是一片寂静和无人烟。

敏雅南看着拉姆和益西梅朵急得要发疯的样子，喊来雪林和雪云，让他俩带着拉姆和益西梅朵从不远处的洮河桥上过去，迎接阿拉加布去。四个人一人骑一匹马，雪林一声呼哨，四个人像离弦的箭，不一会就不见了踪影。

晌午时分，雪云骑着马飞奔而来了，满脸喜悦地大喊着："我们接上阿拉加布老爷了！"

敏雅南招了招手，问雪云："过洮河了？"

雪云一脸急切地说："还没有，快到洮河边了，大哥让我先回来报信！他们赶着牛随后就到。"

敏雅南笑了笑，说："洮河还没过，那还远呢，还有十里路呢。大伙先等一等再忙活。"

雪云说完，掉转马头又飞似的跑了。

敏镇寰让大家赶紧吃晌午饭，等阿拉加布的人来了，就吃不及了，人要歇脚，牛要吃草，这些全要等候的人接手看管。阿拉加布赶来的牛，敏镇寰早就替他寻好了买主，价钱也谈得差不多了，只等阿拉加布一到瓦寨，买主就接手，这样就省去了诸多麻烦。敏镇寰给买主说了，阿哇草原上的阿拉加布老爷亲自赶的牛，没有一头羸弱的。买主相信敏镇寰说的话，按瓦寨当下最好的牛价买阿拉加布的牛。敏镇寰他们刚吃过晌午饭，阿拉加布的牛群已过了洮河，直奔他们等候的这片草场而来。

雪云还是跑在前头，身后是赶牛的吆喝声。拉姆和益西梅朵还唱起了嘹亮的藏歌。听着歌声，敏镇寰他们仿佛置身于水草丰美的阿哇草原，心情一下子激悦起来了。央金跟在拉姆和益西梅朵的身后，把自己笑成了一朵颤抖的绿绒蒿或是喜悦的金露梅。

阿拉加布大老远扬手喊起来："大郭哇！我闻到了奶茶的香味和羊肉的腥味。"阿拉加布这样一嗓子，把等候在草地上的尕郭哇们都惹笑了。谁还没闻到奶茶味和羊肉味？几口大锅里冒着浓烈的雾气，香气早飘逸着散发到了草场的角角落落。连过了洮河的牛都闻到了奶茶的香味，站在草场上不肯再走一步。

敏雅南带来的尕郭哇们接手看管阿拉加布的牛群。敏雅南笑着对阿拉加布说："阿拉加布老爷你就放心好了，把你的牛全部交到这帮尕郭哇手里，让他们看管去，明后天你就等着驮你的银元吧！"

阿拉加布右手抚胸，弯腰低头向敏镇寰问了好："我的阿古哎！扎西德勒！"并致谢敏镇寰一家对拉姆和益西梅朵的照看。

敏镇寰还了礼，笑着说："在阿哇草原，我们还不是托你的福，凭着你的照看，才能把生意做下去，不然，我们在阿哇草原上是做不了生意的。我们互相照看，像亲兄弟一样互相亲近，这才是我们的交往的初衷。"

阿拉加布笑着连连说："呀（藏语，代表："是"）！呀！呀！我们是亲兄弟！"

敏雅南笑着招呼大家："赶紧洗刷一把来吃饭，吃过饭咱们就拔寨起程回去，今晚住瓦寨。"

阿拉加布他们的确饿了，大口吃着羊肉，满口喝着奶茶，羊肉面片子也盛了上来，阿拉加布连着吃了三大碗，把拉姆和益西梅朵吓得不敢出声。在阿哇官寨里，阿拉加布可从来没有这样吃过饭。

阿拉加布见两个女儿瞅着自己，笑着说："饿了，的确饿了，再说这一路上也没有安心吃过一顿饭。赶牛做生意这是个苦差事，我不知道大郭哇你们一年几趟是怎么走过来的。我这一趟都累得趴下了。再也不想走第二趟了。"

敏镇寰笑着对阿拉加布说："我们世代走阿哇草原，也走惯了。你说，我们不走阿哇草原，不要你的照看，我们走哪里呢？阿哇草原就是我们的家。"

阿拉加布开始佩服敏镇寰和敏雅南了，没有他们，阿哇草原上的牛卖不出去，草原上需要的东西也运送不进来。就是因为有了他们和他们带领的牛帮，才把阿哇草原盘活了，把他的官寨盘活了。

杨先生望着他们感慨地说："阿拉加布老爷和老郭哇一家之间的友谊是万古长青的友谊，是令人羡慕的友谊。"

这种友谊还在不断地生根发芽。杨先生指着拉姆姊妹三人和雪林弟兄两人对马先生说："他们的这种友情是永远也扯不断的。"

雪林在那边听到了杨先生和马先生的对话，羞涩地抿着嘴唇笑了。

2. 央金

阿拉加布到达瓦寨的第二天清早，拉姆、益西梅朵和雪风、雪亮都早早地醒来，穿衣下炕，喝了杏月烧的早茶，上学去了。

央金早上醒来时，发现拉姆和益西梅朵都不见了，雪风和雪亮也不见了，只剩下她孤零零的。她惊奇地望着空荡荡的屋子，心里有点害怕，使劲地咳嗽了一声。

杏月听到央金的动静，知道她醒来了，笑着问她："睡醒了？那就穿衣下炕，洗脸喝早茶。"

央金盯着杏月看了一会，才低声问杏月："姐姐！她们到哪儿去了呢？"

杏月看着央金惊奇的眼神笑着说："他们上学校读书去了。"

央金更惊奇了，眼睛瞪得大大地问杏月："不是雪风和雪亮去学校读书去了吗？怎么她们也读书去了？"

杏月看着央金，小心地问她："她们喜欢读书，你也喜欢读书吧？"

央金瞪大了眼睛说："我不知道。"

杏月盯着央金眼睛说:"你如果喜欢读书,我就给阿拉加布老爷和我阿达敏雅南说一声,让你也去读书。你去读书,雪风和雪亮就有伴儿了。你去了学校心也就不急了。"

央金认真地对杏月说:"如果是那样,我也要去读书。"

杏月果断坚决地给央金说:"好,等阿拉加布老爷和我阿达回来,我就给他们说,就说你也要去读书,一定让你读成书。"

吃午饭时,一大家子都来了,拉姆、益西梅朵、雪风、雪亮也都放学回来了。杏月在端饭的空儿对阿拉加布和敏雅南说:"央金也想上学去,老爷和阿达考虑一下。"

敏雅南笑着说:"我巴不得你们全都去上学去读书。央金想读书是好事情。"敏雅南说着转向阿拉加布,"老爷意见如何?"

坐在炕上首的阿拉加布半天没有回过神来,他盯着敏雅南的眼睛说:"过几天,这三个姑娘我就要带回阿哇草原,她们要读书,那是要操大心的,你们这么忙,谁还顾得过来她们呢?"

坐在阿拉加布对面没有吭声的敏镇寰笑着对阿拉加布说:"先不说操心不操心的事,首先你同意不同意三个千金去读书?要是你同意,三个千金我留定了,操心的事你靠在我身上。书读成后我还回你三个千金,一根毫毛也不差。"

阿拉加布陷入了沉沉的思考当中,自从三个姑娘的阿妈去世之后,他再也没有娶老婆,是怕让三个姑娘难场呢。很多时候,有三个姑娘陪在他身边,他的心里安稳得很。如果把三个姑娘全放在瓦寨读书,那是要他命的事,让孤寂的他如何度过一个又一个漫长的白天黑夜呢?

敏雅南笑着说:"三个姑娘不会离你太久,拉姆和益西梅朵读上个两三年就行,再说也十几岁了,再读上个两三年就该出嫁了。但央金还小,我计划是把雪风和雪亮两个人送到兰州去读书,顺带把央金也送到兰州,让他们彼此有个伴。兰州条件和瓦寨条件不一样。你还是回到你的阿哇草原上,当你的老爷,在官寨里处理各种事务，有那么多的人服侍你呢，你还急啥呢。"

阿拉加布听了敏雅南的话还是摇了摇头，他没法同意敏雅南的提议，忧虑地说："本来拉姆在春上就要出嫁的，可是害了一场病，把婚事耽搁了。要是再读上两三年书，年龄也就大了，到时候出嫁到哪儿去呢？"

敏雅南一本正经地说："拉姆的婚事，不是若嘎老爷悔婚了吗？再说你把拉姆或是益西梅朵嫁给若嘎老爷傻儿子是害两个千金呢。草原上的争斗不是靠结亲来结束的，也不是靠牺牲自己的姑娘来平息的。我的意见是先让三个千金好好读几年书，长点见识。"

阿拉加布坐在炕首，难过地低着头，长叹着气，其实他清楚，把三个姑娘放在敏雅南家里，那对敏雅南家来说是一个大负担。三个姑娘又不是三头牛或是三只羊，要是三头牛或是三只羊也就罢了。可三个姑娘要操大心呢。

敏镇寰顿了一会，指着地下吃饭的三个姑娘说："拉姆你和益西梅朵先说，你们已经读了几天书，愿不愿意在瓦寨读书？我看还是要姑娘自个儿拿主意，老爷心软拿不了主意。"

拉姆和益西梅朵听了敏镇寰的问话，低声说："我们想在瓦寨读书。"在拉姆和益西梅朵读书的这段时间里，杨先生和金红给她们讲了好多的道理和故事。她们不愿放弃读书的机会。

敏镇寰转身又问央金："央金，你说你愿意跟着雪风去兰州读书吗？"

央金睁着眼睛说："我也愿意到兰州去读书。"

三个千金这样一说，就把阿拉加布带她们回阿哇草原的路堵死了。他只有默认。既然她们读书已成事实，就让她们在瓦寨和兰州读书好了。阿拉加布坐得端端正正地说："这回卖牛的银元我也就不驮回去了，全部留下来供三个姑娘读书。"

敏雅南看着阿拉加布，生气地说："老爷把我们一家子看成啥人了？难道我家就出不起三个姑娘上学读书的几个银元吗？前几天还说咱们两家是万古长青的世交呢，这会却变得这么生分了。老爷你再提银元的事我就真瞧不起你啦！"

阿拉加布继续叹着气，把三个姑娘留在瓦寨这么远的地方，那就是剜他心上的肉啊，如今时局动荡不安，阿哇草原不是太安定，说不定啥时候汉人官家赵树人再次带着军队来到他们阿哇草原，那绝对是一场灾难。瓦寨城里也不会有持久的安定，红军从阿哇草原过来后，在瓦寨和汉人官家打了一仗，打了七天七夜，双方都有很大的伤亡，瓦寨街上有些房屋都被汉人官家的骑兵烧了。如果再遇上这样的战事，那还不把他的三个姑娘吓死在瓦寨城里吗？可这些话他都没有给敏镇寰和敏雅南说出来。三个姑娘如果回了阿哇草原，那她们就在他的防护范围内，不管是汉人官家还是谁，他们还不敢明目张胆地伤害她们。如今三个姑娘都不愿回阿哇草原，让他有啥办法呢？读书好，这个道理他懂。当年，他在家里的支持和护送下，到成都读了几年书，读过书和没读过书是不一样的。敏雅南说了，他还要把央金送到兰州去读书呢，那真正是剜他心上的肉呢。不让去不好说，说去吧，他心里又不忍。在阿哇草原，在幽暗的官寨里，哪怕他孤独一生，他也愿意，但如果要他离开草原，离开住了一辈子的官寨，那真要他的命。可三个姑娘却没有那样的感受，其实，现在她们还感受不到那种与故土、与亲人离别的愁绪和伤感。如果她们到了一定的年龄，她们就会时时刻刻思念养育她们的故土和亲人了。那就让她们在敏雅南家住上一年半载，让她们体会一下与故土草原、与官寨、与亲人离别的愁绪和伤感，消磨一下她们好强的心思。

阿拉加布赶来的牛全部被敏镇寰以瓦寨最高的价格一脚买走了。

阿拉加布红着脸要留下一些银元，敏雅南同样红着脸生气地推开了阿拉加布装银元的皮袋，让他驮回阿哇草原，驮回他的官寨。

阿拉加布有点悲伤地离开了瓦寨，他连一个女儿也没有带回。原先拉姆和益西梅朵走了，在官寨里还有央金陪着他，如今央金也带不回去了。他看出来了，拉姆和益西梅朵分别看上了牛帮大郭哇敏雅南家的雪林和雪云。她俩想着在瓦寨读书是一个幌子而已，她们真实的想法是陪伴雪林和雪云。央金要和雪风去兰州读书，那将来肯定还是回不到阿哇草原上去。那个几代人经营了若干年的空荡的官寨只能最后留给别人了。

三个小姐不愿回阿哇草原，扎西也好像不愿回去了。如扎西再不回去，他心里就空得没处搁架了。扎西还不敢明着给他或是敏雅南去说，阿拉加布从他的眼神里看到了对拉姆和益西梅朵的恋恋不舍。可扎西无论如何得带回阿哇草原，他是草原的主人，是草原的儿子，是管家洛桑的儿子，他不回去是说不过去的。

敏雅南给杨先生关于红军走后让拉姆和益西梅朵回家的誓言算是失言了，拉姆和益西梅朵自己要读书，你有啥办法让她们回家呢？敏雅南给杨先生说了自己的为难，杨先生说："我就知道有些事由不得你。"杨先生说完大笑起来，笑得敏雅南有点不好意思起来。他不知杨先生是笑他的失言，还是笑话他的无奈。杨先生大笑的时候，金红也偷偷地笑着，笑得让敏雅南有点摸不着头脑。

先不管三七二十一，既然给阿拉加布答应了把央金与雪风、雪亮一起送到兰州去读书，那就把三个孩子一起送到兰州，互相好有个照顾。另一方面，央金从小生活在草原上，在草原上长大，与牛羊、花草打交道，生活没有规律，这还得照顾她。让雪风和雪亮跟着去，也能照顾她的生活，逐渐培养央金独立生活的能力。

雪风、雪亮和央金去兰州读书，敏镇寰雇了两辆花盖马车，亲自护送雪风、雪亮和央金去兰州。他们是五天后到兰州的。在兰州，他还是有点门路的，当年兰州有几个人和他生意上有往来，说到兰州不管有天大的事情只要找他们去办，那还没有办不成的事。敏镇寰到了兰州一路打问着找到了其中一个人，虽然若干年不做生意了，但人情还在那儿放着。那人见到敏镇寰后，激动地拉着他的手，生怕他跑了似的。敏镇寰说明了来意，那人一刻也没敢停留，直接带着敏镇寰来到了兰州国立初等小学，找到校长，报名、交费、住宿、吃饭全部安排妥当，还减免了部分学费。敏镇寰一次交了三年的费用。

敏镇寰辞别当年的生意伙伴，坐上马车当日就返回了。

央金上完兰州初等小学后，又上了初等中学，然后上了兰州的医学院，最后学成后也没有回到阿哇草原，没有回到阿拉加布老爷身旁，而是来到黑措当了一名曼巴，瓦寨人叫她大夫阿婆，得了疑难杂症的人都坐车去黑措找她看病。雪风倒是读完书回到瓦寨当了一名和杨先生一样的教书先生，教出了一批优秀的学生，桃李满天下。当然这都是后话。

3. 日本鬼子

大郭哇敏雅南带着几十号人再次从阿哇回到了瓦寨。

城内空荡荡的，没有了往日那种繁盛的景象。街面上行人神色匆匆，脸上布满了无助的神情，好像有种大难临头的感觉。敏雅南拉住几个熟人一打听，说是日本鬼子举兵打进了中国，在中国的东边已经打得天翻地覆，还说要攻打洮州，夺取瓦寨城。日本鬼子到底长啥样，洮州人没有见过，瓦寨人也没有见过。只说日本人长得矮矬，像地雷鬼，性情凶残，烧杀抢掠，无恶不作，所到之处，断壁残垣，惨不忍睹。人们这样一传言，瓦寨一些家境殷实的人家又都携家带口躲到北山牧场上去了。若是往年,只要敏雅南带着牛帮赶着牛进入洮州地界,那些中原汉地来的牛马贩子早就在几十里之外扎着帐篷,烧一锅浓酽的大茶,再煮上几锅羊肉候着了。如今,瓦寨的城楼上只有保安队的人在散漫巡逻着,有几分破败的景象。

敏雅南知道,若干年来,地方上历来遭到的兵灾祸端太多了,只要有个风吹草动,就人心惶惶,坐卧不安,只有携家带口逃往北山牧场暂住。北山牧场山大沟深林密,路难行,人难找,地方上有难的时候,瓦寨人就倾巢而出,集体逃往北山牧场,暂住避难。

去年,红军过洮州北上抗日时,瓦寨人也避往北山牧场,给红军留下了一座偌大的空城。保安队的人看到漫山遍野的红军压向瓦寨城,一溜烟跑出了城门,像兔子躲避老鹰追撵。其实,红军未来洮州之前,敏雅南就和红军在阿哇草原上实打实地相遇了。红军对牛帮不拦不抢。通过一番接触,敏雅南明白红军是仁义之师,是为穷人打天下的队伍。

如今,家境殷实的人家又都跑到北山牧场上躲避日本人去了。其实,这会的日本人离瓦寨有十万八千里呢,但瓦寨人担惊受怕的次数多了,成了惊弓之鸟,稍有风吹草动,就携家带口逃之夭夭。

日本鬼子离洮州远着呢,没必要那样躲避,再说就是日本鬼子来了,你能躲哪儿去呢?现如今,全中国人都拿起刀枪跟日本鬼子拼命呢,躲不是办法,是躲不掉的,只有拿起刀枪实打实大拼一场,抛洒自己的一腔热血,才是瓦寨人最终的出路,也是最终的活路。

瓦寨城里空荡荡的,一些绸缎铺、药材铺、银器铺、皮货铺、成衣铺、面铺啥的都关了门,只有一些医馆、饭馆、铁匠铺、客栈、柴火铺、草料场还开着门,惨淡地迎送着白天黑夜和稀少的人迹。几只浪狗自由自在地游荡在街面上，东张西望地，对突然少人的街景还有点不太适应。

敏雅南带领尕郭哇们在城外歇脚的大场内卸了所有驮牛的驮子和骑乘马匹的马鞍，派人晾晒驮子和铺盖，自己和尕郭哇们各自回家看望家人去了。

杏月见到敏雅南他们的时候，喜欢得手舞足蹈，笑得像夏天熟透的杏子，但避得远远的，就是不到跟前来。跟着敏雅南的一大帮尕郭哇畅笑着，故意从身上穿着的麻布褐衫的针缝里捉了虱子扔她，吓得她跑得远远地不敢靠前。敏雅南带着牛帮每趟回来，都要从里到外换下身上穿的所有衣衫，剪短头发，再痛痛快快地洗个热水澡，洗掉一身的垢痂和疲乏，还有一路的艰辛和难场。

牛马贩子不来，牛帮赶来的牛就出不了手，附近的山场是不能放养的，得留给那些养牛马种田的人家。这么多的牛放养在瓦寨周围的山场上，还不得把那几面山场上的草踏干。他们的牛得全部赶到北山牧场里暂时放养起来，一边牧放一边等待外地来的牛马贩子。

敏雅南和尕郭哇们在家不敢歇缓，住了一晚就又赶着牛去了北山牧场。北山牧场是当年瓦寨千户的领地，后来世道变了，千户成了普通百姓，便失了领地，北山牧场就由瓦寨的牛帮和马帮共同放牧经营，一直延续了下来。

这时候，正是各种野草开着各色各样的花儿扬穗结果的时候，气候也正温爽。那些前往北山牧场逃避兵祸的人们，住在黑色牛毛帐篷里，过起了像神仙一样的日子。这时候北山牧场虽然天高气爽，空气清新，到处弥漫着扑鼻的花香，但人的心境却不是那么舒畅，总心牵着瓦寨的家，心牵着城外田里待割的庄稼，心牵着跟着牛帮或马帮的家里人。只有那些无忧无虑的顽童，白天在草地上掐花追蝶，谛听鸟叫虫鸣；夜晚沐着雨露，数着星星，静听风诉，做起一个个虚幻的梦。

失去客商和烟火气的瓦寨成了一座死城。

敏雅南奔走在各个帐篷，劝说人们返回瓦寨，整日蹲在北山牧场不是个办法。兵来将挡，水来土掩，去年红军来的时候无非就是筹措了些粮草，铁打的营盘流水的兵。传言说日本鬼子要打来了，果真打来了，那些牛帮和马帮郭哇手里的枪可不是吃素的。如今，日本鬼子不是还没来吗，再说到了收揽黄田的时候，总不能把黄田放地里不管吧。

在北山牧场避祸的人们听了敏雅南的劝，逐渐又携家带口返回到瓦寨自己的家里，陆陆续续出城收揽黄田去了。

4. 铁鸟下铁蛋

让敏雅南没有想到的是，瓦寨早已暗流涌动，各种势力在暗中较劲。

各种流言扰得瓦寨没有片刻的安宁。

也许日本鬼子的探子早就进了瓦寨了，街面上多了一些似客商又不像客商的人，一时让人看不透说不清他们的真面目。

保安大队借机又逐门挨户征粮征款，摊派人力加固城墙，在瓦寨城周边进出的山道上开始整修战壕。看来，日本鬼子真要来攻打瓦寨了。

突然又听说，红军也要来瓦寨组织抗战，打击日本鬼子。然而红军和保安大队是水火不容的两支人马。头年红军先头部队来时，保安大队的人在栖凤山、大坡山、石儿山、浆红坡等处阻击红军，可刚一挨仗，就被红军打得落花流水。等到红军大部队一到，攻打瓦寨城时，保安大队的人跑得比兔子还快，多日没有见他们的人影。好在，保安大队的人走了，红军也没有算他们的后账，没有为难他们的家属。红军撤离瓦寨后，保安大队的人才灰溜溜地回来，完全没有了以往那种趾高气扬的神色。现在如果两支人马在瓦寨相遇，那必定要发生碰撞克仗的，这就很让人忧心。

人心惶惶的，敏雅南悄悄召集能与自己说上话的瓦寨的头面人物杨先生、马先生、丁掌柜和马爷商量对策。瓦寨牛帮和马帮的大小郭哇手里都有枪，这是人人皆知的事，到时候如果让保安大队逼着上阵阻击进驻瓦寨的红军，那他们的人上还是不上？要尽早拿定主意，想个万全之策。如果上，那两方必定有折损；如果不上，将来保安大队会找牛帮和马帮的麻烦。经大伙商议，最后一致决定，趁红军的人马还没有到来，牛帮和马帮的人拿钱带枪走人，远走北山牧场，恰好如今牛马贩子和客商都没有来瓦寨，所有的牛马和货物出不了手。从草地和中原汉地返回的牛帮和马帮的孬郭哇也都去了北山牧场放牧牛马，抓膘。

天生堂号称"一把抓"的马先生不知从哪儿得来的消息，说红军不几日就到洮州，来瓦寨组织民众抗战。还说隔洋的日本鬼子已经漂洋过海到中国一路杀人放火，把中国的半边天都烧红了。也许，洮州的天也将会被日本鬼子烧红呢。不过，马先生还说国共已经放弃分歧握手言和了，国军和红军拉和不克仗了。听马先生这样一说，敏雅南的心里就像吃了定心丸一样。地方安定，牛帮和马帮的日子就好过。红军来瓦寨就不会和保安队的人克仗了。

不过，此时人心惶惶的洮州暂时还没有安宁，商贸繁忙的瓦寨更没有安宁。

日本鬼子驾驶的铁鸟头天在兰州黄河铁桥两边的黄河里下了两颗铁蛋，鸟蛋爆炸后把黄河顽石和黄河鱼炸得满天乱飞，飞蹦的顽石砸断了行人的一条腿，惊得人们几天内不敢过铁桥。第二天，日本鬼子驾驶的铁鸟又在天水城里下了三颗铁蛋，炸翻了一排铺面和民房，炸死了三个人和两匹驮货的马。天水城里炸了天，人像疯了似的疯跑着，躲避着铁鸟下铁蛋。第三天中午，日本鬼子驾驶的铁鸟穿过云层，千里奔袭，飞过高耸的铁战山，扇着大大的铁翅膀，带着一声呼啸，朝着瓦寨城俯冲而来。忙着盘场（把自家院子的土地整理后用碌碡碾轧瓷实，平成碾青稞的场）的人们惊奇地盯着蓝蓝的晴空，起初有人把飞来的铁鸟当成了一朵飘移的灰云，也有人以为是一只从来没见过的黑鹰，匆忙把场边上带着鸡娃子觅食的母鸡赶回鸡窝。也有人让盘场的牛歇了场，把牛拴在场边的大白杨树下，躲避黑鹰的袭扰。铁鸟在瓦寨的天空里没有飞旋，直接俯冲而来，把一颗灰乎乎的大铁蛋下在了瓦寨城外西面快干涸的河道里，随着一声巨响，火光溅射处，扬起了一股灰尘和细沙，遮住了瓦寨的半边天。

铁蛋的巨大爆炸，让瓦寨城霎时鸡飞狗跳，人喊驴鸣。栖凤山上撒着吃草的一群羊儿像天上缠绵洁白的云彩被风吹散了似的，争先恐后钻进崂坎底下的黄鼠洞里藏身。那个整天哼唱着洮州花儿，向往着一段爱恋的黑脸羊倌，正舒畅地躺在草地上，脸上盖着一顶破旧的草帽，被山下河道里的那声剧爆吓得弹跳了起来，以为是天上打了响雷，要下雨了。他朝周围环视了一圈，见河道里冒着浓烈的烟尘，羊儿早惊得四散奔逃，寻觅藏身的地方。几只弱小的羊羔咩咩地叫着，早被那声巨响惊破了胆，稀屎拉了一地。

铁蛋爆炸的那天中午，马先生的天生堂药铺里暂时没有病人，敏雅南端了碎花的三炮台盖碗子喝着春尖茶，和马先生闲扯着瓦寨街上的一些事情。敏雅南虽然说是从大风大浪里闯过来的人，但谈兴正浓时一声爆响，惊得他甩掉了端在手里的盖碗子，盖碗子的上盖、中碗和托盘在青砖地上立刻分崩离析碎成了瓷片，茶水也泼了一地。

这声爆响把马先生惊得不轻，看着满地乱滚的盖碗子残碎的瓷片和贴在地面上凌乱而碧绿的茶叶，故作镇静地说："一声响雷看把大郭哇惊的，连盖碗子都扔了。"

敏雅南望着马先生，一脸尴尬地笑了笑，搓着手说："大风大浪里经过了千千万，小河沟还翻了船。确实不是胆子小了，是这声响雷太响了，说不定是雷把啥地方给炸了？"

马先生拿起扫帚一边扫盖碗子的碎片和贴在地面上的茶叶，一边朝窗外大街上望了一眼，说："从小活到老，雷声还没有这么炸响过。"

马先生话还没有说完，一个人满脸大汗急匆匆地抱着一个四五岁的娃娃跑进了天生堂，大呼小叫地喊着："马先生快看，我家孙子叫铁蛋炸着惊了！"

马先生和敏雅南看着那人怀里抱的孩子，口里吐着白沫，四肢耷拉并不停地颤抖着。马先生没听清楚孩子让啥惊着了，赶紧双手接过孩子，平放到里间炕上，用拇指摁住孩子的人中。不一会，孩子长长地出了一口气，哭出了声。见孩子哭出了声，马先生放心地扶起孩子，靠在叠放的被子上，才转身倒了一碗凉开水，又从一只白瓷瓶里用镊子夹出一粒黄豆大的黑色药丸，哄着让孩子吃了下去。孩子吃了药，不一会就眯起眼打起了瞌睡。马先生又让来人把孩子侧身放倒在炕上，盖上被子。那人坐在孩子的身旁静静地守着，不时用目光探寻马先生欲问询孩子的病情。

马先生看着那人满脸布满愁云，笑着说："娃娃没事，睡一觉就好了。受了点惊吓，不要紧。"

那人勉强挤出了像哭样的笑容，不停地作揖感谢马先生。

敏雅南见马先生不慌不忙十拿九稳的神色，朝里间看了一眼，笑着说："'一把抓'果然名不虚传，一粒药丸解决了大病。"

马先生拍了拍手，望了望里间，朝那人点了点头，微笑着说："娃娃本来就没啥大病，只是猛然受了惊吓，招了羊角风，吃几天药就好了。"马先生说着，又从白瓷瓶里倒出了十粒黄豆大的黑色药丸，用麻纸包了，交到那人手上，叮嘱回家后早晚饭后各吃一粒，吃五天，就再不用管了。那人双手接过药丸，再次作揖连声致谢马先生。

马先生重新从一只立在墙角的暗红色柜子里拿出一只三炮台盖碗子，从黝黑色的敞口瓷瓶里轻轻捏起一撮茶叶放在盖碗子里，倒上开水，端给了敏雅南。

浓香的茶叶敏雅南还没有喝上几口，又一个满头冒汗的年轻人抱着一个穿开裆裤的小姑娘跑进了天生堂。小姑娘大腿上被什么划了一条口子，血水顺着大腿渗透了单薄的青布裤子，染红了脏脏的光脚片。

黄起撕了一片包药的麻纸，轻轻地擦拭着小姑娘的大腿，伤口不大也不深，无关紧要，但有巴掌大的一块皮肤被铁块啥的烧伤了，黄起擦拭到烧伤的地方时，小姑娘疼得尖声锐气地哭了起来。马先生责怪地看了一眼抱着小姑娘的年轻人，轻声说："啥把娃娃烧成这样了？"

年轻人一脸的懵懂和无奈，看着马先生说："刚才城外西河道里一只大铁鸟下了只大铁蛋爆炸了。铁蛋爆炸的那会娃娃正在河道里凫水呢。听一个大点的娃娃说，他们凫水的时候，有个头戴草帽的男人拿着一面大镜子朝天上照呢，照着照着天上就飞来了一只大铁鸟，下了只铁蛋，然后铁蛋就爆炸了。铁蛋爆炸的时候，我家娃娃正趴在地上晒太阳呢，谁知爆炸过后，一块铁片滚过来贴在了我家娃娃的大腿上。"听年轻人这样一说，马先生轻轻地叹了口气，从只不大的黑瓷瓶里用根竹片子剜起黑乎乎黏叽叽的药膏，轻轻地擦在了小姑娘烧伤的大腿上，然后又在划伤的伤口上撒了些灰白色的药粉，笑着拍了拍年轻人的肩膀，说："伤口和烧伤的地方要叫沾水，过两三天坐上痂就好了。"年轻人千恩万谢地走了。

敏雅南看着马先生说："'一把抓'成神医了。不过先不说你手到病除的事情。我怀疑今天铁鸟下铁蛋的事情蹊跷得很，有人无缘无故地拿面镜子照天上干啥呢，是不是给天上的铁鸟发信号呢？这就值得人思谋了。"

马先生也一脸忧虑，接上敏雅南的话头说："今天下铁蛋的铁鸟肯定是日本鬼子的。前几天就有人说日本鬼子会骑着铁鸟来，来了还下会爆炸的铁蛋呢。你说这日本鬼子的铁鸟从哪儿飞来的呢，那么远，偏偏就看着了咱们的瓦寨城，在瓦寨城边上下了铁蛋，吓人嘛惊人哩。"

敏雅南一脸的正气，板着脸说："不吓人也不惊人，是试我们瓦寨人的软硬呢。"

马先生忽地站起身，一脸怒气地说："试啥软硬呢，有本事来，真刀真枪地干一场，瓦寨人都不是吃素的。几百年了，瓦寨人就没有给谁服过弱，也没有软作过。"

就在两人怒气冲天大骂日本鬼子的时候，头戴黑色礼帽身穿青布长衫足蹬圆口黑布鞋的杨先生掀起天生堂的蓝布门帘走了进来。杨先生操持着瓦寨城里娃娃们读书的大事情。他性情耿直，喜欢接触三教九流的人，常常眼观四处耳听八方，时政敏感，消息灵通。他前脚还没有踏进天生堂，高声大嗓的话音早传了进来："日本鬼子打进了中国，国共合作联合抗日了。"杨先生进了天生堂，顺手把礼帽从头上取下来，光秃秃的大脑壳像块锣面，亮亮的，润润的，让人看了想发笑，可谁也不敢笑。如果谁要是笑话他，那他是要发火的，他要是发火了那是谁也拦不住的，不把你文绉绉地骂个狗血喷头才怪呢。但只有马先生和敏雅南敢取笑他。就是笑了，他也只是嘿嘿地笑着不吭声。这就是人们说的脾气投了缘分了，嗓子看成莲花了。三个人坐在一起像打铁似的，你取笑我，我皮削你，彼此没有个大小和长幼。

杨先生怔怔地看了一会马先生，又盯着敏雅南看了一眼，说："国共合作了，那是民之大幸，国之大幸。往小了说那是瓦寨的大幸洮州的大幸，更是我等草民的大幸。"

敏雅南扬起手，激动地说："反正我是个赶牛的牛马贩子，只知道世道平安了，我们就平安。但是，打得头破血流的国共两党两弟兄握手言和合作了，贼杀的日本鬼子却打进来了。一个屋里的弟兄们打仗，外人掺和进来就不是个好事情，只会更糟。"

杨先生把礼帽往诊桌上一放，用左掌心往后抹了抹光滑得有点发亮的光头，对马先生和敏雅南一本正经地说："日本鬼子要来，那咱们这些瓦寨的头面人物得合计合计，把快瘫痪了的商会重新唤醒，再组建一支抗日救国自卫队。本来你敏雅南就是瓦寨商会的会长，现在只要你振臂一呼，挑起大梁，把商会的人召集起来，让他们动员各牛帮和马帮的年轻人，组建瓦寨抗日救国自卫队，万一日本鬼子要是打来了，抗日救国自卫队的人马就可以带枪出阵杀敌，保家卫国。"

敏雅南一听杨先生点他的将，慌忙摆着手说："我是个粗糙人，干不成精细活，咱们哪天再合计着找个精细人挑大梁。"

杨先生冷笑着盯着敏雅南的眼睛说："一个瓦寨商会的会长，统领几百人的牛帮大郭哇也是粗糙人？这说给谁谁信呢，我就不信。你们放眼瓦寨，再还有谁能挑起这个重任呢？是县保安大队的王长安王队长还是那些只盯着蝇头小利的贩夫走卒？谁也没有那个能力，也没有那个魄力。就这么定了，明天晌午时分在初等小学由商会组织召集各牛帮和马帮的大郭哇们开会，商讨组建抗日救国自卫队的事情。"

马先生摸了摸他那并不太长的胡须，目光坚毅地看着敏雅南说："思谋来思谋去，总观瓦寨就只有你能挑大梁，振臂一呼了。你派几个尕郭哇给所有大郭哇知会一声，还没有哪个大郭哇敢不来。咱们瓦寨人都是明朝守边军人的后裔，所有男人都是有血性的攒劲儿子娃娃，是实打实的男子汉。只要国家有难，咱们瓦寨人都会奉命出征，抵御强敌。现在，日本鬼子骑着高头大马打到家门口了，我们还能坐得住？还能低下我们高贵的头颅任凭日本鬼子举刀屠宰。"

见杨先生和马先生如此劝说，敏雅南暗暗下定了决心，决定当回瓦寨的头人，号召瓦寨所有大郭哇拿出实际行动，组建瓦寨抗日救国自卫队，抗击日本鬼子。

见敏雅南下定了决心，杨先生起身掸了掸衣衫，笑着说："我准备明天开会的茶水去。"说着轻轻提起衣摆，迈着铿锵的脚步径直出了天生堂，倒背起手昂着头走了。

杨先生前脚刚走，敏雅南也告辞马先生出了天生堂。刚才杨先生和马先生说的话，在他内心燃起了炽烈的火焰，那是对日本鬼子无限憎恨却无处释放的烈焰，是一介草民保家卫国的热血沸腾。敏雅南在回家的路上想，何不把这次会开成组建瓦寨抗日救国自卫队的誓师大会呢。对，就是誓师大会，就这样定了。

敏雅南派出几名尕郭哇骑上快马知会散布在瓦寨周边的各牛帮和马帮的大郭哇，组织其手下所有郭哇来瓦寨初等小学组建成立抗日救国自卫队，召开誓师大会。

敏雅南手下的尕郭哇们骑着快马，箭一样射出了瓦寨……

5. 红军骨殖

翌日，天刚亮，马先生领着一大帮年轻人，来见县保安大队的王长安队长，微笑着对王队长说："现在国共两党合作握手言和了，去年一些和国军作战死亡的红军被埋在了城内马场边上的乱石坑里。如今，听说红军要来瓦寨组织抗战，如果他们来了见死去的人都被埋在了那个肮脏的乱石坑里，心里肯定不好受，还不如趁早卖个人情，把那些骨殖起出来，拉到城外的山上埋了，也是咱们与人家合作的一个姿态，也是我们瓦寨人的一个姿态，更是给城内那块地方的民众们挪一个安静的居所。听人说那儿天天闹鬼呢，是那些红军死不瞑目，埋怨活人将他们死后埋在那样一个地方。"杨先生说完，看着王长安，看他如何发话，如何定夺。

王长安听马先生这样一说，没有做声，昂首望着远山里升腾的烟雾，想起了去年那场激烈的瓦寨守城战场景。原来瓦寨城由他们保安队防守，红军来了，保安队几十号人抵不住红军炮火的攻击，就从北城门撤退到了城外，把座空城留给了红军。后来，国军来了，抬着梯子白天连夜攻城，久攻不下。一连攻了四天，攻城的国军杀红了眼，把气撒到了他们保安队身上，说要是当初他们防守着不让红军攻占瓦寨城，哪有现如今攻城的事情和巨大伤亡。攻城的国军把他们保安队逼到了攻城的前线，一轮攻下来，保安队就折损了十几人，直挺挺地躺在了城下空地上。那天夜里，王长安带着保安大队剩下的几十号人趁着夜色溜了，连夜跑到了北山牧场。当初如果不溜，城内马场边上那肮脏的乱石坑里，埋着的就是他们保安队那些人了。如今虽然国共两党合作了，但去年那场你死我活的战斗，让保安队的人听了红军的名号都胆战心惊。王长安他们溜到北山牧场，吃了几天的青稞炒面，把人胃里的酸水都吃出来了。现在听说红军又要来，王长安的头都大了，脑子里又像铁锅煮着没有片刻的安静。要是保安队和红军又为瓦寨城的地盘打起仗来那咋办？王长安一时没有了主意。

马先生见保安队长王长安不肯吭声，就暗暗地来了气，故意咳嗽了几声，提醒王长安该回答他的问话了。

王长安头也不回地说："那些死骨殖，你们想起就起吧。想埋哪儿就埋哪儿去，省得那些战死在瓦寨而阴魂不散的异乡人在那个地方常常闹鬼惊扰人。"

马先生见王长安已经把话说到这个份上，就领了那帮年轻人到马场边上的乱石坑里起那些死去红军的骨殖去了。

马先生领着人到乱石坑那儿时，金红也领着一大帮人推着几辆架子车，拿着铁锨镢头等候在那里。马先生快步走过去朝金红抱拳拱手，一脸严肃地说："谢了！"

金红也抱拳拱了拱手，说："他们该搬出这个脏地方，埋到那面山坡上去。不管怎么说他们和我们一样都是离乡人，死了就像野物一样丢在这个乱石坑里成了没有人纪念的孤魂野鬼。总之，他们在瓦寨保卫战的前前后后，都没有祸害过我们老百姓，没有揭过我们的一片瓦，也没有动过我们的一根草。他们折损在了这儿，咱们应该善待他们的骨殖，让他们的灵魂有一个安稳的归处。抛开一切不说，他们死得壮烈，埋得窝囊。"

马先生领着人起乱石坑里的红军骨殖，情绪低落，沉闷无比；而金红比马先生的情绪更低落，好像这乱石坑里埋着他的亲人似的，一脸的悲戚和忧伤。

敏雅南和杨先生在学校迎着一拨一拨的人马，情绪高涨，热闹非凡。

栖凤山下一处无主的半坡地上，丁仰迁带着一大帮年轻人，拉着木轱辘架子车，扛着铁锨和镢头，在半坡地上依次挖开了几个大墓坑，新翻的湿红土鲜艳得像浸过血似的。

城内乱石坑那里，红军的骨殖一具一具从那肮脏的乱石坑里被人刨开起出，包在各色各样大小不一的布袋里，又抬到架子车上运送到栖凤山半坡那儿的墓地上，轻轻地放进墓坑里。往后的岁月，陪伴他们的只有无限孤寂的暖阳和无比清冷的山风，还有那棵屹立千年饱经风霜孤独无双的古松。

午后，几个大坟墓堆起来后，丁仰迁和马先生带着人走了，只有金红还坐在墓畔旁边的古松下面，念叨着一个人名，不愿离去。金红望着这片向阳的墓地，心里默默感谢马先生和丁掌柜等人给这些战死沙场的红军找了一个这么好的安眠之处。让青山、古松、山风、暖阳陪伴着这些离乡的灵魂，也算是给这些在乱石坑里让人践踏了的灵魂一个人生终点的慰藉吧。

站在瓦寨城的城墙上，西望栖凤山下那些红军的墓堆，总会让人想起瓦寨保卫战的激烈战斗场景和红军英勇战斗的身影来。

那天晚上，金红偷偷地跑到栖凤山下的红军墓旁坐着，顶着朦胧的月色，沐着清和的山风，流着滚烫的热泪，和那几座坟堆喃喃地如泣如诉地说了一夜的话儿。

后来听马先生说，那些埋在栖凤山下的红军骨殖里面有金红亲弟弟的骨殖。再问起金红家里还有没有其他人时，金红落泪了，眼泪像泼了似的淌了个一塌糊涂，不肯再说。马先生知道金红家里人的折损肯定大，心里的难辛和痛苦更大，不好再问。

金红的弟弟那年在当地"闹红"时参加了红军，跟着红军队伍一路攻城略地南征北战打到了洮州地界，来到了瓦寨，后来在瓦寨撤退前夕，遭到了国军骑兵部队的袭击，不幸中弹牺牲，被国军用战马拖到乱石坑里埋了。连同他弟弟一起被埋的有十几具红军骨殖。乱石坑其实就是一个堆放乱石的污水坑，竟然就地做了红军的墓地，看了让人泪目。弟弟被葬在乱石坑里，金红心里不忍，就留在瓦寨城里一边帮杨先生教书，一边悄悄照看他死去弟弟的骨殖，等待合适的时机把弟弟的骨殖起出来重新埋葬，给弟弟一个安稳的长眠之处。

金红等待的机缘到了，国共两党合作了，红军和国军握手言和共同抗日了，潜入地下的共产党人可以悄然浮出水面，开展工作了。金红给杨先生通传国共合作的事情，顺带把起红军骨殖的事情给杨先生说了。杨先生认为现在就是起红军骨殖的最佳时机，因为红军来瓦寨后与当地民众没有结仇，更没有祸害当地群众的利益。只不过与保安队有嫌隙，那也是国军逼着保安队攻城时落下的嫌隙。红军刚来时，并没有伤过保安队一个人。现在国共合作了，红军与保安队的嫌隙也该解了。

　　杨先生是个急性子人，历来行事干干脆脆。金红一说红军骨殖的事，就立马想到了马先生。一来马先生在瓦寨城有很高的声望和群众基础；二来马先生在王长安跟前能说上话。所以起红军骨殖的事情没有任何人的阻挠，顺顺利利，解了萦绕在金红心头的一桩难事，也搬掉了压在他胸口的一块巨石。杨先生和马先生在瓦寨城里名望高，他们只要发声，就没有人反对，金红也正是看中了这一点，才央了杨先生和马先生出面的。在瓦寨这块地界上，金红想立稳脚跟，还没有建立起自己的威望。一个人在地方上的威望不是一时三刻就能建立起来的，而是几十年如一日用自己的实际行动和老幼无欺的诚信一点一点积累起来的。马先生的天生堂对穷苦人看病通常只收药钱，不收诊费，有时候还要免费给人看病，谁有个头疼脑热、磕磕碰碰啥的，在马先生跟前完全免费。瓦寨人有点小伤口啥的，也习惯了到马先生的天生堂抹点药膏，然后走人。最后还要马先生赔着笑脸送人。而杨先生唯一的喜好就是爱读书，天文地理、人文历史、琴棋书画、阴阳八卦、奇门遁甲无不精通，是瓦寨第一奇人。如今杨先生当了瓦寨初等小学校长，管着全城娃娃读书的大事情，成了全城人的先生。瓦寨城里的老幼妇孺见了杨先生和马先生，大老远勾首垂立，恭敬有加，怕踏着杨先生和马先生高贵的人影。其实，人活到这个份上，再还能做啥呢？杨先生和马先生在瓦寨及周边乡庄里百姓的心目中留下了万古长青的口碑，已经活出了几辈子人从来没有过的人生价值。

　　国共合作了，国军或是红军也该来了，接下来还有一件事，除了组建抗日救国自卫队，就是要悄悄寻觅那个拿着大镜子照着天空给铁鸟引路的人，是人是鬼得找出来。如果找不出来，那不管是国军还是红军来，都是个祸害，祸害瓦寨呢。

　　这次，杨先生、马先生、敏雅南、马爷和县保安队的王长安竟意见出奇地一致和统一，共同联手，齐心协力，要从瓦寨浸润过牛粪的地下挖出一个见不得人的人和事情来。

6. 自卫队

瓦寨初等小学的操场上飘扬着几面青天白日满地红旗。

小小的操场上站满了背着快枪、骑着高头大马的年轻人，一个个英俊勇武，精神抖擞。

瓦寨商会的人也都穿戴一新，头顶礼帽，一袭黑衣，神情凝重地站在学校门前的台阶上。

敏雅南还特意用锋利的剃刀刮尽了他满脸疯长的硬胡茬，阳光照在脸腮上青生生的，胡茬一根一根清晰地埋在脸上。刚刮了光头，头皮上也青生生的，看着像长足了面气掐了菜叶子的一只大芜根。脚穿一双黑色圆口布鞋，白丝布的袜子，身穿黑色对襟短衫，衣襟掩着宽裆裤的束腰，腰间扎了一条黄不拉叽的皮带，别了一支从来没有露过手的盒子枪。这会的他更像一个驰骋阿哇草原指挥若定的大郭哇，不像一个商会的会长。

那些待命的年轻人完全没有了在阿哇草原或是中原汉地劳累得满脸憔悴的神色，而是充满了即将冲锋陷阵的英武之气。

几位商会的副会长和各牛帮、马帮的大郭哇一碰头，意见完全一致，共推敏雅南继续当他的商会会长，组织领导商会事务，开启瓦寨牛帮和马帮驰骋草原和中原的新纪元。同时，由杨先生提议推举敏雅南担任瓦寨抗日救国自卫队队长，并推选出了三名自卫队副队长，打出了瓦寨抗日救国自卫队的旗号。响应号召，抗战到底，把日本鬼子赶出中国。

杨先生当场泼墨挥笔，草就一份义愤填膺同仇敌忾的抗日宣言，进行了誓师大会。随后，马先生宣读了瓦寨抗日救国自卫队组成人员名单，宣布从即日开始集中在城外牛帮和马帮卸货的大场上训练，抗日救国自卫队吃穿用度一切由瓦寨商会包管。

翌日清晨，三面青天白日满地红旗飘扬在卸货的大场上，风嘶马啸，进行训练。附近一些百姓和孩子跑过来看抗日救国自卫队的年轻人训练。其实，抗日救国自卫队所有人的骑术、刀法和枪法是不用训练的，他们平常跟着牛帮和马帮就已经练出来了。一年四季跟着牛帮和马帮走，没有一身本事是不行的，尤其是在这个动乱的年代，人善被人欺，马善被人骑。你只有从小练就一身过硬的本领，才能在牛帮和马帮里混口饭吃，不然，当你在一个地方独当一面的时候，会遇到各种各样的难缠事情，遇到需要动手动武的时候不出手便罢，如若出手那你就得三下五除二一招制敌。现在是要训练将来如何应对凶恶的日本鬼子，和日本鬼子面对面真刀真枪地对决时，立于不败之地。把一群跟着牛帮和马帮的尕郭哇们训练成一支训练有素能打胜仗的队伍，敏雅南还真没有拿法。百姓看着乱哄哄的自卫队队员骑着马匹在大场上转圈子，就笑着说跟耍杂技差不多。

这天金红也来了，目不转睛地看了一早夕，摇了一早夕的头。吃过早饭，休息到晌午时分再训练时，自卫队队员的训练还是那个样子。金红实在看不下去，跑到敏雅南跟前说："这样训练误大事呢，也训练不出一支能打胜仗的自卫队。如果要是日本鬼子真的攻进了瓦寨，那这些只顾冲锋不会战术的自卫队员全成了日本鬼子的活靶子。"

敏雅南盯着金红的脸惊奇地看了好一会，满脸忧愁地说："我也是心上急得像炼油呢，这些人跟牛帮和马帮还上串。骑术从小就练，像贴在马背似的，是不用练的，刀法和枪法也不用练，他们的手从小就没有闲过，但真正要把他们训练成一支能上战场的队伍，要叫成张士贵的马上战场就卧，那还得有个懂行的人来领头来训练。"

金红笑着说："不妨我试着练下这些年轻人。教他们一些战场作战的要领。"

敏雅南一脸怀疑地问金红："你能行？"

金红自信地笑了笑，十分肯定地说："能行，我来瓦寨前在国民党军队上当过几年兵，当过小排长，后来又参加过两年红军，对军人训练有拿法。"

敏雅南高兴地从腰里扎的皮带上拔下马鞭，双手递给了金红，让金红来训练这些年轻人。金红骑上敏雅南的枣红马，左手握缰，右手扬了扬手中的马鞭，开始给年轻人训话。他先是讲了一通大道理，然后才慢慢进入了正题，讲了为什么要抗日，为什么要组建瓦寨抗日救国自卫队。他肯定了自卫队队员的骑术、刀法和枪法都不错，是其他军队没法比的，也肯定了敏雅南的能力和实力，但重点是如何进行实战训练的问题。金红讲了马上地上对刺、近战、夜战、迂回作战等各项训练的要领，有针对性地进行训练。

金红对自卫队一招一式的训练，把敏雅南看得目瞪口呆，他当即决定口头任命金红为自卫队副队长，专事自卫队员的日常训练。

金红笑着对敏雅南说道："我本来是想来看一看你们训练的，但把不住把自己陷进去了，还把不住成了自卫队的副队长。"

敏雅南哈哈大笑起来："在瓦寨地界上做事的人，都是有能耐的，你有本事是藏不住的。"金红只好笑着接受敏雅南的口头任命。

其实，不光金红操心着自卫队的训练，杨先生、马先生、马爷、丁掌柜和瓦寨所有的人都操心着自卫队的事情。商会拿钱不容易，如果花费了钱，供养了一群只会耍花枪的饭桶，那就无法给瓦寨的百姓交代，无法给商会交代。当然，更无法给所有人的父母亲交代。还好，有个从军队上来的金红，就是抓差也把他抓定了。

自卫队在金红的抓揽和训练下，逐渐像个样子了。这些人本来跟着牛帮和马帮就有规矩，现在在金红的整治下，上手很快，站有站姿，坐有坐相。金红悄悄给敏雅南说他要把这支自卫队带成一支能征善战的劲旅。

敏雅南听了金红的话，把自己笑成了一朵灿烂鲜艳的山丹花。显然他十分赞同金红的话和做法，他认同金红带兵的本领和练兵的能力。他注意到了，金红自从练兵后从来没有笑过，一直板着个面孔，像谁掰破了他家屋里的馍馍似的。敏雅南知道慈不掌兵的道理，带兵就该有带兵的样子，心善嘴不善，这跟他当牛帮大郭哇一样，得在这些人中间树起他绝对的威望，不然，遇到一两个偷奸抹滑的人可就一只老鼠坏了一锅汤，影响士气。可金红一直板着脸也不是个事情，影响大家情绪。敏雅南拐了弯给金红说了一次，金红没有听出他话里的话来，继续板着脸训练。敏雅南只好作罢，不再见究金红板着面孔的事。

大场上用麦草捆扎的一长溜草人被挥舞的大刀砍得散落了一地。一队人骑着马冲锋过去，用大刀狠劲地劈向矮小的草人，草人的头就断成了两截。

训练结束休息时，雪云笑着对雪林说："日本鬼子的人头像草人的头一样好砍就好了，一个冲锋过去，身后全是日本鬼子的人头和死尸，那样的话，我们中国人就少死人了。"

雪林往天空里望了一眼，用力吹了吹大刀的刀锋，忧虑地对雪云说："日本鬼子的人头不是草把子，也不是芫根，更不是洋芋，没有那么好砍的。你说，小日本那么一个弹丸之国，他们有多少人呢？敢漂洋过海来打我们中国。按理说我们中国人几个人按住一个日本鬼子，也能把他们打得哭爹喊娘，屁滚尿流，但人家却扛着枪一路打来，打得我们中国人东跑西窜。我就想不通了，我们中国人怎么就那么羸弱呢，咋就打不过人家呢？"

雪云收住了笑容，紧紧地握着刀柄，狠狠地把刀尖插在了脚边硬实的泥土里，长长地叹了一口气，叹出了心里的愤慨和无奈。

雪林拍了拍雪云的肩头，站起身说："要是日本鬼子打进洮州，到了瓦寨，那我们手中的刀枪可不是吃素的，不拼个你死我活'也要站着死'绝不躺着活。"

雪林站起身望向青青高高的铁战山，一只雄鹰正展翅穿过云层飞过大场。他仿佛看到了几百年前战场的硝烟和烽火，正朝瓦寨弥漫而来。他们远古时代守边拓土的前辈在国家有难外敌入侵的时刻从来就没有一丝犹豫，离别家人，翻身上马，奔赴沙场，马革裹尸。如今，他们这些英雄的后裔，在日本鬼子打进国门时依然不畏牺牲，勇敢出征，保家卫国。

雪云和雪林潇洒地跨上马背，背上大刀挎上枪，打声呼哨，一前一后冲出了大场，消失在了青稞麻黄的茫茫原野里。

此刻，他们知道，不久的将来，迎接他们的将是一场接一场的生死对决。

7. 抓奸细

自从敏雅南当上自卫队队长后，人们叫他大郭哇的人少了，开始改叫队长了。

自卫队日常训练的事交给金红后，敏雅南就有了闲时间。那天他吃过早饭，就叫人把杨先生和县保安队的王长安叫到马先生的天生堂，共同商量查找给日本鬼子的大铁鸟照镜子引路的坏人。有人用大镜子给日本鬼子的大铁鸟引路的事只有敏雅南、杨先生和马先生知道，也只有他们能想到。要不是大铁鸟下铁蛋爆炸那天几个凫水的娃娃看到有人朝天上照镜子，他们还想不到那一层。全中国那么大，日本鬼子的大铁鸟偏偏飞到瓦寨下铁蛋。不过，知道这件事的人越少越好，传递出去的信息也就少。可查了一段时间，也没查出个眉眼来。只好叫来保安队队长王长安，把那天有人给日本鬼子的大铁鸟用镜子引路，大铁鸟下铁蛋的事给王长安说了。

王长安头回听说这个事情，惊得半天没有说一句话。本来大铁鸟下铁蛋瓦寨人头回看到，现在又说有人用镜子照着太阳光给铁鸟引路，这就让王长安很是闹心。"现在还不确定是瓦寨人还是日本鬼子的奸细拿镜子照的。但有血性的瓦寨人是不会给日本鬼子当奸细的，这点我保证。但外面来的人就难说了，如果要是确定了奸细的方向那就好办了，查起来也就有准头了。"王长安一脸忧愁地说。

杨先生一脸正气，习惯性地拿掉头上戴着的礼帽，用肥厚的手掌抹了抹像擦了油的光头皮，扬着手，斩钉截铁地说："非把这个人查出来不可。据我估计，我们瓦寨人还没有那个本事，也没有那个主意和想法。就是有那个本事，还不到卖先人的地步。绝对是外来人。我估摸这个人来的时候不长，就藏匿在城里面。王队长对城里的情况熟悉，可先不要对外声张，悄悄地查，看哪家铺子里最近雇用了新人或陌生人。就是查不出个水落石出也能摸到他的蛛丝马迹。"

马先生坚毅地盯着王长安的脸说："王队长在瓦寨街上混得时日久，哪家有几根针你都一清二楚的。只要你走上一圈子，我就不信挖不出那个坏人来。"

敏雅南也附和着杨先生和马先生的话说："王队长是瓦寨城里的能人，没有你办不成的事。这件事就交给王队长去办，准成。"

王长安看杨先生、马先生和敏雅南有点逼宫的味道，便拱了拱手说："我先试着走一圈子，摸摸情况，看把他这只老鼠的洞口和窝点能不能找着。要是能找到他的洞口和窝点，然后一网打尽，清除了往后的麻烦，瓦寨就平安了。将来不管国军来还是红军来，我们也算是大功一件。"

马先生那个坐在天生堂里间悄悄练字的儿子马天成定定地看着他们几个人，他啥时候从里间出来了，谁也没有觉察。见大家一脸的迷茫，马天成小声说："我能查到那个人。那天，在城外西河沟里凫水的人都是我的玩伴，他们都见过那个人。只要他们出马，准能查清，再说我们娃娃去查，大人们还不注意。等会叫上我的那些玩伴去查，一定叫奸细现身。"这会的马天成就像一个小大人，目光坚毅，神态自若，令几个大人不得不佩服马天成的机智。

在马天成刚要出天生堂时，王长安拦住小声说："注意不要暴露你们的意图，你们就当是玩耍，你追我赶地钻各家铺子，故意打闹着查就成。"

马天成做了一个鬼脸，笑着说："那还用说，那个奸细就是变成一只老鼠，我们几个人也要每人尿一泡尿，把他从地洞里灌出来。"马天成说完，蹦蹦跳跳地走了。

杨先生笑着把双手一摊，对几个人说："这不是有办法解决问题了吗？人小鬼大，我们还没有几个娃娃机灵呢。商量了几天，也没有想出一个合理的办法来。你看，人家娃娃轻轻松松就解决问题了。"

马先生笑着说："先不要肯定，等查出那个奸细才能说是几个娃娃能行。"

敏雅南看着杨先生、马先生和王长安，一脸正经地说："有志不在年高，海水不是斗量的，大山不是锹挖的。有时候娃娃比我们老朽有想法，也有办法。"

杨先生站起身，戴上礼帽，背起了双手，笑着对几个人说："你们先坐着闲谝会，我先走了，娃娃们有消息了给我言传一声，我要看一看，到底是何方鬼怪在瓦寨的地界上作怪，给我们引祸呢。"

敏雅南见杨先生动身走了，便也起身给马先生拱了拱手，说："我也先走了，王队长先坐着喝会茶，说不定几个臭娃娃不用多长工夫，就能找到那个人面兽心的奸细。"

王队长没有说啥，起身笑了笑，就坐在里间喝着茶。

马先生出了里间，忙着给病人们诊治疾病。

不过，王队长还真不信几个半大小子能查出那个藏身在瓦寨的奸细来。真要叫几个娃娃查出来，那还要他们保安队做啥呢？吃干饭吗？

晌午时分，马天成头上汗涔涔地推开天生堂的门往里瞅了一眼，随即又往后一缩，一溜烟似的跑了。王长安看了看马先生，见马先生不动声色，头也没有抬一下，心思完全没到马天成身上。黄起和麻义好像啥事都不知道，他们只顾低头干活，从来也不插嘴问话。此刻王长安不知道这个机灵鬼娃娃葫芦里到底卖的啥药。

马天成身后跟着几个半大子娃娃，像旋风一样朝城外自卫队的训练场上奔去。

城外训练场上，杀声震天，敏雅南定定地站在一处高地上看着金红指挥自卫队训练。

马天成大老远地站在训练场边上吼起了洮州花儿："栖凤山上红霞散，西河沟里下铁蛋，镜子端上照着呢，绸缎衣裳娆着呢。"

马天成的洮州花儿，把敏雅南的目光吸引了过来。马天成看到敏雅南转身看着他们，便朝敏雅南使劲挥手。

敏雅南知道这几个孩子查的奸细有眉眼了。朝金红说了一声，便出了训练场。

马天成红扑扑的脸上洋溢着少有的激动和喜悦，也有那么一点紧张。见敏雅南走来，一阵小跑过去，附在敏雅南的耳门上说他们找见了那个照镜子的人。

敏雅南环视了一眼周围，拉住马天成问道："在哪儿？"

　　马天成沉思了一会说："是雅生巴巴（叔叔）家药材铺子的二掌柜，现在就在药材铺子里。"

　　"你以前见过那个人吗？你确定没有认错？"敏雅南小心地问马天成。

　　马天成挠了挠头，想了想，说："以前见过几回，只是不太注意，他好像自己在城东马家客栈的隔壁租了个独院，有时在对面茶馆里和人喝茶呢。如果在药材铺子里碰不上他，我还真不知道他是雅生巴巴家药材铺子的二掌柜。不过，那天用镜子往天上照的时候，我不在场。今天，孕胖子在雅生巴巴家药材铺子里拉住我的衣袖，悄悄说就是这个人那天穿着绸缎衣裳照的镜子时，我才对上了号。"

　　马天成这一说，把敏雅南给难为住了，这人是敏雅生家药材铺子的二掌柜，这下敏雅生的身份都值得怀疑了。他赶紧叮嘱马天成几个回去后对谁都不要说敏雅生和他家那个二掌柜的事。敏雅南回转身赶紧回去找杨先生和马先生，还有保安队那个半吊子王长安商量。

　　敏雅南神色凝重地把几个人叫到马先生天生堂药店的里间，说了马天成说的话，请几个人拿个主意来。

　　杨先生在里间转着圈儿，不停地抹着他的光头，像匹拉磨的老驴，没完没了。

　　马先生瞧了一会杨先生，便盯着敏雅南和王长安的脸色，轻声说："先叫杨先生转会磨想一下。"便出了里间的门，出去给病人诊治病去了。

　　敏雅南和王长安互相看了看，没有说什么，一声不吭地刮着三炮台盖碗子。敏雅南知道，等杨先生像老驴拉磨似的停下来，他的脑子里就想好了办法。

　　这里面突然牵扯上了敏雅生，这就让大家有点难为情和下不去手。

　　黄起和麻义换着给敏雅南和王长安端着的盖碗子里续了三回开水，杨先生才停住脚步，像老驴拉磨转乏了似的，坐到凳子上端起盖碗子猛灌了一气茶水，才把马先生喊进了天生堂里间关上了门，然后神秘地说："敏雅生那边先不要管。我的意思是想办法给马家客栈故意栽个赃，然后把马家客栈方圆一里内的店铺和坐地户全部控制起来，让保安队的人进驻清查，看能不能查出啥东西来。尤其是敏雅生家二掌柜租住的那个独院，就是揭地三尺也要查挖出点东西来。他那里一定有啥传话的东西呢，不然，他咋知道日本鬼子的大铁鸟要来瓦寨呢？"

　　马先生沉思良久，才缓缓地说："栽赃的事情由保安队的人去弄，随便找个由头不就把赃栽上了吗？我们的目的是不要打草惊蛇，马家客栈不是目的，而是它隔壁的独院，随便寻个由头找个假证据保安队就可以抓人了。"

　　敏雅南忧虑地说："那天我就不出面了。保安队把那附近的路一封，把进出的人再一拦一堵，放心查挖就是了。反正栽赃寻由头的事情由王队长和保安队去想。"

　　王长安听敏雅南说要他想办法栽赃寻由头，想办法查挖那片地方，想了一会便说："明早大街上铺子全部打开后，我们就行动，就说有个杀人犯逃到了瓦寨，逃到这里藏匿起来了。再重点清查马家客栈和那座独院。反正人们都不知道有没有这件事，面对清查，还得配合，不然，将来有你吃的死亏呢。"

　　第二天吃过早饭，大街上行人的脚步声逐渐多了起来，突然一外地女人在大街上哭喊着，说有人杀了她屋里人，逃到瓦寨马家客栈附近了，请保安队的人帮她申冤，揪出杀人犯。保安队的人迅速出动，包围了马家客栈附近，并封了各路口，逐家开始清查人口。马家客栈隔壁的那座独院大门上挂着一把明晃晃的大铜锁，一个保安队的队员不知从哪儿找来一把斧头，几斧头背，铜锁便散了骨架，掉在了门前的青石地板上，宣泄着保安队队员的野蛮和愤恨。

这座独院是清末瓦寨一位有名望的儒商为自己置办的房子。后来，这家人生意做大后便带着全家人去了兰州，这座院子便空置着。偶尔有亲戚家的一个清瘦白胡子老人过来清扫一下枯枝败叶，开窗通一通风，除一除霉气。敏雅生家药材铺子的二掌柜来到瓦寨后，打听到了这座独院，非常看好这座院子。租房的时候他说这里离马家客栈近，给商户送货啥的方便容易，再就是马车道对面是茶馆，闲了还可以喝茶解乏。儒商家的亲戚见敏雅生家药材铺子的二掌柜租房，就落个清闲，把院门和里间房门上几把铜锁的钥匙给二掌柜手里一交，拿了租金，从此再也没有来过。显然，他对租客是放心的，只要租客不拆房，他就没必要管。

保安队的人把二掌柜租住的这座独院从外到里像瞎子摸家什似的细摸了一遍，果然在堆放杂物的房间柜子里发现了一个方正的铁疙瘩。这种铁疙瘩王长安在那年瓦寨保卫战时见过，国军的人就用这个铁疙瘩跟他们的上级和长官联络。联络的时候还发出有规律的"嘀嘀嗒嗒"声。敏雅生家的二掌柜肯定用这个铁疙瘩跟日本鬼子联络呢，不然他一个年纪轻轻的商人，独身一人为何要租一个独院呢？难道他就不知道寂寞和孤独？

事情有了眉眼，王长安让人赶紧找了个背篓，背上那东西悄悄去了马先生的天生堂，和杨先生、马先生商决如何处置这件事情。杨先生一听事情在二掌柜那儿有了眉眼，便打发人去叫敏雅南共同商决。敏雅南一听事情还是与敏雅生有关联，便提议暂不告诉敏雅生，让王长安派暗哨盯着敏雅生的一举一动。最后几个人一致决定由保安队抓捕二掌柜，马上审讯。

保安队王队长派了一个便衣，到敏雅生家药材铺子跟二掌柜说是马先生有要事相商，二掌柜二话不说便来了。抓捕二掌柜的时候，他想着要反抗，但保安队的人把大刀往二掌柜脖子上一架一拉，淌了点血，二掌柜就吓得瘫在了地上，身下哗地淌下了一股混浊的尿水。拉到保安队往地上一扔，两个二杆子保安队员把两把大刀往脖子上再一架，二掌柜就瓦房尖里倒核桃，哗啦啦全部交代了个一清二楚，原来他就是日本鬼子的大奸细，他原本只不过是被日本人诱惑上当的一个学生而已。

杨先生和马先生问他为何要给日本鬼子当奸细呢，他摇了摇头，仍苦笑了一下："假如你们的父母、妻子、儿女全部被人挟持在一个不为人知的地方，想见面见不上，连他们的声音也听不到，死活不知。他们要你为他们做事，你做还是不做？"

杨先生把他头上的礼帽摘下来，狠狠地扔向了天空——这个二掌柜看来有文化，而且老实谨慎，是他向敏镇寰推荐的人。杨先生忍不住大吼了一声："我这一生谨慎无为，最后还是识错人了，天哪！这是我的罪愆，你惩罚我吧！"杨先生吼完跌跌撞撞地走了，拦也拦不住。

马先生盯着二掌柜蜡黄色的脸庞，猛地转过了身，轻轻地抹了一把眼泪。他和二掌柜打了一年的交道，算是处得来，也谈得来，想着自己和二掌柜以后肯定能交好，能成为朋友。但医者医得病，医不得命；医得身，医不得心。这就是马先生行医多少年来最痛苦的地方。

二掌柜是日本鬼子奸细的事情，最让敏雅生痛苦，他那么一个精明能干的人怎么就是日本鬼子的奸细？自卫队还没有出征，还没有与敌交手，却出了这档子事情。敏雅南百思不得其解，亲自去问二掌柜他是日本鬼子奸细的事情是真是虚，是遭人栽赃还是替人顶罪。如果是真的那就坐实了。二掌柜满眼羞愧地望着敏雅南的眼睛，说："原本我想把这件事埋在心底，不让人知道。不过，我真的对咱们中国人还没有做过绝事情。就是那天照镜子的事情，也是我在城外空旷的河沟里去照的，就怕咱们遭日本人的祸害。"敏雅南听了二掌柜的诉说，默默地低下了头，认为他说的话是真的，没有撒谎。

二掌柜交由王长安的保安队暂时关押。

8. 儒之殇

后来国军没来瓦寨，红军也没来瓦寨。

上面来人说日本鬼子暂时还打不到瓦寨，但国府财力吃紧，与日本鬼子打仗的国军和八路军（国共合作了，红军改编成了八路军）吃不饱穿不暖，枪支弹药更是奇缺，要瓦寨商会组织民众募捐钱粮支持前方抗战。当然，这个任务就由敏雅南来完成。

敏雅南觉得这件事刻不容缓，上面来人说战事吃紧那一定是吃紧了，不然，上面不会派人到瓦寨来募捐。他赶紧召集商会的其他副会长商议募捐的事情。大家一致主张把募捐钱粮支持抗战的布告张贴出去，动员全瓦寨人募捐。

把关于募捐钱粮支持抗战的布告刚张贴上，瓦寨民众就一传十，十传百，一下子沸腾了，纷纷拿出了自己最珍贵的东西来捐。

募捐的那天，敏雅南、马先生、马爷、丁仰迁、王长安等瓦寨的头面人物悉数到场，杨先生当场泼墨挥笔，草就一份抗日宣言，发表了激情澎湃的演讲。杨先生有力地挥舞着他那顶礼帽，看到群情激昂，激动得热泪盈眶，他高呼："慨自日本唱行大陆政策以来，对于侵略我国处心积虑，乘机窃发者，已数十年。例如灭琉球、夺台湾、并朝鲜、占澎湖，蚕食鲸吞，均无所不用其极。时至二十年九月十八日，乃更明目张胆，称其野心，公然出兵，攻我沈阳、长春等城，不数日而占十余城，不数月而占东三省，不数年而占侵榆关攻陷热河。东北数千里土地，一旦而为暴日所侵占，具凡我三千数百万同胞，被其鱼肉奸淫杀掠者，令人目不忍睹，耳不忍闻。市井间阎，十室九空，极人间之残毒，实人而兽心，不唯我民族遭此奇辱大耻，即世界人类，亦应认为公敌，国联虽无实力，以制裁而正谊之。主张尚未完全淹没，对于日本一年所创造之伪满洲国，无一承认者，况美俄诸国，其不欲日本之独占我国，以张明较著也，然则日本之不服国联劝告，毅然退出国联，乃大张其翼，窥视平津，得寸进尺，野心勃勃，甘为二次世界大战之戎首，纵其在国际间，已处于孤立地位，亦不为虑者，实由于恃其强大之军备，竟敢步德国后尘。我国之处境，已与欧战之时比法极若，诚有千钧一发之势，凡我中华民族，苟能趁此时期，一致团结起来，抱定决心，死抵抗，打倒人类公敌之日本，复我丧失之土地。本会虽地处边陲，民智低落，然一闻东北丧失，无不怒发冲冠，愤恨填膺。誓以生命财产与日本孤注一掷，国存则生，国亡则死，对于日本货物，当视如日本侵略我国之长枪大炮，如卖货物与日本不啻反戈以自杀。凡我临潭民众，誓此义，至死不变。唯祈我举国同胞，朝野名贤，一致抗日救国，死里以求生，则中国幸甚！中华民族幸甚！"

杨先生用平生最大力量倾喷热血控诉完日本鬼子的种种罪恶后，突然倒地，目眦尽裂，气绝身亡。一代名儒就此辞世，瓦寨从此再无刚硬如铁、嫉恶如仇之人。

杨先生用他的一腔热血唤醒了瓦寨民众不怕流血牺牲，奔赴抗日战线的勇气和决心，也激起了瓦寨天天窝在灶房旮旯里的那些妇女们的极大热忱，她们自动走出大门，摘下手上的金银手镯，取下耳朵上戴的各种耳环，尽其所有捐给抗日战线。年轻人自告奋勇参加自卫队。如今，自卫队钱粮、枪支弹药全有了，在敏雅南的带领下开往抗日战线。本该远离抗日前线的洮州大地掀起了轰轰烈烈的抗日浪潮。

自卫队临行前，敏雅南专程见了马先生、丁仰迁、马爷和王长安，说他要带二掌柜到抗日前线去。这个人虽然被日本鬼子所利用，但他毕竟是中国人，还有那么点中国人的良心。二掌柜给日本鬼子的大铁鸟用镜子引路的时候，没有把大铁鸟引到瓦寨城里，就说明他的良心还没有彻底坏烂。况且他人在保安队关押期间，确实有悔过之心，愿意重新做人，带着一生的这种污点去抗日战场，用血肉之躯换取自由之身，血洒疆场，在所不惜。敏雅南希望王队长放他一马，让他跟着自卫队去抗日战场戴罪立功。

本来这个人对瓦寨也没有造成啥伤害，但按战时条款，这个人必死无疑。王长安望着敏雅南刚毅的脸庞，沉思了一会说："带走吧。我只好给上面说就地枪决了。给他说清楚，他是死过一回的人了。"

王长安派人把二掌柜提来交给了敏雅南，黑沉着脸说："是敏会长求的情，让你跟着自卫队去抗日战场戴罪立功，从今往后，你就是死过一回的人了，要坚决服从敏会长的命令，死战到底。"

二掌柜抱拳痛哭，表示就是死他也是第一个死，只有死才能洗刷他身上的污点，才能在地下不愧对祖先。

敏雅南没有说什么，仰望着蔚蓝的天空，让他准备行装，跟随自卫队出发。

马先生看着二掌柜点了点头，然后背过身去，还是忍不住难过地淌下清泪。此时的马先生不知是想起了气绝身亡的杨先生，还是难过二掌柜的作为，不得而知。

敏雅南带队集合时，突然看见天生堂的黄起、麻义和小马先生三个外地人均骑着马站在队伍里，望着敏雅南一脸的笑意。敏雅南从人群里搜寻到送别的马先生，用目光询问黄起、麻义和小马先生的事。马先生挥了挥手，朝敏雅南点头微笑着，意思是黄起、麻义和小马先生三人不辞而别跟他出征他是知道的。此时，敏雅南终于明白黄起他们三人可能都是共产党的人。他想起红军攻占瓦寨城外围时，有人帮助红军轻而易举攻占了南城门外的碉堡。南城门外的碉堡就是黄起和麻义被王长安拉夫参与修筑的。

黄起、麻义和马天顺骑在马背上，回望着瓦寨静静的城楼和远处的烟云缭绕的栖凤山，瓦寨保卫战牺牲的红军战士的几座坟茔，眺望着远方的征战之路，一脸正气……

出发前，就像各牛帮和马帮整队出发一样，家家炸了油香，端盘相送，亲人们更是徒步相送十余里而不返。自卫队悲壮而豪迈，果敢而坚毅。亲人们知道，自卫队这一去，就是天各一方，也许是阴阳两隔，也许是四肢残缺，也许是……

三面青天白日满地红旗一前两后猎猎地飘扬在队伍里，指引着自卫队队员前行，奔向浴血的战场。

雪林站在一处山崖上吼起了粗犷野道的洮州花儿：

拉的白土打墙呢，
尕日本鬼子稀不猖狂呢，
是侵略中国的豺狼呢，
来了要中国民众遭受伤亡呢，
那我们在抗日战场要表现英勇顽强呢，
端上快枪了打狼呢，
打它的麻秆腿呢么腰折呢，
打得尕日本鬼子举手投降呢，
不是尕日本鬼子来一个狗急跳墙呢。

9. 杀鬼

刚一入冬，瓦寨城里各水井盈满清亮的水突然干了，朝井里望下去，只见井底里让水冲洗得光滑油亮的大青石面，湿润润的，还透散着一丝湿气。有人下井看了，说井里青石面下有水流声。有石匠下井去钻，可怎么也钻不开厚实的青石面。见不到水，人们只好封了井口，到城外的河沟里拉水和挑水。城外河沟里渗出来的水有种淡淡的涩味，原来可不是那样的，这就让人们觉得十分奇怪。

开春，洮州天旱地旱，瓦寨城外河沟沙层里渗出来的水流得更细了，只是还没有断流而已，如果这河沟里断了流，那还不把瓦寨城里的人渴死？人们开始往架子车上绑上木筲、肩挑着木桶，排起长队舀着那像油水一样少得可怜的渗水，神情变得惶恐而急燎。

清明一到，人们开始忙着耕地种青稞，把种子撒在干硬的土地上，用二牛抬杠划开干硬的地面。一阵风吹过，跟着犁沟扬起了一阵土雾。这样干旱的土地，青稞种下去，是不会生芽出苗的。听天由命，人们开始渴盼着暗昏昏的天空能下场酣畅淋漓的大雨。

雨没有等来，却等来了敏雅南他们托人寄来的一只小褡裢，装着半褡裢日本鬼子军衣上的红领章，红领章像浸过了人血似的，倒在地上红红地跳跃着，映入人们的眼帘。一个红领章就是一个日本鬼子的狗命。人们一只一只数着血色的红领章，思谋着一个又一个中枪倒下的日本鬼子，咧开嘴笑了……

王长安让人用一只黑色的木盘装了这些红领章，带到出征的那些自卫队队员的家里去告慰他们的亲人，自卫队在敏雅南的带领下到抗日第一线，没有给瓦寨丢脸，没有给自己的亲人丢脸。人们不屑一顾地看着那些令人憎恶而嗤之以鼻的红领章，不停地打听他们的儿子、丈夫在哪儿，还活着没有。王长安回答不了，也无法回答，他不知道敏雅南带着自卫队究竟去了哪儿。

中国之大，烽火连天，向谁打听自卫队的去向呢？没有人知道。

旱情没有缓解，已经歇帮的那些牛帮和马帮的老郭哇们必须得行动起来。牛帮和马帮的人抗日去了，但留下来的人还得生活，还得继续他们的事业，不能断了几百年来延续下来的条条商道，不能毁了瓦寨牛帮和马帮几百来在草原和中原大地树立起来的信誉和诚信。

敏镇寰带着牛帮和马帮，踏着祖辈和自己曾经走过的道路和足迹，一路风沙雨尘，风餐露宿，各奔东西，追寻他们曾经的梦想。

其实，瓦寨人都不知道，敏雅南带出去的自卫队在山西中条山协助国军，伤亡过半，一些伤员敏雅南已经派人护送他们返程了。只是路途太遥远了，活着到家的希望虽然很渺茫，但还是送了回来。

洮州大地终于落了一场透田的大雨，连着下了三天三夜，田野里刮着乱风时细尘飞扬的场景不见了。埋在地里的青稞种子终于发芽了，终于透出了土层，虽然时令有点迟了，但青稞终究还是出苗了。

青稞的萌芽是瓦寨人希望的萌发。有人站在瓦寨城楼上远望着城外扬尘的土路，期待着，等待着儿子的音讯或是披着一身征尘归来的丈夫，哪怕是残缺不全的人生。念想，瓦寨人的念想是什么呢？是期望所有扛枪跟着敏雅南走了的自卫队的那些年轻人都能活着回来，守护经营瓦寨这方土地，继续扛起牛帮和马帮的大旗，这方土地上流淌着他们先辈的血脉，也有几百年来坚守下来的战天斗地的硬气和不屈不挠的精神。

城外车马道上人来人往，车水马龙，只是不见远征的人回来，听不到他们的一丝音讯。

青稞苗快出穗时，瓦寨城里的水井突然有了水，挨着南城门的井口还溢出了清凉的井水。这是一个好的迹象，也是一切美好的开始。丰收在望了。

那天下午，太阳虚晃晃地照着，城墙上突然飞来了几只刺叫子，毛骨悚然地叫着，叫得人心焦忙乱。

城外车马道上终于来了一长溜牛车，扯着长长的车影，灰头土脸地走得缓慢而沉重，有的车上还蒙了白布。

在城楼上天天望着车马道的几个老者突然眼前亮了。

一个老者用左手遮掩住太阳光，用右手指着远处缓慢行进的牛车，说："你们看！那些牛车上好像全坐着人。"

牛帮和马帮从来不用牛车拉运东西，全是驮的驮子。可如今这牛车拉货就有些说不通。

一个老者眯起眼睛看了一会，轻声说道："是人，拉的全是人。不是用布裹着头就是吊着胳膊。"

"是跟着敏雅南出征的自卫队回来了？"另一个老者颤抖着声音问其他人。可谁也不答话，目不转睛地盯着那一长溜牛车，等待着一个艰难的时刻和悲痛的消息。

牛车走得再近时，老者们认出来了，走在牛车头里的是敏雅生家的二掌柜，那些自卫队的人全坐在牛车上，还有一些人躺在后面的两辆牛车上，已经苦上了白布。快走到城门口时，有人认出了二掌柜，也认出了坐在牛车车厢里的人，一阵号啕大哭立刻冲破了瓦寨的天空，传遍了瓦寨所有的空巷和清冷的房舍。

王长安让人拿起一面铜锣，在城楼上敲了起来，把城里的人都叫出来，集中到了城门那儿。呼天抢地的哭声淹没了锣声，人们一辆车一辆车地找寻自己的亲人。有些人找到了自己的亲人；有些人最后找到的只是一具亲人的尸体；有些人啥也没找到，连只鞋都没有找到。活着的残缺不全的伤员全被亲人拉走了；那些去世在回瓦寨的半道上的伤员，亲人们也拉了回去；没有找到自己亲人的人立刻围着二掌柜问起他们亲人的踪迹。

可怎么说呢，在战场上牺牲的人都当场掩埋了，一些重伤员在回瓦寨的途中去世了，借当地人的土地掩埋了，已经是生不见人死不见尸了。而二掌柜哪里知道哪些人活下来了，哪些人又牺牲了呢？在战场撤退的时候，敏雅南急急忙忙把他叫到一边，把伤员和一包银元交到了他的手上，让他自己想办法送回瓦寨去。

其实，那个时候，他想着把雪林的尸体拉出战场，掩埋在一个没有战火的地方，好在日后太平了去找他。而敏雅南狠狠地瞪了他一眼，牺牲的人全部就地掩埋，他的任务是把活着的伤员全部送回瓦寨，哪怕他瞎了瘸了傻了疯了，全部一个不留地送回瓦寨他们自己的家里。二掌柜知道这个任务的艰辛和难场。他在战场的勇敢表现，敏雅南知道他能完成这一任务。而全美活着的人又都跟着敏雅南去了另一个炮火连天的战场，他们还能不能活下来，能不能活着回到瓦寨，那是后话，二掌柜就不知道了。现在，二掌柜把这些残缺的伤员全部带回了瓦寨，他完成了自己的使命。那些没有见到伤病员和亡人的人都希望自己的亲人还活着，好好地活着，全胳膊全腿全美地活着。

杏月在等待他阿达敏雅南和两个哥哥雪林和雪云，可阿达和两个哥哥没有回来，既没伤也没亡，就是不见人影。她悄悄去问二掌柜，只说敏雅南带着人去了另一个战场后，他们就再也没见过面，也没听到过他的音讯。

杏月失望地站在黄昏的风尘里，看着人们哭着笑着把自己受伤的或是去世的亲人接回了家里。而她却像一株风中独长的草苗，再也经不住任何风的吹拂，东倒西歪，有点站不住。

马天成远远地看着杏月，过来扶了一把，让她从梦幻中醒悟了过来。

敏雅南临走前，专门去马先生家门上辞别。他们朋友一场，只有把家下大小托靠给马先生，靠敏雅生是靠不住的。万一他回不来，在一家大小挨饿受冻遭人落怜时，希望马先生能接济一把。还有正在读书的拉姆、益西梅朵、雪风、雪亮和央金，希望马先生尽量能照顾就照顾一下。敏雅南说这话的时候，马天成就在边上，他的心里慢慢涌上了一股坚强的勇气，他要以一个男子汉的勇敢来保护敏雅南的家人。马天成尾随杏月，看到她走进家门才撒腿回了家。

几只乌鸦飞旋在城门的上空里，"哇哇哇"地叫着，不肯离去。有人拿把扫帚去赶，乌鸦依然不走，飞着，旋着，叫得人心焦忙乱。

地里的青稞终于抽穗了，瓦寨人还没有从悲伤中缓过劲来。

这时候，敏雅南又托人寄来了一包日本鬼子的红领章。看到这些红领章，人们知道，敏雅南带着的自卫队肯定与日本鬼子打了大仗和恶仗，不然，哪有这么多的日本鬼子的红领章。

那些希望自己的亲人都活着的人，看着这些红领章心里一抽一抽的，缴获的红领章越多，证明仗打得越多越恶，死的人就越多。他们谁都希望自己的亲人还活着，活到最后，能全美地活着回到瓦寨。

10. 羊倌

瓦寨周边田里的青稞都麻黄了，再也没有听到敏雅南和自卫队的任何消息。中国之大，失地之多，各种消息天天传来，就是听不到敏雅南和自卫队的任何消息。

再也没有人送来日本鬼子的红领章。这时候，人们听不到任何消息的时候，就期盼有日本鬼子的红领章源源不断地送来，哪怕是能送来一点，或是几个也罢，但人们的这种期盼落空了。

人们望眼欲穿盯着城外的车马道，也不见有人送回受伤的自卫队队员了。

以前那个活泼灵动的杏月不见了，变得神情呆板，天天跑去城外等待他阿达敏雅南的归来。

马天成天天盯着跑出城门等待敏雅南归来的杏月。

敏雅南没有音讯，雪林和雪云也没有音讯，剩下的自卫队队员也没有音讯。

突然，这个世界上就有这么一批人永远地消失了，消失在了空茫的大地上，消失在了人们的视野里，消失在了历史的角落里。

日本鬼子的大铁鸟又飞来了，但这次它却没有下铁蛋，只是差点撞上高高的铁战山。

二掌柜坐在药材铺的门口，望着日本鬼子的大铁鸟飞过瓦寨的上空，撒了一把传单，可偏偏有东风吹来，把传单刮到了栖凤山上吃草的山羊群里，那些馋嘴的山羊咩咩地叫着，争抢着把飘下来的传单风卷残云似的吃了个精光，像吃落地的枯叶一样，吃得津津有味。二掌柜看着竟然哈哈地笑了，笑声朗朗的。后来，他纠正人们对大铁鸟的叫法，说那是飞机，他在战场上的时候，天天见日本鬼子的飞机往下丢炸弹呢。

铁鸟也好，飞机也罢，只要它不来瓦寨丢炸弹就行。

有天，黑脸羊倌看着二掌柜的脸一本正经地说："我手里的土炮能打田里跑的野鸡和天上飞的老鹰呢，哪天要是日本鬼子的大铁鸟来了让它试一下，看我一土炮不把它打下来。"二掌柜笑了笑，没有说什么。

黑脸羊倌后悔没有跟着敏雅南骑着高头大马去抗日前线。他端着枪瞄准了天空里飞翔的小鸟，看着二掌柜的眼睛说："我可以把它打下来！"

二掌柜摆了摆手，轻声说："再要害命。那也是一条命。"黑脸羊倌只好作罢。但他还是想给二掌柜证明他的枪法。

二掌柜说："我知道你背了土炮若干年，枪法没有人能比得上你。"

黑脸羊倌睁大眼睛："那我假如跟了敏雅南会长去打日本鬼子的话，会不会也能打很多日本鬼子，能缴获日本鬼子的红领章？"

"能，肯定能！"二掌柜随口说道。

那天傍晚，黑脸羊倌把羊早早地收进了羊圈。第二天清晨，放牛时，黑脸羊倌不见了，他的那杆老土炮也不见了。

黑脸羊倌失踪的实情只有二掌柜知道，他是寻找敏雅南打日本鬼子去了。

"羊倌都去抗日了。"二掌柜到马先生的天生堂，给马先生说了这么一句话。

马先生头也不抬地说："地不分南北，人不分老幼，他去了他该去的地方，是个攒劲儿子娃娃。"

二掌柜站了一会，马先生根本就没有和他再说话的意思。二掌柜知道，在那件事上，马先生把自己彻底看黑了，永远看不起他了。他只有悻悻地退出天生堂。

二掌柜想羊倌还能不能找见敏雅南呢，这个他就不知道了。羊倌曾问他敏雅南到哪个方向去了，他顺手指了指东北方向。其实，他也不知道敏雅南具体的方向。不过，他后来还是给羊倌说了，往东北方向走，往有共产党的地方走，也许能找到敏雅南。因为敏雅南的自卫队里有共产党的人金红、黄起、麻义和小马先生呢。

瓦寨的儿子娃娃羊倌扛着枪到抗日战场上去了。

第八章

1. 雪月

敏雅南带着抗日救国自卫队和两个儿子雪林、雪云去了抗日战线后，得不到任何消息，尔菲叶常常垂泪思念。她常想，男人是活给世界的，女人是活给男人的。男人们想一出是一出，想走就走，想来就来，而女人就不一样了，不能想一出是一出了，让家和儿女们绊得死死的，哪里也去不了。她还想，这男人们出门了，是死是活给个准信该是有多好，要不托个梦也成。雪林她竟然梦见了两回，一回她梦见雪林浑身血糊淋拉地站在敏家咀家里的外院大门口，说家里的狗咬得他进不了门。她转身去吼狗，吼完狗回来，雪林却不见了，大门上空荡荡的，没有了雪林的踪影。她的心里失落得无处落放。还有一回，她梦见雪林站在清晨半虚空里的云端上，身穿一身白衣，踩着一朵洁白得像棉花的云彩，向她问安，前胸淌着鲜血，把白衣服都染红了。当她向雪林再要问话，云彩忽地飘走了。她流着泪叹着气给尕姨娘说："唉！雪林怕是折在了战场上。我连着梦见了两回，迹象都不是太好。敏雅南和雪云我梦不着。"尕姨娘忙扑过去掩了她的嘴，朝着地下吐了一口，说："你刚才说啥呢？找哪把折花刀子？"听尕姨娘这样一说，尔菲叶也就不言语了。

白面书生敏雅生终于有点出息了，和麻成两个人费着心思经管两家的铺面。不再整天背着手去茶馆里喝茶闲谝去了。自二掌柜出事后，他就明白了一个道理，自家的铺子还得自己操心，让别人操心操到地上呢。同时他也明白了，如果敏雅南和两个儿子折在了战场上，那这么大的家口还得他操心。如今虽然分家了，各经营各的铺子，各跑各的生意，但要是兄弟不在了，那顾盼家务的担子就会落在另一个的身上，这是天经地义的事情。敏雅南和两个儿子说走就走了，把铺子靠给了麻成，好在麻成是一个实诚人。敏雅南和他待承麻成像亲兄弟一样，麻成也一直在他家操心操劳，把铺子的经营放在麻成手里是万分放心的。敏雅南有时候待承麻成比待承他敏雅生还放心。那个时候，敏雅生还动辄生阿达敏镇寰的气呢。现在敏雅南留下一大家口人走了，临走还把阿拉加布老爷家的三个姑娘留了下来。这些娃娃现在都得他敏雅生操心。老阿达敏镇寰自敏雅南走了之后，见了二掌柜运送来的一些伤病员和亡人之后，就心性大变，俨然变成了另外一个人。

敏镇寰突然苍老了，步履蹒跚着好像一下子老得走不动路了，见了人也不说话。原来的他可不是这样一个人，幽默、活泼，喜欢结交人。满瓦寨没有人不知道他敏镇寰的。虽然他大半生都住在离城十里之外的敏家咀，但这不影响他，他早已是名声在外了。以前他骑着他的那匹枣红马进到瓦寨城里时，一路上都是打招呼的人。有些人他还真说不上姓名，但人家认识他，也许啥时候和他打过一两次交道，留下了深刻的印象。现在没事的时候，他都会骑上马，回到敏家咀，坐在门外的石头上或是勾头走在田埂上，思谋过往的岁月，说不清楚人到底活了个啥名堂。有时候他会找上老连手赛里木，找块长草的塄坎，坐着晒晒太阳，说一说过往的一些事情。但就是绝口不提敏雅南和雪林、雪云两个孙子的事。其实，儿子和孙子们是心上最大的一个疤痕。儿子里面他最看起的是敏雅南，孙子里面他最看起的是雪林和雪云，他最瞧不起的是敏雅生。敏雅南的性格赶了他，像他，一是一二是二，直来直往，没有拐心眼。而敏雅生就不一样了，他吃不了大苦，拿不住重活，用手尖子做活，把自己养得白白胖胖的，倒像是一个姑娘家，也不思进取，闲了就钻进哪家茶馆，泡上一壶茶喝上一天，把日子在茶水的流淌中打发掉了。敏雅南带着两个儿子和自卫队的人上了抗日前线之后，敏雅生才好像从睡梦中觉醒了，操心起家里的生意和家务了，也关心起敏镇寰的饮食起居了。人说三十而立，敏雅生是四十而立，但还没有立起来，立起个模样来。

其实，麻成的负担更重了，以前，他随便经营着铺面，家里大大小小的事情都由敏雅南管着，都不用他操心。如今，家里大大小小都由他操心。进货出货，种庄稼，娃娃们上学。本来上次，敏镇寰是想把麻文也带去兰州读书，他谢绝了老东家的一片好意。麻文在瓦寨读书就已经很不错了，他们家的所有费用和麻文上学的费用都由敏雅南管着，不用他操一分的心。如今老东家的思想乱了，让他操心那是不可能的，只要老东家不出事，吃好喝好浪好，不给他们找麻烦就是最大的幸事了。一向活泼的杏月自从敏雅南走了之后，也变得沉默寡言。过段时候，大姐雪月从婆家来到娘家，陪着杏月坐上几天。再说各有各的家务和务忙，雪月不大可能常来陪伴杏月。一家人走得七零八散的，她总是想不明白，男人们的心为什么总是收不住呢？哈雅一走也好几年了，至今没有个音讯。雪林和雪云从阿哇回来后，曾吞吞吐吐地给她想说啥，却被阿爷敏镇寰拦住了。后来她见着雪林和雪云的时候，他俩却啥也不说了。也许他俩知道哈雅的去向，她一直在思谋这件事，哈雅的去向肯定不是太好，如果好的话，他俩就直接说了，不会吞吞吐吐地绕弯子了。哈雅虽然不是太吃劲，不顾家，但他毕竟还是她的男人，是这个家的主心骨，这就不由她不思谋他。当初哈雅跟着阿达敏雅南跟牛帮的时候，也还攒劲呢，要不然，阿达敏雅南绝对看不上他，也不会把她嫁给哈雅的。后来哈雅嫌跟阿达当郭哇苦太大，称心病不跟阿达了，自个儿出去闯荡世界去了，这一去就再也没有回来过，连个消息也捞不上。也许男人们知道男人们的事。她曾怀疑哈雅在外面找了女人安了家，雪林、雪云都赌咒发誓地说哈雅不是那样的人，要她相信阿达的眼光，阿达看上眼的人绝对不会错。可她就是相信不了，你说他一个大活人，说走就走，丢下一家老小毅然决然地走了。如果雪林和雪云在的话，她再套会话，说不定能从他俩的口里套出点哈雅的音讯来。可如今雪林和雪云都没有音讯了，她再没处打问哈雅了。她时常祈祷着让阿达敏雅南和雪林、雪云能全美地活着回到瓦寨。可上了战场，哪有不折人的道理，但她还是相信阿达和雪林、雪云不会折，阿达是人中龙凤，雪林和雪云也不是弱人。那年，阿达带着雪林和雪云去阿哇草原，他俩还连驮子都抱不起，被尕郭哇们戏耍得差点哭了。他俩求助地望向阿达敏雅南，敏雅南却佯装没看见，和几个尕郭哇有说有笑的，意思是自己的事自己解决。雪林和雪云抹着眼泪骑在马背上，挤了挤眼睛，努了努嘴，猛地打马跑过去，朝戏耍他俩的那几个尕郭哇骑着的马屁股上狠狠地抽了几鞭子，那几匹马惊得突跳了起来，把其中一个尕郭哇重重地摔在了草地上，摸着屁股半天起不了身。

雪月的记忆中，阿达敏雅南站在一处高地上，环视了一眼静静等待起程的牛帮队伍，大手一挥，发出了牛帮起程的命令。一声令下，打"青龙旗"的牛帮打前站，打"绿鹰旗"的牛帮殿后；第二天清晨，打"绿鹰旗"的牛帮打前站，打"青龙旗"的牛帮殿后，往后如此轮换前行。几十个尕郭哇赶着几百头驮牛浩浩荡荡地起程，漫山遍野绵延几里路，从瓦寨城头上望去是何等威风，何等壮观。阿达走了，这种壮观的景象再也不存在了，再也没有人在瓦寨能组织起那么庞大的牛帮队伍了，阿哇草原离瓦寨逐渐远了。瓦寨人再也见不到阿哇草原的雄鹰阿拉加布了。可是阿拉加布却时刻心牵他撒在瓦寨的三个姑娘，只要有人来到阿哇草原，他就不厌其烦地向来人打问瓦寨和牛帮大郭哇敏雅南的情况，再打问他的三个姑娘。可来人里没有瓦寨人，谁也不知道瓦寨的情况。问罢，阿拉加布内心充溢着更多的失望和沮丧。

阿达在的时候，雪月还不是太心牵家里，如今阿达和雪林、雪云不在，她心牵得要命，一会思谋阿达，一会思谋雪林和雪云，一会又思谋阿妈，一会又思谋起阿爷，一会又思谋起尕姨娘、麻成和雪风来，她只要睁开眼，就没有不思谋的。但就是思谋不起她那个像白面书生的二达敏雅生来，所有人都思谋遍了，就是脑子不来敏雅生。越是这样，雪月越是在她那个家里待不住，一会也待不下去。时日一长，雪月患上了头疼睡不着觉的毛病，到天生堂让马先生号了脉抓了药，吃上管了几天，脑子里就又出现了各样的幻觉，还是睡不着觉。

这回，马先生给她号了脉抓了药，微笑着说："丫头，到娘家去，陪着你阿妈和杏月住上一段时间，让她们陪着你说说话，散散心，再把药吃上，这个病自然就慢慢好了。你这也不是啥大病，是你自己思谋得太多的缘故。"

雪月轻轻地笑了一下，说："一家人走得七零八散的，多少天过去了，连个准信儿都没有，急死人呢。我从小就心小，针尖大的一点事都放不下，把自己思谋成大病了。我的病就是没日没夜思谋成的。杏月有时候跟我像呢，也叫一点事情思谋得神魂颠倒的。其他人都心大，天塌下来也不愁，不思谋。"

"杏月的事情我听说了，马天成也给我说了，多机灵的一个丫头，硬是叫你阿达思谋成那样了。如今，你这个样子，杏月也神魂颠倒天天跑到城外等你阿达去呢。那次，要不是马天成生拉硬扯地推到家里，杏月还不知道要乘脚走到哪儿去呢。天天思谋着把脑子想麻达了，但愿你再不要成那样子。你阿爷也成了一个蔫人，与原来的牛帮大郭哇比起来活脱脱是另一个人。如今你阿妈把杏月放到了敏家咀，好，毕竟乡间安静，思谋得少，眼不见心不烦。那次二掌柜拉来的残胳膊缺腿的人把她惊着了。她的脑子里一直有一个画面，那就是怕你阿达和雪林、雪云成了那样的人。那个场景刻在脑子里挥之不去。"

雪月听马先生说了一大堆，都是劝她的话。她何尝不知道那个道理呢，可心里就是放不下，要是心里能放下，她早就放下了，也不找马先生号脉抓药了。雪月抓了药，告辞马先生出了天生堂，大街上冷冷清清的，她没有想好去敏家咀还是去沙河。沙河就剩下哈雅的一双父母，再没有其他亲人。她和两位老人话也说不到一起。而且两位老人还心气不好，动辄就要寻着给她发脾气，把哈雅不进门的事全推在了她身上，说她拴不住男人的心，而不说自己儿子心野的事。说实话，出了那个大门，她真不想再踏进那个家门一步。可她有啥办法，每回趟娘家，只要她说不想回去或是说坐几天娘家，阿妈就吹胡子瞪眼地给她发火，让她连住一晚夕的权利都没有。

雪月盲目地走在冷清的大街上，完全没有了方向。敏家咀和沙河在脑子里来回反复旋转，一会就变得十分模糊了。她脚轻得像漂在水上，不知道要漂到哪儿去。雪月走着走着，脑子里突然闪现出了阿婆的笑容。阿婆殁了十几年了，这时候却突然出现在了她的记忆里，要是阿婆在就好了。她是阿婆最心疼的孙女，从小就贴在阿婆的背上长大的。要是阿婆还没有殁，她可以回到敏家咀，给阿婆说说她的难辛，倒倒心里的苦。可如今她给谁去说呢？前年她回到敏家咀给尕姨娘倒了会苦，被阿妈发现了，狠狠地把尕姨娘骂了一顿，说要叫尕姨娘听她胡乱说呢。她哪是胡说呢。出门的丫头，心里有不顺心的事情了，回到娘家倒倒苦水也就罢了，让心里平静一下，可阿妈却从来不让她说沙河那面的事情。阿妈把她当成了一个哑巴。

雪月在大街上徘徊着被敏雅生发现了。敏雅生吃惊地看着雪月，还有她这会哭胖的眼睛，吃惊地问她："咋了？哭啥呢？"

雪月望着自己的亲二达，低了头，眼泪就哗地流了下来，哽咽着说不出一句话来。

敏雅生拍着雪月的肩膀，说："二达我知道呢，你心里苦，这会你就放声大哭，二达陪你，把你心里的苦水倒出来，再甭憋着了。"

听敏雅生这样一说，雪月的泪水像泼了，"哇"的一声哭出了声。敏雅生知道雪月的性子倔烈，不能揭硬皮子。这个性子赶了他大哥敏雅南。敏雅生想让雪月到他瓦寨的家里坐几天，可雪月死活不肯，要去敏家咀，敏雅生只好叫人牵了马送她去敏家咀。说起敏家咀，敏雅生也有很长时日没有去过了。雪月想好了，这回到了敏家咀她死也不回沙河。一个思谋起来连面容都模糊的男人，几年了都没有着家，是死是活不知道。反正她再也不回沙河，就是阿妈拿门闩打她，她也不回去。逼得狠了，她就顺着红雀河一路下去，进到洮河里算了。人活到这个份上了，还有啥留恋的呢？兄不亲母不爱，她还有啥理由和借口活下去呢？雪月骑在马背上一路思谋她回去会出现的各种场景。

这次雪月回到娘家后，阿妈竟然破天荒没有为难她，没有给她难堪和脸色。其实，阿妈就是那样一个人，她想是不要拆散雪月在沙河那面的家，既然嫁给了人家，就应该踏踏实实地过日子。女人过日子跟谁过不是过，但那贼杀的哈雅撇下雪月几年没着家了，她最后的忍耐终于失去了。掌柜的和两个儿子在的时候，她还有那么一点等待的耐心，如今，掌柜的和两个儿子不知是死是活，见不上面了，她对哈雅的那点忍耐也就终于从泪水里流走了。自己苦了一辈子，再不能让雪月比她还要苦一辈子了。更何况那个家也没有啥可留恋的，公公婆婆掐眼根就见不得雪月，天天追着雪月骂，说雪月拴不住哈雅的心，娘老子都拴不住的心，雪月能拴住吗？反正这次雪月来了，她不准备让雪月再回沙河，就是天王老子来叫也不回去。除非哈雅突然从天上或是地下冒出来，那也得另说。

雪月的脸上终于露出了难得一见的笑容。

雪月和杏月两个人陪着阿爷敏镇寰，逐渐唤醒了阿爷年轻时的许多记忆，阿爷的脸色也慢慢地润朗了起来。麻成把老婆和孩子都接到了瓦寨，务忙着瓦寨家里的一切事务。

拉姆和益西梅朵不见雪林和雪云，整天愁眉苦脸的。

日子一晃就到了冬天。

敏雅南和两个儿子还是没有消息。那些没有回来的自卫队队员也没有消息。

瓦寨城里比以往萧条，由于打仗，外面的货物进不到瓦寨，瓦寨的货也出不去。敏雅生和麻成急慌得整夜整夜地睡不着觉。

2. 拉姆

终于从前线传来确切的消息说雪林牺牲了。

传消息的人还说哈雅在红军队伍上牺牲了，牺牲在了腊子口。

还说敏雅南带着剩下的自卫队队员和雪云去了更远的战场。

听到雪林牺牲的消息后，一家人就哭乱了。尔菲叶哭晕了几次，敏镇寰定定地坐在太师椅上，任由泪水像泉水一样流泻，他手里端着的三炮台盖碗子磕得嘎哒哒地响着。雪林牺牲了，那敏雅南和雪云还能活着？哈雅牺牲得早，他是知道的，雪林和雪云曾给他和敏雅南说过，但他俩怕尔菲叶和雪月悲伤，就压下了消息。但哈雅的牺牲远没有雪林的牺牲对他打击大。雪林是从小在他怀里躺着拔着他胡子长大的。他再也见不到雪林了，雪林是孙子辈里最机灵最听话最有眼色的一个，如今却不吱一声走了，丢下他这个孤老头子走了，就像当年他阿婆毫无征兆地丢下他走了一样。敏镇寰的心疼碎了。哈雅走了，雪林走了，那后来再谁走呢？不知道，战场上子弹不长眼睛，说走就走了，那是不由人的事。

拉姆听说雪林牺牲了，哭天抢地地把自己的头发都拔下了几股子。她大哭大叫地骑着马从南门奔到北门，再从东门奔到西门，来回奔跑，直到把马跑得跑不动了才停下。她跳下马，披散着头发满大街疯跑。麻成和敏雅生一前一后追着，像追一个疯子。阿拉加布老爷家的丫头拉姆疯了，看到的人们这样说。益西梅朵折了根树枝追上去狠狠地抽了拉姆几树枝，才把拉姆打醒打清头了。清醒过来的拉姆浑身顿时没有了一点劲，软得瘫成了一摊泥，抱都抱不起来。她哽咽着说不出一句完整的话。直到最后麻成才听清了，她不停地喊着："我要回阿哇，我要阿爸，我要阿妈……我要雪林……"拉姆这一哭，把周围的人都惹得全抹起了眼泪。

敏雅生看着麻成，说："拉姆要是犟起来回阿哇，你说咋弄？现在不是回阿哇的时候，就是回也要等到草地上长出青草的时候才能出发。如今，谁敢走阿哇？恐怕没有一个人敢走。"

麻成皱着眉头思索了一会，说："大冬天走阿哇的人没有，走茶卡盐湖的有呢。但不是一条道。冬天，牛帮才到茶卡盐湖驮盐呢。这一路寺院多，牛帮走时通常会借住寺院的僧舍。可那条道上没有人烟，要是冻了饿了也没有地方歇脚，不像天气热的时候，随便在哪个避风的地方躺一晚夕都不成问题。"

敏雅生一本正经说："这两条道我都走过，现在走是绝对不成的。要时时刻刻把拉姆放在眼窝里盯死，叟叫她脱离眼沿子。

这丫头这回受的刺激大，离疯不远了。"

麻成说："拉姆这是把雪林刻在心里了，不由她不疯。"

敏雅生摇了摇头，说："只要人把人看上，没到银钱几万上。人把人看上去死都成呢。"

麻成点着头说："我以前听说有女人为了一个男人或是男人为了一个女人而寻死觅活的，我还不相信。如今我真信了。"

从此，瓦寨城里多了一个疯疯癫癫的草原姑娘。

拉姆得了疯癫病后，尔菲叶拖儿带女地带着一家人又搬回到了瓦寨城里，把尕姨娘和雪月还有藏獒"四眼"留在了敏家咀，守护庄窠。她自己和益西梅朵天天引着拉姆去看马先生。马先生见拉姆来了，就丢下其他病人不问不诊，十分耐心地给拉姆号脉开药方，并轻声慢语地劝解拉姆，和拉姆拉家常，说草原说牛羊，谈官寨谈人生，谈得最多的还是她阿爸阿拉加布，说阿拉加布的孤独和无助。马先生和拉姆交谈的时候，其他病人都静静地听着，一脸的平静，也不插话。拉姆的脸色寡白，毫无血色。马先生说得拉姆的脸上有些许喜色的时候，才微笑着开药方。有些病人就好奇马先生为啥对一个疯丫头如此热心和有耐心呢。可他们哪里知道这里面的奥秘呢。

马先生和去世了的杨先生都是把朋友的托付看得比命还重要的人，敏雅南临走前给马先生托付了他家里的事，也托付了子女们的事。如今拉姆到了天生堂，就跟到了她自己家里一样。拉姆又是阿拉加布老爷托付给敏雅南的事，反过来，敏雅南把全部事情托付给了马先生，马先生就得全力以赴照办，全力以赴照看拉姆。

手到病除的"一把抓"马先生对拉姆的病好像有点手足无措，下了几剂猛药，拉姆的病还是没有丝毫的减轻。马先生甚至觉得他好像不会看病了，拉姆吃了他开的药还是那个老样子。拉姆披头散发地说跑就跑了，哈哈大笑着，惊得跟前的人四散而逃。拉姆跑脱的时候力量大得惊人，有次，谁家的一只哈巴狗挣脱了拴绳，朝着狂奔的拉姆迎了上去，只见拉姆扬起脚一挑，那只哈巴狗像只草把子一样被甩上了房顶，弹挣着翻了两个滚就没有了声息。自那以后，要是谁见着拉姆满大街狂奔，都避得远远的，怕被拉姆顺手操起的砖头瓦片石块啥的要了老命。但谁也没有见拉姆操过砖头瓦片石块啥的。

拉姆吃了几次药，病一分也没有好。最后一次，马先生搓着手，一个劲地给尔菲叶和益西梅朵道着歉，希望尔菲叶另请高明。尔菲叶知道，连马先生都治不好的病，不可能再有人能治好了。尔菲叶和益西梅朵引着拉姆没有另请高明，而是满脸忧伤地回家。

回家的路上，尔菲叶对益西梅朵说："要是雪林他们在就好了，拉姆也不会得这样的怪病。"

拉姆听到尔菲叶和益西梅朵提起雪林的名字，眼睛马上亮了，转过身睁大眼睛看着她俩。雪林的名字对拉姆比吃了马先生开的药还有劲道和效果。

益西梅朵看着拉姆的神态，低声对尔菲叶说："你看拉姆听到雪林的名字时，眼睛都亮了。"

尔菲叶说："我也看到了，拉姆心里刻着雪林呢。"

益西梅朵说："要是雪林在，就能治好拉姆的病。"

尔菲叶长长地叹了气，她知道她的雪林回不来了，永远回不来了。

3. 雪光

日子一晃就到了腊月。从腊月开始到正月，往年的这时候，瓦寨还是有点红火。

多日没有聚会的瓦寨商会的人重新聚在一起商量扯绳的事情。日子再苦，年还得过，还得穿戴一新喜庆一下，要是全瓦寨城的人都喜庆的话，那就把扯绳在正月里扯起来。

　　正准备喜庆的时候，天公作美晚上下了一整夜的一场厚雪，覆盖了瓦寨的山山水水，把满山野所有肮脏的东西都盖在了白雪下面，包括瓦寨人的远视和记忆。雪像下萝卜片子，覆盖了瓦寨的城里城外。拉姆雷打不动地奔跑，在厚雪覆野的瓦寨城里绝对是一个异类。清晨，拉姆出门出城，狂奔在无垠的雪原上，像只欢喜的狍鹿。这会的拉姆也许把雪原当成了广阔辽远的阿哇草原。小时候，冬天下雪的时候，阿爸骑着马，皮袍里裹着她和益西梅朵，在草原上狂奔，让她们经受冬季草原的风光。央金还太小，由阿妈带着，他们出门的时候还在官寨里睡觉。那时候，阿妈整日病恹恹的，气色不是太好，一直见不得风。阿哇草原上冬季的风凛冽寒冷，阿妈就时常藏在官寨里不出门，只有太阳出来的时候，才从房间出来晒晒太阳，但是晒不多长，便叹口气又到生火的房间里去了。由于常年不出门，她的脸色白生生的，像刮在碗里的奶皮。由于她怕冷，所以她的房间一直生着火，益西梅朵记得火塘里的火永远也没有熄灭过。要是哪天火塘里的火熄灭了，阿爸会生气地像熊一样怒吼起来，吓得官寨里的人无处躲藏。

　　麻成、尔菲叶、杏月和益西梅朵远远地跟着拉姆。尔菲叶凝视着一望无际雪色朦胧的雪原，又想起了出门在外的敏雅南和两个儿子，还有在敏家咀家里的雪月和孕姨娘，心里就白晃晃的虚得很，像这雪原上的厚雪。

　　一个家说散就散了，一家子人说走就走了，这不经意间发生在尔菲叶身上的事情，让她一个妇道人家难以承受。一连串的事情把雪月和杏月也思谋成病了。以前谁能料到会发生这样的事情呢？可更愁的是把人家阿拉加布老爷的姑娘拉姆成了这个样子。

老爷走的时候，把一个活蹦乱跳的姑娘万分放心地交给了他们家，而如今的拉姆却整天像一个疯子一样满大街乱跑狂奔，拉姆还真成了一个疯子，不过没有人承认罢了。大夫给人治病最怕治的就是心上的病，拉姆如今害的是心上的病，治起来就有难度了。就连他"一把抓"马先生都治不了，在瓦寨哪还有谁能治好呢？没有人能治得了。马先生治不了的病，就是你到了天南海北，也没有人能治好。马先生说了，心上的病还得找病根从心上治。

那天，马先生对尔菲叶说："这丫头害的是心上的病症，心上的病没药可治，但只要找到了病根，对症下药，才能治好。问题是如今找不到她的病根。她心里有了雪林，可雪林却牺牲了，把她心上的肉挖去了，你说她能不疯吗？要是雪林在，她也就不会疯。"

尔菲叶叹了口气对马先生说："拉姆的病无论如何要治好，不然没法给阿拉加布老爷交代，给阿哇草原交代。"

雪原上的风轻洌洌地剜着尔菲叶的脸颊，她把自己站成了一尊雕塑。一只兔子从雪原上跑过，边跑边不时停下来张望着那个狂奔的披头散发的疯女人。清晨的霞光哗啦啦地洒在雪原上，像喷着淡色的血雾，耀得人有点睁不开眼。拉姆，兔子，霞光，在尔菲叶的眼前晃来晃去，让她忆起小时候大人们在落雪的清晨追着满山满川乱飞的野鸡狂吼乱喊的场景来。现在那只兔子拼了命奔逃，拉姆拼了命狂奔，只有血色的霞光轻慢地漫过天地，越来越浓。尔菲叶的脑子里有了溢涌的幻觉，血色的幻觉，这淡色的血雾变成了扑面的血雨，朝她倾盆而下，远方的大地，冒着战火的原野，淋着鲜血的敏雅南、雪林和雪云，轮换着朝她的眼前扑来，晃得她有点站不稳，摇晃着倒在了雪原上。远处，那只奔逃的兔子回转过身惊奇地看着慢慢倒地的尔菲叶，狂奔的拉姆终于力竭，仰面躺在雪原上，胡乱地抓着身下的洁雪，撒向暗红的太阳。哭笑才是人的本能，可尔菲叶没有哭笑，拉姆也竟然没有哭笑，只有大地在哭诉，高悬的太阳在笑。

　　呆若木鸡的麻成、杏月和益西梅朵手足无措，不知先扶尔菲叶还是先抱拉姆。益西梅朵跪在拉姆的身旁，攥住拉姆的手，哭诉着轻唤她的记忆。杏月终于忍不住大哭了起来，她忍耐的时日太久了。她摇着哭喊着晕厥在雪原上的阿妈，知道她此时此刻内心里比他们还要痛苦，为了这个家，心里的苦水还真没地方吐。血色的雪光拂在尔菲叶苍白的脸上，拂不去她心海里的无限苦痛。麻成跪在尔菲叶的身边，用拇指使劲按着她的人中，豆大的泪珠满溢着。他想，这个像亲姐姐一样待承亲兄弟亲姐妹般待承他的女人，心里承受了山大的痛苦和磨盘似的压力。

　　尔菲叶终于没能扛住内心里栖凤山般重压的痛苦，无助地倒地，不再思谋和承受内心的痛苦和重压了。

　　尔菲叶的倒下是一场人生的终结，是一场苦痛的终结，是一个时代的终结。

4. 苍原

　　敏家咀，一个新坟堆孤零零地矗立在洁白无垠的雪原上。

　　一只孤鸦蹲在村口那棵高大的白杨树上"哇哇"地叫着，叫声凄厉。两只喜鹊"嘎嘎嘎"扯着长尾巴，从一棵树飞向另一棵树，轻诉鸟类的难场和艰辛。

　　敏镇寰手里拄着一根七扭八拐的柳树棍子，弯着腰站在村外的原野上，看着一个打马走过的男人，眼里充满了无限的疼怜和羡慕。田黄一夜，人老一年。敏镇寰是一夜之间苍老的，像秋风吹黄的青稞田，一夜之间变了成色。

　　敏镇寰把自己活成了一个忘记所有人生记忆的人。马先生和丁仰迁踩着迟迟不消融的厚雪到敏家咀来看望他时，他竟然盯着马先生和丁仰迁看了半天，忆不起这两个亦师亦友的老连手来。

马先生紧紧地握住敏镇寰枯瘦的手，摇晃着大喊："大郭哇，我是天生堂的'一把抓'！"

敏镇寰听了之后没有丝毫反应，好像谁用抹子抹去了他所有的人生记忆。

丁仰迁抹了一把泪水，喃喃自语："这样也好，没有钻心的疼肠，没有燃眉的心焦，更没有扰心的思念。"

孕姨娘在一旁撩起衣襟擦着湿汪汪的泪水。雪月和杏月已经流干了泪水，湿润的眼眶里充满血色，让人看着心疼不已。

马先生不愿放弃，握住敏镇寰的手摇晃着，大吼道："大郭哇，你骑的马呢，我给你牵马去，我们上阿哇找阿拉加布，走，哎！郭哇们起程了！走啦！"

敏镇寰好像在听一个遥远的故事，听到马先生这样一喊，竟毫无表情地问："谁是大郭哇？去阿哇干吗？你们去，我不去。"

马先生忙摇晃着他的手，在耳门边大喊："你是大郭哇，郭哇们都等你发号命令起程呢。"

敏镇寰哭丧着脸对马先生说："你们去吧，叫大郭哇带上去，我不去，我害怕呢。"

马先生抬头无助地看了看雪月、杏月和益西梅朵，还有撩起衣襟放不下手的孕姨娘，摇着头对她们说："唤不起他的记忆了。一场接一场的打击，把他的记忆抹光了。连我都从记忆里抹去了，再无法唤醒他的记忆了。这样也许对他来说最好，没有了那种刻骨铭心的痛苦了。"

孕姨娘抹着泪花对马先生哭诉："马先生，你说这个家再咋过日子呢，没头绪了。"

马先生用坚毅的目光扫一遍她们，说："你们把心放到校场上，不是还有麻成和敏雅生呢吗？再说大会长出征上战场前，到我跟前把你们已经靠过了，我还是佩服大会长的远见，他在出发的那会就已经料想到了你们今后的日子。往后事情你们要愁，你们只想着如何把往后的日子过好就成了。你们也不用到麻成和敏雅生跟前喊叫，他们还有他们自己的那个家呢。只有我是最轻松的，我就一个儿子，没有太大的负担。以后的日子由我担负好了。你们也不要把自己弄得太苦，如果那样，我还心里不安，对不起我的老连手对我的信任和嘱托。"

孨姨娘她们互相看了一眼，又齐刷刷地看向马先生。马先生微笑着，满眼的真诚和实在。

敏镇寰望着围在身旁的一大群人，毫无表情地拄着柳棍转身走出了大门。孨姨娘忙追了上去，朝雪月招了招手，雪月丢下手里的东西，跟了孨姨娘去看阿爷。敏镇寰目光呆滞，拄着柳棍，步履蹒跚地朝原野上走去。他走到那个新堆起的坟堆旁，站定，盯着，思谋着，忘记了所有。清风拂着他苍老的脸颊，花白胡须在胸前凌乱地飘荡，站的时间久了，他的腿微微颤抖起来。谁也不知道此时他究竟思谋起了什么，年轻时的记忆？儿孙们活泛的身影？还是他在阿哇草原的叱咤风云？在瓦寨率牛帮扬鞭入藏，起程连横十里，牛驮三千，寻觅八荒的英雄气概？也许是，也许都不是。

第九章

1. 正月

日子一晃就到了正月。

瓦寨城经历了诸多的磨难，商会的几位副会长和马先生、丁仰迁、马爷等人在"聚香园"饭馆里聚在一起，商议重启在正月元宵期间已经停办好几年的扯绳。大家一致的意见是，和尕日本的战争还在继续吃劲，瓦寨的儿子娃娃们出去的只回来了几个缺胳膊少腿的，其他的都没有音讯。如今该扯次绳，把瓦寨城百姓的士气提振一下。于是，有人出马喊上敏雅生和麻成把敏镇寰从敏家咀接了过来。敏镇寰坐在一堆人中间，像当年的徐庶进曹营一言不发。商会的这些人请他是有原因的，因为前几次都是他出面组织扯绳，只有他振臂一呼，瓦寨的头面人物们才能响应他的号召，有钱的捐钱，有麻绳的捐麻绳，然后把买来和捐来的麻绳拧成小龙碗的碗口粗几十丈长的大麻绳，铺在南北走向的西门十字街面上，在正月十四、十五和十六的晚夕里扯起来。扯绳是每晚三局，三晚九局，人们就是图个热闹和人气，也图个平安。

马先生把敏镇寰扶到上座坐定，泡了三炮台盖碗子，让敏镇寰喝着，然后扫了一眼大家，轻缓地说："老郭哇在，就是我们的主心骨，只要他在此坐镇，我们的计划就不会乱。前几次，都是他召集我们大家在这里商决扯绳的事情。如今老郭哇只能给我们坐镇了。我意扯绳的布告还是以他的名义发出去。因为他是我们瓦寨的金字招牌，另一块金字招牌杨先生已经不在了，我们只能让他出面坐镇。"

丁仰迁接上马先生的话头说："马先生说得有道理，必须要老郭哇坐镇呢，假如敏雅南在的话，由敏雅南坐镇，如今，敏雅南不在，好多的瓦寨儿子娃娃们都不在，我们只能由老郭哇坐镇，当我们的主心骨。哪怕他指挥不了也罢。"

几位副会长和瓦寨城里各商号的掌柜都一致表示同意敏镇寰为这次扯绳的总纳。

终于等到了正月十四晚夕。瓦寨商会的各位副会长和马先生、丁仰迁、马爷搀扶着总纳敏镇寰，一齐来到了西门十字路口，大家身穿长袍马褂，头戴黑色礼帽，庄重严肃得像一群刚出土的老古董。尕姨娘带着雪月、杏月、拉姆、益西梅朵也来到了西门十字路口那儿。麻成领着一家三口子跟在尕姨娘身后。

十字街道两旁挂满了喜庆的大红灯笼，斗大的灯笼上写着捐助商号的名号，路两边的房顶上插着的几面彩旗迎风招展，整个瓦寨洋溢着浓郁的节日气氛。

一群虎腾腾茂生生的雄壮后生从四面八方的乡庄里奔拥而来；一簇簇花枝招展婀娜多姿的姑娘从四乡八路结伴而来。这些壮实的后生和婀娜多姿的姑娘们，穿戴各异，语言各异，他们的心中却燃烧着火一样的热情和满怀的激动。

他们踏着积尘，顶着昏日，任凭寒风吹彻，但欢腾的嬉笑声在白雪上迅疾地滑过，飞翔在空寂的山野里，朴实得像远山里不甘寂寞的风笛，吹奏欢愉的乐章。她们踩着冰雪，迎着疾风，轻溜溜地像一群飞翔的哨鸽，狂舞在空旷里，飞扬的流苏,飘扬的丝带,点燃红红绿绿的生命,弹奏起一曲曲情调撩人欢愉的乐章。

华灯初上时,瓦寨城南北走向的主街道人如海声如潮,花灯耀人。

比赛开始,商会副会长宣布比赛开始,参赛者按居住地域一拥而上,迅速分成上下两片,分挽绳的两端,双方连手将刚硬的桦木楔子串在龙头中央,以鸣炮为号,开始角逐,此时月华东升,皓月当空,霎时,爆竹声、哨子声、呐喊声、音乐声、观众的喝彩声融为一体,山岳为之震动!大河为之沸腾!人心为之震撼和颤荡!这时候,整个大街上没有一个闲人,没有一个不鼓劲的人,连敏镇寰也拄着棍子使劲地呐喊,像个孩子一样。每一个参与者都扯得汗流浃背,后背上都渗着一大片汗渍,冒着热气,如进了蒸锅似的,这就叫一个畅快淋漓。

此时此刻,雄健的后生们齐吼着舞耍着的龙头翻涌着起伏着相吻相拥。一锤下去木楔紧扣龙头相连,一根绳,一条心,向各自的方向奋力拼搏,数万个服饰各异但神情一致、目标一致的后生们就发狠了,忘情了,疯狂了,忘记了往日的辛劳、疲惫、忧愁、烦恼,展示瓦寨人的粗犷、豪放与执着,那绳如巨龙流动、蛟龙出水,忽上忽下,或动或静,相争相持,气势为虹。在瓦寨爆出了一场壮阔、豪放、火烈、激荡,令世人震颤和永存记忆的巨型舞蹈。

一声齐吼,惊天动地,使冰冷窒息的空气变得燥热,变得火爆;使沉寂的大地变得颤动,变得激动;使恬静的月光惊得飞溅四开,变颜变色;使困倦不已的世界亢奋着来不及打个懒颤,一醒无眠。

后生们在吼,齐吼,万人齐吼,吼出了他们的心声,吼出了一方水土的韵致。那搏击的众吼,震撼、烧灼、激励着所有的人,它以撼天动地的姿态如此鲜明地感受生命的存在、活跃、奔腾和强盛，释放出那么奇伟磅礴、撼天动地的能量。

好一个瓦寨扯绳！这是一种疯狂的舞蹈，梦幻的激烈释放。让挥洒的汗水化卸了瓦寨遥远记忆的苦恋，把思恋江淮故地的念想化成了一种团结的力量。把瓦寨人的痛苦和欢乐、生活和梦幻、向往和追求、凝聚和拥抱，浓缩交织在了那一声声呐喊中、齐吼中，而后哗然升华成了一种象征，一种万民齐仰的象征。

在这种震撼瓦寨的强大气场里，一个蓬头垢面的年轻人站在尕姨娘端对面房檐下，望着对面激动的尕姨娘和益西梅朵她们，一动不动，眼里的泪水像泼了似的喷出了眼睛，眼睛像雨帘，挡住了对面益西梅朵等人的视线。益西梅朵忽地抬头看了一眼对面，也许是心灵的感应，也许是眼亮的缘故，她竟然认出了对面站着的来人，发疯似的像长了翅膀一样飞过扯绳的人头，几步跃到了那个人的身边，哭着喊着。拉姆顺着益西梅朵的身影，也看到了那个令人朝思暮想的人。拉姆比益西梅朵还要疯狂，她长长地吼了一声，也像飞人一样跃过了扯绳的人头，扑向了那个瞭望的人。尕姨娘、雪月和杏月都还没有回过神来，益西梅朵和拉姆已经飞到了街道对面，有种把那个年轻人抱住吃掉的感觉。见益西梅朵和拉姆疯了似的追了来，那个年轻人撒开长腿朝城东家的方向狂奔而去，像追捕猎物的猎狗，跑得连拉姆都追不上。

益西梅朵在身后狂喊："雪云，你等一等！"

拉姆悲恸大喊："雪云，等一等我！"这两声声嘶力竭的大喊，让尕姨娘她们听得心扇子乱颤。麻成真切地听到了拉姆和益西梅朵的呼喊，丢下麻文和麻文娘，钻出人缝，朝着拉姆和益西梅朵喊叫的方向追去。

当麻成和尕姨娘一帮人像疯了似的跑回家里时，发现拉姆静静地坐在暗昏昏的院子里。清油灯的火苗跳跃着，晃来晃去的。雪云脸上蒙着一层厚厚的垢痂，怪异地笑着，不一会便手脚麻木，浑身抽搐发抖不已。而拉姆却没有了以往的那种疯劲，安静得像一只绵羊，望着大家惊讶的目光。

麻成叹了口气说："一个还没好，一个又疯了。"

拉姆扭过头，惊讶地问忙乱的尕姨娘："尕姨娘！谁疯了？"

尕姨娘激动地抱住拉姆痛哭起来："我的拉姆好了，我的拉姆好了，我们大家向阿拉加布老爷有个好交代了。"

尕姨娘哭了几声，放开拉姆，又扑过去抱住雪云哭了起来："我的娃我的雪云，你到底怎么了？"雪云还是一声不吭地抽搐颤抖，一家大小吓得不知如何是好。

麻成手忙脚乱地背起雪云直奔天生堂找马先生去看。麻成背着雪云坑坑洼洼地跑到天生堂时，差点跑断气，一个大小伙子，背起来比一麻袋青稞还沉。

马先生让麻成把雪云背进天生堂里间，放倒在炕上，开始号脉。号了一会脉，马先生脸上毫无表情地说："是急火攻心所致。唉！这娃娃。"马先生长叹了一口气，掐了掐雪云的人中，灌了两汤匙灰色的药粉，才算稳定了下来，"还得吃一段时间的药，养一养身体。身体太虚弱，许是经的事情太多了。"

雪云缓过劲后，大家才扶他回家休息。

回到家里，雪云望着尕姨娘和麻成，鼻子一酸，终于号啕大哭了起来，哭得天昏地暗，谁也不敢劝。

麻成说："让他哭吧！使劲地哭，哭出来就好了。儿子娃娃谁还没有淌过一滴伤痛的眼泪呢？"

2. 阿哇

正月一过，瓦寨的天气就一天天地热了起来，太阳也明晃晃的有点耀人。

雪云连着吃了马先生开的药一个多月，病情慢慢好转了。

雪云缓病休养期间，阿爷敏镇寰就一直陪在他身旁，不离左右。敏雅生和麻成也不时过来陪着坐上一会，说说话儿，想从他的嘴里透一点儿大哥敏雅南和大侄雪林的话头。

雪云的病情一好转，眼睛有了活气，人也开始说话了。于是雪月、杏月、拉姆和益西梅朵天天守着雪云，陪雪云说话，排遣他心里的忧闷。虽然大家都陪着他说话，但就是阿达敏雅南和大哥雪林的话头谁都不敢提，只要一提这个话头，雪云的心病立马就犯，白眼仁就翻到后腔里去了。多日的药就又白吃了。马先生给他们都说了，不要在任何时间到雪云跟前提敏雅南和雪林。战争的烽火把雪云的心烧坏了，在炮火连天、血肉横飞的战场，看着一个又一个的亲人倒下去，他却无力挽救，这是他急火攻心的主要原因。好在，他全身而退回来了。让他慢慢忘掉那战火连天的记忆吧，可是他却忘不了亲人和连手们一个个离去的痛楚，这痛在心底的苦涩和难场，是不能倾诉给任何人的。

雪云病情慢慢好转之后，拉姆和益西梅朵陪着他到栖凤山上去转。向阳的地方已经有嫩黄的草芽顶破地皮冒了出来。嫩嫩的冰草、蒲公英，最先映入了雪云的眼帘。他望着瓦寨城外空场里等待驮货去草原的犏牛，想起该收拾东西跟着大郭哇走了。忽然，他又停住脚步望着远处牛帮进藏的土路，思谋起了什么。

拉姆看着春天一天比一天近了，给益西梅朵说："该回阿哇草原了，阿爸在阿哇官寨里太寂苦了。"

益西梅朵未接拉姆的话头，她何尝不想阿哇草原呢？何尝不想阿爸呢？可是，她心里已经放不下瓦寨，放不下雪云了，她还能回到阿哇草原吗？她自己也不知道。她望着面容煞白的雪云，知道她是回不去草原了。

拉姆转身返回，透出草芽的山坡上只剩下益西梅朵和雪云两人，回忆着以往的岁月和难场的日子。今后的日子是好是坏他们还不知道，只有走一步算一步了。

拉姆决心已下。其实，雪林不在了，她已经没有必要留在瓦寨，毕竟阿哇草原阿爸还在，她不能让阿爸一个人天天守着偌大的官寨，在空旷的房间里踱步，空切地思念她们。如今，益西梅朵好像连回阿哇草原的一点意愿都没有，哪怕是回去看上一眼再回到瓦寨。央金被老郭哇敏镶送去兰州读书了，将来肯定还是回不到阿哇草原，她们距离阿哇草原越来越远。拉姆回忆着她和益西梅朵跟着雪林、雪云来瓦寨的美好记忆。其实，她和益西梅朵要来瓦寨的意图和心思阿爸是知道的，就因为阿爸曾把她许配了若嘎老爷家的傻儿子而耿耿于怀，不能原谅自己，才放她们走出阿哇。这点她是看出来了。她们的心思阿爸看得非常透彻。

　　阿爷在的时候曾经说过，阿爸阿拉加布在成都读书时喜欢上了一个当地姑娘，最后竟乐不思蜀无意回阿哇草原，去当官寨的主人。最后是拉姆的阿爷带了一队卫兵到成都"捉"住阿拉加布"押"回来的，后来还是那个姑娘千里迢迢追到了阿哇草原嫁给了拉姆的阿爸阿拉加布。这个姑娘就是拉姆的阿妈。

　　拉姆以前常想，阿妈总是与草原上的女人不像，吃不惯酥油炒面，吃不惯膻腥味的羊肉，总说羊肉有股子野葱的臭味。夏天时，阿妈总喜欢穿着单薄的绸缎衣衫，让阿爸骑着那匹她最爱的白马驮上她在草原上到处游荡追风。阿妈的皮肤白净细腻，根本不像是草原上的女人，像刚从水里捞出来的女人。她小时候，总觉得阿达把阿妈是捧在手心里养着的。直到后来，阿爷说阿妈是成都的姑娘嫁到草原上来的，才明白了她血液里存储的那种不同于草原姑娘的水色和文静。

　　田里的青稞已经盖住了地皮，瓦寨城里的尕郭哇们再也坐不住了，跑惯草原的腿不由自主抖动了起来，他们自发组织起来，推举雪云为新的牛帮大郭哇，带着大家去阿哇草原，拜会阿哇草原的主人阿拉加布老爷。拉姆听说瓦寨城里所有尕郭哇推举雪云为新的瓦寨牛帮大郭哇后，高兴得飞跑回家，要益西梅朵和她跟着雪云一起出发去阿哇草原，去见阿爸。益西梅朵见拉姆这样一说，脸上立刻布满了一层淡淡的愁云。瓦寨不是她的家，可她还离不开瓦寨这个不是家的家。如果她跟着拉姆和雪云回到了阿哇草原，阿爸阿拉加布还能让她再回来吗？阿哇太遥远，路途太艰辛。她只有留在瓦寨，把阿爸的想念托靠给拉姆，让她带回阿哇草原，带到阿爸身旁。拉姆望着益西梅朵的眼睛，从她畏难的目光中知道她回不去了。拉姆想起已经去世的阿妈，益西梅朵一定是随了阿妈的性子，自己的事情自己决定了。

拉姆只有一个人回到阿哇草原，回到阿爸阿拉加布老爷的身旁。

一个冬天过去，雪云的病完全好了，精力充沛，活力四射，重新焕发着朝气蓬勃的气场。雪云走到哪儿益西梅朵跟到哪儿，脸上一直绽放着喜悦的笑容。

拉姆看着益西梅朵的幸福样，也开心地笑着。可她笑容的背后竟是长长的叹息和对雪林无尽的思念。如今，她只有离别瓦寨这片曾经带给她无限美好时光的土地，带走她无尽的思恋，回到草原，回到阿爸身旁，才能救赎和安慰自己无限孤寂的心灵。

牛帮起程出发了。

雪云组织牛帮出发的时候，敏镇寰就从雪云的身上看到了自己和敏雅南当年的影子，心情激动得眼睛里透露出明晃晃的光芒。当牛帮的最后一头驮牛出了瓦寨城，翻过山梁消失在他的视野里时，他的脑海里即刻浮现出敏雅南率领瓦寨的儿子娃娃们出城去抗敌的画面来，一腔清泪便唰地流了下来。

拉姆也该走了。拉姆来回抱着尕姨娘、雪月、杏月和益西梅朵，哭得悲痛欲绝。拉姆知道，这次回去，也许就再也来不了了，也许是她此生最后一次来瓦寨。

拉姆拿定了主意，这次回去她就永远陪伴阿爸阿拉加布不离左右，直到终老在阿哇老爷的官寨里。

益西梅朵和雪月、杏月骑着马送了拉姆一程又一程，就是舍不得拉姆离开瓦寨，离开她们。可每个人都有自己的理想和生活，拉姆的理想破灭了，她只有回到阿哇草原，也只有回到那里，她才有勇气活下去，活出一个完全不一样的拉姆。

拉姆离开瓦寨，离开益西梅朵她们，走了。

3. 托付

阿爷敏镇寰一生都在四处打探、找寻，探寻儿子和孙子的尸骨成了他终生沉浮在身体上的一块心病。敏镇寰到殁也没有打探、找寻见儿子敏雅南和孙子雪林的尸骨落在了何处，埋在了何处。

阿爷的老连手赛里木阿爷也一直没有闲着，他见敏镇寰一直痛苦地探寻着，心里就替他难过。敏雅南和雪林对待他一直像自己的亲人一样待承着。他只要出去碰到不认识的生人，就厚了脸硬着头皮拦住人家问敏雅南率众抗日的事，想问出敏雅南的下落和雪林他们牺牲的地方。可他问的事情像谜一样，没有谜底，问不出个所以然来。

敏雅生和麻成也一直没有闲着，从天南海北来瓦寨的商人跟前打探大哥敏雅南和侄儿雪林的事情，毫无音讯。后来时日久了，消失的光阴逐渐磨灭了他们的韧性，打问的事就不了了之了。

眨眼间，二十多个春秋轮回的光阴一晃过去了。

一个饥馑恐慌的灾难突然席卷了华夏大地，也降临在了富庶的洮州大地。瓦寨城和周边很多人家开始吃了上顿没下顿。殷实了几辈子的敏镇寰家也开始缺粮断顿了，在这场灾难中，老态龙钟的敏镇寰终于没有挺过去。他殁了不要紧，老得鸡嫌狗不爱的年龄，也该殁了，但他不瞑目，他还有一个心愿没有了结。瘦弱的阿爷敏镇寰眼看着自己不行了，派人从瓦寨中学把孙子雪风叫到跟前，拉住雪风的手再三交代，要他等到年景好时，务必出去找寻到阿达敏雅南和哥哥雪林的尸骨，搬回敏家咀，陪葬在他的身旁。人终归要叶落归根的，不能让他们的灵魂成为无根的枯叶，漂泊在外。他们活着的时候，务忙了生意，顾盼了家务，照看了世事，殁了就不能让他们成为无人陪伴的孤魂。阿爷说他想起他们时就心痛，临终也不能瞑目。雪风答应了阿爷，说他哪怕是走到天涯海角，也要找寻到阿达和雪林的尸骨，搬回来葬在阿爷的身旁。

雪风打探着找了大半辈子，也没有打探找寻到阿达敏雅南和哥哥雪林的下落。大半辈子没有打探着找上，他终于死心了，没有践约阿爷的嘱托。

雪风没有完成阿爷最终的心愿，恐怕是要独自一人去坟墓里陪伴阿爷敏镇寰了。

阿爷敏镇寰去世之后，雪风很少回来。他不是不想回来，而是怕见到那长满荒草的墓园，勾起他无尽的思恋，忆起阿爷那期盼的眼神。但终有一天，他是要回来的，回到亲人们的身旁。

尾 声

雪风回敏家咀了。他从车窗里望着这个曾经尘土弥漫如今面貌焕然一新的村庄，飞速旋转的记忆好像接不上遥远的茬。

进了路口，他下了车，轻轻推开用粗铁丝挽扣的坟园栅栏门。放眼望去，不远处堆起了一座新坟，新鲜的泥土告诉他村里有一个人刚去世不久，是男是女是老是小不得而知。他只有感叹人生的无常和岁月的无情。小径上的花草被进出坟园的人踏得东倒西歪，或是贴在地皮上直不起腰来。环望坟园四周，茂草下面的坟堆经岁月的清洗和塌陷，已经平塌塌地覆在长草下面，看不出原来的模样，认不出是谁的坟墓。他用目光搜寻，已经认不出阿爷敏镇寰和母亲尔菲叶的坟墓，也认不出二哥雪云埋在哪儿。叔辈敏雅生、麻成的坟更不知在哪个角落里。

有限的记忆，经过了岁月的洗礼，覆在了荒草之下，覆在了日月的落痕和历史的烟云里。

记忆中他家那一进两院的青砖瓦房连同他美好的童年都消失在了历史的烟云中。门前那棵陪伴着他长大的白杨树，几枝枯白粗壮的虬枝伸向旷寂的虚空，向世人昭示着它曾经历的风雨沧桑和见证的辉煌历史。树冠丛中不时有喜鹊和嘎乌子飞进飞出。喜鹊和嘎乌子把背篼似的窝搭在树梢上，掩隐在绿叶丛中，几十年了也没有被风吹落或是被讨嫌的人捣掉，一如既往地延续着这些飞禽生灵的生命。只是他阿爷手里盖的那一进两院的青砖瓦房不见了，筑垒的青砖院墙也不见了。记忆中那个家的痕迹被抹得连一丝影儿都不存在了。只有那棵杏子树依旧枝叶繁茂地活着，四季循环，开花结果，见证了这个院落和人丁的兴盛衰落。

如今房址被远房亲戚占着修了一处一嵌套的平房，烟火依旧旺盛，延续着修房人兴旺的血脉。

雪风站在那棵百年老白杨树下，思忆以往的岁月，泪水顺着脸颊滚落，跌进胸口敞开的衣领里。

深埋的，搁置的，隐藏的，所有无尽的记忆，鲜活地浮现在他脑海中，清晰得像电影画面一样，栩栩闪现，往复循环……

悠远的驮铃声循着岁月的履痕，穿越历史的星空，响彻在他的耳畔……

图书在版编目（CIP）数据

雪域驮铃 / 敏奇才著. -- 北京：作家出版社，2024.4
ISBN 978-7-5212-2768-0

Ⅰ. ①雪… Ⅱ. ①敏… Ⅲ. ①长篇小说 – 中国 – 当代
Ⅳ. ①I247.5

中国国家版本馆CIP数据核字（2024）第066440号

雪域驮铃

作　　者：敏奇才
责任编辑：秦　悦
装帧设计：薛　怡
出版发行：作家出版社有限公司
社　　址：北京农展馆南里10号　　邮　　编：100125
电话传真：86-10-65067186（发行中心及邮购部）
　　　　　86-10-65004079（总编室）
E-mail:zuojia@zuojia.net.cn
http://www.zuojiachubanshe.com
印　　刷：三河市北燕印装有限公司
成品尺寸：152×230
字　　数：253千
印　　张：19.75
版　　次：2024年4月第1版
印　　次：2024年4月第1次印刷
ISBN 978-7-5212-2768-0
定　　价：88.00元